# 이별에도 예의가 필요하다

# 이별에도
# 예의가
# 필요하다

김선주 세상 이야기

한겨레출판

추천글

# 고맙고 자랑스럽다

—선주스쿨 개교에 부쳐

서명숙

(제주올레 이사장, 전 〈시사저널〉 편집장 · 〈오마이뉴스〉 편집국장)

나이 들어간다는 것, 백 번 양보해도 결코 유쾌한 일이 아니다. 어떤 개똥철학을 갖다 붙이고 미사여구를 동원하더라도, 늙는다는 건 끔찍한 일이다. 근데, 언젠가부터, 내겐 '나이 듦'에 대한 공포가 사라졌다. 오히려 시간이 흐른 뒤 나는 얼마나 더 멋있어지고 성숙해질까, 은근한 기대감마저 품게 되었다. 이 놀라운 변화는 전적으로 우리들의 교장 샘, 김선주 선배 덕분이다. 나이가 들어도 얼마든지 생각이 젊을 수 있고, 멋있어 보일 수 있고, 심지어 섹쉬해 보일 수도 있다는 걸 김 선배가 입증해 보이고 있기 때문이다.

**욕심내지 않는 그녀의 유일한 욕심**

명색이 동업종 종사자(언론계)인지라 우선 직업 사회에서 김 선배 처신의 아름다움을 짚고 넘어가지 않을 수 없다. 〈한겨레〉의 대표적인 칼럼니스트로서의 그녀의 명성을 새삼 설명할 필요는 없으리라. 그 평이하면서도 정곡을 찌르는, 날카로우면서도 한없이 따뜻한 그녀의 글을 탐독하는 열성팬 중 하나가 바로 노무현 대통령이었음은 언론계에서는 익히 알려진 사실이다.

그래서였을까. 노 대통령은 청와대 입성 이후 여러 차례 김 선배를 '거시기한 자리'에 모시려고 공을 들였다. 김 선배가 사는 아파트까지 찾아간 '높으신 분'들도 여럿 있었다. 김 선배는 그때마다 완곡하게 고사했고, 그런 제의를 받은 사실조차 벙끗하지 않았다. 그중 한두 번은 언론에 노출되기도 했지만, 모두 정부 측 인사들이 발설한 것이었다. 나 역시 언제인가 어떤 술자리에서 유인태 당시 정무수석으로부터 '김선주 모시기' 실패담을 자세히 들을 기회가 있었다. 며칠 뒤 김 선배에게 집요한 제의를 끝끝내 물리친 이유와 비결을 물었더니, 김 선배의 답변은 지극히 명료하고 간단했다.

"언론인으로 끝나는 선배도 한둘쯤은 있어야지."

청와대에서 전화 오기만 바라고, 안 온 전화도 왔다면서 '몸값'을 은근히 올리는 속물 언론인들이 판치는 세상이다. 그것도 모자라서 아예 선거철만 다가오면 대선 캠프로 줄줄이 몰려가 어제의 취재원에게 머리를 조아리는 세태다. 그런 세상에서, 언론인에서 시작해서 언론인으로 마감하는, 그런 선배 하나쯤 갖게 해준 교장 샘이 난 너무도 고맙고 자랑스럽다.

교장 샘은 물욕도, 명예욕도, 자리 욕심도 내지 않는다. 그런 교장 샘이 유일하게 욕심내는 것, 포기하지 못하는 게 하나 있다. 바로 멋이다. 언론인으로서의 처신에서부터 옷 스타일에 이르기까지 교장 샘이 일관되게 추구하는 건 '멋'이다. 천만금이 생긴다고 해도 '쪽 팔리는' 일은 절대로 못하는 사람이 바로 교장 샘이다.

### 다짜고짜 끌고 가서 귀를 뚫어준 그녀

어느 날 마포 오피스텔에 셋이 모였다. 교장 샘과 유시춘, 그리고 나. 시국방담에서부터 속 썩이는 자식 이야기까지 현란한 수다를 떨던 끝에 교장 샘이 우리 둘을 물끄러미 쳐다보는 게 아닌가! "둘 다 참 대단하다. 아직 귀도 안 뚫었네. 귀걸이를 선물하고 싶어도 못하잖아."

당장 같이 가서 귀를 뚫자고 성화였다. 언젠가 뚫어봐야지 생각하던 나는 교장 샘이 귀도 뚫어주고 귀걸이도 하나씩 하사하신다니, 불감청고소원이어서 후후 웃었다. 유시춘은 "나는 죽어도 귀는 못 뚫는다" 거부했고.

결과는? 교장 샘의 판정승. 우리 둘을 인솔하고 휑하니 택시를 타고 자신이 뚫었다는 숙대 앞 금은방에 데리고 가서 1, 2초 만에 전광석화처럼 두 사람의 귀에 구멍을 내고 말았다. 그러곤 쌀톨만 한 귀걸이를 하나씩 귓밥에 붙이도록 조치하는 것을 잊지 않았다.

지금은? 교장 샘에게 극렬히 저항했던 유시춘은 귀걸이 없이는 외출도 안 할 정도로 열렬한 '귀걸이족'으로 변절했다. 나 역시 2,3천 원짜리 귀걸이를 옷 색깔에 맞추어 골라 끼는 걸 '생활의 기쁨'으로 여기고 있다. 이렇듯 작은 일로도 주위의 삶을 구체적으로 변화시키는 '카리스마'를 발휘하는 이가 바로 교장 샘이다.

### 교장 샘이 가장 말을 적게 하는 '김선주학교'

우리가 모인 자리에서 교장 샘은 주로 듣는 편이다. 언제나 "하모 하모~" 연신 추임새를 넣어가면서 온몸으로 진지하게 우리의 쌩구라를 즐겁게, 진지하게 들어준다. 본인 표현을 빌리자면 고무하고 지지하고 찬양하고 격려하는 게 교장 샘의 일이라나.

정혜신은 말했다. 잘 듣는 사람은 세상에 대해 상투적이 되지 않는다고. 우리 교장 샘이 그 산 모델이다. 나는 교장 샘이 세상이나 사람에 대해 상투적으로 말하거나 글을 쓰는 걸 본 적이 없다. 사람에 대한 이해와 연민, 세상살이의 이면과 속살을 들여다볼 줄 알기 때문이다.

교장이 말을 가장 적게 하는 학교. 이래서 선주학교요, 선주학교가 좋은 것이다. 우리가 이제껏 보아온 교장 샘들은 자고로 늘 혼자 떠들었다. 왜 그리도 가르치고, 꾸짖고, 훈계하고, 지시할 일이 많은 건지.

과묵한 교장 샘이지만 한 번 입을 뗐다 하면 '촌철살인'이다. 타석에 자주 들어서진 않지만, 안타나 홈런만 골라 치는 슬러거답다. 슬러거들이 쉽게 치는 것 같지만 오랜 연습을 거쳐 타격의 달인이 됐듯이, 교장 샘의 촌철살인도 인생의 내공이 쌓인 결과라 하겠다.

**"우리 모두 백 킬로미터씩 남하해서 살자꾸나"**

그중 내 마음에 가장 쏙 들어온 이야기가 "노후 걱정할 거 없다. 말년엔 다들 십 년에 백 킬로미터씩만 후진하면서 살면 된다"는 것이었다.

신문지상에 노후를 보내려면 최소한 몇 억은 있어야 한다, 부동산과 동산 비율을 몇 대 몇으로 해야 한다, 라는 기사로 도배가 될 무렵이었다.

교장 샘 말인즉, 늘그막에 직장도 그만둔 처지에 주거비가 비싼 서울에 있어야 할 하등의 이유가 없다는 것, 따라서 서울 집이든 전세든 처분해서 백 킬로미터씩만 후진하면 '길'이 열린다는 것, 10년에 한 번씩 새로운 지방 도시로 옮겨가서 살면 지루하지도 않고 인구도 적고 공기도 서울보다 좋으니 일석삼조라는 것이었다.

나는 교장 샘의 '백 킬로미터 남하론'이 결코 웃자고 하는 이야기거나 공허한 뜬구름 같은 이야기라고 생각하지 않는다. 지극히 현실적인, 그리고 확고한 철학을 담보로 한 '미래 구상'이라고 믿는다. 대운하 프로젝트나 4대강 사업보다 훨씬 구체적이고 소망스러운.

나는 그려본다. '김선주학교' 분교가 전국 곳곳에 생기고, 그 분교들을 교장 샘이 귀걸이 휘날리면서 방문하게 될 날을. 물론 내가 개설할 분교는 제주도 서귀포 부근에 위치할 것이기에 가장 경쟁력이 높겠지만 말이다.

추천글

# 아하! 김선주

정혜신

(정신과 전문의, 마인드프리즘 대표 MA)

'언어는 존재의 집' 이라는 철학자 하이데거의 정의가 여전히 유효하고 그것이 '글은 사람이다' 라는 우리식 격언으로 의역될 수 있다면 언론인 김선주의 글은 그 으뜸가는 사례에 속할 만하다. 조금 과장하면, 인간 실존에 대한 오랜 연구의 결론이라는 하이데거의 그 말을 '김선주의 글은 김선주라는 존재의 집' 이라고 대체해도 무방할 정도다. 샴쌍둥이처럼 글과 삶이, 언어와 사람이 한 몸이다. 글은 이런 느낌인데 김선주라는 사람은 어떨까, 고개를 갸우뚱할 필요가 없다. 그의 글 그대로가 김선주다. 그도 자신의 글에서 "언어는 정신의 집이고 언어는 또 정신을 구체화시키고 언어로서 모든 것이 표현"된다고 한 적이 있다.

**세상에 누구도 같은 사람은 없다**

김선주는 자신이 살아내고 있는 삶의 방식이나 당대 현실과 유리(遊離)된 글을 쓰지 않는다. 아니 쓰지 못한다. 자장면 먹으면 자장 묻고 짬뽕 먹으면 짬뽕 묻는 식이다. 그런 김선주의 글에 가장 많이 그리고 일관되게 투영되는 그의 세계관 중 하나는 인간의 개별성에 대한 치열한 고민과 경외심이다. 김선주는 "나에겐 세상 사람 모두가 특출하고 특별하고 특이한 존재이며 아무도 같은 사람이 없다"고 말한다. 누군가에 (혹은 어딘가에) 공감하고, 깔깔대고, 분노하고, 눈물 흘리는 김선주 세계관의 베이스캠프는 인간 존재의 개별성에 있다. 나는 그렇게 느낀다. 그것은 그대로 김선주 글이 가지는 폭발적인 흡인력의 원천이 된다. 그의 글을 읽을 때마다 감동했다는 노무현 전 대통령처럼 김선주 글의 매니아를 자처하는 사람이 많은 것도 바로 그런 이유일 것이다.

능력주의라는 미명 하에 대다수 사람들을 박수부대 취급하는 대한민국 사회에 대한 김선주의 문제 의식은 통렬하고 아리다. '잘 키워진 사회 각 분야의 스타들이 국위도 떨치고 돈도 잘 벌어 잘 먹여 살릴 테니 너희 능력 없는 사람들은 박수부대로 살아라'고 강요하는 세상에 분노한다. 각 분야의 스타가 될 기회를 얻지 못한 젊은이들이 '그러니까 세상이 한번 뒤집어져야 해요' 한탄한다며 그 절망의 언어가 칼이 되어 가슴을 후벼 판다고 먹먹해 한다. 그의 지적처럼 '처지는 사람은 탈락시키고 잘 나가는 사람이라도 살자는 주의'는 더없이 어리석다. '처지는 계층 때문에 전체가 힘들어지는 것은 참지 못하겠다는 주의'는 더없이 비열하다. 하나의 인간이 그대로 하나의 우주라는 자연의 섭리를 망각한 무지와 야만의 극치다.

폐암 진단을 받은 아버지가 아들이 의사로 근무하고 있는 종합병원에 입원했다. 어느 날 의사 아들은 동료들이 아버지의 엑스레이 사진을 놓고 토론하는 광경을 우연히 목격하곤 충격을 받았다. 동료 의사들에겐 자신의 아버지가 단지 엑스레이 필름 한 장으로 존재하는 환자 아무개에 불과했기 때문이다. 그 필름 안에 어린 자신을 목마 태우고 수염난 턱을 볼에 비비던 생생하고, 구체적이고, 개별적인 '내 아버지'는 존재하지 않았던 것이다. 자신이 다른 환자의 엑스레이 필름을 놓고 그렇게 했던 것처럼. 적벽대전에서 백만 명이 몰살했다는 역사적 (혹은 역사소설의) 사실을 시차를 두고 원거리에선 인식할 땐 스펙터클한 쾌감이 앞설 수도 있지만, 그 백만 명 안에 내 아버지, 조카, 아들, 동생, 남편이 있다고 생각하는 순간 모든 죽음은 개별적이 된다. 백만 명의 몰살(沒殺)이 아니라 백만 개의 우주가 백만 개의 간절한 사연을 지닌 채 스러진 것이다. 김선주의 글은 늘 그런 인간의 개별성에 출발한다. 그래서 꽂히듯 심장에 와닿는 것이다.

### 자신의 부끄러움에서 출발하는 치열한 성찰

그의 글에서 거의 빠짐없이 등장하는 단어는 '부끄러움'이다. 사람으로서, 어른으로서, 언론인으로서 그는 매번 부끄러워하고 안타까워한다. 단지 글을 장식하기 위한 의례적인 수사(修辭)의 수준이 아니다. 자기학대까지는 아니어도 그가 자신을 향해 내리치는 자기매질은 혹독하다. 어디를 겨냥한 말화살이든 그 한쪽 끝은 늘 김선주 자신을 향한다.

시인은 가장 먼저 울기 시작해 가장 마지막까지 우는 사람이며 그런 점에선 글이 직업인 언론인도 마찬가지인데 '우리 편 잘한다, 우리 편 잘해라'라는 소통이 필요 없는 글이 난무하는 현상이 글쓰는 사람으로서 온몸이 화끈거리게 부끄럽다는 김선주의 고백은 묵직하다. '내 탓이오' 정신이나 괜한 겸양으로 책임 소재를 흐리는 것과는 다른 차원의 특성이다. 대다수 언론인이나 지식인의 글에는 소풍가는 돼지 가족의 셈법이 차용된다. 애초부터 자기는 빼고 생각한다. 예를 들어 '우리 모두의 문제다'라고 주장할 때 그 '우리' 안에 글쓴이는 쏙 빠진 채 너희들의 문제가 무엇인지를 강조하는 식이다. 김선주의 글은 그 반대다. 자신의 부끄러움에서 출발한다. "반성은 회의하는 과정을 거쳐야 정치적으로 올바른 실행을 할 수 있다"는 어느 감독의 말에 기댄다면 김선주의 글은 읽는 이에게 정치적으로 올바른 실행을 할 수 있는 토양을 제공해주는 셈이다. 그래서 김선주의 글은 파급력이 큰 것이다.

그런 성실한 부끄러움은 자기성찰로 이어진다. 공적인 영역의 문제이든 사적인 영역의 문제이든 조금도 다르지 않다. "중산층 가정에서 인생의 양지 쪽은 당연히 내 차지라는 생각만 하고" 살아온 자신의 젊은 날을 반추하며 '역사는 되풀이 되는가'에 대한 화두를 끄집어내기도 하고 마지막까지 지극하게 시아버지의 병수발을 한 올케언니의 말에 부끄러움을 느끼면서 시부모나 장인장모의 진자리 마른자리를 거두어 보는 경험을 하는 것은 인생에서 가장 소중한 시간이 될 것이라고 지혜 한 자락을 나눈다. 물론 자신 또한 그런 경험을 한 뒤의 인생 지혜다.

그의 글이 때로 깜짝 놀랄 만큼 대담하거나 폭탄선언 같음에도 불구하고 허황되거나 과격하게 느껴지지 않는 것은 자기성찰의 바탕이 튼실하기 때문일 것이다. 사람들이 그의 글을 보면서 연신 고개를 주억거리는 것도 비슷한 맥락이다. 자기 되새김질이 충분한, 검증된 내용이니 절절하게 와닿을 수밖에 없다.

### 대한민국 평균의 삶에 대한 본능적 균형감각

대한민국 평균 수준을 잊지 않으려는 그의 노력은 치열하고도 산뜻하다. 기자 시절에는 일반 국민들이 어떻게 느낄 것인가를 알아야 한다는 직업적 동기에서도 그랬겠지만 내가 보기에 평균적 삶에 대한 김선주의 균형감각은 본능에 가깝다. 오른손잡이가 죽자고 노력해서 왼손도 자유롭게 쓰는 수준이 아니라 애초부터 양손잡이에 가깝다. 평균적 삶에 공감하는 차원이 다르다는 말이다. 그러니 현실과 동떨어진 허황한 얘기를 할 리가 없다. 당대 현실에 대한 날선 비판과 소외된 이들에 대한 따뜻한 시선이 모두 여기에서 출발한다. 평균보다 오버하면 목소리를 높이고 평균보다 처지는 듯하면 함께 짠해 한다. 1974년 동아조선 해직사태 이후 기자들이 고급 월급쟁이에 만족하면서 자사 이기주의에 빠졌다며 그때 한국 언론이 돌아오지 못할 다리를 건넜다는 그의 진단은 서릿발처럼 매섭다. 우리나라 개신교 목사들을 상대로 한 조사에서 목사의 65퍼센트가 담임목사직을 자녀에게 세습할 수 있다고 대답했다는 것은 상식적인 수준을 넘어선 것이라며 집요하게 기독교에 삿대질하는 모습은 보는 사람이 아슬아슬할 정도다. 월드컵 축구 경기에 참가한 선수들에게 출장횟수에 따라 포상금을 차등지급하겠다는 소식에 대기선수들의 심정을 헤아려 보라며 '웃기는 이야기'라고 일갈하는 김선주는 산뜻하다.

자기성찰을 바탕으로 한 그의 상식에 대한 원칙은 내부 고발자 수준으로 치닫기도 한다. 종부세 문제로 강남 아파트 주민들이 세금 폭탄 운운하며 험악했던 시절, 김선주는 자신 또한 수십 년 동안 압구정동 아파트에 거주하고 있는 주민이면서도 강남 아파트 주민들의 세금 엄살이 너무 심하다며 아파트 취득 가격과 그에 따른 차익, 월 관리비, 실제로 내야 할 종부세 따위를 조목조목 따져가며 그들의 행태가 상식 수준을 넘어섰다고 목소리를 높인다. 그것도 여러 번에 걸친 신문 칼럼을 통해서. 나는 그 시절 김선주가 어떻게 같은 아파트에 사는 동네 주민들의 눈 흘김을 견뎌냈는지 알지 못한다. 다만, 사람으로 태어나 사람답게 살다가 사람의 한계를 드러내고 그러면서도 사람으로서의 자존을 잃지 않고 죽기를 바란다는 그의 말을 떠올렸을 뿐이다. 그런 가치관이 그의 글에 어떻게 투영되었는지, 그리고 그런 것들 때문에 사람들이 김선주의 글을 전폭적으로 신뢰하는 것이겠구나 짐작했을 따름이다.

### 후배들이 가장 존경하고 좋아하는 여성 언론인

하지만 김선주의 글이 김선주라는 사람과 찰떡궁합 같다는 느낌을 주는 것은 그가 우리 사회에서는 경험하기 어려운 '어른스러운 글쓰기'의 한 전범을 보여준다는 사실에 있다. 김선주는 글도 사람도 모두 어른이다. 여성으로서 〈한겨레〉의 논설 주간까지 지낸 일에 대해 김선주는 순전히 후배들이 영차영차 밀어서 된 것이라고 말하지만 후배들의 말은 조금 다르다. 한 번도 확고하지 않았고 한 번도 완벽하지 않았지만 늘 흔들리는 바다에 쳐진 그물처럼 후배들을 원거리에서 간섭하지 않고 보살펴 주었다는 것이다. 언론계에서 후배들이 가장 존경하고 좋아하는 여성 언론인으로 꼽는 사람이 김선주라는 사실이 그것을 증명한다. 존경받을 수는 있지만 후배들이 진짜로 좋아하는 선배가 되기는 어렵다. 언론계 종사자는 아니지만 나 또한 김선주를 인생 선배로서 무한 존경하고 또 존경하는 그 이상으로 좋아한다. 후배들이 그에게 공통적으로 느끼는 감정은 나이듦에 대한 공포를 사라지게 하는 선배라는 것이다. 그를 보고 있으면 나이 들어가는 게 은근히 기대까지 된다니 더 이상의 말이 필요 없다. 빨리 커서 멋쟁이 이모처럼 되고 싶어 조바심치던 어린 소녀의 마음을 중년이 된 후배들에게 선물하는 선배를 사랑하지 않을 도리가 있는가. 그런 이가 쓰는 어른스러운 글에 매혹당하지 않을 도리가 있는가.

케이블 TV를 통해 영국, 스페인, 이탈리아 같은 유럽의 프로축구 경기를 황홀경에 빠져 볼 때가 있다. 승부를 좌우하는 그들의 공간감각과 테크닉과 전술은 놀랍도록 아름답다. 그런데 자주 접할 기회도 없고 상호간의 우열을 가릴 안목도 없지만, 남미 축구는 어쩐지 유럽 축구와는 많이 다른 것처럼 느껴진다. 그런 궁금증과 관련해 불세출의 축구 천재 디에고 마라도나의 정의는 더없이 유용하다.

"유럽 축구는 사람이 공을 지배하고 있는 데 반해 남미 축구는 사람과 공이 대등하다"

그런 점에서 유럽 축구가 매력적이라면 남미 축구는 매혹적이라고 나는 느낀다. 내가 보기에 김선주의 글은 남미 축구에 가깝다. 사람과 공이 대등한 관계에서 혼연일체가 되어 자기 색깔을 확실하게 드러내는 남미축구처럼 김선주라는 사람과 그의 글도 물샐 틈없이 밀착되어 읽는 이를 뒤흔든다.

언젠가 그가 네팔 포카라 강가의 화장장에서 목격했다는 장면 하나가 내 가슴에 오랫동안 남아 있다. 네 구의 시체가 타고 있는 화장장 한쪽에 젊은 아가씨가 구리색 물항아리를 들고 오더니 그 항아리를 반짝 반짝 윤이 나도록 닦고 있더란다. 김선주는 그 모습이 눈물겹게 아름다워서 저절로 눈물이 났다고 했다. 나는 그 장면을 떠올릴 때마다 글쓴이의 본래 느낌과는 상관없이 젊은 처녀가 글쟁이 김선주의 모습으로 오버랩되곤 한다. '늙으면 시시하게 살아야 해' 중얼거리며 반짝 반짝 구리항아리를 닦고 있을 모습이 험한 세상에 아랑곳하지 않는 글쟁이 김선주의 자화상처럼 느껴지는 것이다. 내게는 그 모습이 눈물겹게 아름답게 느껴진다.

김선주는 자신의 삶을 가리켜 "평생 호기심은 왕성했으나 곁눈질에 머물렀고 모험에 목말랐으나 길을 잃는 것을 두려워했고, 진취적인 포즈를 취했으나 한 걸음도 앞으로 나간 적이 없다"고 못마땅해 하지만 나는 그래서 그가 좋다. "나이가 들어가면서 내가 생각하고 있는 것이 과연 무오류인지에 대한 회의"가 끊이지 않는 인생 선배를 만날 수 있다는 것은 확실한 축복이다. 내 말 하느라 바빠서 남의 말 들을 겨를조차 없는 세상에서는 더 그렇다. 김선주는 기자보다 더 오랜 연륜을 가진 자신의 또 다른 직업이 남의 이야기 들어주기라고 고백한 적이 있다. 그가 남의 얘기를 들어주는 스타일은 이렇단다. 왜 그랬는데, 그래서, 어떡하지, 그렇구나, 그러니까, 흐흠, 아이고, 어쩌지……, 그런 추임새를 해 가며 이야기가 끊어지지 않게 격려하고 공감하고 맞장구치고 고개를 끄덕이고 혀를 차다 보면 자기도 모르게 감정이입이 되어서 황홀경에 이른다나. 그 모습이 눈에 선하다. 꼭, 이런 식으로 글쓰는 사람을 사랑하지 않을 도리가 당신은 있는가.

보너스 같은 사족 하나. 문학의 향취가 물씬한 시사 칼럼이 가능할 수 있을까. 있다. 김선주의 칼럼이 바로 그렇다. 내용면에서도 그렇지만 문장의 품새 자체도 그렇다. 개인적으로 〈엄마와 이모 사이에서〉라는 글, 강추한다.

### "Aha! 김선주"

아마도 이 책은 '언론인' 김선주의 글을 묶은 처음이자 마지막 글모음집이 될 것이다. 나는 이 글모음집이 당대의 글쟁이 김선주가 산출한 이 시대 가장 뛰어난 지혜서 가운데 하나가 될 것이라는 예감을 가진다. 아마도 그럴 것이다.

정신 의학에서는 개인이 자신의 내면을 알아가는 최고조의 상황에 달했을 때의 경험을 "Aha! Experience" 라고 부른다. 정서적 통찰력의 단계에서 겪게 되는 극명한 정신적 오르가즘 현상이다. 그런 점에서 김선주라는 사람이 오랜 세월 그의 글과 암수동체처럼 움직이며 적지 않은 이들에게 의식의 변화까지를 경험하게 하는 현상을 나는 "Aha! 김선주"라는 언어로 갈무리하련다.

김선주의 글을 나뭇잎 띄운 표주박 샘물처럼 찬찬히 음미하다 보면 그 말의 의미를 이해할 수 있을 것이다. 다 읽고 나면 마침내 갈증을 해소한 나그네처럼 미소 지으며 이렇게 읊조리게 될 것이다.

"아하! 김선주"

차례

## 청와대의 밥맛



## 우리 마음속의 분단



## 당신이 지금 서른이라면



## 페미니스트에게 빚지다

## 이별에도 예의가 필요하다



## 아! 대한민국 언론



## 1등주의의 상처



## 나이 곱하기 0.7

## 화양연화



## 나를 키운 8할은 사람

# 사람은 무엇으로 사는가

사람이 한세상 살다 가는 것이 어떤 의미가 있는가, 어떤 의미가 있어야 하는가, 라는 질문을 할 때가 있다. 세상이 내가 태어나기 전보다 수십억분의 1만큼은 좋아지길 바라고 수십억분의 1만큼만 힘을 보탠다면 사람으로서 살다 간 보람이 있는 것이 아닐까 정도로 나는 인생의 의미를 정리했다.

# 당신 이웃의 캘커타

언론에 보도되는 미담 기사에 불편할 때가 있다. 평생 자장면만 먹고 돈을 모아 늘그막에 자선단체나 공공기관에 기부하는 행위가 그렇다. 자신과 가까운 사람들에게도 자장면만 먹기를 강요했을지도 모른다고 상상하면 그런 부자의 가족이 아닌 것이 얼마나 다행인지.

큰돈을 가졌든 작은 돈을 가졌든 거기에 걸맞게 쓰고 살아야 한다는 것이 나의 지론이다. 평생 이웃들에게 도움을 준 적 없으면서 죽을 때 종교단체에 전 재산을 기증하는 것은 죽음에 대한 두려움 때문에 사후 보장을 받으려는 이기심의 발로가 아닌가 하는 의심이 든다. 우리 사회에선 드문 일이지만, 돈이 많은 사람이 돈을 잘 쓰며 살아가는 모습을 보는 것은 기분이 좋다. 나도 저렇게 돈을 쓰고 싶다는 마음을 일으켜 일에 대한 의욕과 부자에 대한 존경심, 부에 대한 긍정적인 사고를 갖게 해주기 때문에 사회적으로도 좋은 영향을 준다. 죽을 때보다 살아서 돈을 잘 써야 하는 것이 아닐까.

언젠가 화제가 되었던 아흔 살 노인의 이혼소송 사건의 경우, 이 할아버지가 너무 인색하고 포악하여 평생 함께 산 마나님을 박대하고 돈 한 푼 안 주고 내쫓으면서 자신의 이름을 딴 장학금을 대학에 기부한 것으로 알려졌다. 마나님이 견디다 못해 이혼소송을 냈는데 법원의 판결은 '백년해로하시라'였다. 재판부의 이러한 결정에는 그의 장학금 기탁 사실이 미담이 되어 영향을 끼쳤다는데 그것도 미담인지 동의하기 어렵다. 무서운 지옥 꿈을 꾸고 나서 반성하고 너그러운 할아버지로 여생을 마친 구두쇠의 대명사 스크루지 영감도 당장 끼니가 없는 조카는 모른 체하고 죽을 날이 임박해 하느님께 재산을 기부했을 수도 있다. 그런 영감을 하느님이 받아들여주셨을까.

폼 나는 일을 좋아하고 생색나는 일을 하고 싶은 것이 사람의 마음이다. 여간해서는 오른손이 한 일을 왼손이 모르게 하기 어렵다. 고아원에 과자 부스러기를 갖다주고도 재롱 잔치를 보려 하고, 이재민을 찾아도 언론에 보도되기 바란다. 도스토예프스키는 『카라마조프가의 형제들』에서 이렇게 말했다. "인류에 대한 사랑을 말하는 사람일수록 구체적인 인간을 사랑하지 못한다. 개개인의 인간을 독립된 인간으로서 사랑하기 어렵다."

먼 이웃, 그러니까 피와 살이 느껴지지 않고 생김새나 성격이 구체적으로 잡히지 않는 추상적인 존재로서의 누군가를 사랑하기는 어렵지 않다. 결점도 많고 고마워하지도 않으면서 자존심만 센 바로 곁의 인간을 도우면서 반응이 신통치 않으면 기분이 상하는 것이 보통 사람의 마음이다. 북한 주민들의 식량난이 심해서 먹을 것을 보내자 할 때 고마워하지 않으니까 보내선 안 된다는 주장도 이러한 연장선 위에 있다. 고마움을 마음에 간직하고 내비치지 못하는 사람도 있는 것이다. 도움에 대가를 바란다는 것은,

특히 고마워하라고 요구하는 것은, 같은 자존심 있는 사람으로서 취할 태도가 아닐 것이다.

테레사 수녀에겐 세계 각국으로부터 캘커타에서 일하겠다는 자원봉사자의 물결이 밀려들었다. 이들에게 그는 간절하게 말한다. "여러분 모두 자신들이 살고 있는 곳으로 돌아가 가족 가운데, 이웃 가운데서 캘커타를 찾으십시오. 멀리 있는 사람을 사랑하기는 쉽습니다. 그러나 가까이 있는 배고픈 이웃에게 밥 한 그릇을 주기는 어려운 일입니다. 봉사하기 위해 일부러 캘커타에 오지 마십시오. 같은 말, 같은 문화를 가진 사람에게 우선 말하기 시작하십시오. 그런 다음에 캘커타에 오십시오."

더 큰돈이 생긴 다음에 생색나게 좋은 일을 하기보다 지금 우리 가족과 친척, 이웃 가운데 캘커타를 찾아 작은 사랑의 손길을 내미는 것이 더욱 소중한 일이 아닐까.

1998/11

# 자식한테 무엇을 물려주지?

우리 동네 페인트가게 주인아저씨는 나이가 많다. 허드렛일만 하고 주로 하는 일은 잔소리다. 데리고 다니는 일꾼 가운데 공손한 젊은이가 있다. 대학을 나와 군대 갔다 왔다니 서른쯤 된 것 같다. 칠은 물론 온갖 잡일을 도맡아 하고 나이 든 아저씨들에게 커피도 타 바치고 일이 끝나면 빗자루를 들고 쓰레기를 깨끗이 치우고 맨 나중에 현장을 뜬다. 주인아저씨의 외아들이라고 했다. 힘에 부쳐 가게를 아들에게 넘기려고 밑바닥 일부터 배우게 했다는데, 아들도 선뜻 응했고 학원에 다니며 건축사 일, 실내디자인 일을 배우고 있다고 한다. 아주 작고 단순한 칠가게였던 곳을 업그레이드해 2대가 계속해서 가게를 이어갈 생각을 한다니, 남의 일인데도 뿌듯했고 그 가게에 신뢰가 갔다.

수백억 원의 주식을 물려받은 어린이들이 예년에 비해 갑자기 늘었다고 한다. 언론에선 은수저를 입에 물고 태어났다고 했지만 그건 옛말이고 주식을 입에 물고 나온 셈이다. 부동산을 입에 물고 태어난 아기 재벌들도 많다. 자기 돈, 자기 땅을 자기 자손에게 물려준다는데 세금만 제대로 냈다면 욕할 것도 없는 일이라고 여기겠지만 그렇게만 볼 수 없는 심정이다.

배곯게 한 적 없고 많은 자식들 대학 공부까지 시켰으나 내 아버지는 남겨준 재산이 없다. 손자들이 태어날 때마다 적금 통장을 딱 한 차례만 부어서 선물로 주셨다. '애개, 요렇게 조금?' 이라 할 정도로 적은 금액이었다. 항상 규모 있게 돈을 쓰고 근검절약의 화신 같았던 아버지는 "20년만 넣어라. 부담이 되지 않는 금액이니……" 하셨다. 대학 등록금 마련에 허리가 휘었던 아버지는 아마도 손자들 대학 등록금을 걱정하셨던 것 같다.

'나는 자식에게 무엇을 물려주지' 하고 살펴보니 사방을 둘러보아도 별것이 없다. 결국 열심히 산 것, 최선을 다해서 산 것 이외에 무엇을 남겨주겠나 싶었다. 돌이켜보면 부모한테서 물려받은 것은 모두 그들의 삶에서 보고 배운 것들이었다. '자신에겐 인색해도 남에겐 후하게 대했던 태도, 아무리 힘들어도 힘든 내색을 하지 않았던 정신이랄까' 하는 것이 부모한테 물려받은 유산이었다.

개별 가정에서 자식이 부모를 보고 배우는 것처럼 사회 전체적으로 우리는 이 시대의 풍조나 정신을 보고 배우고 듣고 자랄 수밖에 없다. 최근 우리 사회에서는 결코 배워선 안 되는 일을 한 사람이 성공하고 또 그것을 부추기는 막돼먹은 가치관이 판을 치고 있다. 과정이야 어떻든 결과가 좋으면 그만이라는 경향이 팽배해 있다. 온갖 비리와 협잡으로 돈을 벌고 자신도 아들도 손자도 세습해서 군대를 안 가고, 돈만 있으면 또 다른 권력도 따라온다고 믿으며 최후의 한 푼까지 자식들에게 물려주려는 풍조가 심화되고 있는 것이다.

권력 가운데 가장 큰 권력이 돈인 세상이다. 그 큰 권력의 세습에 혀를 차다가도, 흉보면서 닮는다고 보고 배우는 게 이런 꼴이니 이런 현상이 우리 시대의 정신이 되어 사회 전체적으로 부정적인 영향을 끼치게 될 것이 가장 두렵다. 손자가 태어났다고 주식을 기부하고 땅을 기부한다면 아기 재벌들이 자라서 본받을 것이고, 그렇게 되면 얼마나 좋은 선례가 될까, 그런 재벌은 없는가 하는 부질없는 공상도 해본다.

법정 스님의 저서 가운데 최고의 베스트셀러는 『무소유』다. 1976년에 초판이 나온 이래 '무소유'라는 제목 하나만으로도 많은 사람의 마음을 움직였다. 이기적으로 치닫는 세상이지만, 우리 모두의 마음 깊은 곳엔 그리움처럼 무소유로 사는 것에 대한 경이와 존경, 그러한 삶을 배우고 싶은 간절한 마음이 있다고 나는 믿는다. 페인트가게집 아들도 차리고 나서면 귀공자 못지않은데 평생 힘든 일을 해온 아버지를 보고 배워서 막일을 마다하지 않는 것을 보면, 가치 있는 일을 보고 배우게 하는 것 이상의 유산은 없는 것 같다.

2010/05

# 별일 없이 산다

나는 그냥 별일 없이 산다. 유행가 가사처럼. 인디밴드 '장기하와 얼굴들'의 〈별일 없이 산다〉를 따라 부르며. 이 노래의 가사는 이렇다. ……나는 별일 없이 산다, 재미있게 산다. 걱정도 안 하고 고민도 안 하고 산다. 깜짝 놀랐지? 내가 고민하고 걱정하고 살 줄 알았지? 아니거든. 하루하루 재미있게 산다, 약 오르지……. 그런 내용이다. 그런데 하나도 재미있게도 신나게도 들리지 않는다. 어쩌면 떠나버린 애인에게 너 때문에 고통 받지도 않고, 하루하루 재미있게 근심 걱정 안 하고 산다고, 보란 듯이 안간힘을 써보는 취지의 가사인 것 같다.

이 노래의 가사가 마음에 와 닿은 까닭은 나의 요즘 생활신조인 하루하루 재미있게 살자와 딱 들어맞아서다. 연초에, 아무 비리나 잘못이 없는데도, 털어서 먼지 한 톨 안 나왔는데도 임기를 못 채우고 기관장 자리에서 쫓겨난 친구와 밥을 먹다가 재미있게 살자고 약속했다. 돈은 없지만 굶어 죽지도 말고, 기가 막혀 죽지도 말고, 분통 터져 죽지도 말고, 어이없어 죽지도 말고, 하루하루 아주 재밌게 살자는 것이었다. 이 정권이 하는 짓 때문에 속병 들어 죽으면 억울하니까 잘 챙겨 먹고 얄미울 정도로 재미있고 건강하게 살자고 약속했다.

날마다 큰 충격을 받으면서도 별일 없이 산다. 명색이 언론인이라면서 현역 기자가, 피디가 흉악범처럼 긴급체포되어도, 주먹을 불끈 쥐고 당장 거리로 뛰어나가 석방하라 석방하라 구호를 외쳐야지 흥분하다가, 그냥 주저앉아 별일 없었다는 듯 산다. 성상납, 성접대 등 구역질나는 사건들이 터져도 이런 너절하고 치사하고 싸구려 같은 인간들 하다가, 인터넷에서 리스트를 구해보고 너냐 너냐 하다가 에잇 더럽다, 김연아나 봐야지 하고 즐거워한다. 국가인권위원회 기구를 일사천리로 화끈하게 축소해버려도 인권을 우습게 여기는 것이 이 정권의 정체성이란 말이냐 길길이 뛰다가, 그냥 야구를 볼까 축구를 볼까 하고 텔레비전을 튼다. 죄목이라곤 전문대 나왔다는 것밖에 없는 미네르바가 아직도 갇혀 있다는 것을 생각하면 기가 막혀 속이 답답한데도 〈무릎팍 도사〉를 보며 낄낄 웃는다. 자식 나이의 젊은 배우가 성상납과 술시중에 시달리다가, 또 그 사실이 널리 알려질까봐 자살을 한 지 오래됐는데도 가해자는 없고 수사는 지지부진이다. 죽은 자는 말이 없고 산 자는 오리발을 내밀고 유난히 성상납 리스트에 오른 사람들의 인권만은 살뜰히 보살펴주는 수사기관의 행각에 분노하다가, 별일 없다는 듯 그냥 지낸다.

일제고사가 일제히 실시된다는 말을 듣고 일제 때 보던 시험이 부활했나 싶어서 이 정권의 과거 사랑이 얼마나 심하면 일제 때로까지 회귀하나 했다. 학교별 줄 세우기, 교사별 줄 세우기가 시작되었구나 싶어 가슴이 철렁하다가도 친구와 맛있는 밥집에서 만날 약속을 한다. 롯데가 550미터 높이의 건물을 짓는 걸 허가하는 것을 보면서 공군 조종사인 친구 아들 걱정을 하다가, 줄줄이 샅샅이 터져 나오는 박연차 리스트의 끝에 뭐가 나올까 궁금해 죽겠으면서도 내가 이런 꼴 한두 번 보냐 에라 모르겠다 한다.

방송을 장악해서 귀를 막고 표현의 자유를 제약하고 겁을 줘서 입에 재갈을 물리기 시작하자, 입법 · 사법 · 행정 · 언론 · 지식인 사회 등 이곳저곳에서 알아서 기는 소리가 크게 나는데도, 나는 별일 없이 산다. 대다수 국민도 하루하루 별일 없이 사는 것 같다.

세상에 대한 애정이 있는데, 사회에 대한 기대가 있는데, 우리 자식들이 살아갈 세상인데, 어떻게 이룬 대한민국인데, 젊은이나 늙은이나 고통과 분노, 걱정과 근심 없이, 별일 없다는 듯이 하루하루 재미있게만 살겠다니……. 희망이 보이지 않아서일 거다. 개선의 여지가 없어 보여서다. 절망 때문일 거다.

정말 이렇게 살아도 되는 겁니까?

2009/04

# 목사님, 부처 믿고 사람 되세요

한국 기독교의 불교 비하와 혐오가 시작된 것은 어제오늘의 일이 아니다. 박물관의 탱화를 훼손하고, 부처님 머리를 잘라버리는 폭력은 그래도 은밀히 진행되었다. 그러나 최근의 양상은 노골적이고 본격적이다. 개그맨보다 더 웃긴다는 목사가 미국에서 열린 대중 집회에서 "스님들은 쓸데없는 짓 하지 말고 빨리 예수 믿으라"고 했단다. 그 목사가 바로 기독교인들에게 가장 인기와 신망이 있어서 순복음교회 조용기 목사 후임으로 거론되었던 장경동 목사다.

개그맨들도 이런 종류의 말실수를 하면 살아남지 못하는 세상인데, 목사는 이런 말을 해도 아무런 제재를 받지 않는다. 기독교 장로가 대통령이 되고 나서 까마귀 날자 배 떨어지는 격인지는 몰라도, 불교계에 대한 모욕과 차별이 이곳저곳에서 노골적으로 벌어져 마음 상해 있는 불교를 향해 종교인으로서는 해서는 안 될 막말을 했는데도 말이다. 어떤 절의 신도회장 격인 불교 신자가 대통령이 되고 기독교인들에게 핍박이라 보일 수 있는 상황이 벌어졌을 때, 스님이 나서서 "목사님 허튼 짓 하지 말고 부처 믿으세요" 하면 좋겠는가.

어렸을 때 내가 다니던 교회와 내가 아는 기독교는 이렇지 않았다. 일요일 집 옆에 있는 정동교회에 다녀올 때마다 키가 한 뼘쯤 커진 듯, 마음도 한층 넓어진 듯 충일감을 느꼈다. 네 이웃과 원수를 사랑하라, 오른쪽 뺨을 때리면 왼쪽 뺨을 내놓아라, 과부와 고아를 불쌍히 여겨라, 부자가 천국에 들어가기는 낙타가 바늘구멍에 들어가기보다 어렵다, 이런 말들을 귀에 못이 박이도록 들었다. 모두가 남을 이해하고 어려운 사람을 돕고 남을 위해 자신을 낮추고 희생하라는 것이었고, 재물에 욕심을 내지 말라는 취지의 말씀들이었다. 그런 말씀을 하는 목사님이 훌륭해 보였고 교회가 아름답고 은혜로웠다.

한국의 기독교가 천박해진 것은 대형 교회들이 등장하면서부터였다. 불광동 천변의 가난한 사람들 사이에서 급성장한 순복음교회를 처음에는 이단시하던 우리나라의 교회들은 너도나도 순복음교회 따라잡기에 나섰다. 신자를 모으면서 물질의 축복을 약속하고 교세를 확장해서 성전을 크게 지으면 그 큰 성전 속에 성령이 충만해진다는 환상을 교인들에게 심어준 것이다. 교인들의 십일조로 물질의 축복을 충만하게 받은 교회들이 '이것 봐라, 너희들도 물질의 축복을 받을 것이다'라고 했기 때문이다. 선교와 개종을 권유하면서 물질의 축복을 앞세우는 것은 진정한 종교일 수 없다.

장 목사는 불교 믿는 나라는 다 가난하다며 잘살려면 예수 믿어야 한다고 말했다고 한다. 동네 아주머니는 자기 교회에 나오라며 불교 믿으면 가난해지고 기독교 믿으면 부자 된다는 단순 논리만 되풀이한다. 병실을 돌며 선교하는 아주머니들은 불교 믿고 병 고친 사람은 없고 예수 믿고 병 고친 사람은 부지기수라며 선교한다. 불교 믿는 나라는 모두 가난하다는 목회자의 설교를 들은 교인들이 무엇을 보고 배우겠는가. 목회자들이 교세 늘리기에 몰두하면서 목회자들은 천박해질 수밖에 없고, 목회자들이 천박해진 탓에 오늘날 한국의 기독교를 물신숭배의 풍토가 지배하게 된 것이다.

있던 신심도 달아나게 만드는 이런 망발과 기고만장이 모든 기독교인과 목회자들에게 해당되는 것이 아님을 잘 안다. 수단과 방법을 가리지 않고 전 국민을 개종시키고 인류의 마지막 한 사람까지 기독교인을 만든다고 해서 세상이 천국이 되는 것은 아니다. 전쟁과 기아가 없어지는 것도 아니다. 물질을 앞세운 선교와 그것을 당연하게 여기는 목회자나 교인들을 용서해달라고, 십자가에 못 박힌 예수의 고통을 함께하려는 많은 기독교인들은 오늘도 간절히 기도한다.

2008/08

# 삼성을 이야기하자

저녁 준비를 하려고 냉장고를 열었더니 심한 냄새가 났다. 서비스 센터에 전화했더니 주소를 접수하고 곧 연락이 갈 거라고 했다. 긴급사태니 당장 사람을 수배해달라고 했다. 5분 뒤에 전화가 왔다. 정확한 집 위치를 물었고 금방 초인종 소리가 났다. 고장을 안 지 25분 만에 서비스맨이 도착했다. 서비스맨은 부품이 지방 공장에서 퀵으로 온다며 늦더라도 오늘밤 안에 해결될 거라고 했다. 애원 반 협박 반 당장 고쳐내라고 우겼다. 고장 신고 2시간 반 만에 부품과 함께 기술자가 왔고 냉장고는 다시 돌았다. 부품 값도 수고비도 안 받았다. 뉴욕에서 잠깐 다니러 온 친구는 미국 같으면 한 달은 걸려야 해결됐을 거라며 감탄했다. 열흘 전에 일어난 일이다.

우리집 냉장고는 삼성 제품이다. 엊그제 삼성반도체 기흥공장에서 근무하다 백혈병으로 숨진 황유미 씨 3주기 추모제가 열린 것과 삼성의 고객감동 서비스가 오버랩됐다. 지난 10년간 삼성반도체 기흥공장에서 근무하던 직원들 가운데 22명이 급성백혈병을 앓고 있고 7명이 숨졌다고 한다.

희생자들은 화학약품과 방사선 사용 때문이라고 주장하고 삼성은 개인적 질병 때문이라고 주장한다. 도저히 이해할 수 없는 것은, 일개 무명의 소비자에게 무한감동을 준 회사가, 몇 조 원을 비자금으로 쓴다는 회사가, 그 돈의 백분의 일, 아니 다만 조금이라도 떼어서 자신의 회사에서 일하다 죽은 젊은 종업원들의 죽음에 대해 깊은 우려와 충분한 애도를 표시하고, 적극적인 역학조사를 통해 혹시라도 있을지 모를 연관관계를 규명하기 위해 전 그룹 차원의 노력을 기울이지 않는다는 사실이다.

이원재 한겨레경제연구소장은 증언한다. 삼성경제연구소는 연구원들이 먹고사는 일에 대한 걱정 없이 혁신적인 연구 결과를 많이 내놓은 국내 최강의 두뇌 집단이라고. 그곳에서 일한 적이 있는 그는 연구소 안에서 삼성의 사회책임경영 문제와 함께 사회와의 소통 방법이 거론된 적이 있다고 한다. 삼성의 '지배구조'와 '비노조 문제'에 대해 자체적으로 이야기가 있었지만 삼성 문제만은 건드리지 않는다는 불문율 때문에 사그라들었다는 것이다. 그는 사회와의 소통을 거부하는 것은 삼성에 매우 심각한 위기를 몰고 올 수 있는 '잠재 위험요소'라고 지적했다.

나는 그것이, 도덕적인 문제는 둘째 치더라도, 우리나라 경제에도 심각한 위기를 몰고 올 수 있는 위험요소라고 생각한다. 대통령은 5년에 한 번 뽑는다. 삼성의 총수는 뽑을 수 없다. 대통령을 비판하는 기사는 어떤 언론도 실을 수 있지만 삼성에 대한 비판은 언터처블이다. 온 국민이 김연아의 금메달을 응원할 때 언론기관들은 또 다른 이유에서 김연아의 금메달을 학수고대했다. 삼성이 축하광고로 많은 돈을 풀 것이라는 기대 때문이었다. 세종시 문제를 풀기 위해 이 정부가 제일 먼저 삼성의 세종시 입주를 기정사실화한 것을 보아도 삼성의 힘과 행보는 국가의 정책도 좌지우지할 수 있다.

이건희 총수는 "전 국민이 정직한 사람이 되자"고 했다. 조폭들의 몸에 새겨진 '착하게 살자'라는 문신을 보는 듯 웃음이 났다. 언젠가는 '마누라만 빼고 다 바꿀 각오'가 있어야 국제적인 경쟁력을 가질 수 있다고 했다. 삼성의 사회 소통 방법은 단 두 가지다. 고객서비스로 소비자를 만족시키고 모든 비판은 비자금과 로비, 정치 · 법조 · 관계 · 언론계에 내는 장학금으로 해결한다는 원칙이다. 1960년대 이래 50년 동안 바뀌지 않은 방식이다. 왜 이 구태의연한 방법을 3대에 걸쳐서 쓰고 있는가. 왜 자신들은 바뀌려고 하지 않는가.

사회와의 소통을 거부하고 돈으로 비판 여론을 잠재우려 할 것이 아니라 마누라만 빼고 다 바꿀 각오를 해야만 삼성도 살고 나라도 살고 '정직하게 살자'는 말도 진심으로 다가올 것이다.

2010/03

# 값 떨어진
# 병역 의무

천안함 침몰과 관련해 온갖 추측과 해설이 난무한다. 그 가운데 제일 마음이 쓰렸던 것은 두 아들을 둔 아버지가 이를 악물고 토해내듯 쓴 글이었다.

> ……내 아들 둘은 절대 군대에 안 보낸다. 그동안 아들한테 군대는 꼭 다녀와야 한다고 역설했다. 인맥과 돈을 동원해서 병역 면제 받는 방법을 모르는 것도 아니었다. 그래도 안 했다. 마음이 바뀌었다. 절대 이런 나라의 군대에 내 아들을 보내지 않겠다. 외국으로 보내서 평생 한국에 못 들어온다 하더라도 안 보낸다. 내 장기를 팔아서라도 하겠다. 악착같이 돈을 벌겠다. 평생 못 보는 한이 있더라도…… 죽는 것보다는 낫다…….

해군 병사들이 찬 물 속에서 생사를 넘나드는 동안 대통령을 필두로, 지하벙커엔 한 번도 들어가본 적이 없을 병역 면제자들이 청와대 지하벙커에 모여 국가안보회의를 했다. 그들의 자식은 결코 졸병으로 차디찬 바다에서 생사의 갈림길을 넘나드는 운명을 만들 리 없는 면면들을 보면서, 아들을 군대에 보내야만 하는 보통의 부모들이 느낀 열패감과 좌절감, 분노가 절절히 배어 있는 글이다.

현 정부의 장관들 가운데 이렇게 병역 면제자가 많았는지 정말 몰랐다. 병역 면제자의 비율로 따지면 사상 최고의 내각이 아닌가 싶다. 병역 면제자인 줄 알면서도 국민이 선택한 대통령이다. 대통령이 됨으로써 본인은 국민들로부터 면죄부를 받은 셈이지만 병역 면제자를 곳곳에 중용하는 것까지 국민들이 용인하지는 않는다. 특히 국가안보와 군대 문제와 관련해 위기나 불행한 일이 생겼을 때는 이 정부로서는 전혀 말발이 서지 않게 되어 있다.

딸 키우는 부모들은 결코 모를 일이 있다. 아들이 입시지옥을 빠져나와 대학에 들어가면 바로 닥치는 군대 문제다. 아들이 선선히 군대에 가겠다고 나서면 다행이다. 유학과 진학, 취업을 핑계로 시간을 질질 끌고 있으면 답답하다. 군대 안 가면 사회생활에 지장이 많다고 타이르면, 대통령도 국무총리도 여당 원내대표도 장관도 재벌도 언론사 사주들도 그 아들들도 모두 군대에 안 갔다면서 귓등으로도 안 듣는다. 이렇게 무능한 부모를 둔 것도 너의 운명이니 어쩔 수 없다고 말할 수밖에 없다.

군대에 안 가는 것은 특혜고 특전이다. 산업체 요원, 국위선양, 질병 등의 이유로 병역 면제의 특권이 주어진다. 병역 비리가 쏟아져 나올 때마다 특례와 특혜, 질병을 교묘히 악용하고 남용하는 것이 드러난다. 안 갈 수만 있으면 안 가고 싶은 곳이 군대다. 군대는 한창때의 젊은이들이 2년 동안 몸으로 시간으로 때워야만 하는, 시간이 유예된 곳이라고 생각하는 탓이다. 그런데도 어떤 집단은 세습적으로 군대에 안 가고 있는 것이 현실이다. 그리고 또 그것이 부끄럽지도 않게 된 세상이다.

우리는 지금 군인들이 바다에서 공중에서 육지에서 어떤 장비로 어떤 악조건에서 근무하는지 시시콜콜 알게 되었다. 텔레비전에서 비춰주는 갖가지 화면과 정황들은 군대의 실상이나 어려움, 우리 아들들이 어떤 곳에서 어떤 장비로 어떤 군대 생활을 하는지 낱낱이 드러내고 있다. 아들을 군대에 보낸다는 것의 의미, 만일의 경우 얼마나 위험한 상황에 노출되는지도 상세히 알게 되었다. 천안함 침몰 이후 아들을 군대에 보내지 않으려고 수단과 방법을 가리지 않을 부모들이 늘어날 것이 정말 두렵고, 그 파장은 쉽게 수그러들지 않을 것 같다.

이 시점에서 국위선양을 이유로 병역 면제의 특전을 주는 것도 재검토해야 한다. 때에 따라, 여론에 따라 남용되고 있을뿐더러 병역을 마친 사람들과의 형평성도 고려해야 한다. 다른 방법의 보상을 찾는 게 마땅하다. 신성한 국방의 의무가 면제된 것을 축하하는 나라에서는, 그것이 특권이 되는 나라에서는, 국방의 의무는 값이 없어지게 되어 있기 때문이다.

2010/04

# 역사는 되풀이되는가

아흔여섯에 세상을 떠난 친정아버지는 평생 신문을 보다가 에잇, 이런 무식한 놈들, 이렇게 역사를 모를 수가 하시며 부르르 떠신 일이 많았다. 1903년생인 아버지는 강원도 시골에서 태어나 보통학교 시절 기미년 독립만세 운동에도 가담했으며 상업전문학교를 나와 은행에 다녔고 만주에서 살다 해방 후 귀국했다. 인물이 많지 않던 시절이라 해방 뒤의 정치·경제·사회 거물들과 두루 교분이 있었고, 그들의 젊은 시절 행적에 대해 소상히 알고 있는 살아 있는 인물 현대사였다. 그 양반은 친일파, 정치모리배, 재벌 들이 과거 행적을 미화하거나 둔갑시키는데도 언론이 그것을 깊이 캐 들어가지 않고 그대로 보도하는 일에 번번이 분노했다. 당신이 따뜻하게 밥을 드실 때 얼어터진 발에 발싸개를 하고 기약 없이 산으로 들어갔던 독립운동 하던 친구 아무개 아무개의 이름을 열거하며, 그가 죽었는지 살았는지 그의 자손들을 어디 가서 찾을지 안타까워하셨다. 마약 장사하며 독립군을 때려잡았던 인물이 버젓이 독립운동가로 둔갑한 것, 과거 행적을 꾸며댄 정치인과 그들의 부패상, 북으로 간 인재와 그들의 부재로 인한 역사 왜곡, 재벌의 창업 미담이 어째서 거짓말인지를 구체적 예를 들어가며 소상히 설명해주셨다. 돌아가시기 1년 전에도 평생 써온 일기를 내놓으며 이러이러한 것은 바로잡아야 한다 말씀하셨는데, 나는 건성으로 대답했을 뿐이다. 이미 수십 년 사실로 굳어져 본인도 언론도 역사도 그 거짓말을 참말인 줄 알고 있는데, 내가 무슨 수로 증거를 찾아가며 역사의 왜곡을 바로잡는단 말인가.

역사는 되풀이되고 개인사도 유전하는 것인가. 나도 요즘 아버지처럼 부르르 몸을 떠는 일이 많다. 해방 뒤처럼 그렇게 세상이 어수룩하지는 않아 시시비비를 가리는 일이 제법 이루어지고는 있다. 하지만 역사란 온갖 거짓을 통해서도 성공을 한 사람들에 대한 기록이고, 그들과 성공의 과실을 함께 따먹은 사람들과 그들의 자손에 의해 기록되며, 역사 왜곡은 되풀이되어 거짓의 바탕 위에서 새로운 거짓이 덧씌워지는 것이라는 회의감에 때로 절망하게도 된다. 박정희 유신독재와 개발독재, 재벌에 대한 특혜와 정경유착 등의 폐해가 오늘날 현대 사태와 대우 등 재벌의 몰락으로 이어지고 있다. 그들과 그들의 자손들은 아무런 제재 없이 현란한 삶을 누리고 있는데, 이제 나라 경제가 살려면 노동자들이 곧 추운 거리로 몰려나갈 수밖에 없다는 쪽으로 가닥을 잡아가고 있다. 그 원죄가 박정희에 이르며 다시 실끝을 찾아가면 아버지가 혹독하게 평했던 아무개 아무개 아무개의 이름들이 그대로 40년이 지나 내 입에서 그대로 반복되고 있다.

그가 숨진 지 30년, 차마 부끄러워 이름을 부르지 못했던 전태일. 아버지가 당신의 친구들처럼 독립운동에 투신하지 못한 것에 원죄의식을 갖고 있듯이 나도 전태일에게 원죄의식을 갖고 있다. 그는 1970년 11월 13일 청계천의 한 거리에서 분신자살했다. 그 가을에 나는 한창 잘 나가던 젊음을 보내고 있었다. 낮에는 취재를 하고 기사를 쓰고 밤에는 생맥주집에서 기고만장해서 기염을 토해대고 있었다. 중산층 가정에서 인생의 양지쪽은 당연히 내 차지라는 생각만 하고 그늘에 있는 사람의 생존 문제는 그들의 일이라고 생각했다. 그가 청계천에서 배고픔과 졸음으로 파리하게 죽어가던 10대의 어린 동생들과 자신과 동료들의 생존권을 위해 스스로 산화했을 때, 대학생 친구가 하나만 있었다면 했던 탄식과 공책에 빼곡히 쓴 일기를 보았을 때, 그때의 충격과 부끄러움이 바로 어제 일인 듯 생생하다. 전태일로 인해 많은 젊은이들이 인생의 진로를 바꾸었던 이야기를 내 아들들에게 하다가 40년 전 내가 아버지의 말씀을 건성으로 대했던 것처럼 별로 감명을 못 받는 것을 보며, 나는 내 아버지가 느꼈을 쓸쓸함과 외로움을 알 것 같았다.

2000/11

# 목숨을 걸고

이 땅에서

진짜 술꾼이 되려거든

목숨을 걸고 술을 마셔야 한다

이 땅에서

참된 연애를 하려거든

목숨을 걸고 연애를 해야 한다

이 땅에서

좋은 선생이 되려거든

목숨을 걸고 교단에 서야 한다

뭐든지

진짜가 되려거든

목숨을 걸고

목숨을 걸고……

이 시는 '오송회' 간첩사건의 주범으로 조작되었던 이광웅 시인의 〈목숨을 걸고〉라는 시다. 진짜 교사가 되려 했던 이광웅 시인은 지난 11월 25일 전두환 정권 시절의 대표적인 공안조작사건인 '오송회' 사건 연루자 9명 전원에게 26년 만에 무죄가 선고된 자리에 없었다. 심한 고문을 당하고 감옥에 갔다가 풀려나 다시 복직했으나 전교조에 가입했다는 이유로 해직되고 힘든 세월을 보냈던 이광웅 시인이 암으로 세상을 뜬 것은 15년 전이다. 투병생활을 하면서도, 억울한 세월을 살았으면서도 그는 맑디맑은 심성의 좋은 시를 남겼다.

광주고법 형사1부(재판장 이한주)는 이날 이례적으로 26년간 어려운 세월을 살아온 이들에게 법원의 이름으로 사과를 했다. "검찰의 조서 등은 고문 · 협박 · 회유에 의한 것으로 증거능력이 없다"고 밝히고, 경찰이 전기통닭구이 등의 고문을 행한 것을 인정했다. 그리고 "피고인들이 국가보안법과 반공법을 위반한 적이 없고, 법원에 가면 진실이 밝혀지겠지 하는 기대감이 무너졌을 때 여러분이 느꼈을 좌절감과 사법부에 대한 원망, 억울한 옥살이로 인한 고통에 대해 머리 숙여 사죄드린다"고 했다. 미술 교사였던 부인 김문자 씨 역시 해직과 복직을 겪으며 신산한 세월을 살아왔다. 법정에서 판사가 미리 준비한 원고도 없이 억울한 누명을 썼던 한 사람 한 사람에게 진심 어린 사과를 하는 말을 들으며 한 편의 좋은 시를 읽는 것 같은 감격을 맛보았다고 한다.

간첩, 빨갱이라는 낙인은 우리 사회에서 사회적 사망 선고나 마찬가지다. 그런데도 군산제일고 전 · 현직 교사 9명이 4 · 19 기념식을 하고, 정부와 미국을 비판하고, 김지하의 〈오적〉을 낭독했다는 이유로 간첩이란 누명을 씌워 사회적 사망 선고를 내렸다. 빨갱이의 자식, 간첩의 가족이라는 누명 아래 자녀를 기르고 밥벌이를 하고 생명을 유지하는 일이 얼마나 힘들었을까 생각하면 동시대를 산 사람으로서 부끄럽고 미안한 마음을 금할 수 없다.

특히 이광웅 시인은 주모자로 몰려서 관련자 가족들의 원망을 많이 받았다. 그래서 이 시인 부부는 항상 마음에 짐을 진 것 같은 세월을 살았다. 자신의 억울함보다는 자신으로 인해 어려움을 겪은 동료들과 그 가족들을 걱정하며 이중의 고통을 겪었던 이광웅 시인도 저세상에서 이제야 비로소 마음의 짐을 내려놓았을 것이다.

민주화 과정을 거치는 동안 우리 사회엔 진짜가 되기 위해, 진짜를 말하기 위해 목숨을 걸었던 수많은 사람들이 있었다. 그들에게 우리 사회는 커다란 빚을 졌다. 그 값진 노력 덕에 우리는 역사적 진실에 접근하기도 했고 도덕성을 확보하기도 했다. 그러나 최근 우리 사회는 그런 노력의 성과를 '무'로 돌리려는 움직임에 직면했다. 서울시 교육청에서 고교생들을 대상으로 실시할 역사 특강을 위해 꾸려진 강사진의 면면과 이들의 평소 발언을 종합해보면 이들이 진짜 역사를 가르치리라 기대하기 어렵다.

가짜를 진짜라고 우긴다고 해서 진짜가 되는 것은 아니다. 역사를 가르치려면 진짜를 가르쳐야 한다. 26년 만에 '오송회' 사건의 진실이 밝혀진 것처럼, 가짜를 주입해도 언젠가는 진실이 밝혀지는 법이니까.

2008/11

# 동물이 되어가는 사람들

사람이 한세상 살다 가는 것이 어떤 의미가 있는가, 어떤 의미가 있어야 하는가, 라는 질문을 할 때가 있다. 누구의 자식으로 태어나 누구의 부모로 살면서 그 핏줄의 의무에만 충실하게 살다가 가는 것이 사람의 도리라고는 할 수 없기 때문이다. 그거라면 다른 동물들도 다 하는데 사람의 삶이라면 뭔가 달라야 하지 않을까. 세상이 내가 태어나기 전보다 수십억분의 1만큼은 좋아지길 바라고 수십억분의 1만큼만 힘을 보탠다면 사람으로서 살다 간 보람이 있는 것이 아닐까 정도로 나는 인생의 의미를 정리했다.

점점 사람답게 살기가 어려워져 간다. 사람들이 점점 더 동물처럼 되어가고 있기 때문이다. 모두 나, 내 가족, 내 핏줄, 내 나라, 내 정의만 내세우는 세상으로 변해가고 있다. 미국의 새 대통령으로 버락 오바마가 당선되었다고 좋아한 것도 부질없어 보인다. 그는 "미국 촌구석의 아이가 교육의 혜택을 못 받는다면 그것이 내 자식이 아닐지라도 나의 문제이고, 노인이 아픈데도 집세와 병원비 때문에 고통을 받는다면 나는 더 가난해진다"

는 취지의 연설을 했다. 미국은 하나라는 이 메시지에 미국민은 열광했다. 덩달아 열광하다가 '지구상의 누군가가 헐벗고 굶주린다면 그것도 내 일'이라는 생각으로까지 확장되지 않는다면 미국의 새 대통령이 누가 되건 한국에, 인류에게, 어떤 보탬이 되겠는가 고개를 젓게 된다.

개천에서 용이 나기 어려운 세상이 되었다고 한다. 그래도 드물게 개천에서 용이 나면 사회 전체가 축하를 한다. 그러나 그 용이 자기 자신과 가족들의 행복에만 관심이 있고 자기가 자란 개천에 아무 관심이 없으면 사회적으로 대단하게 볼 이유가 없다. 학벌과 경력이 자기 핏줄과 자기 집단의 살길을 도모하는 데만 쓰인다면 학벌에 대한 존경을 바칠 까닭이 없다. 동물의 세계에서나 부러워할 일이다.

동물은 자기 존재가 위협을 받으면 불안해서 공격을 한다. 미네르바라는 블로거가 나타나서 경제 대통령이라는 이름을 얻으며 정부의 정책을 비판하자 불안해졌을 것이다. 추적해보니 전문대 출신의, 경제학을 전공하지 않은 서른 살의 무직자라는 사실에 '이런 것한테 당하다니, 잡아들여!' 했을 것이다. 학벌과 배경을 허가받은 칼과 펜이라고 믿고 마음대로 휘두르다가 허가받지 않은 사람이 떠들자 이른바 학벌과 배경을 가진 무리들이 개떼처럼 힘을 합쳐 응징에 나섰다. 그가 50대의 학벌도 좋고 경력도 화려한 학자나 저널리스트였다면 결코 흉악한 범죄의 현행범인 것처럼 체포하지는 못했을 것이다.

대다수 국민이 춥고 시리고 저린 시절을 보내고 있는데 국회에서 활극을 벌인 것이 고작인 의원들이 뭘 그렇게 대단한 일을 했다고 따뜻한 나라로 부부 동반 골프 여행을 갈 수 있겠는가. 동물들의 행태다. 출산율이 떨어져 이 땅에 학교 갈 세대가 줄어드는데도 내 자식 내 족속만 특별한 교육을 받게 하겠다고 이리저리 정책을 뜯어고치는 것도 동물의 짓이다. 다른 민족을 가두어놓고서도 미진해서 그들을 지구상에서 멸실해버리려는 이스라엘의 만행은 인간도 동물도 아닌, 악마의 짓이라고 말할 수밖에 없다.

생텍쥐페리의 기도문을 다시 읽는다.

……주님이시여 제가 저 자신을 알려면 당신이 제 안에 고통의 닻을 내려주시는 것으로 족합니다. 당신이 줄을 잡아당기시면 저는 눈을 뜹니다…….

고통을 통해 인간은 무엇인가를 깨닫는다. 세계적인 금융위기로 인한 고통을 겪으며 인류가 정신을 도외시하고 물질을 숭상해온 것에 대한 반성을 하게 되길 진정으로 바랐다. 그러나 약육강식의 정글 논리를 정당화하고 무한경쟁만이 살길이라고 부추기면서 서로서로 동물이기를 강요하는 인류, 특히 이 나라가, 이 고통스런 시절을 통해서 무엇 하나 깨닫지 못하게 될 것이 진정으로 두렵다.

2009/01

# 아!
# 봄날은 간다

몇 년 전 시아버지가 병석에 계실 때 나는 시아버지의 대소변을 가리는 일이 혹시 내 차지가 되지 않을까 조마조마했다. 간병인이 24시간 지킬 수 없고 가족의 손길이 필요할 때도 있을 텐데……. 며느리인 나에게 그것은 심각한 위협이었다. 다행히 남편과 시동생이 번갈아 시중을 들어 돌아가실 때까지 그 의무는 부과되지 않았고 아무도 나에게 손가락질을 하지 않았다. 그 뒤 1년이 채 되지 않아 친정아버지가 바로 그와 같은 상태가 되었다. 나는 전혀 근심하지 않았다. 은연중에 '딸이니까, 며느리가 있으니까, 오빠가 있으니까, 누군가는 하겠지만 나는 아니겠지' 했던 것 같다. 아버지 돌아가시고 난 뒤 올케언니는 깔끔했던 아버지가 아랫도리를 당신 며느리 손에 맡기시곤 그렇게 미안해하셨다고 전했다. 돌아가실 때까지 염치를 차리셨던 아버지를 칭송하는 말을 하는 것을 들으며 나는 부끄러웠다. 나는 참 덜된 인간이구나. 올케언니는 나보다 나은 사람이구나. 사람의 크기를 재는 방법을 또 하나 배운 것 같았다.

그 이후 동네 슈퍼마켓이나 약국에서 성인용 기저귀를 파는 코너를 무심히 지나칠 수 없다. 성인용 기저귀를 가득 실은 카트를 끌고 가는 초로의 신사나 머리가 희끗희끗한 아주머니를 보면 누구의 기저귀를 갈아주고 있을까 궁금해진다. 그리고 간절한 마음을 담아 노인의 기저귀를 갈아드릴 그 손길에 따뜻한 감사와 축복의 눈길을 보낸다. 내 주변의 사람들이 나이를 먹을 만치 먹어서인지 자신도 노인 줄에 들어서면서 노부모를 봉양하는 경우가 많아졌다. 치매 노모가 시도 때도 없이 아들만 찾아 회의고 출장이고 좌불안석이라는 동료, 팔십 노모의 진자리 마른자리를 갈아드린다는 명예퇴직한 육십 줄의 친지도 있다. 아흔 먹은 노모의 발톱에 매니큐어를 칠해드린다는 이야기, 호랑이처럼 무서웠던 시아버지의 앙상한 엉덩이를 따뜻한 물로 닦아드리며 마음이 정화되는 것을 느꼈노라는 친구도 있다. "나는 못해, 죽어도 못해"라며 닥치지도 않은 일에 지레 겁을 먹는 경우도 있고, "야, 그럴 정도로 살면 뭐 하냐, 일찌감치 죽지, 나는 내 자식에게 그런 일 안 시켜"라는 친구도 있다.

그러나 어쩌랴. 사람 목숨이 뜻대로 되는 것도 아니며 아무리 야무진 성품이어도 병들어 자신의 몸을 가누지 못하는 처지가 되고 보면 누군가가 그 뒷바라지를 해야 하는 것을. 그것이 누구인가. 그리고 누구여야 하는가. 나는 이렇게 생각한다. 집집마다 사정이 다르고 노인들의 처지가 각각이겠지만, 그래서 설사 모시고 살 형편이 되지 않는다 할지라도, 그런 경우가 닥쳤을 때 잠시 동안이라도 진정한 마음을 담아 부모나 시부모, 장인 장모의 진자리 마른자리를 거두어보는 경험을 하는 것은 인생에서 가장 소중한 시간이 되리라는 것이다.

시할머니가 돌아가시기 전 몇 달 동안 내 집에 와 계셨다. 우리 부부는 아침마다 출근 전에 시할머니를 목욕시키고 자리를 뽀송뽀송하게 마련해드렸다. 그러면서 우리는 많은 이야기를 나누었다. 사람의 인연이라는 것이 무엇인지, 김씨 가문에서 태어나 최씨 집에 시집가 정마리아 금동할머니의 궁둥이를 씻겨드리는 이 인연이 공연한 것이겠는가, 전생에서든 이승에서든 저질렀던 많은 잘못을 이렇게 갚는 게 아닐까, 그런 거창한 대화도 나누며 우리는 의식처럼 그 일에 정성을 기울였다. 그리고 우리가 함께한 그 순간을 긴 결혼생활을 통해 가장 잊지 못하는 추억으로 간직하고 있다.

여든아홉의 친정어머니와 여든다섯의 시어머니가 모두 병석에 있는 이 봄날, 나는 참으로 많은 생각을 하며 산다. 편지쓰기와 친구 만나기, 그리고 목욕을 즐기시던 친정어머니는 옷 갈아입을 생각도 없이 웅크리고만 있다. 맛있는 음식과 고운 색의 옷을 좋아하시던 시어머니는 식도가 제 역할을 못해 콧줄로 음식을 섭취하며 광목의 병원복 하나로 버티신다. 윤기 없이 바짝 마른 살갗에 볼을 비비면서, 자식을 눈앞에 두고 누구시더라 묻는 초점 없는 눈길을 보면 하염없이 눈물이 흐른다. 그러나 그 눈물은 효심에서라기보다 사랑과 갈등과 증오의 세월을 넘어, 인생의 종말에 유한한 인생끼리 만나 느끼는 깊은 슬픔 때문이다. 아! 무상한 인생이여. 우리 모두 그렇게 슬픈 봄날을 보낸다.

2000/05

# 자발적이고 우아한 가난

자발적으로 가난을 택하고 누추하기 십상인 가난을 우아하게 누리고 사는 법이 무엇일까.
가능할까. 왜 못할까. 서울에 돌아와서도 자발적으로 가난하고 우아하게,
자발적으로 가난하고 우아하게, 자발적으로 가난하고 우아하게,
매일 주문처럼 되뇌고 있다.

# 초파리보다는 월등한 존재여야

부자의 선행엔 이상하게 감동이 없다. 돈만 있어봐라 나는 그것보다 더 좋은 일도 할 수 있다, 라는 질시 어린 비아냥의 대상이 되기 쉽다. 그러나 가난한 사람들이 자신의 욕망이나 이익을 뒤로한 채 인간의 근본 도리를 지켜나가며 이웃과 더불어 살아나가는 모습은 언제나 감동을 자아낸다.

인간 유전자 지도가 완성되어 인간의 유전자 수가 초파리보다 별로 많지 않다는 뉴스가 화제가 되고 있다. 대단히 정교하고 복잡한 구조를 갖고 있을 줄 알았는데 그렇지 않은 데 대한 실망 혹은 놀라움 때문이다. 그럴 줄 알았어, 보라구 인간이 본래 벌레나 짐승보다 더 나은 존재가 아니라는 걸 보면 몰라, 짐승보다 못한 인간이 얼마나 많으냐, 인간은 초파리에서 별로 진전된 것이 없는 존재야, 라고 자조적으로 말하는 사람들도 있다. 그러나 유전자 수가 예상보다 적다고 실망하거나 놀랄 이유는 없다. 인간이 초파리나 다른 짐승과 구별되는 존재임을 증명하기 위해 더 많은 유전자 수가 필요한 것은 아니다. 매일의 일상이 어디로 흘러가는지 모르는 채, 휴일의 등산길에 앞사람의 엉덩이만 쳐다보고 걷듯 살아가다가 가끔 설명할 수 없는 선한 행동을 하는 사람들을 만나게 되고, 그들의 삶과 행동을 통해 인간은 정말 특별한 존재라는 인식을 하게 되는 것이 우리들이기 때문이다. 그리고 그런 모습은 부유하거나 문명적인 사회에서가 아니라 가난하거나 비문명화된 사람들에게서 발견된다.

마을의 한 할머니가 죽었다. 강가에서 물고기를 잡던 어린 소년은 사람들이 몰려와 상속자로 지명되었다고 하자 허둥지둥 집으로 향한다. 어설프나마 시신을 수습하고 장례 준비를 하는 동안 집 안팎에 모여 있던 친척과 동네 사람들은 소년의 움직임을 꼼짝 않고 지켜보고 있었다. 소년은 대강 일을 마치자 모든 사람들이 주시하는 가운데 앞으로 나갔다. “할머니가 여러분에게 빌려 쓴 돈은 제가 상속자로서 모두 갚을 것을 약속합니다.” 일순 탄성이 터지고 사람들은 안도의 표정을 지었다. 그래도 사람들은 아직 더 들을 말이 있다는 듯 꼼짝 않고 자리를 지켰고 긴장은 계속되었다. 소년은 울먹한 표정으로 침을 꿀꺽 삼키고 천천히 말을 이어갔다. “그리고 할머니로부터 돈을 꿔간 사람들이 있으면 이 순간부터 전부 탕감되었습니다.” 사람들이 환성을 지르고 그때부터 시끌벅적한 장례 절차가 시작되었다. 작년에 부산영화제에서 본 중앙아시아 키르기스스탄 영화 〈양자〉의 한 장면이다.

가난한 마을에서 돈을 꾸고 꿔주고 살다가 한 사람이 죽자 마을 주민들의 관심은 내가 꿔준 돈을 받을 수 있을까, 꾼 돈을 혹시 갚지 않아도 되나 하는 생각뿐이었다. 떼어먹힐 수도 있고 떼어먹을 수도 있다고 생각하면서, 사람들은 의심하거나 비굴해지고 약삭빠르거나 삭막한 행동을 취하게 될 것이다. 그러나 의무는 지키되 권리는 포기하겠다는 명백한 선언이 있은 뒤 마을 사람들은 죽은 사람에 대해 진정으로 애도하고 상속자를 잘 골랐다고 칭송하면서 마을 공동체를 유지하기 위한 미풍양속은 그대로 전승되었다.

국내 어떤 방송사가 티베트의 가난한 마을을 취재했다. 불가사의한 것은 그들이 그처럼 가난한데 행복하기 그지없다는 사실이었다. 그들이 항상 기도하고 살기 때문이라는 것이다. 모두 남을 위해 기도한다는 것이다. 자기 자신을 위한 기도가 아니라고 말했다. 쪼글쪼글한 주름살마다 환하고 선한 표정이 가득한 중년의 노동자가 나를 뺀 다른 사람과 살아 있는 모든 생명들을 위해서 기도한다고 말하는 모습은 충격이었다. 기도의 올바른 뜻은 바로 이러한 것이 아닌가. 자신을 위해 기도하면 개인의 이해가 상충하기 때문에 조물주도 모든 사람이 만족할 수준의 응답을 해줄 수 없지만, 자신을 빼고 다른 사람들을 위해서 기도하면 모든 사람들을 만족시킬 것이라는 대답이다. 그들은 그러한 지혜를 어디서 얻었을까.

인간이 만물의 영장인 것은 유전자 수나 인간이 만든 문명 때문은 아닐 것이다. 문명이 없어도 돈이 없어도 자존심을 갖고 남을 둘러보면서 사는 모습이 진정한 인간의 모습이며, 그런 지혜를 어떻게 얻었는지, 그렇게 살 수 있는 힘은 어디서 오는 것인지는 결코 유전자로는 밝혀낼 수 없는 비밀의 영역일 것이다.

2001/02

# 뇌물일까
# 선물일까

대한민국 사람이라면 누구나 감사의 뜻에서 혹은 잘 봐달라는 의미의 촌지를 줘보거나 받아본 경험이 있을 것이다. 기자라는 직업의 특수성 때문에 나도 이런저런 대접을 받기도 하고 가끔씩 돈 봉투를 건네받은 적도 있다. 내 경험상 주는 것이 받는 것보다 어렵다.

받는 것은 정중하게 거절하면 그만이다. 돌려주어서 다음에 오히려 좋은 관계가 유지된 경우도 있지만, 다시는 나와 대면하지 않은 사람도 있다. 아마 상대가 모욕을 느꼈던 것 같다. 돌려주는 방법이 적절치 않았거나 상대하기 어려운 사람이라는 평가를 내렸는지도 모른다. 물론 다시는 안 보겠다, 좋은 게 좋은 거다, 알고 보면 나도 좋은 사람이다, 라며 뭘 그렇게 깨끗한 척하느냐는 식의 노골적인 야유를 들어본 적도 있다. 돈을 잘 주고 잘 받으면 좋은 사람이 되는 것인가. 세상에 알고 보면 좋지 않은 사람이 어디 있으며, 좋은 게 좋다고 두루뭉술하게 넘어가기로 치자면 세상에서 시시비비를 가리는 일이란 불가능하다는 것이 내 생각이다.

보통 사람들이 가장 흔히 돈 봉투를 내미는 경우는 학교와 병원에서다. 자녀를 맡긴 입장에서, 또 병을 앓고 있는 가족이 있는 입장에서 고마움을 표시해야 되지 않느냐는 것이다. 누구나 그렇겠지만, 첫아이가 학교에 갈 무렵 학부모가 되면서 촌지와 관련된 존재론적 고민을 하게 된다. 남들이 한다니까 나도 해야 되나, 남들이 진짜 그렇게 하는가, 이렇게 하는 것이 잘하는 짓인가, 라는 갈등에 시달린다. 무엇보다 걱정되는 것은 촌지라는 이름의 돈 봉투를 건넸을 때 받는 사람이 모욕감을 느끼고 거절할 경우 민망스러워 어쩌나 하는 점이다. 선생님에게 백배사죄를 한들 그 미안함을 어떻게 다스릴까, 다시는 아이의 담임선생님을 볼 수 없게 되면 어쩌나, 내가 뭐든 돈으로 해결하는 사람으로 비치면 어쩌나, 이로 인해 내 아이가 오히려 불이익을 받으면 어쩌나. 남이 볼세라 황망하게 치른 내 첫 경험은 의외로 간단히 끝났다. 선생님이 처음이라 얼떨결에 받은 것인지, 당연한 것이라고 생각해서 그랬는지는 모르겠지만 얼른 서랍 속에 집어넣었다. 그러나 뭔지 모를 범죄 의식 때문에 내내 괴로웠다. 단순한 고마움의 표시가 아니라 내 아이를 잘 봐달라는 의미가 분명히 들어 있는데, 그것을 대가성 없는 선물이라고 우기기는 어려웠기 때문이다. 그 뒤 아이들이 학년을 마칠 때 선생님에게 인사를 간다는 원칙을 세웠다. 그렇다고 찜찜한 기분이 사라지지는 않았다.

일본에서 외교관 생활을 한 친지는 아이가 유치원을 마치고 귀국할 무렵 마지막 인사를 겸해서 유치원에 과자 상자를 두 개 들고 갔다. 일본말을 잘 모르는 아이를 맡아서 친절하게 돌봐준 것에 대한 고마움의 표시였다. 그러나 유치원 원장은 당연히 할 일을 한 것이라며 선물을 받을 수 없다고 잘라 말했다. 이별의 선물이니 간식 시간에 아이들이 나누어 먹도록 하자고 애원해 간신히 두고 올 수 있었다고 한다. 일본에서 오래 산 한 작가는 여름날 동네에서 며칠째 공사를 하고 있는 인부들이 하도 땀을 흘려서 냉커피를 타서 주었던 경험을 쓴 적이 있다. 그러나 엿보고 있기라도 한 듯 옆집 주부들이 항의 방문을 했단다. 당신만 인정 있는 사람처럼 구느냐, 그럴 요량이면 몇 집이 의논해 돌아가면서 찬 음료를 마련하는 게 옳다고 성토를 했다는 것이다. 결국 냉커피 값을 몇 푼씩 걷어주기에 받았다고 한다. 참 쩨쩨하고 야박한 사람들이네 싶었지만 일리가 있는 것 같았다. 마을 전체의 일을 왜 개인이 부담하느냐는 항의는 원칙적으로 맞기 때문이다.

나는 정기적으로 설날과 추석에 내가 사는 아파트의 경비원과 청소부에게 돈 봉투를 건넨다. 한여름에는 경비원들이 주로 땡볕에서 일하기 때문에 삼계탕이라도 드시라고 선물한다. 1년에 세 번이다. 최근에 아파트 자치회장을 하고 있는 친지에게 물었더니, 친지는 그것도 뇌물이라고 주면 안 된다고 펄쩍 뛴다. 나는 분명한 선물이고 아무런 대가성이 없는 것이라고 주장했지만, 그는 반칙이라고 했다. 명절에 집집마다 돈을 걷어서 경비원과 청소부에게 특별히 감사 표시를 하는데, 당신이 그렇게 반칙을 하면 안 하는 사람은 뭐가 되냐는 것이다. 그러고 보면 대가를 바라지 않았다는 내 말은 조금은 거짓말이다. 주차 전쟁이 심한 아파트에서 출근 시간이 되면 내 차가 문 바로 앞에 나가기 좋게 정확하게 놓여 있는 것은 확실히 특별한 배려니까. 은연중에 잘 봐달라는, 그래서 대접받으려는 의도가 없었다고 단언하기는 어렵다.

내 시어머니는 8년째 병석에 계신다. 입원과 퇴원을 거듭하며 생사의 기로를 헤맨 적이 여러 번이었다. 거쳐간 병동도 이비인후과, 비뇨기과, 심장내과, 정형외과, 재활과 등 10여 군데였다. 한번은 깊은 밤에 거의 돌아가실 뻔했는데 담당 의사가 그 늦은 시간에 뛰어나와 헌신적으로 응급처치를 잘해서 소생하셨다. 너무 고마워서 촌지를 준비하고 의사를 찾아갔다. 그러나 의사는 당연히 할 일을 했는데 웬 돈 봉투냐고 했다. 그래도 감사한 마음으로 드리는 선물이라고 간곡히 말했지만 그는 "이러시면 어머님의 주치의를 그만두겠습니다"라고 잘라 말했다. 특별한 취급을 한 것이 아니었다는 완곡한 표현이자 의사로서의 자존심을 내비친 것 같다. 뇌물도 선물이라고 우기고 받는 사람이 많은 세상이지만, 선물도 뇌물일 거라고 생각하고 안 받는 사람도 있다. 올바르지 않은 일인지 알면서도, 좋은 게 좋은 거지, 라는 말을 그렇게 싫어하면서도, '오고 가는 현금 속에 싹트는 인정'이라는 사고방식이 내 안에 있었다는 사실을 인정해야만 했다.

2006/06

# 죽은 지식인의 사회

"가난한 나라에 사는 지식인은 가난하게 사는 것만으로도 애국하는 것이다."

1970년대 초 아동문학가였던 마해송 선생의 아들 마종기 씨를 만난 적이 있다. 그는 미국에서 의학 공부를 하고 있었으며, 국내에선 촉망받는 시인이었다. 인터뷰 끝에 언제 귀국할 것이냐고 묻자 아버지가 늘 이렇게 말씀하셨다며 공부가 끝나면 돌아오겠다고 했다. '잘살아보세'라는 구호 아래 도시와 농촌이 모두 파헤쳐지고 경제개발이 한창 진행되던 시절에 '가난하게 사는 것이 애국하는 길'이라는 말은 참으로 놀라운 충격과 감동으로 오래 마음속에 남았다.

잘 나가는 의사 아들이 행여 고국의 어려운 사정을 외면하고 안락하고 풍요로운 미국 생활에 빠질 것을 염려한 부모의 마음과, 지식인이 그가 속한 사회에서 어떤 수준으로 살아야 마땅한 것인지에 대한 엄격한 경계의 메시지가 들어 있는 말이라고 여겼다. 부모가 자식에게 인생을 어떻게 살아야 하는지에 대해 바르게 가르치려는 마음이 그 짧은 말에 응축되어 있어 요즘의 우리의 세태를 돌아보며 다시금 되새겨보게 된다.

가정과 학교, 사회는 모두 우리 자녀들에게 공부해라, 공부해서 출세하고 성공하라고 다그친다. 왜 출세해야 하고 왜 성공해야 하는지에 대해서는 아무런 답변을 마련해놓지 않고 있다. 공부를 잘해야 좋은 학교에 가고, 좋은 대학에 가야 좋은 직업을 갖고, 그다음에는 '잘살아보세'다. 우리 사회에서 성공한다는 것이 무엇인지, 성공한 사람들의 삶의 모습이 어떠한 것인지를 두고 자성이나 의문 없이 우선 잘살고보자다. 모두가 잘살아보자는 마취약을 먹은 사람들처럼 헤매다가 깨어보니 우리는 지금 어렵게 세기말을 견뎌내고 있는 것이다.

황현 선생은 1864년부터 1910년까지 47년의 역사를 기록한 『매천야록』을 남겼다. 왕조 말 외세의 침입 앞에 개화와 척사가 갈등하고, 왕조는 부패하고, 민중이 항거하고, 급기야는 한일합방에 이르는 망국의 세월이 소상하게 기록되어 있다. 그는 합방령이 마을에 반포되자 그날 밤에 아편을 먹고 자결했다. 네 수의 시를 남겼는데, 그 가운데 이런 구절이 있다.

> 내 일찍이 나라를 버티는 일에 서까래 하나 놓은 공도 없었다. 가을 등불 아래 책 덮고 지난 역사 생각해보니 인간 세상에 지식인 노릇 하기가 어렵기만 하구나.

망국을 지켜보아야 했던 지식인의 무력감과 비통함이 가슴을 저미게 한다. 마해송 선생의 말과 황현 선생의 시구를 되새길 때마다 우리 시대의 지식인들이 너무 쉽게 살고 있다는 생각을 하게 된다. 이 시대에 이 땅에서 지식인으로 산다는 것이 얼마나 어렵고 고통스런 일인지에 대해 과연 얼마나 고민하고 있으며, 지식인들 중 대한민국 국민의 평균적 생활수준으로 살아가야 옳다는 생각을 하는 사람이 몇이나 될 것인지 생각해본다. 휴대전화로 무장하고 하루라도 잠시라도 누군가와 연락이 안 되면 소외감을 느끼고 이 사회의 대열에서 탈락하는 것처럼 불안해하는 작가, 교수, 학자 들을 흔히 본다. 현실 생활에서 한발 물러나 자신을 깊이 성찰하고 지혜로운 말을 해줄 지식인은 보이지 않고, 시류에 따라 이 말 저 말을 바꾸고, 이 말 저 말 바꿔 타는 지식인 군상만 보일 뿐이다.

사실 우리는 모두 물질적 빈곤에 대한 근심보다 더 큰 정신적 공허를 느끼고 있다. 참으로 깊은 사색 끝에 마음의 저 밑바닥에서 우러나오는 지혜로운 말들을 누군가에게 들으며 마음의 위안과 삶의 좌표로 삼고 싶은 심정인 것이다.

우리 마음 깊은 곳에서 우러나오는 소리가 무엇인지, 어떻게 사는 것이 진정으로 잘 사는 것인지 한 번쯤 되돌아볼 수 있는 기회를 저마다 가졌으면 좋겠다.

1998/10

# 예수 없는
# 한국 교회

첨단 법의학과 컴퓨터 기술을 동원해서 그려냈다는 예수의 얼굴을 보고 실망이 앞섰다. '복원해본 예수 얼굴'이라는 제목이 없었다면 서울 근교에서 흔히 보는 외국인 노동자의 얼굴인지 영화에서 보아온 네로 황제의 얼굴인지 알 수 없을 정도로 평범했다. 놀란 듯 동그랗게 뜨고 있는 눈은 불안해 보였고 뭉뚝하고 넙적한 코는 금방이라도 벌렁거릴 것 같았다. 이마가 좁고 머리털이 뽀글거리는 것도 깊은 고뇌로 사색하는 얼굴과 거리가 멀어 보였다.

최근 발굴된 1세기 유대인들의 두개골을 바탕으로 얼굴 윤곽과 턱수염을 복원해 실제 모습과 가장 닮은 모습을 구현한 예수의 생애가 곧 BBC 방송을 통해 방영될 예정이라고 한다. 창백한 얼굴에 긴 머리카락, 마른 체구에 지성미와 신비감이 엿보이는 갸름하게 깊은 눈, 넓은 이마의 백인 얼굴 대신에, 중동 지역 인종의 특성을 지녔다 하여 예수에 대한 경외의 마음이 엷어지지는 않을 것이다. 오히려 로마 시대에 식민지 목수의 아들로 태어나 고단한 삶을 살고 십자가에 못 박혀 죽은 '사람의 아들' 예수에게서 더 많은 사람들이 친근감을 느낄 수 있을 것이다. 이 평범한 얼굴의 젊은이가 바로 두 번의 밀레니엄의 세월 동안 인류에게 사랑과 경외의 대상이 되었던 기독교의 창시자 예수인 것이다.

지금 한국의 기독교는 큰 위기를 맞고 있다. 교회가 예수 대신 목사를 섬기고 교회의 주인이 예수에서 목사로 옮아가면서 기독교인들이 방황하는 모습을 보이고 있는 것이다. 목사들이 교회와 목회를 사유화하여 재산 물리듯 자녀에게 물려주고 있기 때문이다. 우리나라의 개신교 목사들을 상대로 한 조사에서 목사의 65퍼센트가 담임목사직을 자녀에게 세습할 수 있다고 대답한 것은 일반인들에게도 충격적이다. 재벌을 빼고는 사회 각 분야에서 자리나 권한을 자녀에게 물려주는 것을 금기로 알고 있는 국민정서상 영적인 것에 종사하는 종교인들이 교회를 세속적인 재산으로 이해하는 것을 납득하기 어려워서다. 세습을 반대하는 기독교인들은 목회자들이 사랑하는 자녀들에게 십자가의 고통을 물려주어야 함에도 불구하고, 그 대신 예수님께로 돌려야 할 모든 영광을 세습의 형태로 자녀에게 돌리는 행위는 신학적으로 옳지 않다고 말하고 있다. 그러나 목사 세습을 강행하는 교회들은 성경의 어느 구절에도 아들에게 물리지 말라는 구절이 없기 때문에 성경에 부합하는 것이라고 강변한다.

우리나라의 기독교가 수적으로 팽창하고 교회가 대형화한 것은 1960년대 이후다. 카리스마 있는 1세대 목사들의 개인 역량에 의해서다. 이들이 곧 은퇴할 나이가 되어 조만간 백여 개의 대형 교회에서 목사 세습이 이루어질 것이라 한다. 원로 목사들이 자녀에게 목사직을 물려주려는 것은 은퇴한 뒤에도 영향력을 행사하고 싶어서라고 보고 있다. 1세대 목사들이 물러간 뒤 대형 교회의 담임목사직이 자꾸 바뀌는 것도 후임 목사들과 매사에 간섭이 심한 은퇴 목사들과의 갈등에서 비롯된다고 한다. 이로 인해 마찰이 심하고 교세가 약화되는 기미가 보이자 교인들 사이에서 강력한 지도력으로 교회를 이끌고 사회적으로도 영향력이 큰 은퇴 목사의 자녀가 교회를 물려받는 것이 오히려 시끄럽지 않고 교세 확장에도 도움이 된다는 사고방식이 널리 펴져 가고 있다는 것이다. 인구의 4분의 1이 기독교인인 한국 사회에서 교인들이 교회의 관행을 본받아 자신들의 삶에서도 세습이나 대물림을 정당화할 터이니 목사와 교회 세습은 사회에 부정적인 영향을 끼칠 수밖에 없다.

이틀 동안 책상 앞에 걸어놓고 바라본 복원된 예수의 얼굴은 첫인상과 달리 친숙해졌다. 눈은 고통과 연민으로 가득해 보이고 코는 울먹울먹하여 곧 울음을 터뜨릴 것 같았다. 기독교 신자만이 아니라 인류가 사랑했던 '사람의 아들' 예수가 한국의 대형 교회 앞에서 지금 출입금지당한 채 울음을 터뜨리고 있는 것만 같다.

2001/03

# 자발적이고
# 우아한 가난

지리산에 다녀왔다. 섬진강 물빛은 여전히 연록색으로 푸르고 강가의 모래톱도 가을볕에 하얗게 반짝거렸다. 쌍계사 가는 길의 나무 터널은 더 깊고 어둡게 그늘을 만들고 있었다. 쌍계사를 지나 아들과 단둘이 살고 있는 산악인 남난희의 예쁜 집에서 하룻밤을 묵었다. 집 앞뜰에 가지런히 정렬한 수십 개의 장독에서 된장이 익고 있었다.

평상에 앉아 이따금 날아다니는 반딧불이를 쫓고 있는데 구름 속에 가려 있던 달이 불쑥 나타났다. 보름이 하루 지난 열엿새의 달은 서울에서 보던 달의 두 배는 되어 보였다. 환했다. 내려다보이는 산들이 하얗게 떠올랐다. 여러 번 이곳에 왔던 조선희가 영빈관이라고 명명했다는 손님방에서 솜이불을 덮고 잤다. 낮에 우리가 온다고 불을 땠다 했다. 따뜻하게 꿈도 꾸지 않고 푹 잤다.

그가 그날 저녁과 다음 날 아침에 내놓은 밥상은 여덟 가지 곡식과 은행이 드문드문 들어간 잡곡밥과 온갖 야채와 표고가 들어간 된장찌개, 죽순장아찌와 깻잎장아찌, 참나물, 열무김치, 취나물이었다. 돌아와서도 입맛이 다셔지고 생각만 해도 입에 침이 고인다.

"그래 뭐 먹고 사노?" 나는 그저 어디 가나 묻는 것을 또 묻고 있었다. "먹고사는 데 돈 안 들어요. 다 농사지어 먹지요. 돈이요? 돈 안 들어요." 무뚝뚝하지만 자상하게 설명한다.

"콩 열 가마로 된장 농사해서 그걸 다 팔면 천오백만 원쯤 되지요. 재료값 제하고 다 팔리진 않으니깐 일 년에 육백만 원 수입이 있지요. 한 달에 오십만 원이면 뒤집어써요. 남아요. 아들에게 윤선생 영어 과외도 시키고 있어요. 여행을 데리고 다니다 보니 아이가 영어에 흥미를 느껴서요."

집에는 컴퓨터도 있고 인터넷도 되고 지난 월드컵 때 누군가 갖다주었다는 번듯한 텔레비전도 있었다.

아침 일찍 그의 차로 노은동으로 향했다. 지리산에는 삼은동이라고 숨어 있는 세 동네가 있는데 각각 고은동, 노은동, 심은동이고 우리가 가는 곳은 노은동이라고 했다. 어느 날 갑자기 지리산으로 들어간 후배의 집을 찾아가는 길이었다. 십 몇 년 되었다는 그의 차는 산길을 힘차게 올라갔다. 그는 산에 쓰러져 있는 나무들을 눈여겨보았다. 나중에 톱을 가져와서 나무해 가겠다고 위치를 눈여겨보았다. 된장 띄울 때 방에 나무로 불을 때야 해서 겨울이 오기 전에 나무를 많이 해놓아야 한다는 것이다. 쓰러진 나무들을 누가 먼저 와서 가져갈까봐 걱정되는 듯 보물을 두고 가는 사람처럼 아쉽게 뒤돌아보았다. 1시간 반쯤 달렸을까. 지난 비에 도로가 유실돼 이곳부터는 차가 못 다닌다는 팻말이 나왔다. 차에서 내렸다. 걸었다.

남난희 씨는 뱀이 나온다며 지팡이로 풀숲을 헤치면서 길을 인도했다. 사람 한 번 안 만나고 2시간을 걸어 올라갔다. 가는 도중 그는 지리산

살림에 부족한 것은 없는데, 그저 아무것도 요구하지 않는 나무 잘하는 머슴 하나만 있으면 좋겠다고 후후 웃는다. 불편한 것은 시도 때도 없이 서울 사람들이 찾아오는 것이라고 했다. 오픈하우스도 아닌데 연락도 안 하고 "계십니까. 여기 남난희 씨 댁입니까?" 하고 들어오는데 난처한 경우도 있다는 것이다. 그의 살림살이가 이곳저곳에 소개된 적이 있어서 물어물어 찾아왔다는데 박절하게 대할 수도 없고 그냥 그렇다고 불평도 할 수 없다고 심드렁하게 말했다. 시골 사는 친지들의 집을 시도 때도 없이 내 기분 내키는 대로 들이닥쳤던 경험이 있는 나는 켕겼다. 각자에겐 처음이고 모처럼의 나들이겠지만 당하는 쪽은 그렇지 않겠구나 싶었다.

산꼭대기에 작은 집 한 채가 있었다. 그림같이 앙증맞고 야무진 집이었다. 천주교 수사가 직접 지었다고 했다. 솜씨가 어떻게 좋던지 지붕, 문짝, 창문, 툇마루 하나하나가 그냥 예술이었다. 그 수사는 집을 그렇게 예술로 만들어놓고는 역마살이 끼었는지 목수 연장을 꾸려서 이곳저곳에서 목수일을 하며 떠돌아다닌다고 했다. 지리산에 갔다가 비어 있는 이 집에 홀딱 반한 후배가 집주인의 승낙을 받고 수개월째 살고 있었다. 인기척이 없었다. 문고리에 묶인 줄을 살살 푸니까 그냥 열렸다. 깨끗이 빤 행주들이 부엌 의자에 걸렸는데 바짝 말라 있었다. 밥해 먹은 지 오래된 것 같았다. 주인이 써놓은 연락처와 불조심하라는 메모가 걸려 있었다. 누구든지 들어와 쉬려면 쉬고 자려면 자라는 배려가 있었다. 후배는 이미 그 아름다운 집을 떠난 상태였다. 자취를 찾을 수 없었다.

아주 작은 테이블과 의자가 있는 마당 한쪽의 작은 연못가엔 어른 주먹만 한 개구리가 꿈쩍도 않고 앉아 있었다. 무당개구리는 그 작은 연못이 전 우주나 되는 것처럼 쭉쭉 다리를 뻗어가며 유영하고 있었다. 연못 옆에는 후배가 겨우내 얼음물로 빨래하고 밥해 먹은 빨래터가 있었다. 대나무 통 속에서 흘러나오는 찬물을 들이켰다. 사람이 드나들 수 없게 완전히 잡초로 우거졌던 앞뜰을 추위를 무릅쓰고 훤하게 정리해놓은 후배는 어디로 떠난 것인가. 어디로 숨은 것인가. 너무 멀리 떠나면 돌아오기 힘든데……. 돌아올 수 있을 만큼만 멀리 떠났으면 좋으련만…….

방에 들어가니 몇 권의 책이 남아 있었다. 『자발적 가난』이 눈에 들어왔다. 자발적 가난이라……. 참 이상도 하지. 얼마 전에 직장을 그만두고 프랑스 국경에서부터 산티아고까지 890킬로미터를 걷기 위해 떠난 서명숙도 떠나기 전날까지 들고 있던 것이 『우아하게 가난하게 사는 법』이라는 책이었는데.

자발적으로 가난을 택하고, 누추하기 십상인 가난을 우아하게 누리고 사는 법이 무엇일까. 가능할까. 왜 못할까. 책을 들고 나왔다. 서울에 돌아와서도 자발적으로 가난하고 우아하게, 자발적으로 가난하고 우아하게, 자발적으로 가난하고 우아하게, 매일 주문처럼 되뇌고 있다.

2006/09

# 세금 엄살,
# 심하다 심해

부자가 되었다는 사실에 깜짝 놀랐다. 4천만 국민 가운데 5만 등 안에 들었다니 믿어지지 않았다. 아파트 하나 갖고 있어도 부자인가 싶어 황당했다. 교통이 편리하다는 장점뿐, 지은 지 30년 되어 불편한데, 강남에 있어서 종합부동산세 대상이 된 것이다. 국세청 사이트를 찾아보니 기준시가가 9억 원을 3천만 원이나 넘었다.

내가 종합부동산세를 내야 할 만큼 부자라는 데 나는 전혀 동의하지 않는다. 그러나 주택의 기준으로 보자면 그렇다는 것에는 이의가 없다. 빚이 끼어 있어 3분의 1은 온전한 내 집이 아니지만 국세청 기준시가로 명백한 국가인증 부동산 부자임을 아니라고 우길 생각은 없다.

위헌이니 부유세니 조세 형평에 맞지 않느니 하는 보도를 접하고 내년 세금을 계산해보았다. 올해 건물세와 토지세를 합해서 낸 세금이 90만 원가량이었다. 지난해보다 50퍼센트 이상 오르지 않게 상한선을 둔다니까 135만 원은 넘지 않는다. 정밀하게 계산을 해봤다. 종부세는 9억 원 넘는 3천만 원에 대해서 과세되니까 내년의 세금은 120만 원 정도 될 것이다.

10억 원 넘는 집이 있는데 기껏 30만 원가량 더 내는 것이, 그리고 그것이 5만 명에 불과한데 조세 저항을 부를 만한 일인가 의아스러웠다. 5만 명 가운데 억울한 사람, 딱한 사람도 없지 않겠지만 9억 원 이하는 오히려 세금이 줄어들어 덕을 본다는데……, 종부세 무서워 집을 팔아야 한다는 아우성은 믿을 수 없다. 강남의 45평쯤 되는 아파트 관리비는 여름이면 매달 30만 원 정도, 난방을 하는 겨울철이면 50만 원을 넘는다. 고층의 주상복합은 갑절이라고 한다. 1년 평균 5백만 원에서 천만 원의 관리비를 내면서 종부세 부담이 힘겹다는 주장은 엄살이거나 거짓말, 아니면 여론 왜곡이다.

9년 동안 탄 내 차 값은 백만 원도 안 된다. 백만 원짜리 차를 소유하고 올해 낸 세금은 20만 원이다. 보험료와 주차료를 포함하면 세금이 자동차 값을 훌쩍 넘는다. 그러나 자동차를 이용하면서 공기를 오염시키고, 길을 복잡하게 만들고, 혼자 타고 다니느라 비싼 외화 쓰는 것을 감안하면 자동차에 딸린 비용을 치르는 것에 대해 유감이 없다.

세금은 누구나 덜 내고 싶어 한다. 탈세는 안 하더라도 절세는 하고 싶다. 그러다 보니 어떤 법이 생기면 그것을 피해갈 편법이 생기고 편법이 만연하면 편법을 잡기 위해 또 다른 법이 생기는 것이다. 거두는 당국과 내는 개인이나 기업이 끝없는 숨바꼭질을 하게 만드는 게 세금이다. 진짜 부자들은 대개 살고 있는 집도 그림 같은 별장도 값비싼 외제차도 모두 개인 소유 아닌 회사 명의다. 뭘 하는지 알 길 없는 이름만의 회사 사장이 수십만 평의 농장에서 즐기면서 나중에 연수원을 짓는다며 회사 이름을 걸어놓는다. 진짜 부자들은 선견지명이 있는 모양이다. 종부세도 피해가니까.

지난 주말, 늦가을 구경을 겸해서 동료들과 양평 쪽에 다녀왔다. 그림 같은 집들이 많이 들어서 있었다. 그곳에 터 잡고 사는 전 직장 동료와 만났는데, 충격적인 이야기를 들었다. 양평 구석구석에 흘러들어온 가난한 문인, 화가들의 생활상을. 빈집들을 조금 손보고 들어가서 마당에 채소 심어 가꾸고 한 달에 20만 원에서 50만 원으로 생활하는 작가, 화가들이 많다고 한다. 월동 준비를 위해 1, 2백만 원이라도 손에 넣으려고 막노동을 한다는 아무개 아무개의 이야기도 전해주었다.

평생 내가 존경해온 사람은 창작을 위해 전생을 바치는 사람들이다. 비록 세상에서 인정을 받지 못하고 성과가 기대에 못 미친다 해도 전업 예술가로 사는 사람들의 인생은 보통 사람이 못 갖는 충족감으로 가득 찬 한 차원 높은 것이라고 생각해왔다. 그들은 전업작가고 비정규직이기 때문에 국민연금도 없다. 누군가의 불운을 보고 자신의 처지에 안도하는 것은 비겁한 짓이긴 하다. 우리 부부 국민연금을 합치면 150만 원 정도 되니까 이들에 비하면 나는 대재벌이다. 나보고 부자라니! 잠시 억울하던 마음이 부끄러워졌다.

2004/11

# 아직 집을 못 샀다고요?

내가 서른 살이고 집이 없다면 지금은 집을 사지 않겠다. 자고 나면 천이니 억이니 오르는 아파트 시세를 보고 배 아파하거나 충격을 받지 않겠다. 내가 마흔이 넘고 아이들도 커서 넓은 평수로 이사 가야 할 형편이라도 아파트는 사지 않겠다. 미쳐 돌아가는 부동산 폭주열차에 절대로 올라타지 않겠다.

아파트 한 평에 1억 원인 시대가 온다는데, 서울의 아파트 한 평을 살 돈으로 시골에 땅을 사겠다. 발품을 팔고 연구만 잘하면 서울에서 한두 시간 가면 되는 곳에 헌집이 딸린 땅을 어렵지 않게 구할 수 있다. 길은 전국 어디나 잘 뚫렸고 차만 있으면 서울에서 주말마다 다닐 수 있다. 산골에서도 무슨 선생 영어 과외도 할 수 있고 인터넷도 유선방송도 잘 터진다. 서울에서는 전세를 살거나 좁은 집에 복닥거리고 살아도 주말마다 아이들과 넓은 시골집을 가꾸며 사람답게 폼 나게 살겠다.

집값 하나는 잡고 말겠다고 공언했던 정부가 부동산 정책을 만지작거릴 때마다 집값이 마구 뛴다. 이 정부 들어 가장 많은 혜택을 본 건 부동산 부자들이다. 공급 확대니 새 도시 발표를 하면 그 땅들은 주로 서울 땅부자들이 갖고 있었던 것으로 드러난다. 그들은 땅값 보상을 받아 강남에 아파트를 산다. 강남에선 5억 원에 산 아파트가 5년 사이에 20억 원이 되었다. 되팔 때 5억 원 정도의 세금을 내라니까 세금폭탄이라며 정부에 삿대질을 한다. 돈벼락을 맞았으면 세금도 폭탄을 맞는 게 당연하다. 그래도 10억 원의 불로소득이 생긴다. 그러나 내년이면 틀림없이 정권이 바뀌고 새 정권이 새로운 정책으로 세금폭탄에서 자신들을 구해주리라는 기대를 하고 있다. 그래서 집을 안 팔고 매물을 거두어들이니까 집값이 뛰는 것이다.

우리나라의 인구 분포를 보면 지금이 생애 처음 집을 장만하려는 나이층이 폭발적으로 늘어난 시기다. 좀 넓은 곳으로 이사 가려는 마흔에서 쉰 살까지의 인구도 정점에 왔다. 10년 혹은 15년만 기다리면 주택 수요는 급감할 수밖에 없다. 이런 속도와 규모로 서울 근교에 새 도시를 만들면 지금의 30대가 50대가 되고 40대가 60대가 될 시점엔 서울의 아파트는 남아돌 수밖에 없다. 그때 서울에 집을 사서 시골집은 소위 별장으로 즐길 수 있다고 생각하자. 지금 집을 사려고 안달을 하면 할수록, 초조해하면 할수록 속으로 웃는 사람들이 바로 부동산 부자들이다. '그래 너희들은 수십 채씩 갖고 있거라. 나는 모른다' 해버리면 전세금도 내려가고 집값도 내려간다. 그들만의 '놀이'를 하라고 놔둬버리자는 것이다.

시골의 땅은 50평도 괜찮다. 주변 경관이 전부 내 것이거니 생각하면 된다. 노년엔 자녀들 다 키우고 그곳에 살겠다는 희망을 안고 사는 것이 좋다. 그때쯤이면 수십 채 수백 채씩 아파트를 가진 사람들은 전세가 안 나가 고민할 테고, 전세금도 집값도 똥값이 될 것이다. 십 몇 년 배 아파했던 것이 가라앉을 것이다. 요즘 동남아로 은퇴 이민을 가서 귀족 생활을 하는 사람들이 는다고 한다. 그러나 대한민국 농촌에도 아이들 교육시키고 부부가 한 달에 백만 원이면 남부럽지 않게 살 수 있는 곳이 얼마든지 있다. 가정부를 둘씩 두고 골프를 치고 살아야만 직성이 풀린다면 몰라도.

생각을 바꾸면 길이 보인다. 부동산 거품이 오늘내일 잡히지 않겠지만 10년 안에 잡히리라는 희망을 갖고 살자는 말이다. 30년 전 수유리 근처에서 보증금 20만 원에 월세 8천 원으로 신혼살림을 시작해서 집 장만하고 은행 융자 갚느라 뺏속까지 시렸다. 집 없는 사람들에게 위로가 될까 도움이 될까 싶어서, 다시 젊어질 수 있다면 이렇게 살고 싶다는 희망을 적어본다.

2006/11

# 청와대의 밥맛

청와대를 여러 번 간 재벌 총수와 우연히 밥을 먹게 되었다.
각 대통령의 태도와 장단점을 솔직히 비교해달라고 했더니,
그는 대통령은 대통령이라고 했다. 청와대에 근무하는 사람 모두가
대통령의 안색만 살피고 있으니까 청와대에 3개월만 있으면
모든 대통령은 똑같아진다고 했다.

# 대통령의 꿈은 달라야

언제부터인지 만나는 사람마다 하는 인사가 "부자되세요"다. 어떤 공공기관에서 받은 공문의 말미에도 "부자되세요"라고 버젓이 적혀 있었다. 부자가 되라니……. 공무원, 교수, 의사, 언론인, 판사에게 부자가 되라고 하는 것은 그 직업이 부자가 되는 직업이라는 뜻인지 아니면, 낮에는 점잖은 직업을 밤에는 부자 되는 직업을 가진 투잡족이 되라는 것인지……. 모욕적인 말인 것 같은데도 다들 시시덕거리며 "부자되세요"다.

올해 들어서는 한술 더 뜬다. "대박 터지세요"가 대세가 되었다. 부자로도 성에 차지 않아서 만나는 사람마다 "대박 터지세요"다. 전 국민이 로또에라도 당첨되라는 말인가. 지금 우리 사회에는 직업, 나이, 빈부를 가리지 않고 대박의 꿈을 키우는 사람들투성이다. 뿐만 아니라 국회의원 선거에서도 나타난 것처럼 정치권이 나서서 국민들을 들뜨게 하고 대박의 꿈을 키우라고 부추기고 있다. 그 정점에 긍정적이든 부정적이든 이명박 대통령이 있다.

이명박 대통령의 이력서를 보면 대통령이야말로 대박 터진 사람이다. 가난한 집안에서 태어나 고등학교 진학이 막막해서 낮에는 일을 하며 야간 상고에 다녔다. 대학을 졸업하고 세계적인 건설경기를 타고 주로 항만, 다리, 도로 같은 대형 토목공사를 하면서 성공신화를 이루어냈다. 그리고 대통령이 된 것이다. 대통령이 성공신화를 이루어냈다고 해서 국민들 모두가 성공신화의 주인공이 될 수는 없다. 물론 대통령의 입장에서는 자신의 성공을 거울 삼아 모든 국민을 대박 터지게 해주고 싶은 욕망이 있을 수 있다. 그러나 그것은 '모든 국민이 일등이 되는 나라'라는 구호처럼 이룰 수 없는 꿈이고 가능치 않은 일이다.

대통령의 꿈과 목표는 달라야 한다. 성공신화를 대통령이 되어서까지 이어가고 싶은 심정은 이해가 된다. 임기 5년 안에 몇 퍼센트의 성장을 차질 없이 꿰맞추고 대운하를 파서라도 경기를 진작시키고 싶다는 욕망을 가질 수는 있다. 그러나 국가경영은 건설공기 맞추는 것과는 다르다. 자신의 임기 안에 무엇인가를 이루어내고 말겠다는 것은 적어도 한 나라의 대통령이 가질 꿈은 아니다. 자신의 임기 뒤에도 부작용 없이 지속가능한 정책을 쓸 생각을 해야 한다. 사람은 자기가 잘 알고 잘했던 일에 집착하기 마련이다. 1970년대 개발독재 시대에 밀어붙이기식의 사고방식으로 자신이 성공했다고 해서 그런 방식을 국정에 적용해서는 성공한 대통령이 될 수 없다.

이명박 대통령은 야간고등학교를 다니면서 성공의 꿈을 높이 가꾸어 갔지만, 자신의 입신출세보다는 불평등한 우리 사회의 모순을 해결하기 위해 몸을 던진 전태일 같은 사람도 있다. 이제 대통령이 되었으니 그런 입장에 서야 한다. 아파도 병원에 못 가고, 공부하고 싶어도 학교에 갈 수 없고, 남들이 다 받는 과외도 받을 수 없고, 아무리 노력해도 집 한 채 장만할 수 없는 그런 사람의 입장에서 대통령은 무엇을 해야 할 것인가를 고민해야만 한다. 개인 이명박의 성공에 집착하지 말고 더 높고 길게 보고 꿈을 키워야 한다.

오늘 아침 세계 각국의 뉴스는 식량위기와 기름값 폭등에 관한 것이었다. 식량자급률이 25퍼센트에 불과한 우리나라도 식량 문제는 심각한 위기가 될 수 있다. 대통령은 엊그제 국내에는 자신의 경쟁자가 없으며 세계적인 지도자들이 자신의 경쟁자라고 했다. 세계적인 지도자 반열에 서려면 전 지구적인 문제에 개입해야지 자국의 경제성장률이나 투자 유치 몇 푼에 일희일비해선 안 된다. 대박의 꿈에 젖은 국민들의 마음을 가라앉힐 책임이 대통령에게 있다. 5년 뒤에 자신이 대통령 자리에서 물러난 뒤에도 부작용 없이 나라가 잘 굴러가도록 하는 것만이 진정으로 성공한 대통령이 되는 길이고 자신의 성공신화를 이어가는 길이다.

2008/04

# 숙제가
너무 어렵습니다

김대중 전 대통령이 남긴 유언은 화해와 용서, 그리고 행동하는 양심이다. 그는 너무 어려운 숙제를 국민들에게 주고 떠났다. 사람이 살아가면서 가장 하기 어려운 일이 화해와 용서다. 특히 자신을 핍박한 사람들에게 화해의 손길을 내밀고, 그들은 반성을 한 적도 없는데 용서를 한다는 것은 보통 사람들은 흉내 내기 어렵다. 초인적인 의지를 가졌거나 종교적 신념을 가진 사람만이 할 수 있는 일이다. 어제오늘 세상에 난무하는 화해와 용서라는 말을 들으면서 누가 누구를 용서하고 누가 누구를 향해 화해를 요청해야 하는가를 곱씹어보지 않을 수 없다.

이희호 씨는 서울광장에 모인 추모객들을 향해 '행동하는 양심'이 고인의 유지임을 재차 천명했다. 화해와 용서가 국민들에게 주는 사랑의 메시지였다면 양심에 따라 행동해야 한다는 말은 국민들에게 주는 채찍질이었다. 양심에 따라 행동하는 것이 얼마나 어려운 일인가. 투옥과 고문, 납치와 망명을 겪으며 죽음의 문턱에서 다시 살아나기를 거듭하면서, 그때마다 정치적 입지를 새로이 다져가며 대통령에 올랐으니까, 고립무원과 절체

절명의 시간을 이겨냈으니까, 그토록 확고하게 신념에 찬 말을 할 수 있었을 것이다. 양심에 따라 행동하려면 용기와 자신감이 필요하다. 실천의 순간마다 인간적 한계와 좌절에 빠진다.

2006년 10월 어느 날 동교동에서 연락이 왔다. 점심을 같이하고 싶다고 했다. 여러 사람과 함께한 적은 있었지만 독대의 기회를 가진 것은 처음이었다. 당시는 대통령 선거를 1년 앞두고 노무현 대통령 이후의 대통령 후보에 대해 이런저런 말이 많았고 무엇보다 '김심'이 어디에 있는가가 초미의 관심사가 되어 있을 때였다.

단도직입적으로 묻기가 거북해서 살아 있는 정치사인 당신께서 그동안 겪어본 정치인 중에 가장 괜찮은 정치인이 누구인가 우회적으로 물었다. 그는 씩 웃으면서 "나는 객관적일 수 없어요. 나한테 잘해주고 나한테 충성한 정치인이 당연히 제일 괜찮고 이쁘지요"라고 답변을 피해갔다. 그래도 키워주고 싶은 정치인, 힘을 실어주고 싶은 정치인이 있을 것 아니냐고 물었다.

단호한 대답이 돌아왔다. "정치인은 누가 키워주는 것이 아닙니다. 키워준다고 커지지 않습니다. 자신이 크는 것입니다. 정치 지도자가 되려면 겪어야 하는 온갖 구설과 비판을 이겨내야 합니다. 신념에 따라 행동하고 온갖 영욕을 혼자 감당해낼 때 큰 정치인이 될 수 있는 것입니다. 노무현 대통령도 누가 키워준 것이 아니잖습니까. 판단은 국민이 하는 것입니다."

벌써부터 '김심'이 자신에게 있었다고, 자신이 가신 분의 '정치적 적자'라고 나서는 것이야말로 부질없는 짓이고 고인을 욕보이는 일이 아닐 수 없다.

김대중 전 대통령의 세례명은 토머스 모어이다. 헨리 8세의 오른팔이었지만 결국 헨리 8세에 의해 단두대에 보내졌다. 같은 가톨릭교도였고 또 한 정치의 최정점에 서 있던 인물인 토머스 모어는 김대중 전 대통령의 역할모델이었던 것 같다. 토머스 모어도 그도 집필광이자 독서광이었다. 사형수로 옥중 생활을 하며 그는 자신의 세례명이 토머스 모어여서 이런 고통을 당하는 것인지도 모른다는 생각을 했다고 한다. 모든 국민이 용서와 화해를 하고 행동하는 양심을 보인다면 그런 세상이야말로 토머스 모어가 그린 『유토피아』일지 모른다.

지금 용서와 화해를 말해야 할 사람은 국민이 아니라 이 정부고 이명박 대통령이다. 대화와 타협은, 용서와 화해는 칼을 쥔 사람이, 권력을 지닌 사람이 먼저 하는 것이다. 권력이 용서와 화해로 국면을 이끌지 못하면 국민은 오로지 양심에 따라 행동하는 길밖에 없다. 화해와 용서, 그리고 행동하는 양심은 양날의 칼이다.

2009/08

# 못다 쓴
# 유서를 쓰자

신문도 텔레비전도 보기 싫었다. 글을 쓸 수도 책을 읽을 수도 없었다. 숨을 쉬기도, 말을 하기도 갑갑했다. 그런 열흘이 지나갔다.

고인이 남긴 유서를 읽고 또 읽었다. 말과 글로, 자신의 의견을 피력하길 즐겼고 또 자료로 남기길 원했던 노무현 전 대통령의 너무나 짧은 유서를 읽고 또 읽는다. 행간에 혹시 다른 해석이 가능한 무엇인가 있지 않을까 싶어서였다.

그렇게도 시시비비를 가리기 좋아했던 대통령이었다. 그래서 대통령 자격이 없다는 딴지에도 숱하게 걸려들었다. 대통령 자리에 앉았다고 해서 갑자기 시시비비 가리기를 멈추고 좋은 게 좋은 거니까 하고 대충 넘어가는 것이야말로 그의 스타일이 아니다. 그런 그가 이다지도 짧은 유서를 남겼다.

신문과 방송이 쏟아내는 말들과 추모영상이 거짓말 같다. 무엇이 미안하다는 말인가. 무엇이 고맙다는 말인가. 무엇으로부터 지켜주지 못했다는 말인가.

일인당 국민소득이 6천 달러가 넘으면 민주주의 국가가 전체주의 국가로 변질되지 않는다고, 그런 역사적 사례는 없다고 정치학자들과 경제학자들은 단언했다. 오판이다. 임기를 끝낸 대통령이 봉하마을의 이장쯤으로 살 수 있을 줄 알았다. 나의 바람이었다. 안이한 생각이었다. 대한민국은 국민소득 6천 달러가 넘었으면서도 전체주의 국가로 변해가는 역사를 지금 써가고 있다.

박경리 선생이 만년에 쓴 시를 모은 유고집 『버리고 갈 것만 남아서 참 홀가분하다』를 읽었다. "……박정희 군사정권 시대/ 우리 식구는 기피인물로 살았고/ 유배지 같은 정릉에서 살았다./ 수수께끼는 우리가 좌익과 우익의 압박을 동시에 받았다는 사실이다./ 인간이 얼마나 추악해질 수 있는가를 뼈가 으스러지게 눈앞에서 봐야 했던 태평양전쟁과 육이오를 겪었지만 그런 세상은 처음이었다./ 악은 강력했고 천하무적이었다./ 역적은 삼족을 멸한다는 옛날 관념에 사로잡힌 친지들도 우리를 뿌리치고 가는……" 바로 그런 시대로 우리는 돌아가고 있다.

봉하마을에서 그가 겪었을 천하무적의 악은 무엇이었을까. 강한 것에 약하고 약한 것에 강한 사람들 마음 밑바닥의 비겁함이었을까. 일거수일투족이 감시되고 전화와 이메일이 도청되었을지도 모르는 상황이었을까. 촛불시위로 사면초가가 되었던 이명박 대통령이 봉하마을의 그를 언론에 먹잇감으로 내준 것일까. 그가 돌려준 권한을 정권이 바뀌자 제발 우리를 주구로 삼아주십시오, 라고 권력에 갖다 바친 검찰일까.

그가 대통령이 되었을 때 우리 사회의 기득권층은 고졸 출신의 대통령을 노골적으로 조롱했다. 대통령직에서 물러나 낙향을 하자 이것 또한 질투의 대상이 되었다. 손녀를 태우고 논두렁길을 달리는 그의 평화로운 노년도 눈꼴시어서 보아줄 수 없었다. 이제 그의 자살도 질투를 한다. 먹잇감이 없어졌으니까. 그의 화장과 작은 비석 하나도 질투를 한다. 가진 것이 많아서 자기들이 못하는 짓이니까. 그 정점에 수구 기득권 언론이 있다.

누가 화해와 용서를 말하는가. 죽은 권력에 난도질을 하고, 시정잡배로, 길거리 건달로, 그가 사는 흙집을 아방궁으로 묘사하며 모욕했던 언론이 제일 먼저 나서서 화해와 용서를 말한다. 죽음의 본질을 흐리게 하려는 짓이다. 화해를 먼저 청하는 것은 속이 뜨끔한 세력들이다. 그의 죽음에 직간접으로 간여했던 세력들이다. 천하무적의 악이다. 언론법을 빨리 처리하지 않는다고 안면 몰수하고 한나라당과 이명박 대통령을 비난하고 나선 그들이다. 시시비비를 가려서 그가 못다 쓴 유서를 국민의 힘으로 써야 한다. 정말 지켜주지 못해서 미안하다면.

2009/06

# 노무현 씨,
나와주세요

지난 주말에도 노무현 전 대통령이 살고 있는 봉하마을엔 관광객이 몰려들었다. 전임 대통령을 보려고 몰려온 관광객들은 아무리 기다려도 노 전 대통령이 나오지 않자 한 사람의 구령에 맞추어 하나 둘 셋 하더니 일제히 "노무현 씨~ 나와주세요~"라고 소리쳤다. 텔레비전 카메라는 엊그제까지 대통령이었던 사람을 노무현 씨라고 부르고는 재미있고 신기해 죽겠다는 듯이 웃고 떠드는 사람들의 표정을 죽 비춰주었다.

한참 만에 모습을 드러낸 노무현 전 대통령은 관광객들이 밥 먹을 곳이 없다고 불평을 하자 난감한 표정을 지으며 "나도 매일 똑같은 것만 먹고 있습니다"라고 대답했고, 어떤 아주머니는 큰 소리로 "우리가 밥 사드릴게요"라고 외쳤다.

지난 5년 동안 노무현 전 대통령은 우리 사회에서 혐오감의 대표적인 인물로 비쳤다. 이래도 밉고, 저래도 밉다, 이래도 노무현 탓, 저래도 노무현 탓이었다. 언론 권력과 기득권 세력이 힘을 합쳐 만들어낸 이미지 때문이기도 하지만 그의 캐릭터도 작용한 듯하다. 가까이서 그를 지켜본 사람은 대통령이 그렇게 비정치적이었는지 몰랐다며 고개를 휘휘 내저었다. 힘들었다는 뜻이다. 또한 부끄러움이 많고 스킨십이 부족한 사람이라고 했다. 정치의 정점에 서 있는 대통령이 정치적이지 못하고 스킨십이 부족하다는 것은 결정적인 단점이다. 그러나 정치적이라는 말의 부정적인 요소를 생각하면 그것은 장점으로 볼 수도 있다.

'불안은 영혼을 잠식한다'고 했다. 영혼이 잠식되면 이성이 마비되고 올바른 판단을 할 수 없다. 후보 시절부터 노골적으로 적의를 보였던 거대 언론은 사회 각 계층의 기득권 세력들과 힘을 합쳐 대통령을 신나게 왕따시켰다. 길들여지지 않을 뿐 아니라 누구를 길들이려고도 하지 않는 노무현이라는 독특한 캐릭터가 불안했기 때문에 이성이 마비된 탓이다.

이미지를 걷어내고 나면 실체가 보인다. 그 이미지 때문에 제대로 평가할 수 없었던 노무현 정권에 대한 평가는 그러니까 이제부터 시작된다고 할 수 있다. 대통령에 대한 평가는 그가 어떤 정책을 폈느냐가 기준이 되어야 한다. 어떤 국민도 백 퍼센트 입맛에 맞는 대통령을 가질 수는 없다. 사람마다 평가 기준이 다르고 처지가 다르기 때문이다. 개인적으로 나는 남북문제, 복지정책, 부동산과 세금정책 순으로 대통령을 평가한다. 그 점에 관한 한 60점은 넘지 않았나 싶다.

언론의 절대적인 지지와 호의로 당선된 이명박 대통령의 경우 후보의 이미지를 벗고 나니 인간 이명박이 뚜렷하게 보인다. 인수위가 내놓은 정책들과 그가 지명한 장관 후보, 고위 인사들의 면면을 보면 그의 실체가 드러난다. "끼리끼리 논다"든지, "잃어버린 10년이라고 외치더니 그동안 재산을 원 없이 불렸으면서 뭘 잃었다는 건가"라는 비난이 터져 나오는 것은 너무 빨리 이미지를 벗어던진 탓이다. 언론도 더는 호의적이지 않다. 이미지를 쇄신하든지 구체적인 정책으로 극복을 하지 않는 한 여론은 싸늘하게 식어갈 것 같다.

노무현 전 대통령은 재임 시절 스스로 약속했다고 한다. 대한민국에서 꼭 두 사람, 검찰총장과 한국방송공사(KBS) 사장에게는 전화를 걸지 않겠다고. 외압으로 비칠까봐 그랬다는데 그는 그 약속을 지켰다고 한다. 이 말을 듣고 한 사람은 감동을 했지만 한 사람은 어리석은 사람, 무능한 사람이라고 혀를 찼다. 권력이 있지만 권력을 사용하지 않았던 대통령을 우리 국민은 가졌던 것이다. 우연히 길에서 만나서 "밥 살게요" 하면 "좋지요" 하고 따라나설 것 같은 전임 대통령을 가진 것은 우리 사회가 앞으로 나아갔다는 것을 의미한다. 우리 사회는 노무현 시대를 거치며 다시는 돌아갈 수 없는 절대권력의 시대를, 그 강을, 건넜다고 할 수 있다.

2008/03

# '괴물'을
# 기다리며

대통령 선거가 1년도 넘게 남은 시점에서 성급한 이야기일 수는 있다. 그러나 지금 대통령 후보로 거론되는 이들 가운데 아무도 영화 〈괴물〉 같은 대박이 기대되는 인물이 없다.

우선 고건 전 총리와 이명박 전 서울시장을 보자. 두 사람은 나이가 있어 후일을 기약할 수 없다. 올인을 하고 있다. 둘은 전형적으로 반대되는 인물이다. 이씨가 대통령이 되면 전 국토는 파헤쳐질 것이다. "아무것도 안 하느니 악이라도 행하는 것이 옳다"라는 행동주의자의 철학에서 보면 이씨는 엄청난 일을, 그러니까 악을 저지를 수 있다. "악을 행하느니 가만히 있으면 보통은 된다"라는 철학에서 보자면 고씨는 아무것도 안 함으로써 보통도 안 될 가능성이 많다. 이씨가 대통령이 됐을 때의 양상은 눈에 보이는데 고씨는 언제나 모호했던 것처럼 아무것도 실체가 보이지 않는다.

박근혜 전 한나라당 대표는 대선에서 실패해도 정치적 생명은 끝나지 않겠지만 후일을 도모하기는 어렵다. 그도 올인이다. 놀라운 자기관리 능력이라는 장점은 속에 무서운 독기를 감추고 있기 때문에 가능하다. 그의 부드러운 미소는 관용의 미소가 아니다. 싸늘하다. 백주에 얼굴에 테러를 당했을 때 나는 그의 아버지가 저질렀던 숱한 노골적 테러와 중앙정보부의 고문, 사법적 판결로 포장된 살인 행위 등에 대해 정치인으로서 깊은 성찰과 반성을 하기를 바랐다. 그는 그것을 이용했다. 그의 반역사성을 거론할 필요도 없다. 보수언론이 결정적인 영향을 끼치는 한나라당의 사정으로 볼 때 보수언론은 아직도 생물학적으로 여자인 대통령이 나오는 것을 용납하지 않으리라 보인다. 적절한 시점에 '팽'당할 가능성이 있다.

그리고 김근태 열린우리당 의장과 손학규 전 경기도지사가 있다. 당은 다르지만 어디 하나 빠지는 사람들이 아니다. 정의롭고 도덕적인 가치에 가장 부합한다. 똑똑한 것으로 치자면 그들의 학벌만큼이나 확실하게, 아니 그것을 뛰어넘는 자질을 가졌다. 역사의식도 나무랄 데가 없다. 그러나 세계 역사상 가장 도덕적이고 정의롭고 똑똑한 사람이 대통령이 된 적은 없다. 김씨의 뉴딜도, 손씨의 백의종군 민생투어도 좀체 국민 마음에 점화가 되지 않는다. 둘에겐 국민의 마음에 불꽃을 지필 2퍼센트의 무언가가 빠져 있다.

정동영 전 열린우리당 의장은 집권 여당의 지리멸렬에 책임이 있다. 웬만한 뒤집기 능력이 아니라면 퇴장할 가능성이 크다. 남은 것은 '노심'이다. 그러나 어떤 대통령도 후계를 점지하고 갈 수는 없다. 오히려 노심이 어디를 향하는지 드러나는 순간 그 대상에게 치명적인 약점이 된다.

소위 민주화 세력이랄까 진보를 표방하는 세력들은 수십 년에 걸친 민주화 세력의 정당성과 도덕성을 이 정권이 다 까먹었다고 탄식한다. 앞으로 이들을 어떻게 추슬러 역사의 정통성을 세워나갈 것인지를 두렵게 생각한다. 나도 그런 사람 가운데 하나다. 내년 대선이 지금의 열린우리당과 한나라당의 대결 구도로 치러지지는 않겠지만, 과거 유령들이 우글대는 한나라당의 후광을 입은 대표가 대통령이 돼도 뭐 세상이 그렇게 나빠지기야 하겠나 생각한다.

그러면서도 호사가처럼 이런 이야기를 하는 것은 1퍼센트도 안 되는 인지도를 갖고 있는 인물이라도 얼마든지 괴물처럼 될 수 있다는 말을 하고 싶어서다. 아직은 '필'이 꽂히는 사람이 없다. 이미 줄을 오지게 선 사람들을 빼고는 대부분의 국민이 그렇다. 〈괴물〉이 대한민국 영화사상 가장 잘 만들어진 영화는 아니지만 단숨에 천만 관객을 뛰어넘는 것을 보면서, 그렇게 완벽한 인물은 아니더라도 괴물이 될 가능성이 있는 사람이 어디 없나 하고 요즘 대낮에도 등불을 쳐들고 다니며 어슬렁거린다.

2006/08

# 청와대의 밥맛

기자 생활을 오래했던 나에게 사람들은 가끔 묻는다. 청와대에 가보았느냐, 갔으면 무슨 음식을 먹었느냐, 어떤 그릇에 담아주느냐고. 물론 청와대에 가보았다. 그것도 여러 번. 밥도 여러 번 먹었다. 그러나 청와대에서 먹은 밥이 맛있었던 기억은 없다.

처음 청와대에 들어가본 것은 1970년대 초였다. 고교평준화 정책인가를 도입할 때였던 것 같은데 대통령 아들의 성적이 신통찮아서 그랬다는 소문이 무성했다. 육영수 여사가 각 언론사의 여기자들을 초대해 어머니의 입장을 해명 겸 설명하는 자리를 마련했다. 각사에서 중견급 · 부장급 이상의 여기자들이 열 명가량 참석했다. 내가 다니던 신문사엔 여기자가 나 하나라 초짜 여기자인 내가 참석했다. 당시 밤마다 청와대에선 '육박전'(육영수 여사와 박정희 대통령의 성을 따서)이 벌어지고 재떨이를 던져서 영부인이 다쳤다는 등 소문이 있었고, 어느 방송에선가 한밤의 음악 프로의 디스크자키가 육박전이란 말을 했다가 끔찍하게 혼났다고 수군수군할 때다. 쥐도 새도 모르게 사람이 잡혀가서 소식이 없기도 했다. 유감스럽게도 당시의 음식이 어땠는지는 전혀 기억이 없다. 희끄무레한 반상기 세트에 차려진 한정식이었던 것 같다. 음산하고 어두운 복도를 지나서 실내로 들어갔어도 여전히 어두웠고, 육여사는 흰색 계통의 한복을 입고 자신의 가족과 관련한 소문과 자녀 걱정을 했다. 새마을운동에 대해서도 이것저것 설명했다. 대통령이 차 타고 지나가는 길에 초록색 페인트를 칠해놓고 산림녹화했다고 하는 것 아시냐고 했더니 놀란 표정을 지었던 것 같다. 전기 사정이 어려울 때라 절약을 한 것이었겠지만, 당시의 상황처럼 청와대는 음산하고 어두웠고 비밀스러웠다는 기억만 남았다.

김영삼 대통령이 취임하고 얼마 되지 않았을 때였다. 각 언론사의 여기자들을 한 명씩 초대했다. 20년이 지나 가본 청와대는 밝고 환했다. 화창한 봄날이어서 꽃들도 만발했고 대통령의 얼굴도 화색이 만발했다. 집권 초 인기가 최고조에 달했을 때라 대통령은 자신만만해 보였다. 긴 타원형 테이블의 중간쯤에 대통령이 앉았는데 내가 그 왼쪽에 앉았다. 좀 말 안 되는 이야기도 자신 있게 해서 우스웠다. 교복 자율화와 학생들의 두발 자유화에 심한 반감을 가지고 있었다. 머리를 짧게 깎고 제복을 입고 일렬로 걸어가는 학생들의 모습이 얼마나 좋으냐고 했다. 대통령은 아주 신이 나 있었다. 점심은 칼국수였다. 청와대에서 그 뒤에 먹은 모든 음식을 합해도 칼국수가 최고였다. 청와대 주방장이 마련한 음식 같았다.

말 많고 까탈스러운 여기자 몇이 어느 때인가 청와대 음식은 왜 이렇게 맛이 없냐고 했더니 김대중 대통령 시절의 박선숙 대변인이 대규모의 식사는 모두 호텔에서 장만한다고 했다. 어느 호텔이 이렇게 음식이 형편없냐고 했더니 한 호텔을 지정하면 특혜 논란이 있기 때문에 몇몇 호텔이 공평하게 돌아가며 한다는 것이었다. 잘하든 못하든 순서가 되면 하니까 경쟁력이 없는 것 같았다.

김대중 대통령은 여러 차례 여기자들과 여성계 인사들과의 오찬 자리를 마련했다. 모든 문제에 대해 잘 알고 있었고, 어떤 말실수도 하는 법이 없었다. 항상 조심스러워서 기자들이 뒤에서 소심증 환자라는 별명을 붙였을 정도니까. 건강이 나빠서였는지 주변에서 염려를 많이 해 가까이 가는 것에 민감하게 반응했다. 악수를 할 때 무슨 쪽지나 편지를 절대 드리지 말라고 주의를 주었다. 대통령과 악수할 때 민원이 적힌 쪽지를 잽싸게 전한 사람들도 있었던 모양이다. 김영삼 대통령 시절엔 그러지 않았는데 핸드백도 바깥에 두고 가라고 했다. 물론 거부했지만.

대통령과 밥을 먹고 나올 때는 기념품으로 시계나 스카프 같은 작은 선물들이 마련된다. 그런데 어느 대통령은 퇴임을 앞두고 식사에 초대해 선물을 주었는데, 나중에 펴보니 30만 원짜리 백화점 상품권이었다. 청와대 출입기자를 통해 정중히 돌려주었지만 백 명이 넘는 인원에게 준 현금과 마찬가지인 상품권이 개인 돈이었나 국고였나 궁금했다.

노무현 후보가 대통령이 되고 나서는 청와대 밥맛이 달라졌는지 모르겠다. 무슨 회의인가를 점심식사를 겸해 청와대에서 한다는 전갈이 있었는데 회사일로 바빠서 가지 못했다. 노 대통령이 취임하고 1년쯤 지나서 노태우 시절부터 청와대를 여러 번 출입한 재벌 총수와 우연히 밥을 먹게 되었다. 각 대통령의 태도와 장단점을 솔직히 비교해달라고 했더니, 그는 대통령은 대통령이라고 했다. 청와대에 근무하는 사람 모두가 대통령의 안색만 살피고 있으니까 청와대에 3개월만 있으면 모든 대통령은 똑같아진다고 했다. 얼마 전 청와대 오찬에 다녀온 지인에게 들으니 각계 인사를 청해서 이야기를 듣겠다고 했는데 마이크가 대통령 앞에만 있고 참석자들 앞에는 없는 것이 기이하더라고 했다. 전에도 마이크는 대통령 앞에만 있거나 헤드테이블에만 있었던 것이 기억난다. 청와대에서 밥 먹으며 이야기를 듣겠다고 하지만, 본질은 대통령이 이야기를 듣기보다는 이야기를 하겠다는 의도인 것 같다.

어느 곳에 가도 취재 자료를 집어 오는 버릇이 있다. 서랍을 뒤져보니 2000년대의 어느 날 청와대 오찬 모임에서 갖고 온 차림표가 있다. 딤섬, 게살샥스핀수프, 어향소스메로튀김, 돼지고기부추볶음과 꽃빵, 야채탕면, 찹쌀떡과 과일이라고 씌어 있다. 호텔 중식당의 코스 요리처럼 거창했지만 형식이나 맛이나 그릇과 서빙은 대충대충이었다.

어느 대통령 부인이 청와대에 가보니 지난 5년 동안 청와대 안살림에 대한 자료가 하나도 없어서 기가 막혔다는 이야기를 들었다. 정말 깨끗하게 아무것도 인수인계해주지 않았다고 한다. 어떤 사람을 초대해 어떤 음식을 장만했고 그릇은 어떤 것을 썼는지도 중요한 역사적 사실이다. 국가적 필요에서 국고를 사용해 준비하는 모든 음식과 의전과 경험은 기록되고 전수돼야만 하고, 그것은 청와대에 있었던 사람들의 의무가 아니겠는가.

2006/05

# 청와대를<br>떠날 때는

박정희가 김재규의 총에 맞아 죽음을 맞은 바로 그 다음 날, 전두환이 박근혜의 입회 아래 청와대 금고를 열었다는 것은 이미 알려져 있는 사실이다. 2층에 있는 대형 금고를 열어 비자금 문서는 불에 태워버리고 돈은 가족에게 일부를 주고 나머지는 시원시원하게 갈라 썼다고 한다. 그가 누구의 승낙도 받지 않고 청와대의 금고를 마음대로 처리했다는 것은 이후의 12 · 12나 5 · 18 같은 사건이 이때 잉태되었음을 암시하는 대목이기도 하다. 그때 이미 그는 자신의 위에 아무도 없다는 듯이 군복과 권총을 찬 채 권력을 휘둘렀고 주위에서도 이를 당연하게 여겼던 것 같다.

어쨌든 또 하나의 금고인 대통령 집무실의 금고 열쇠는 박정희가 죽던 날 입었던 양복 주머니에서 나왔다고 한다. 그 금고에서 돈을 꺼내 2층 금고에 옮겨 넣곤 했다니까 극비의 문서와 거액의 돈이 들어 있었으리란 것을 상상하기는 어렵지 않다. 그러나 그 금고는 열리지 않았다. 박근혜에게 전달되었으나 그 내용물에 대해서 함구하고 있기 때문이다. 청와대 안

방에 있는 금고라면 몰라도 대통령 집무실의 금고는 박정희 개인의 금고가 아니기 때문에 그것을 가족에게 인도한 것 또한 전두환 마음대로 할 일은 아니었다. 대통령이라면 그들이 잘 쓰는 표현대로 국가와 민족을 위해 심각한 고민을 하리라고 생각하는 국민으로선 대통령이 주위를 물리치고 집무실에 앉아 돈을 헤아리거나 통장의 잔고를 챙기고 성금을 낸 재벌에게 줄 영수증을 쓰고 있는 광경을 상상하기는 쉽지 않았을 것이다.

최근 노태우의 불가사리 식 축재가 밝혀지면서 "전두환은 통이나 컸지, 그래도 박정희는 청렴했어. 보라구, 프란체스카 여사의 꿰맨 양말을" 하며 과거가 낫다는 식의 말을 하는 이들이 있다. 프란체스카 여사의 꿰맨 양말은 그의 미덕이지 이승만이 청렴했다는 증거는 될 수 없다. 자유당 시절의 선거가 금권 · 폭력 · 관권 선거였으며, 피아노표, 다듬이표 등이 난무했기 때문에 3 · 15 부정선거를 다시 하자는 시위가 기폭제가 되어 4 · 19가 일어났다. 그를 보좌하던 사람들이 부정축재자로 줄줄이 구속되었던 것을 보면 그가 부정부패에 둘러싸여 있었음에도 이를 외면한 것으로 볼 수밖에 없다. 박정희와 그의 가족은 사치와는 거리가 멀고 씀씀이가 헤프지 않았던 것으로 알려졌지만, 비자금을 자신이 직접 받았고 촌지를 줄 때 직접 겉봉을 썼을 정도로 돈을 꼼꼼히 챙겼다. 유신 전에는 김종필, 이후락, 김성곤, 박종규, 김형욱 등이 수단과 방법을 가리지 않고 돈을 긁어대는 것을 묵인했으나, 돈을 가진 인사들 밑에 사람이 꼬이고 세력이 커지는 것을 보고 자신의 자리가 위태롭다고 판단하자 가차 없이 응징했다.

우리나라에선 정권인수팀이 구성되면 곧바로 비자금과 돈줄을 인수하는 것이 관례였다. 노태우도 전두환에게서 비자금을 인수했음을 인정했다. 알려진 대로라면 그는 금고 속에 내각제 합의문서 한 장을 달랑 넣어놓고 청와대를 나왔다. 2년쯤 뒤에는 김영삼 대통령도 청와대를 떠난다. 그는 무엇을 인계하고 떠날까. 그가 되풀이해 천명하고 있으니까 비자금은 아닐 것이다. 적어도 한 나라의 대통령을 했던 사람이라면 후임 대통령에게 그가 자신의 정적이든, 달갑지 않게 여기던 사람이든 간에 국가의 중대사와 고급 정보를 알려주고 자신이 추진하던 일 가운데 꼭 지속해주기 바라는 일을 부탁하는 것이 의무여야 할 것이다.

노태우는 청와대를 떠나며 오늘의 그의 처지를 상상조차 하지 못했을 것이다. 챙길 것은 확실히 챙겼고 내외가 항상 전두환 내외에게 열등감을 갖고 있었다니까, 그래도 나는 백담사는 안 간다고 잠시 우월감을 맛보았을까. 김영삼 대통령도 자신이 점찍은 사람이 대통령이 된다 해서 장래를 약속받기는 어려우리라는 것을 알았을 것이다. 부정축재의 액수는 커졌지만 사회는 그래도 진보한다는 믿음을 갖고 있는 사람으로서, 김영삼 대통령은 퇴임 뒤에 전임자들의 전철을 밟지 말아줄 것을 진정으로 바란다. 적어도 이승만, 박정희, 전두환, 노태우 등은 자신의 권력을 유지하거나 정권을 잡기 위해 정적을 죽이거나 쿠데타를 하고 양민을 학살한 전과가 있지만 김 대통령은 그러한 원죄가 없다. 그러나 그에게도 대선 자금을 둘러싼 정직성 시비라는 넘어야 할 고비가 있다. 설사 자신의 손으로 돈을 받지 않았다고 해서 자신을 위해 천문학적인 대선 자금이 만들어졌다는 것을 부인하기는 어려울 것이다. 그것이 그를 태운 청와대행 열차를 달리게 한 원천적인 힘이 되었다는 것은 우리나라 선거풍토상 놀랄 일도 아니다. 김 대통령의 솔직한 고백을 듣고 싶다. 거짓말하지 않는 대통령을 보고싶어서다.

1995/11

# 다리 붕괴와
# 박정희 추도식

참혹하게 동강난 성수대교가 완공된 것이 1979년 10월 16일이고, 그 열흘 뒤인 10월 26일 박정희의 죽음으로 유신독재 체제가 막을 내렸다. 그해 10월의 신문을 뒤져본다.

1979년 10월 1일, 3일=박정희 대통령 국군의 날과 개천절 치사. 현실 잊은 민심선동 개탄.

10월 4일=김영삼 야당총재 국회에서 의원직 제명 결의. 〈뉴욕타임스〉와의 기자회견 빌미.

10월 9일=대규모 반국가 지하조직인 소위 '남민전' 일당 검거 발표.

10월 13일=신민당 의원 전원 의원직 사퇴서 제출. 여당 의원들 선별 수리 주장.

10월 16일(사망 10일 전)=박 대통령 성수대교 개통식 참석.

10월 17일=김형욱 실종 첫 보도.

10월 18일 0시=부산에 계엄령 선포.

10월 20일=마산에 계엄령 선포.

10월 26일=박정희, 김재규의 총에 피격 사망.

위기의식을 느낀 정권 말기의 단말마적 비명이 들리는 듯한 상황으로 시국이 급박하게 전개된 것이 바로 그해 10월이었다.

바로 오늘이 박정희가 간 지 15년이 되는 날이다. 예년에 3공 인사들의 친목모임인 '민족중흥회'의 이름으로 간소하게 치러지던 추도식이 올해는 거창하게 추도위원회도 만들고 고문도 위촉돼 치러진다. 추도위원회엔 3, 4, 5, 6공과 현재 정치권 인사, 그리고 각계의 유력인사들이 총망라되어 있다. 과거의 부끄러운 이름, 현재도 부끄러운 면면들도 빠지지 않았다. 박정희를 '모셨던' 인사 가운데 당시 문공부장관은 "70년대를 비정권적 차원에서 공정하게 되돌아보자"고 했고, 현재 집권 여당인 민자당의 백남치 정책조정실장은 "박 전 대통령이 남긴 유산에 대한 평가는 정치와 경제를 따로 구분해서 판단해야 한다"라고 말했다. 두 사람의 말 모두 박정희가 정치적으로는 문제가 있는지 모르지만 경제는 잘했지 않았느냐는 암시를 담고 있다.

그러나 우리는 오늘 차가운 가을비 속에 꽃다운 서른두 명의 생명을 한강물 속에 잃음으로써 소위 박정희식 개발독재의 허상을 본다. 그것은 단순히 성수대교 공사가 부실공사였을 것이라는 추측 때문만은 아니다. 모든 공사와 정책을 빨리빨리 대충대충 밀어붙여 겉만 번지르르하게 치장하여 전시효과를 노리는, 그래서 치적을 과시하는 군사작전식 공사의 한 전형을 성수대교 참상에서 보기 때문이다. 교통량이 많다, 다리를 놓자, 공기는 될 수 있는 대로 앞당기자. 그 '하면 된다'의 맹목의 뒤안에서 정경유착

이, 그 아래에서는 타락한 부패 고리가 똬리를 틀었다. 많은 사람들이 과거는 역사에 묻어버리자고 말한다. 그리고 화해하자고 한다. 그러나 과거가 역사에 묻히는가? 과거의 부실한 공사가 오늘 사람의 생명을 앗아가고, 과거의 부패 고리가 오늘 세금 도둑질을 낳는다.

다리가 무너진 날, 김영삼 대통령은 미국의 페리 국방장관과 만난 자리에서 자신이 인수한 이 나라가 부실기업인 것 같다고 말한 것으로 전해진다. 부실기업을 인수한 경영자가 방만한 운영 체계를 재정비하고, 환부를 도려내고, 사람을 바꾸고, 새로운 경영철학을 내세우고, 조직을 재정비하고, 부정부패 구조를 잘라내지 못한다면 그는 '고용사장'에 불과할 것이다. 박정희 추도위원회에 등장한 면면을 살펴보면 그들의 많은 수가 지금 집권 여당의 녹을 먹고 있다. 그들은 지금은 민자당 소속이지만 박정희를 사모하고, 그 시절을 그리워하고, 밀어붙이는 박정희식의 독재와 그에 따른 영화를 못 잊고 있다. 사실상 그들은 정신적 뿌리를 개발독재와 유신에 두고 있다.

최근 술자리에선 문민 대통령이 '물'이라는 별명을 갖고 있던 전임 대통령보다 못하다는 개탄마저 나오고 있다고 한다. 우리가 그렇게 기다려온 문민 시대가, 그리고 수많은 젊은이들이 거리에서 학교에서 감옥에서 투쟁하며 목숨을 내던지며 쟁취한 문민 시대의 대통령이 전임 대통령보다 못하다는 소리가 비록 일부에서라도 나와서야 될 말인가.

얼마나 더 많은 청산하지 못한 과거 인물, 구조, 제도, 안일함이 무고한 사람을 앗아갈까. 과거를 청산하지 못하는 한 '과거'는 우리 사회 구석구석에 달라붙어 언제 어디서 어떻게 불거져 나올지 모른다.

1979년 김영삼 당시 신민당 총재를 국회 복도에서 40초 만에 날치기로 의원직에서 제명한 날 공화당 대변인과 유정회 대변인은 이런 성명을 냈다. 당시 공화당 총재는 지금 집권 여당의 대표인 김종필 씨다. "김영삼 의원의 제명은 반민족적 · 반헌정적 작태에 대한 국민적 응징이며, 폭력혁명 노선으로 치닫는 반민주적 정치폐풍을 추방하기 위한 것이다." 그 상식 밖의 허구의 논리가 부실의 다리 또한 용인했을 것이다. 제대로 청산하지 못한 과거는, 망령처럼 살아나 정의로 둔갑하려 안간힘을 다하기도 하고, 대형 사고로 국민의 귀한 목숨을 앗아가기도 하는 것이다.

1994/10

# 우리 마음속의 분단

어떤 사람들은 이런 상상을 한다. 핵폭탄이 곧 우리의 머리 위에서 터지고
국민과 국토가 잿더미가 되는 상상을, 그래서 동해쯤에서 미국과 북한이 한판 붙어서
북한을 무너뜨려 주기를. 그러나 나는 이런 상상을 한다. 한국인 유엔사무총장이 있는
10년 안에 북한은 핵을 포기하고 남북이 통일까지는 안 되더라도
통일의 바탕을 마련하는 상상을. 그가 유엔사무총장으로서
세 번째로 노벨평화상을 받게 되는 상상을.

# 반기문 총장,
# 디딤돌이 돼주기를

반기문 유엔사무총장 당선자를 두고 사람들은 말한다. 성실하고 부지런하며 윗사람을 잘 모시는 사람이라는 것이다. 대통령이나 장관 등 그와 일했던 사람들은 그를 아랫사람으로 두었던 것이 행운이었다고 극찬한다. 그는 유엔사무총장이 되면 북한 핵문제를 해결하겠다는 소신을 보였지만 역량을 보이기도 전에 북한은 핵실험을 했다. 유엔사무총장으로 당선된 그는 한 미국 방송과의 인터뷰에서 사회자가 유도심문을 하는데도 유연하게 대처했다. 강렬한 주장이 담긴 답변을 못 얻어낸 사회자가 왜 한국 언론이 당신을 '미끄러운 장어'라고 하는지 알겠다며 불편한 심정을 토로했지만, 그는 자신은 항상 언론과 좋은 관계를 맺어왔다고 답변했다. 동문서답일 수도 있지만 적절하게 자신을 방어하면서 결론을 내는 놀라운 순발력이다.

북한이 핵실험을 하고 유엔이 제재 결의를 한 상황에서 한국인이 유엔사무총장이 된 것이 한반도의 평화에 걸림돌이 될지 디딤돌이 될지는 누구도 알 수 없다. 그러나 위기가 기회라고 한다. 한국인이 유엔사무총장이 된 것은 사태를 반전시킬 기회가 될 수 있다. 워싱턴에서 연 한국 특파원들과의 간담회에서 그는 개성공단과 금강산 관광이 문제될 게 없다고 했으며, 대량살상무기 확산방지구상(PSI)에 대해서도 원칙만 정확하게 답변했다. 현장을 둘러보고 그는 개성공단이 단순히 남북 차원이 아닌 국제적인 화해와 협력, 교류의 장이라는 발언을 한 바 있다. 반전 가능성이 엿보이는 시각이고 그의 진정성을 엿볼 수 있는 발언이다.

유엔사무총장의 임무는 세계 평화를 유지하는 것이다. 전쟁은 외교의 실패이고 외교의 실패는 대화의 단절에서 온다. 북핵 문제는 미국과 북한의 대화 단절에서 기인한다. 북한의 핵실험은 위험한 도박이지만 한편으론 나 좀 살려달라는 단말마의 비명이다. 반기문 당선자는 북핵 문제에 관한 한 전문가다. 어디가 잘못돼 지금의 사태가 빚어졌는지 그처럼 잘 아는 사람도 없다. 이 문제에 대한 지식이 없는 사람이 유엔사무총장이 된 것과 대처 방법은 하늘과 땅 차이가 날 것이다.

세계 평화를 유지하는 책임을 지닌 유엔사무총장은 때로 미국과 대립한다. 자신들의 입맛대로 세계 질서를 바꾸려는 미국과 부딪치는 것은 당연하다. 과거 우탄트도 베트남전에 반대했고, 부트로스 갈리도 미국과 사사건건 충돌했다. 그래서 연임이 관례인 유엔사무총장 자리를 거의 빼앗다시피 해서 코피 아난에게 주었지만 코피 아난도 미국의 이라크전을 불법이라 했고, 계속 불편한 관계를 유지했다.

반기문 당선자는 모시는 사람마다 찬탄케 한 인물이다. 그가 모실 사람은 미국도 한국도 북한도 아니다. 세계 평화, 한반도의 평화 정착이다. 외유내강의 전형적인 인물이라는 그가 지금까지 보여준 것은 내유의 모습이었다. 그의 유연함과 노련함, 성실성과 부지런함, 사태에 관한 정밀한 지식, 그가 맺어온 인간관계, 이 모든 것을 총동원하여 그가 모실 세계 평화와 한반도의 평화를 이루어내 극찬을 받기를 바란다. 진정한 내강의 모습을 보여주길.

어떤 사람들은 이런 상상을 한다. 핵폭탄이 곧 우리의 머리 위에서 터지고 국민과 국토가 잿더미가 되는 상상을, 그래서 동해쯤에서 미국과 북한이 한판 붙어서 북한을 무너뜨려주기를. 그러나 나는 이런 상상을 한다. 한국인 유엔사무총장이 있는 10년 안에 북한은 핵을 포기하고 남북이 통일까지는 안 되더라도 통일의 바탕을 마련하는 상상을, 그가 유엔사무총장으로서 세 번째로 노벨평화상을 받게 되는 상상을. 그쪽에 반기문 유엔사무총장의 소임과 진정성이 있다고 나는 믿고 싶다.

2006/10

# 햇볕정책 이외의 대안은 있는가

얼마 전 직업 외교관한테 전해 들었다. 우리나라에 진정한 외교가 생긴 것은 김대중 대통령 시절이었다는 것이다. 그 전까지의 대통령들은 한미 간 정상회담을 하면 실무자들이 챙긴 것을 추인하고 사진 찍고 왔지, 미국에 요구할 것을 요구하고 '아니요' 비슷한 이야기라도 한 것은 김 전 대통령이 처음이었다는 것이다. 자신의 경륜과 지식, 비전과 철학으로 미국을 설득하는 모습을 보며 비로소 자주독립국 외교관이 됐다는 뿌듯한 느낌을 받았다고 했다.

사람은 이기적인 동물이다. 민족도 이기적이다. 한국의 국익과 미국의 국익은 다르다. 한국도 미국도 정권은 바뀐다. 한반도는 세계지도를 놓고 보면 김 전 대통령의 말마따나 우리가 이 땅을 떠메고 어디로 가지 않는 한 주변 강대국의 이해관계와 영향에서 벗어날 수 없는 위치에 있다. 미국과 한국의 국익이 영원히 같을 수는 없다. 그럴 때 '아니요'라고 하면 반미고, 반미는 곧 친북이라고 몰아세우는 한 우리나라엔 외교라는 것이 필요없다.

김대중 정부 때 햇볕정책과 함께 남북 정상의 만남이 이뤄지면서 국민들은 한반도에 전쟁 위협이 어느 정도 사라졌고, 이제는 차근차근 앞으로만 나아가면 되겠다는 기대감으로 가득 찼다. 북한과 미국이 한반도 문제를 두고 왈가왈부해오던 관행에 우리가 주도적으로 참여하게 된 것도 천만다행이었다. 퍼주기의 결과이고 노벨 평화상을 받고 싶은 개인적인 욕심 때문이면 어떤가. 그런 점도 있었을 것이다.

그러나 퍼주기가 북한을 위해서인가. 좁게 보자면 그렇겠지만 넓게 보면 대한민국, 한반도를 평화롭게 하자는 것 아니겠는가. 북한이 별로 안 변했다는 것이 국민들을 짜증나게 하지만 햇볕정책 말고는 대안이 없다는 것이 국민들의 대체적인 생각이다. 걸핏하면 북한의 군사적 위협을 정치적으로 이용했지만 박정희, 전두환, 노태우 등 군인 출신 대통령들도 남북 정상회담을 원했고 김영삼 대통령도 그것을 열망했다. 누가 대통령이 되든 한반도의 평화 정착 없이는 우리 민족의 미래가 늘 불안하다는 것을 절감하기 때문일 것이다.

지금 거의 정권을 잡은 것처럼 모든 것을 다음 정권으로 넘기라고 주장하는 한나라당은 북한 경제의 철저한 봉쇄도 옳다, 미국이든 일본이든 선제공격을 해 북한을 붕괴시켜도 옳다는 식으로 막나가고 있다. 만약 자신들이 집권한다면 그것이 족쇄가 될 것인데도 남북문제에서 책임감 있는 대안을 못 내놓고 정치 공세용으로 이용한다.

한반도 그리고 남한의 운명을 책임진 수권정당이 되려면 북한의 위기는 남한의 위기가 되리라는 전제에서 정책을 내놓아야 하는 것 아닌가. 북한의 김정일 국방위원장이 전쟁광이어서 핵 개발을 하는 것이 아니고 궁할 때 마지막으로 써먹으려는 비상용, 방어용이라는 것은 삼척동자라도 알 수 있다. 우리가 북한을 달래고 퍼주고 인내하는 것은 북한을 위해서가 아니다. 남한과 한반도를 위해서다.

지금 나는 중국 산둥반도의 웨이하이에 와 있다. 우리나라 기업이 3천 개 넘게 진출한 도시다. 동행한 기업인은 수십 번 왔는데 올 때마다 역동적으로 변하는 모습을 보며 두렵다고 했다. 새벽 여섯 시에 나가본 시장은 넘치고 붐볐다. 일당독재가 수십억 인구를 정치적으로 옥죄지만 거리의 사람들은 행복하고 배불러 보였다. 이보다 더 역동적인 도시를 방문했을 김정일 위원장은 지금 고립무원 상태다.

우리나라 경제인들이 중국에 위협을 느끼면서 눈을 돌린 것이 북한이다. 윈-윈 게임의 가능성이 남북에 있다고 보았기 때문이다. 햇볕정책밖에 길이 없는데, 기회가 왔는데도 우리 민족이 주도적으로 활용할 수 없는 이 불행이 불길한 예감까지 동반하고 있어서 더욱 안타깝다.

2006/09

# 북한의 매스게임, 그리고 〈어떤 나라〉

개봉되면 편안히 영화를 볼 수 있는데 굳이 부산영화제에 가는 이유는 못 말리는 영화광이어서가 아니다. 줄을 서서 표를 사고, 영화가 끝나면 쏜살같이 튀어나와 옆의 극장에 들어가고, 남포동에서 해운대로, 해운대에서 남포동으로 5천 원짜리 영화를 보기 위해 1만 5천 원의 택시비를 들이고, 택시 안에서 늦겠다고 발을 동동 구르며 들떠서 돌아다니는 것은 일상에서는 맛보기 어려운 흥분이다. 소문난 영화는 표 구하기가 하늘의 별따기라 예약이고 뭐고 현장에서 해결하자고 나갔다가 허탕을 치면 젊디젊은 군중 속에 끼어 앉아 떡볶이도 먹고 디카로 사진도 찍노라면 외국에 온 이방인 같은 기분을 만끽할 수 있다. 신문도 안 읽고 텔레비전도 완전히 꺼버리고 1년에 한 번씩 벌이는 일상의 탈출은 그래서 연례행사가 되었다.

올해는 이틀 동안 다섯 편의 영화를 보았다. 처음 본 영화는 〈2046〉과 〈비포 선셋〉이다. 어긋난 사랑, 미완의 사랑, 그 애절함에 속편을 만들어주었으면 하는 팬들의 소망을 감독들은 친절히 들어주었다. 그러나 〈2046〉은

〈화양연화〉의 매혹을 이어주지 못했고 9년 만에 만난 〈비포 선셋〉의 남녀 주인공에겐 비행기 시간이 얼마 남지 않았다. 전문가들은 뭐라고 말할지 몰라도 사랑의 추억 때문에 까칠해진 양조위의 모습과 왕가위의 현란한 미학은 여전히 아찔하다. 조금 꾀죄죄해진 에단 호크와 주름이 생긴 줄리 델피가 단 한 번의 터치조차 없이 영화가 끝나 관중석에서 탄식이 새어 나와도 나는 대만족이었다. 사랑 이야기만으로 감동이 밀려온다는 것은 내 안에 녹슬지 않은 젊은 방이 아직 남아 있다는 것으로, 이를 확인하는 것만으로도 영화제에 온 본전은 뽑은 셈이다.

그러나 다시 사회정의, 도덕, 통일, 인간의 존엄성이니 국가보안법이니 하는 무거운 명제로 빼근하게 통증을 느낀 것은 〈어떤 나라〉를 보면서였다. "세계에서 가장 고립되고 폐쇄적이고 비밀스런 나라 북한에 대한 이야기"라는 내레이션으로 영화는 시작된다. 북한의 매스게임은 세계에서 가장 정교하고 장엄한 이벤트다. 10만 명에 가까운 출연진들이 한 치의 오차도, 한 명의 일탈도 없이 오로지 장군님 앞에 공연하는 그날을 위해 체조 연습을 한다. 영국의 다큐멘터리 감독 다니엘 고든은 2002년에 1966년 북한이 참가했던 런던 월드컵 이야기를 만들었던 감독이다. 이때 신뢰를 쌓았던지 북한 당국은 그에게 재량권을 주었고 감독은 2003년 2월부터 8개월 동안 두 명의 북한 체조선수의 일상과 가정생활을 밀착 취재하여 다큐멘터리를 완성했다. 두 체조 소녀의 가족은 장군님 앞에 나가서 매스게임을 하게 될 자녀를 자랑스러워하고 소녀들은 그날을 손꼽아 기다리며 힘든 훈련을 견딘다. 드디어 디데이, 그 영광스런 자리에 그들이 뵙기를 그토록 열망하던 장군님은 오시지 않았다. 그러나 그들은 다음 날부터 언젠가 장군님이 매스게임을 보러 올 것이라는 희망으로 다시 체조 연습을 시작한다는 것으로 영화는 끝난다.

북한의 굶주림과 폐쇄성과 고립성은 영화에 여실히 그려졌다. 첫째 딸 생일날 강냉이죽을 끓여서 온 식구가 반 그릇씩 먹고 생일을 맞은 딸에게만 한 그릇을 주었노라는 어머니, 모든 가정에 비치된 라디오는 채널이 하나뿐인데 소리를 줄일 수는 있어도 끌 수는 없게 되어 있다는 해설, 전시용 도시인 평양이 하루에 일정 시간 정전된다는 사실, "장군님의 영도력 아래 행복합네다"라는 겉모습 뒤에 실은 엄청난 체제 불안이라는 공포가 감추어져 있음을 알 수 있다. 전 국민이 일사불란하게 매스게임을 벌이고 있는 것처럼 보이는 체제 결속의 사회이지만, 탈북자가 늘고 있는 현실을 생각하자 그야말로 슬픔이 강물처럼 흘렀다.

영화관을 나오자 이리저리 밀리는 주말 부산 남포동 거리엔 젊은 영화 관객들의 열정과 흥분이 10월의 새파란 하늘로 까르륵 까르륵 치솟았다. 바로 그때, 섬광처럼 국가보안법이 사라지면 국가안보가 위태롭다는 주장이 북쪽의 집단 매스게임만큼이나 비현실적이라는 생각이 스쳤다. 이 젊은이들의 자발적인 열정과 다양한 에너지야말로 바로 국가안보를 지탱하는 힘의 원천이라는 확신과 함께 말이다.

2004/10

# 찢어진
# 가족사진의 복원

하루하루가 모여서 인생이 된다. 그리고 한 사람의 개인사와 가족사가 모여서 역사를 이룬다. 비겁하고 수치스러웠던 어느 하루, 피폐하여 방황했던 한 시절을 빼놓고 그 사람의 개인사를 말할 수 없다. 역사도 마찬가지다. 일제 시대와 해방, 6·25와 분단 50년을 합쳐 백 년의 근현대사를 지나오면서 우리 민족은 저마다 잊고 싶은 가족사와 역사를 갖게 되었다. 그 고통스러웠던 기억들, 파편으로 흩어져 있는 기억과 사건들을 수습하지 않고서는 제대로 된 역사를 쓸 수 없는 것이다. 최근 논란이 되고 있는 역사 청산과 과거사 규명 작업에 관해 신경질적인 반응을 보이는 사람들이 있다. 이제 와서 잊고 싶은 것들을 들고 나와서 이로울 것이 뭐냐는 것이다. 이들이 이런 반응을 보이는 것은, 아마도 참으로 깊고 깊은 상처를 내면에 갖고 있기 때문이라고 생각한다. 국토만 동강난 것이 아니다. 집집마다 형제, 부부가 좌우로 갈리고 남북으로 찢어졌던 시절을 우리는 살았다.

어렸을 때 심한 폭력을 당했거나, 외상은 없더라도 정신에 깊은 충격을 받은 사람들은 무의식적으로 자신의 인생에서 그 기억을 지워버리려 한다. 정신과에선 그 기억을 되살려 정면으로 응시하도록 도와주어 극복하게 하는 치료를 한다. 그 상처를 헤집지 않고서는 병을 치료할 수 없어서다. 그러나 상처가 깊을수록 환자는 완고하게 기억해내지 않으려 하고 망각의 늪에 가두려 한다. 우리 민족은 친일과 전쟁, 분단, 좌 · 우익이라는 문제로 인해 뜨겁디뜨거운 집단적인 화상을 입었다. 남이나 북이나 마찬가지다. 그것에 가까이 가면 불꽃이 튄다. 직접적으로 간접적으로 엄청난 화상의 경험이 있는 것이다. 전 국민적으로 겪은 집단적인 상처를 헤집고 들여다보지 않는 한 그 화상에서 벗어나지 못한다. 고통스럽겠지만 헤집어내야만 치유가 되는 것이다. 그것이 바로 우리가 과거사를 규명해야만 하는 이유이기도 하다.

국가보훈처가 독립운동을 한 좌익 활동가의 명단을 확보하고 심사를 시작했다는 것은 우리 국민의 집단적 화상을 치유하는 첫걸음을 내디딘 것이라 할 수 있다. 지난 세월 가족들이 이 땅에서 받았던 상처와 핍박을 생각하면 아버지가, 삼촌이, 할아버지가 비록 좌익 활동을 했지만 독립운동을 했다고 떳떳이 주장하고 자료를 모은 사람들은 그래도 행복한 사람들이다.

그러나 상처가 너무 깊은 사람들은 아직도 입을 다물고 있다. 그 불에 델 것 같은 기억이 두렵기 때문이다. 핏덩이를 남기고 사라진 부모, 할아버지의 친일 행적 때문에 아버지 세대의 6남매와 그 배우자가 모두 북으로 가고 20여 명의 아이들만 남은 가족, 가족사진 하나 없이 혈혈단신 남으로 내려와 가족 이야기를 절대 하지 않는 아버지를 둔 이웃들을 우리는 알고 있다. 가족사진 속에서 손톱만 한 얼굴이 찢겨져 나간 삼촌이나 고모, 사촌 이야기를 할 때마다 숨을 죽였던 어른들을 기억한다. 낮말은 새가 듣고 밤

말은 쥐가 듣는다고 소곤댔다. 누렇게 바랜 사진 속의 그들은 지금 우리의 아들딸보다 더 어린 얼굴을 하고 있다.

그 얼굴들에 이름을 찾아주고 가족의 사진을 복원해냄으로써 개인과 가족을 치유하고 역사도 치유해야 한다. 통일이 앞으로 어떤 모습으로 이루어질지는 모른다. 통일이 되면 역사 교과서는 다시 써야 할 것이다. 북쪽의 역사도 일방적이고 남쪽도 온전한 역사책을 쓰지 않았기 때문이다. 북과 남의 역사를 합쳐도 하나의 완벽한 역사책이 될 수 없다. 북쪽은 북쪽대로 입맛에 맞게 역사를 기술했고 남쪽은 그동안 정권이 여러 번 바뀌어 역사를 폭넓게 보려는 노력이 진행되었지만 온전한 역사책을 갖고 있지 못하다. 대한민국의 정통성이 깡그리 남쪽에 있다 하여 북한에서 벌어진 지난 50년의 역사를 통째로 무시할 수는 없는 것이다. 우리가 역사를 폭넓게 보고 북의 역사와 좌익의 역사까지 우리 것으로 만들 기틀을 마련해야 한다. 그것이 바로 개인사와 가족사의 복원이고 역사의 복원이고 우리 민족이 치유되는 길이 아닐까.

2004/09

# 우리 마음속의 분단

전쟁기념관 앞 거리에는 며칠 전부터 축제처럼 깃발이 나부끼고 있다. 6·25 50돌을 맞아 내걸린 깃발엔 '참전용사에 경의와 감사를', '전쟁을 넘어 평화로'라는 두 가지 구호가 적혀 있다. 전쟁을 넘어 평화라는 말이 구호가 아닌 구체적인 현실로 갑자기 다가온 이즈음, 그러나 우리 마음에는 전쟁을 넘어 평화를 맞을 준비가 아직은 되어 있지 않은 것 같다.

엊그제 우리 사회 지도층이라 불리는 인사들과 점심을 먹는 자리에서 한 집단의 조직적 행동이 화제에 올랐는데, 참석자 중 한 사람이 "빨갱이 같은 놈들"이라고 서슴없이 내뱉었다. 때가 때인 만큼 그 말이 더욱 섬뜩했다. 그렇게 말한 사람이 특별히 나쁜 사람이거나 '빨갱이'에 개인적 원한을 품고 있는 사람이라고는 생각하지 않는다. 아마 무심하게 습관적으로 말했을 것이다. 우리는 적대적인 세력은 무조건 빨갱이라고 몰아붙이면 간단하게 무찌를 수 있었던 시대를 살아왔다. 그것이 현실이며 그러한 습관은 하루아침에 바뀌는 것이 아니다. 정치적·집단적 왕따를 시키기 위해 가장 쉽게 사용되었던 말이 '빨갱이'였기 때문에 남북 두 정상이 웃으며 악수를 해도 주술처럼 불안감이 머리를 든다. 되풀이 입력되고 각인된 반공 이념과 북에 대한 적대감과 증오감이 보통 사람들의 뼛속까지 침투해 있다.

텔레비전에 비치는 북한 사회의 모습은 참으로 이질적이다. 생각과 달리 북한의 김정일 국방위원장이 보여주는 소탈하고 익살스럽기까지 한 태도가 신기하다 해도, 같은 색의 꽃술을 들고 똑같은 구호를 외치며 그에 대해 열광하는 평양 시민들을 보면 모르긴 해도 동원되고 조직되었을 것이라는 의심의 눈길을 보낼 수밖에 없다. 아마도 북한 주민들도 마찬가지일 것이다. 김정일 국방위원장이 서울에 온다 해도 평양과 같은 식의 환영 방법은 아닐 테니 그쪽에서는 그쪽대로 남쪽을 이질적으로 여길 것이다.

교황 요한 바오로 2세는 1995년 유엔총회에서 문화적 차이로 인한 세계의 분쟁에 대해 이렇게 호소한 적이 있다.

> 쓰라린 경험을 통해 우리는 '차이'에 대한 두려움이 끔찍한 테러와 폭력으로 이어질 수 있다는 것을 알았습니다. 그러나 문제를 객관적으로 보고자 노력한다면 우리는 모든 차이를 초월하는 기본적인 공통성이 있음을 알 수 있습니다. 차이가 존재하는 현실에서 그러한 차이를 부각시키려는 시도는 인간적 삶의 신비가 얼마나 깊은지를 측량할 수 있는 가능성으로부터 우리 자신을 배제하는 것입니다. 서로 존중하는 대화를 통해 어떤 이들에게는 매우 위협적일 수도 있는 차이가 인간 실존의 신비를 더 깊이 이해하는 원천이 될 수 있습니다.

우리 민족 가운데 6·25 전쟁과 관련하여 개인사나 가족사가 없는 사람은 거의 없을 것이다. 전쟁기념사업회가 펴낸『한국전쟁사』를 보면, 유엔과 남북한의 자료가 조금씩 다르지만 종합해서 남한은 군 피해가 백만, 북한은 150만, 민간인 피해는 남한은 백만, 북한은 2백만이라 한다. 북한의 민간인 피해는 절대적인 면에서나 인구 수를 고려한 상대적인 면에서나 남쪽에 비해 매우 심했다고 적고 있다. 인구 3천만 명 시대에 남북을 합쳐 550만 명의 인명 피해가 있었으니 '우리는 그때 모두 사람이 아니었던 것이다.'

6·25 50돌 행사가 위축되어 쓸쓸하고 섭섭하다는 사람들도 있다. 그러나 남과 북의 우리 민족이 흘린 피가 평화와 통일을 위해 기여해야지 반통일에 기여한다면 550만 명의 인명 피해는 헛된 것이 될 뿐이다. 오랫동안 우리 사회에서 통일을 말하는 세력은 불순한 것으로, 반통일을 주장하는 세력은 정당한 것으로 치부되어왔다. 그로 인해 우리들 마음속에 깊게 침투해 있는 '반통일적 시각과 분단'을 허물어뜨리려는 노력이 이번 6·25를 기해 남과 북 우리 민족 모두의 마음속에 일어난다면 그것보다 더 큰 행사가 어디 있겠는가. 진정으로 참전용사들에게 경의와 감사를 보내는 방법일 것이다.

2000/06

# 불쌍해라,
미군 병사들

풀 한 포기 없는 뜨거운 사막에 지쳐 누워 있는 미군 병사들, 모래폭풍에 날아가는 텐트를 힘겹게 잡아당기는 병사들, 넋이 나간 표정의 미군 포로들은 불쌍하다. 마구잡이 폭격에 희생된 이라크 어린이들의 울부짖음과 팔다리가 떨어져 나간 모습을 볼 때 느끼는 분노나 슬픔과는 또 다른 슬픔이다. 이들을 지탱하는 것은 무엇일까. 애국심일까, 세계의 평화를 지킨다는 자부심일까. 군대나 병사에겐 명령만 있을 뿐 '왜'라는 질문은 불필요한 것인지도 모른다. 그러나 보급품이 당도하지 않은 채로 진격 명령을 받는 미군 병사들은 언제 자살공격을 감행할지 모르는 이라크 군대 앞에서 얼마나 두려울까.

부시 미국 대통령은 현장에 있는 지휘관들의 조언을 무시하고 지원군을 기다리지 말고 진격하라는 명령을 내렸다고 한다. 거점도시 몇을 점거했다 해도 진격로를 확보하지 못하면 보급품이 제때 도착하기 어렵다. 이들은 곧 고립될 수 있다. 미군의 희생은 점점 커질 수밖에 없다.

베트남전에 참가했던 콜린 파월은 1991년의 걸프전 때 "미국은 국내외의 지지가 없는 한 대대적인 군사작전을 시작해서는 안 되며, 만약 작전을 시작하면 단호하게 해야 하고, 목적이 달성되면 탈출하는 전략을 가지고 있어야 한다"고 했다. 베트남전의 실패를 되풀이해선 안 된다는 것이었다. 걸프전은 파월의 이러한 원칙에 맞추어 진행되었다. 유엔의 지지를 얻었고, 이라크의 쿠웨이트 침공으로 국제 여론도 미국 편이었다. 1월 16일 시작된 전쟁은 최소한의 사상자만 내고 2월 27일 끝났다. 그러나 이라크전은 최소한 6개월 넘게 끌 것으로 전망되고 있다. 국내외는 물론 유엔의 지지도 얻지 못한 채 질질 끄는 전쟁, 그런 점에서 실패라고 미국 언론들은 지적하고 있다.

미국이 오판한 것 가운데 하나는 이라크 국민들이 미군을 해방군으로 환영할 줄 알았다는 점이다. 박정희 군사독재 시절 박정희가 미국 몰래 핵을 개발했다고 치자. 미국이 박정희를 제거하기 위해 무차별 폭격을 감행해 무고한 국민이 죽어 나갔다면 군사독재와 격렬히 싸우던 민주인사들을 포함하여 이 땅의 어떤 국민도 미군을 해방군으로 맞이할 수는 없었을 것이다. 아무리 나쁜 독재자라도 국토를 황폐화하고 양민을 무차별 폭격하는 다른 나라 군대보다는 낫다. 이것은 현재 북한의 김정일에게도 적용된다. 이라크전을 남의 전쟁이 아닌 바로 우리의 전쟁으로 느끼는 것이 한국 국민들이다. 격렬한 반전 시위와 파병 반대는 이런 까닭일 것이다. 미국은 세계 여러 나라에서 군사독재 정권을 지원해왔다. 미국의 이익과 걸맞으면 어떤 공포정치도 용납되었다. 이라크의 난민이 "우리나라에 석유가 없었다면 이런 불행한 사태는 없었을 것"이라고 울부짖은 것은 이번 전쟁의 성격을 웅변하고 있다.

부시는 9·11 테러 때 십자군 전쟁 운운했을 뿐 아니라 이슬람교를

'나쁜 종교'라고 함으로써 이슬람인들을 자극했다. 세계 곳곳에서 이슬람인들은 반전을 넘어 반미로 치닫고 있으며, 이슬람교도들이 자살공격에 나서기 위해 이라크로 몰려든다고 한다. 극렬분자들은 미국 안에서도 자살공격을 감행하겠다고 공언하고 있다.

이번 전쟁의 가장 큰 희생자는 이라크이지만 두고두고 희생을 치러야 하는 것은 미국 국민들이다. 부시 미국 대통령은 테러와의 전쟁 대신 이라크와의 전쟁을 선택했다. 미국과 미국인을 위험에 빠뜨리고 있는 것은 이라크나 후세인이 아니라 자신들의 대통령이라고 할 수 있다.

부시 미국 대통령은 "신이여, 우리 군대를 축복해주소서"라는 말로 전쟁 명령을 내렸다. 미국이 이번 전쟁에서 후세인을 제거하고 이라크를 '해방'시킨다 해도 그것은 기독교 신의 뜻은 아니다. 후세인이 성전을 외쳤지만 자살공격이 알라신의 뜻일 수는 없다. 모두 종교의 이름으로 기만하는 것이다. 대통령은 4년에 한 번씩 뽑지만 미국 국민들이 한 번 잘못 뽑은 대통령으로 인해 앞으로 치러야 할 대가가 몇 해나 갈 것인지 상상만으로도 두렵다.

2003/03

# 나누지 않는 '정의'

태어날 때 이미 사람의 운명은 정해지는 것인가. 어떤 땅에서, 혹은 어떤 부모 밑에 태어났느냐에 따라 한 인간의 운명이 결정되고 거기에서 도저히 벗어날 수 없다면 인간은 참으로 무력한 존재가 아닐 수 없다.

텔레비전에 비친 아프가니스탄인들의 비극을 보면 저절로 운명론자가 되지 않을 수 없다. 단지 그 땅에 태어났다는 이유 하나만으로 세계에서 가장 가난한 나라의 백성들이 20년이 넘는 내전을 겪고 있다. 평균수명이 40세에 불과한 나라, 인구의 절반이 전쟁과 기아로 죽거나 파키스탄과 이란 등 접경국으로 흘러들어 유민이 된 나라, 단지 그 땅에 태어났다는 이유 하나만으로 그 혹독한 운명에서 한 치도 벗어날 수 없는 어린이들의 모습을 우리는 매일 화면을 통해 본다. 인간의 생명이 존귀하고 모든 사람의 인권은 동등하다는 것은 한낱 말장난에 불과해 보인다. 인권이 무엇인지도 모르는 어린이들이 나라 잘못 만난 죄로 내일을 기약할 수 없는 삶을 사는 것을 보면서 그렇게 태어난 것 자체가 운명 아니겠냐며 애써 외면하는 것은, 테러 참사의 희생자들에게 그렇게 죽도록 태어난 팔자 아니었겠냐 하는 것만큼이나 잔인하다.

미국의 심장부를 겨눈 테러 광경을 지켜보며 많은 사람들이 인류는 아마 이런 식으로 공멸할 거란 불안감을 느꼈을 것이다. 인류는 서로 공존하지 않는 한 공멸할 수밖에 없게 되어 있다. 공존을 위해서는 나누는 수밖에 없다. 나누지 않는 곳에 정의가 있을 수 없기 때문이다. 역사를 2천 년 전으로 거슬러 올라가 원인을 찾든 제2차 세계대전이나 걸프전에서 원인을 찾든 이 모든 증오와 복수의 원인은 그것이 무엇이든 더 많이 가지려는 싸움에서 비롯된 것이다. 종교, 국경, 민족을 떠나 넘치는 곳의 부를 지독한 결핍을 겪는 곳에 나누어주며 공존하려는 노력을 하지 않는 한 아무리 정의를 외쳐도 정의는 없는 것이다.

펄벅의 소설을 영화화한 〈대지〉에는, 메뚜기떼의 습격으로 지상의 풀 한 포기까지 빼앗긴 농민들이 먹을 것을 찾아 걷고 또 걸어서 찾아낸 부잣집을 메뚜기떼처럼 통째로 들어먹는 장면이 나온다. 짐승처럼 흉악해진 농민들이 교양 있고 우아하게 살던 부잣집을 완전히 거덜내는 장면을 공포 속에서 지켜보았었다. 굶주린 이웃 나라의 백성 수백만이 이래도 죽고 저래도 죽는데 무작정 국경을 넘는 것을 어떻게 막을 것인가.

빈 라덴을 산 채로든 죽은 상태로든 잡고 테러 지원국으로 의심되는 모든 나라를 강력히 제압하면, 미국은 승리하고 테러가 지구상에서 사라져 마침내 인류가 평화와 질서를 찾게 될까. 아마도 정반대의 결과를 가져올 것이다. 증오는 더욱 깊어지고 더 두려운 보복과 불안으로 지구촌 어느 나라도 안전하지 않을 것이다. 미국의 유치원에서 제일 먼저 배우는 말이 페어(fair)와 쉐어(share)라고 한다. 지구의 한쪽에서 잘 태어난 어린이는 페어와 쉐어를 배우며 정의와 정당함, 나눔을 배우면서 잘 크는데, 한쪽에서는 고사리 같은 손으로 무기 조작법을 배우고 증오를 가슴에 깊게 깊게 새기는 이 불합리를 어떻게 힘으로 다스릴 수 있을까. 복수나 응징이 아니라 반성만이 테러 참사의 무고한 희생을 값진 것으로 만들 수 있을 것이다. 세상을 더 나은 곳으로 만들기 위해 노력하고 그것을 조금씩 구현시켜 나가지 못한다면 인간의 삶은 무슨 의미가 있을까. 그리고 그것이 단지 내 가족 내 나라만을 위한 것이라면 인간은 짐승보다 나을 것이 없다.

어떤 종교도 인류애보다 우선할 수 없다. 인류가 공동운명체며 모든 인간이 저마다의 천부적인 생명을 얻은 귀중한 존재임을 일깨우지 않는 종교는 종교라 할 수 없다. 빈 라덴이 종교적 신념에 따라 그런 테러를 저질렀다 해도 그가 주모자라면 그의 신이 무고한 생명을 빼앗은 그를 용서할 리 없다. 또한 미국이 아무리 정의와 정당방위를 외친다 하더라도 무고한 생명을 희생시킨다면 미국인들이 믿는 신도 그들을 용서하지 않을 것은 분명하다.

2001/09

# 미국의 거수기,
# 이젠 그만

BBC는 영국의 국영방송이다. 1982년 포클랜드 전쟁이 절정에 달했을 때, 해군의 전과에 자신을 얻은 영국은 유엔의 협상 호소를 거부하고 5천 명의 병력과 폭격기들을 투입해 아르헨티나군을 섬멸했다. BBC는 이때 영국과 아르헨티나의 입장을 똑같은 비율로 방송했다. 분노한 대처 총리는 BBC가 어느 나라 방송이냐, 국익을 생각하라고 펄펄 뛰었다.

방송사에서 별 반응이 없자 대처는 포클랜드에 자식을 보낸 영국 어머니들의 눈물을 생각하라고 호소했다. BBC의 답변은 간단했다. "지금 아르헨티나의 어머니들도 눈물을 흘리고 있다." 6주간에 걸친 전투로 영국군 256명, 아르헨티나군 712명이 사망했으니 아르헨티나 어머니들이 흘린 눈물이 더욱 많았을 것이다.

언론인이라면 누구나 이런 꿈을 꾼다. 나의 이익이나 국익과 무관하게 권력 앞에서 당당히 시시비비를 가리는 꿈 말이다. 그래서 BBC의 이러한 태도를 보며 대부분의 언론인은 부러움과 자책감에 가슴을 친다. 국익을 위해 대학교수의 논문을 사상 검증해야 한다고 믿어 의심치 않는 그런 언론인 아닌 언론인은 빼고 말이다.

미국이 아니, 클린턴이 이라크를 공격한 날 우리 정부가 재빨리 지지 성명을 내놓은 것을 보고 부끄럽기 짝이 없었다. 미국의 두 차례에 걸친 독촉 때문이라고는 하지만. 그러나 더욱 부끄러웠던 것은, 우리나라의 주요 일간지들이 미국이 유엔을 물 먹이며 일방적으로 저지른 공습을 통렬히 비난하지 않았을뿐더러 단지 기름 값이 들썩거리니 걱정이고, 교민들의 안전이 염려된다는 투의 사설을 실었다는 사실이다.

만약, 만약에 말이다. 쿠바도 리비아도 이라크도 미국의 무력에 굴복하고 북한 한 곳만 미국이 말하는 악당 국가로 남았을 때, 미국 대통령이 정치적 위기에 빠졌다고 하자. 그래서 미국 대통령이 자신의 정치적 위기를 모면하기 위해 핵시설이 있다는 북한의 금창리를 미사일로 전자오락을 하듯 단추를 눌러 공격한다면 우리는 단박 지지성명을 낼 것인가. 아니면 한발 더 나아가 이 기회에 북진통일, 흡수통일해야 한다고 전쟁 분위기를 고취시켜야 할까. 아니라고 말 못한다. 미국은 충분히 그럴 수 있는 나라라는 것이 이번에 증명되었고, 한국에는 초가삼간 타는 것은 문제가 아니니 빈대를 잡자고 독려할 언론 아닌 언론과 소위 지식인들이 많은 것을 보아왔기 때문이다. 만약 햇볕정책으로 남북한 사이가 좋아져 미군이 더 이상 아시아에 주둔할 명분이 약화됐을 때, 미국은 틀림없이 햇볕정책을 무산시킬 수만 있다면 어떤 위험한 행동도 불사할 나라라고 나는 생각한다.

클린턴 미국 대통령이 백악관에서 인턴사원과 부적절한 관계를 가지면서 비롯된 공화, 민주 양당의 당리당략적인 다툼과 이라크 공격에 이르기까지의 과정을 보면, 미국은 이미 도덕성과 분별력과 균형감각을 거의 잃은 이류국 수준으로 떨어진 것처럼 보인다. 우리는 미국이 전 세계를 악의 무리에서 구하기 위해 이라크를 폭격한 것이 아님을 안다. 미국의 이익과 한국의 이익과 전 세계의 이익이 서로 다름도 분명히 알게 됐다. 따라서 이제 더 이상 미국의 거수기 노릇은 그만두어야 한다. 그리고 그것은 언론이 앞장서야 할 몫이 아닐까.

이라크 폭격이 자행된 다음 날 유엔주재 북한대표부 리근 차석대사를 조지 워싱턴 대 이창주 교수가 인터뷰한 기사가 〈한겨레21〉에 실렸다. "금창리 지하시설이 핵과 관련이 없다면 왜 당당하게 공개하지 않는가. 그리고 왜 사찰 조건으로 3억 달러를 요구하는가"라는 질문에 그는 답변한다. "어떻게 적대국가가 몸수색을 요구하는데 대가를 받지 않는다는 말인가."

이라크나 북한에 핵시설과 화학무기 공장이 있는지 확인할 길이 없다. 그러나 자존심 있는 주권국가로서 몸수색을 핑계로 속옷까지 벗으라는 다른 나라의 요구를 받아들일 수 없다고 말하는 태도는, 비록 벼랑외교라는 비판을 받을지언정 우리 사회의 주눅 든 모습보다는 당당해 보인다.

1998/12

# 당신이 지금 서른이라면

한 여성의 삶이 치열해지려면 온갖 차별의 최전선에 서 있어야 하지 않은가, 라는 생각은
현실에 안주해서 살고 있는 스스로를 돌아볼 때마다 바늘처럼 나를 찌른다.
자신의 문제를 가지고 세상의 평판이나 도덕적 잣대와 맞부딪칠 때만이
사안의 핵심이 명료해지고 그 부당함과 싸워나가면서 길러진 힘이야말로
진정한 힘이 될 수 있음은 분명하다.

# 자기를 위한
# 잔칫상을 차려라

만약 당신이 내일모레 서른이라면, 그리고 결혼을 하지 않았다면, 주위에서 뭐라고 압력을 넣더라도 절대로 서른을 넘기지 않겠다는 결심을 하지 말기 바란다.

여자 나이 서른이 넘으면 값이 떨어져 제대로 된 결혼을 할 수 없다는 것은 여러분 부모 세대의 생각이다. 재취 자리밖에 없다나. 재취라는 말, 얼마나 불쾌한가. 다시 여자를 얻는다니……. '부엌데기'와 '보모'와 '성적 상대'로서의 여성, 다용도로 쓸모 있는 물건을 집 안에 들인다는 냄새가 물씬 난다. 서른은 결혼 적령기의 마지노선이 아니다.

결혼 적령기는 당신이 결혼하고 싶은 상대가 생기는 바로 그때라는 사실을 확고하게 믿어야 한다. 누군가가 사랑해주기를 바라는 것은 어리석다. 당신이 사랑할 상대를 적극적으로 찾아야 한다. 백마 탄 왕자가 다가와 손 내밀기를 기대할 시기는 지났다. 백마 탄 왕자는 10대에도 20대에도 환상이고 서른에는 망상이다.

당신이 서른 살이 되었는데도 직업이 없다면, 당장 내일부터 파출부라도 하기 바란다. 아니면 집에서 밥도 하고 빨래도 하고 청소도 해서 밥값을 해야 한다. 서른 살에도 휴대폰 요금과 인터넷 통신 요금을 부모에게 부담시키는 것은 부끄러운 짓이다.'부모가 여력이 있다 하더라도 부모의 노후 자금을 축내지 말기 바란다. 부모의 노후를 책임질 각오가 되어 있지 않다면 그것은 파렴치한 짓이다. 박사학위를 가졌다 할지라도 자신의 손으로 자신의 밥벌이를 할 수 없다면 당신은 아직 아이에 불과하다.

경제적 독립이 없으면 정신적 독립도 없다는 것은 동서고금의 진리다. 정신적 독립을 하지 못한 사람이 학문의 길에서 어떻게 정진할 수 있겠으며, 경제적 도움을 주는 누군가의 간섭으로부터 어떻게 자유로울 수 있겠는가. 직장 구하기가 힘들다고? 절대로 그렇지 않다. 조선족 여성들도 가족을 떠나 이 땅에 들어와 훌륭하게 돈벌이를 하고 있는데 당신이 왜 못하는가. 허드렛일로 보이는 일, 자원봉사처럼 보이는 일도 하다 보면 길이 보이고 전문직으로 또 평생직장으로 발전시킬 수 있다.

3대에 걸쳐 호의호식하고 화려한 생활을 영위할 수 있는 집안의 딸이라 할지라도 당신은 일을 해야 한다. 부모 재산을 물려받거나 부모 기업을 물려받는다 해도 스스로 돈을 벌어본 경험은 당신에게 재산이 된다. 혹시 남자 형제들과 경쟁해야 하는 처지에 처한다 해도 당신이 딸이라서 부당한 대우를 받지 않으려면 당신도 경력과 능력을 키워야 하기 때문이다.

당신이 직업을 가졌다면, 서른 살에 전직과 평생 직업을 생각해야 한다. 20대까지의 삶은 대부분 자신이 적극적으로 선택한 것이 아니다. 살아온 배경이나 환경, 출신 학교 등에 의해 만들어진 것이며 자기 자신의 가치관이나 인생관과는 동떨어진 것일 수도 있다. 직업도 허겁지겁 우선적으로 선택하게 되는 것이지 자기 자신의 적성에 맞는 직업이라고 보기는 어렵다. 자신에게 잘 맞는 일인지 안 맞는 일인지 이제는 알 만큼 당신의 경력도 쌓이고 세상을 보는 눈도 키워졌다. 장래성 있는 일과 없는 일, 내가 잘하는 일과 좋아하는 일이 무엇인지도 분명해졌다.

당신이 다니는 직장이 보람도 있고 적성에도 맞고 평생 직업으로서 가질 만한 것이라면, 당신 위에 여자 상사라고는 하나도 없는 곳이라 할지라도 그 벽을 뛰어넘기 위해 자신에 대한 투자를 하고 기회를 포착하기 위해 준비해야 한다. 그러나 희망이 없어 보이는 곳이라면 수소문과 정보를 동원하고 그동안에 생긴 인간관계와 경험을 활용해 전직을 꾀해야 한다. 무엇보다 중요한 것은 진정한 친구를 발견하고 사귀어야 한다는 것이다.

사회적 관계를 확장하기 위해 넓은 의미에서의 인맥 관리는 필요하다. 그러나 인맥 관리만으로 사람에게 접근하면 당장 들통 난다. 사람들은 그렇게 접근하면 경계한다. 당신이 주요한 포스트에서 밀리면 당장 그 인맥의 그물에서 빠진다는 사실을 알고 있어야 한다.

가치관이 같고 인생에서 추구하는 바가 같은, '아' 하면 '어' 하고 알아듣는 친구를 갖는 것은 평생 반려를 얻는 것보다 충족감이 크다. 그런 친구를 위해서라면 당신이 가진 모든 것을 내줄 자세가 되어 있어야 한다. 얄팍하게 넓은 관계로 사교 생활을 하는 것도 나름대로 당신에게 도움이 되겠지만 언젠가는 허망하다는 생각이 들 날이 있다는 것이다.

당신이 전업주부라면, 당당해라. 남편 수입의 절반은 당신 것이다. 당신 마음대로 할 권리가 있다. 밥하고 빨래하고 청소하고 집안 관리하는 것을 돈으로 환산하면 당신은 충분히 권리를 주장할 자격이 있다.

그리고 절대로 자식과 남편에게 목을 매지 마라. 시간과 열정, 여가와 당신이 가진 소질을 전부 거기에 털어놓고 안주하지 말라는 것이다. 당당하게 자신을 위한 시간을 갖고 자신의 이름으로 된 통장을 마련해야 한다. 당장 통장을 개설하고 남편에게 당신의 이름으로 된 통장에 수입을 넣어줄 것을 요구해라. 남편 돈이 내 돈 같지만 그렇지 못할 때가 생길 수도 있다. 토요일마다 로또복권을 살 것이 아니라 일주일에 만 원이라도 당신 자신을 위해 저축하고 경제적 주체가 되어라. 소비적 주체가 아닌 경제적 주체로서의 자아를 확립해야 한다.

집 안에만 있다고 하여 자녀 이야기, 남편 이야기, 시집 이야기만 하지 말기 바란다. 그것이 인생의 전부인 것 같지만 그런 세월은 길지 않다. 언젠가 홀로서기를 할 때를 대비하려면 사회적 관심의 끈을 놓지 않도록 해야 한다.

당신이 서른한 살이고 직업이 있고 결혼을 했고 남편이 있다면, 가끔씩 덫에 걸렸다는 생각이 들 것이다. 가끔이 아니고 자주일 수 있다. 안정적으로 아이를 돌볼 사람도 없고 직장에서는 위에서 아래에서 당신을 압박하는 일이 많다. 승진은커녕 유부녀인 당신의 일거수일투족을 비판의 눈으로 바라보는 사람도 있을 것이다.

남편은 당신이 버는 돈은 좋아하면서, 이익의 대가로서 가사노동이나 시집 동원 행사의 분담이라는 반대급부를 자발적으로 할 마음이 없다. 돈을 벌어도 쌓이는 것은 없고, 남편이 없었더라면 자녀가 없었더라면 내가 직장에서 더욱 성공할 수 있었을 텐데 하는 갈등과 회의가 당신을 짜증나게 할 것이다. 당연하다.

그러나 불만을 말하지 마라. 당신이 가진 모든 것을 부러워하는 당신 또래의 여성들이 눈을 흘길 것이다. 당신은 가진 것이 많은 사람이다. 가진 것이 많으면 할 일이 많은 것이라고 생각해라.

당신이 서른한 살이고 누군가를 사랑한다면, 기혼이든 미혼이든 열렬히 사랑해라. 사랑할 수 있을 때 사랑하는 것은 인생의 권리다. 축복이다. 그러나 결코 눈을 사르르 감고 관능에 몸을 맡기거나 영혼이 떨리는 듯한 충일감에 젖어드는 사랑의 순간이 오더라도 한 쪽 눈은 분명히 뜨고 있어야 한다는 것을 잊지 말아야 한다. 당신이 성취한 것, 당신이 가진 것과 맞바꾸기에는 사랑이란 너무나 불가해한 것이고 가변적인 것이다. 영원한 사랑에 대한 환상을 버려야 한다. 사랑은 맹목이지만 결혼은 눈을 뜨고 하는 것이다. 물 좋고 정자 좋은 결혼은 없다.

정신적으로, 육체적으로, 경제적으로, 사회적으로 독립한 당신, 이제 서른한 살이다. 서른까지 남의 손에 의해 차려진 잔칫상만 받았다. 서른한 살, 이제 당신은 자신의 손으로 자신의 잔칫상을 차리기 시작해야 한다.

2003/11

# 그래도 사랑은……

11월은 쓸쓸한 달이다. 연말이 가기 전에 한번 만나야지, 라는 연락이 오기 시작하기 때문이다. 12월에 약속을 잡으려면 힘이 든다며 11월에 만나자고 재촉한다. 1년 내내 안부 전화 한 번 없이 지내다가 기념일 챙기듯이 맞는 게 망년 모임이다. 1년에 한 번 망년회 때 만나는 게 친구인가 하다가도 그것도 안 하면 살았달 게 없겠다 싶어 부지런히 날짜를 맞춘다.

젊은이는 양의 기운을 가져서 나이가 드는 것이 신나지만, 늙으면 음의 기운이 강해져서 나이 드는 것이 서글프다. 나이는 숫자일 뿐이라고 버티지만 숫자란 게 정확하기 그지없어서 누구나 숫자가 주는 중압감에서 벗어나기는 쉽지 않다. 그런데 요즘은 젊은이들도 나이 먹는 것을 무서워한다. 장래에 대한 불안과 취업 걱정 등 먹고사는 일이 고달파서 사랑은 있어도 그만, 없어도 그만인 액세서리 정도로 취급해버리는 것 같다.

지난주, 〈한겨레21〉에서 공모한 '제1회 손바닥 문학상'의 최종 심사를 할 기회가 있었다. 충격을 받았다. 본선에 올라온 22편의 글 가운데 단

한 편도 사랑 이야기는 없었다. 연말 기분에 신산하고 삭막했던 터라 진한 사랑 이야기 한 편이라도 건져내 영혼의 양식을 얻길 기대했다. 인류 최대의, 인생 최대의 보편적인 관심사는 사랑이고, 문학이든 영화든 어떤 예술 작품이든 사랑이 영감을 주는 시발점이 된다고 믿고 살아왔다. 그런데 한창 피가 끓는 2, 30대의 응모자들이 사랑을 소재로 작품을 쓸 여유조차 없었다고 생각하니 우울해졌다.

실직의 공포, 구직의 어려움, 비정규직의 불안함이, 작품들의 주된 소재였다. 거대한 감옥 안에 갇혀 있어서 움치고 뛸 수조차 없이 실의와 좌절, 체념에 빠진 모습이 곳곳에서 엿보였다. 그것이 현실이고 진심이고 가장 절절한 문제였을 수 있다. 그러나 돈이 없어도 직업이 없어도 장래가 불투명해도 사랑은 할 수 있다. 사랑은 돈을 번 다음에 직업이 생긴 다음에 장래가 보장된 다음에 하는 것이 아니다. 사랑 때문에 밤을 새우기보다는 편의점에서 알바를 뛰면서, 취업 공부를 하면서 불안하고 고단한 밤을 새우는 이 시대의 젊은이들……. 글은 개인적으론 한 사람의 자화상이고, 어떤 시대의 이야기는 그 시대의 자화상이다. 이 시대의 젊은이들이 갖고 있는 시대정신이, 그 불안감이 그대로 반영된 탓이라고 받아들였다.

폴란드 작가 마렉 플라스코는 제2차 세계대전 이후 폐허가 된 바르샤바를 무대로 두 젊은 남녀의 사랑 이야기 『제8요일』을 썼다. '젊은이여, 희망을 가져라'는 말이 아무런 현실감 없이 다가오는, 가난하고 내일을 기약할 수 없는 젊은이들이다. 그래도 그들은 사랑을 한다. 사랑을 나눌 벽이 있는 삼각형의 방이라도 찾기를 소원한다. 다시 일요일이 와도, 또다시 일요일이 와도 고단한 날이 계속된다. 그들이 안식을 찾을 수 있는 날은 달력에도 없는 제8요일이어야 하는가. 그가 이 소설로 세계적인 작가가 된 나이가 스물여섯이었다.

내 한 몸도 가누기 어려운 현실에서 원 나잇 스탠드가 편하다고, 내일을 기약할 수 없는데 누구하고 사랑을 할 수 있겠냐고 한다. 내일을 기약하는 사랑만이 사랑은 아니다. 이 겨울에 이 시대의 고단한 젊은이들이 돈이 없어서, 직업이 없어서, 장래가 불투명해서 딛고 있는 자리가 불안하겠지만, 그래도 사랑은 할 수 있다는 것을 믿었으면 좋겠다. 키가 작은 것도 '루저'라고 공공연하게 말하는 세상에서 비정규직으로 돌면서 '루저' 같은 기분이 들 수도 있다. 진짜 '루저'는 조건만을 찾아 사랑을 하는 사람들이라고 무시할 수 있어야 한다.

젊은 세대들이 '사랑밖엔 난 몰라' 하고 사는 것도 곤란하지만 '사랑 따윈 난 몰라' 하면서 사는 것은 쓸쓸한 일이다. 젊은이들이여, 힘들지만 그래도 사랑은 할 수 있다.

2009/11

# 지론을 깨고 주례를 서다

얼마 전 직장에 다니던 후배 둘이 결혼을 하게 되어 주례를 서게 되었다. 오랜 연애 끝에 서른 중반의 나이에 하는 결혼이었다. 김광규 시인은 20대 젊은이들의 결혼식 광경을 보고는 이 험난한 세상으로 신랑 신부 한 쌍을 새로 내보내는 것이 과연 축복하고 시시덕대기만 할 일인지 근심과 걱정에 가득 찬 시를 쓴 적이 있다. 나도 실은 모든 결혼이 불안불안하다. 그래서 주례를 선다는 것이 겁이 나고 축복의 말이 자칫 기만이 될지도 모른다는 우려 때문에 주례는 절대로 안 선다는 원칙을 정해놓았었다. '검은 머리 파뿌리 될 때까지 살라'든가 '기쁠 때나 슬플 때나 혹은 죽음이 둘을 갈라놓을 때까지'라는 성혼선언문은 그저 글이고 말일 뿐 어떤 구속력도 진실성도 없다. 평소 결혼식장에서 주례가 신랑 신부를 향해 이러저러한 것을 서약하겠습니까, 라고 말하고 이에 신랑 신부가 씩씩하게 예, 하고 대답하는 것이 어쩐지 거짓말 같고 바보스러워 보였다.

그러던 내가 주례를 서게 된 것이다. 평소에 참하게 보아왔던 신랑 신부다. 말수도 적고 내성적인 두 남녀가 주례를 부탁하는데 거절이 쉽지 않았다. 두 사람이 한 직장에서 오랜 연애를 했지만 그렇게 요란스럽지도 않았다. 이 결혼은 괜찮은 결혼이 될 것이라는 생각이 들었다. 알 것 다 알고 볼 것 다 보고 그러고도 결혼을 결심하는 것은 참으로 쉽지 않은 일이다. 세월이 흐르면 사랑도 시들해지고 겁나게 황홀하던 상대의 눈동자도 그저 그래지기 때문이다. 오랜 연인이 헤어지는 것은 오래 살던 부부가 덤덤해지는 것만큼이나 자연스런 일이다. 그런데도 결혼을 결심했다니 둘 사이에 많은 신뢰와 역사가 쌓여 있겠구나 하는 믿음이 갔다. 주례사로 무슨 이야기를 준비할까 궁리하다가 내 결혼은 어떤 결혼이었던가를, 또 나의 신혼 시절이 어떠했던가를 떠올리니 내가 얼마나 불안한 결혼을 했는지가 생생히 떠올랐다.

수유리 지나 화계사 근처 어떤 집의 문간방에서 신혼살림을 시작한 것이 서른 살 되던 해였다. 그 집을 떠날 때까지 친정, 시집 식구 어느 누구도 와본 적이 없는 곳이었다. 우리 각자가 자라고 살아왔던 환경과는 전혀 다른 곳이었다. 보증금 20만 원에 월세 8천 원의 방 한 칸짜리였다. 지금은 번화해진 곳이지만 당시는 서울 외곽에 있는 한적한 동네였다. 이부자리와 장롱을 놓고 책장을 놓고 나서도 그 방은 여유가 있었다. 스무 명의 친구들을 초대하곤 주인집에서 큰 밥상 두 개를 빌려와 방에 펼쳐놓으니 앉을 자리가 마땅찮았다. 그래도 자니브라더스(당시 인기 있던 남성 4중창 그룹) 식으로 어깨를 엇비슷이 겹쳐서 옆으로 앉아 무사히 손님을 치렀다. 아마 단칸방에서 밥을 먹은 인원으로는 세계 신기록을 세운 게 아닌가 싶다.

결혼 1년 만에 아이를 낳게 되었다. 서른한 살이었다. 신문기자 생활을 해서 제법 세상물정을 안다고는 했지만 장래에 대한 아무런 계획도 없이 임신을 했다. 아이를 낳는 데는 2박 3일만 입원하면 되고 비용은 5만 원이면 뒤집어쓴다고 했다. 넉넉하게 10만 원을 준비해놓고는 출산 날을 기다리며 근심걱정 없이 살이 찌고 배는 불러왔다.

병원에 가서 진통을 하다가 갑자기 비상사태를 맞았다. 하루 종일 아팠다 말았다를 되풀이했지만 영화에서 보는 것처럼 비명을 지를 만큼 괴롭지는 않았다. 사람들이 출산의 고통을 과장한 거 아닌가, 라며 역시 나는 잘하고 있어, 스스로를 독려하면서 아이가 나오기만을 기다렸다. 아이 낳는 것도 별거 아니잖아 싶었다. 퇴근하기 전에 들른 의사는 아이의 심음이 좋지 않고 제대로 진통이 이루어지지 않은 사이에 탯줄을 목에 감았다고 했다. 내일 아침까지 기다리면 위험하다며 갑자기 제왕절개를 선언했다. 주위가 갑자기 부산해지고 옷이 벗겨지고 전신에 소독약이 뿌려졌다. 소독약의 한기보다는 돈이 무지하게 들지도 모른다는 생각 때문에 온몸이 오싹해졌다. 나와 내 남편은 제왕절개를 할 만한 돈을 갖고 있지 않았다. 남편에게 수술동의서가 전해지고 나는 들것에 실려서 수술실로 옮겨지는 동안 내내 한기로 온몸을 떨었다. 그것은 수술의 공포 때문이 아니었다. 돈이 든다는 사실, 내가 전신 마취를 하고 수술을 하는 동안 남편이 돈을 마련해야 한다는 사실이 절망적으로 느껴졌다. 돈이 마련될 때까지 아이가 뱃속에서 좀 기다려줄 수도 있지 않은가 바랐지만 상황은 급박하게 돌아갔다. 마취에서 깨어나 제일 먼저 남편에게 병원비가 얼마나 드냐고 물었다. 남편은 염려 말라고 했다. 병원에서 열흘을 지내고 45만 원인가를 지불하고 퇴원을 해 화계사 옆의 단칸방으로 우리는 세 식구가 되어 돌아왔다. 출산 비용은 '딸라 이자'라는 것으로 해결했음을 나중에 알게 되었다. 별로 주변머리 없던 남편은 신문 구석에 나온 '급전 빌려줍니다'의 문을 두드렸던 것이다.

아이를 낳았다는 소식을 남편이 양가에 전화해서 알렸지만 친정, 시집 식구 아무도 와보지 않았다.

양가에서 모두 반대한 결혼이었다. 또 부모가 반대하는 결혼을 하면 결코 행복해지기 어렵다는 주위의 만류를 무릅쓰고, 부모가 반대하는 결혼을 해도 얼마든지 행복해질 수 있다는 것을 증명하겠노라고 배짱 좋게 선언을 하고 한 결혼이었다. 결혼 일주일 전인가 내 어머니가 이렇게 말씀하셨다. "결혼식장에서 딴딴따단 하고 들어가는 중간이라도 아니다 싶으면 되돌아 나와라, 창피할 것 없다"라고. 그런데 이상하게도 내 결혼에 가장 힘을 주었던 것이 친정어머니의 이 말씀이었다. 돈도 지지리 없었고 직업의 안정성도 없었다. 태생적으로 친정이나 시댁에 손을 벌린다든가 우리의 결혼 전선에 이상이 있다는 내색은 절대로 할 수 없는 결혼이었다. 결혼생활 내내 곳곳에서 지뢰가 터졌다.

그런데도 30년을 살아왔다. 그래, 모든 결혼은 위험하다. 불안한 요소들로 가득 차 있다. 엄마 뱃속에서 세상으로 떨어지는 것은 또 얼마나 불안한 일인가. 인생에서 불안하지 않은 일이 어디 있겠는가. 주위의 축복 속에 하는 결혼도 금방 깨지고 몇 년 못 갈 거라는 결혼도 수십 년을 가는 것이 결혼이다. 결혼이란 남녀 둘이 손잡고 지뢰밭을 건너는 일과 같다. 비록 지뢰밭이 완전히 터져서 이혼을 하더라도 지뢰밭을 건너본 사람만이 아는 인생의 깊이를 지뢰밭을 경험하지 않은 사람은 모를 테니까. 그래 주례를 서자. 이것이 내가 평소의 지론을 깨고 결혼식 주례를 서게 된 전말이다.

2005/09

# 이제는 외조남이 인기남!

미국에 사는 아무개가 사진 두 장을 갖고 왔다. 딸 사진이다. 서른여섯과 서른넷. 둘 다 박사학위 딴 지 오래고 이미 각기 대학교수로 있다. 남편감 좀 구해달라는 것이다. 조건은? 그래도 애들이 박사고 교수니까 그 급이 되는 사람이면 좋고, 아니면 의사, 판사, 변호사 등 '사'자 돌림이거나 그것도 안 되면 빵빵한 집안의 아들로 가업을 이어받을 사람이란다. 그런 놈 가운데 아직 장가 안 간 놈이 어디 있냐, 서울에도 남자 씨가 말랐다고 소리를 버럭 질러버렸다.

아들딸 둘만 낳아 잘 기르자는 정부시책에 호응한 우리 세대는 지금 자식들 결혼이 막바지에 이르렀다. 결혼 피로연에서 만난 친지들 가운데 남의 혼사를 노골적으로 부러워하는 경우가 꽤 있다. 아들들은 그럭저럭 결혼을 시켰는데 딸들은 결혼을 못 시켜 안달들이다. 이렇게 가다가 마흔도 넘기겠다고, 전에는 서른엔 방을 빼겠지 싶었는데 요즘엔 마흔까지 기다려야 하냐고 한탄을 한다. 빨리 결혼했다가 이혼해서 돌아오면 어떡하느냐 그냥 놔둬라 하면, 딸이 그냥 늙어가는 걸 보느니 돌아올 때 돌아오더라도 한 번은 결혼을 해봐야 하지 않겠느냐고까지 했다.

아닌 게 아니라 주변에 꽤 괜찮은 여자들이 혼자 사는 경우가 아주 많다. 서른, 마흔, 쉰, 완벽한 미혼과 미혼 비슷한 미혼, 돌아온 싱글, 싱글 맘 등 종류도 많다. 모두들 괜찮은 여자들은 많은데 괜찮은 남자들은 왜 이리도 없느냐고 한다. 괜찮은 남자는 다 유부남이라고 은근슬쩍 남의 남자를 넘보는 경우도 있다. 괜찮아 보이는 유부남도 실은 너희가 옛날 같으면 쳐다보지도 않았을 변변치 않은 남자였다, 다 마누라들이 잘 챙겨서 멋있어진 것이라고 하면 그런가 하는 표정을 짓는다. 친구에게 어떻게 딸자식을 자기 짝 하나 고르지 못하는 팔푼이로 키웠냐고 질책을 하고 내 설교는 계속됐다.

눈을 낮춰라. 그런 집에서 교수 며느리 보면 좋아할 줄 아느냐. 너도 알다시피 결혼은 패밀리 비즈니스인데, 특히 남자 쪽이 빵빵한 조건을 갖추었다면 그건 장난 아닌 패밀리 비즈니스다. 집안에 며느리 들이면 없던 가풍도 생기고, 집 나갔던 고모, 삼촌까지 몰려와 감 놔라 배 놔라 하는 것이 패밀리 비즈니스형 결혼이다. 그런 곳에 시집 보내놓으면 내조하랴 시집살이하랴 딸이 제대로 사회생활 하겠냐고 타일렀다. '사'자 돌림 좋아하니 내가 진정으로 권한다. 요리사와 정원사 어떠냐. 장래성 있고 외국에서는 요리사와 정원사도 아티스트고 사회적 지위도 높다며 학교에서 돌아온 딸에게 맛있는 음식도 해주고 정원도 잘 가꾸고 외조를 해주면 딸의 인생은 진짜로 대박 나는 거라고 했더니 친구는 아연한 표정을 지었다. 그러면서도 내 말이 그럴싸했는지 "정말 그렇지?" 하며 뭔가 계산을 맞춰보는 듯 두 눈을 반짝였다.

주변에 아무개 딸이 귀국했는데 신랑감 어디 없겠느냐는 이야기를 많이 든는다. 나이도 많지만 직업도 연봉도 사회적 지위도 대단했다. 어렸을 때부터 과외로 돌리고 피아노, 미술, 수영, 외국어 등등을 마스터하고 얼굴까지 성형해서 조건은 모두 갖추었다. 그러고 나니 그 조건에 맞는 신랑감 찾기가 난감해졌다. 왜 남자가 여자보다 조건이 좋아야 하는가. 왜 나이도 학벌도 집안도 여자보다 다 높아야 잘한 결혼이 되는가. 그런 고정관념만 버리면 결혼은 훨씬 쉬워진다.

결혼은 침대를 같이 쓸 사람을 구하는 것이 아니라 침대와 냉장고와 화장실도 같이 쓸 사람을 구하는 거다. 그러니까 같이 잠자고 같이 먹고 같이 배설할 짝을 구하는 것이다. 침대만 같이 쓰려면 굳이 결혼할 필요도 없다. 냉장고와 화장실은 생활의 인풋과 아웃풋을 상징한다. 지지고 볶는 생활을 함께 영위하는 것이다. 거기에 무슨 조건이 그렇게도 많이 필요한지 모르겠다. 집안과 학벌을 따져 남 보기에 번드르르한 결혼을 하기보다 뜻이 맞고, 그러니까 가치관을 갖고 이 모든 일을 유쾌하게 같이 해나갈 만한 평생 친구를 구한다고 생각하면 현실적인 선택의 폭은 훨씬 넓어진다.

김을호는 늦게 결혼해 나이 마흔 넘어 아들 하나를 낳아 애지중지 키우는 후배다. 남편을 쥐락펴락하고 산다며 으스대는 친구인데, 며느리가 들어와서 자기 아들을 쥐고 흔들고 살 것을 생각하면 부르르 떨린다고 했다. 그러던 그가 노선을 수정했다. 아무리 둘러보아도 억세고 씩씩한 여자를 만나 사는 부부들의 결혼생활이 원만해 보인다며 자기 아들도 이 거친 세파를 뚫고 나가려면 남편에게 순종적이고 남편만 바라보는 며느리는 곤란한 게 아닌가, 라고 했다. 아들 뼛골 빠지게 하는 여자보다, 아들은 지 좋아하는 일 하며 살고 며느리가 앞장서서 모든 대소사를 운영하면 내 아들이 고생을 덜할 것 아니냐는 아주 이기적인 마음을 내비친 것이다. 아무래도 남자 팔자 뒤웅박 팔자로 사는 것이 편한 시대가 된 것이라고 결론지었다.

우리 사회는 지금 학벌 좋고 돈 잘 벌고 사회적 지위도 높은 여자들이 대량으로 배출되고 있다. 아들딸 구별 않고 둘만 낳아 잘 기른 세대들의 승리이자 보람이다. 그러니까 아들이 학벌도 별로고 유약하고 어쩐지 미래가 걱정된다고 걱정하지 말 일이다. 요리도 청소도 설거지도 시켜서 신랑수업을 잘 시킬 일이다. 필요가 있는 곳에 수요가 생긴다. 내조 잘할 여자를 구하는 세상이 지나가고 외조를 잘할 남자가 인기 있는 세상이 되리라는 예감이 든다.

2006/07

# 백년해로도 예술의 경지

거의 조강지처 모드인, 소설 쓰는 조선희가 말했다. 애인도 없고 스리섬은커녕 원 나잇 스탠드도 못 해보고 한 남자와 십 몇 년씩 사는 사람 주눅 들게 하는 세상이 된 게 아니냐는 것이다. 한 남자와 30년을 지루하게 살고 있고 앞으로도 이혼할 조짐을 별로 보이지 않는 나에게 그는 그것도 괜찮은 인생 아니냐고 확인하고 다짐하고 싶어 했다. 뒤를 봐도 앞을 봐도 이혼했거나 이혼을 결심한 사람투성이고 선후배들이 연애담과 섹스 편력을 공공연하게 떠드는 것을 흥미진진하게 듣다가 이것이 대세인가 싶으면 어쩐지 시대에 뒤떨어진 삶을 사는 것 같은 게 당연한 일이다.

조선희는 그가 기자이던 시절, 그의 데스크로서 만났다. 그때나 지금이나 그의 인생과 글쓰기의 데스크를 하는 일은 아주 즐겁다. 당시 그는 지금 남편이 된 아무개와 연애 중이었는데 내가 아주 쿨한 충고를 한답시고 "조선희야, 마음 가는 데 몸도 가야 하느니라"라고 격려, 고무했을 때 "김선배, 그렇게 하고 있으니까 염려 마세요"라고 말해 나를 경악시키고 무안

케 한 인물이다. 그런 그가 이거 참 세상에 적응이 안 된다고 하니 나는 얼마나 또 적응을 못하겠는가. 천하의 고수인 최보은이 최근 〈한겨레21〉에 연재되는 '김소희의 오마이 섹스'를 보고 거의 뒤집어져서 "이제 나의 시대는 갔도다"라고 항복했을 정도니까 세상이 얼마나 변했는지, 아니 여자들이 얼마나 빠르게 변해가는지 알 수 있다. 호주제가 폐지되고 철벽같은 종중 재산의 권리가 딸에게까지 이어지는 것은 놀랄 일도 아니다. 여자들이 성담론의 중심에 턱하니 주도권을 잡고 나서서 '감 놔라, 배 놔라' 하는 것에 비하면 말이다.

십수년 전만 해도 후배들이 부부생활과 관련해서 속깊은 상담을 해오면 나는 이혼을 적극 권장했다. 말끝마다 친정 식구들의 과거를 들먹이거나 폭력을 휘두른다든가 성병을 두어 번 옮겼다든가 이런 이야기를 하면 그거 못된 놈이다, 저질이다, 무조건 이혼해라, 라고 대답할 수밖에 없었다.

이혼이 돌림병처럼 번지고 있는 요즘의 내 대답은 "무조건 참아라"이다. 꺼진 불도 다시 봐라, 뿌린 씨를 거두어라, 집에 있는 물건을 재활용해 보라고 적극 말리는 중이다. 왜냐하면 이혼을 해야겠다는 이유 가운데 대부분이 성생활과 관련된 불만이기 때문이다. 결혼생활을 되돌아보니 자신의 섹슈얼 라이프가 엉망이었다는 것이다. 한마디로 헛살았다, 어찌어찌 아이는 만들었지만 자신은 처녀나 마찬가지며 인생의 중요한 한 부분이 결락된 삶을 살아왔다는 호소가 대부분이다.

여자들이 자신의 성적 취향과 욕망을 공개적으로 이야기하는 시대가 되었다. 과거에는 여자들이 자신의 섹스 취향이 무엇인지 모르고 결혼을 했을 뿐 아니라 성적 환상도 남이 알세라 꽁꽁 숨겨두었다. 한 남자와 그저 그렇게 사는 것이 정답이지, 나도 그렇게 살듯 남도 그렇게 살겠지, 하며 살 수 있었다. 그런데 그게 아닌 세상이 된 것이다. 다른 사람의 비밀스런 성생활과 취향이 공개되고 자신의 것과 비교하게 되고 "아니 딴사람들은 그렇게 하고 사는 거야, 그런 거야?"에 이르면 그야말로 허망해진다는 것이다.

그러나 원 나잇 스탠드를 매일 되풀이하는 사람이 더 행복한 것도 아니고 무덤덤하고 지루해 보이는 부부생활을 하는 사람이 더 불행한 것도 아니다. 부자가 더 행복한 것도 아니고 가난한 사람이 더 불행한 것도 아닌 것처럼 말이다. 물론 한 남자와 30년을 사는 나를 엽기적이라고 생각하는 후배들의 인생 상담을 하기엔 내가 자격미달이고, 그런 시추에이션에 내가 모르는 경지가 있으리라는 것을 모르는 바는 아니다. 잘 아는 부자가 며느리를 보게 됐는데 첫째 조건은 부잣집 딸이어야 한다는 것이다. 다른 조건은 그다음에 고른다는 것이다. 그렇게 돈이 많은데 왜 또 돈 많은 며느리를 구하느냐 그랬더니 돌아온 대답은 "네가 돈맛을 아느냐. 죽여준다"였다. 언젠가 국회의원을 한 번 했던 친구가 다시 국회의원 하려고 발버둥을 쳐서 한 번 해봤으면 됐지 왜 안달이냐고 하니까 "당신은 국회의원 못 해봐서 국회의원이 얼마나 좋은 자리인지 몰라" 해서 할 말을 잃은 적이 있다. 고기도 먹어본 놈이 잘 먹는다고, 돈도 있는 놈이 더 밝히고 권력도, 그리고 아마도 섹스도 그런 것일지 모른다. 그렇기는 하지만 남과 비교하여 사는 삶, 그것이 돈이든 재능이든 권력이든 섹스이든 결코 바람직하지 않으며 자신의 인생을 비참하게 만들 뿐이라는 것은 확실하다. 주변에서 많은 인생을 지켜보며 터득한 인생의 진리다. 자기가 처해 있는 곳에서 최선을 다하는 것이 우선돼야 한다는 것이다. 특히 성 문제와 관련해서는 상대가 있는 것이기 때문에 일방적으로 나만 헛살았다 해서는 안 된다고 본다. 그렇다면 상대도 헛산 것이 아니냐는 게 나의 충고다.

오랜 결혼생활의 좋은 점은 한 사람을 깊고 넓게 알게 된다는 것이다. 내가 사랑한 사람이 겨우 이 정도인가 절망하다 이 사람이 이렇게 괜찮은 사람인가, 라는 뜻하지 않은 경험을 하기도 한다. 이것은 피차 마찬가지다. 한 사람과 오래 산다는 것의 진정한 장점은 서로 못 볼 꼴을 다 본 뒤에도 그래도 사랑이 남아 있다는 점일 게다. 사랑이 변화하고 진화하고 발전하는 과정을 거치는 것은 그 나름대로 근사한 점이 있다. 하룻밤 사랑으로는 결코 알 수 없는 경지가 있다는 것이다.

그날의 화제는 저녁까지 이어졌다. 밥을 먹는 자리에 우연히 동석하게 된 소설 쓰는 유모 씨가 우리들이 원 나잇 스탠드가 어쩌고저쩌고했더니 "거기 어디야. 나도 한번 데려가줘" 한다. "우잇…… 뭔 소리다냐" 했더니 "그거 스탠드바 이름 아니야?" 하는 것이다. 원 나잇 스탠드가 무엇인지도 모르는 무지몽매한 사람들이 이제 막 깨어나서 어리둥절하기도 하고, 저만큼 현란하게 앞서가는 여성들을 바라보며 이거 원 나는 헛살았구나 하는 것이 우리 시대 성담론의 현주소다.

조선희와 나는 어쨌든 의기투합했다. 백년해로도 예술의 경지 아니겠냐는 것이다. 한평생 한 사람과 살아가면서 상대의 새로운 면모를 보는 것, 바닥을 쳤는가 하면 더 깊은 바닥이 기다리고 있고, 어느새 상종가를 쳤는가 하면 더 높이 솟구쳐서 감동하게 하는 그런 폭과 깊이, 그것도 장난이 아니라는 점에서 말이다.

2005/08

# 내가 미혼모였더라면

프랑수아즈 지루의 자서전을 덮고 나서 불쑥 든 생각은 나도 미혼모였더라면 하는 것이었다. 전쟁의 암운이 깃든 1940년 여름의 프랑스, 미혼모에 대한 인식은 현재 우리나라의 상황과 비슷해 보인다. 몸속에 낯선 몸뚱이가 자라나는 데 대한 소름끼침, 경솔했던 자신에 대한 저주, 어떤 유혹에도 넘어가지 않으리라 믿었던 자존심의 상처, 남들에게 손가락질 받는 미혼모가 된다는 데 대한 두려움에 오직 아이를 없애겠다는 생각만 했다고 한다. 낙태를 해달라고 의사에게 매달렸지만 위로 대신 "프랑스의 불행한 정치 상황이 당신같이 부도덕한 여자들의 행실 때문"이라는 훈계까지 들어야 했다. 막다른 골목에서 뜨개바늘, 양잿물 등 최악의 민간요법을 시도했으나 헛일이었다.

프랑수아즈 지루는 그러나 살아남았다. 가난 때문에 의과 대학을 포기하고 열네 살에 속기술을 배워 직업전선에 나갔고 시나리오 작가(마르셀 파뇰의 〈파니〉가 첫 작품이다)와 조감독, 〈엘르〉의 편집장을 거쳐 제2차 세계대전 때는 레지스탕스 활동도 한다. 프랑스 좌파를 대변했던 〈렉스프레스〉

의 공동 창간자이자 편집주간으로서 도발적이고 급진적인 필력을 휘둘렀던 그는 여성에게 배타적인 프랑스 정계에 여성 파워를 일으킨 당사자로 여성부 장관과 문화부 장관을 역임했다.

한 여성의 삶이 치열해지려면 온갖 차별의 최전선에 서 있어야 하지 않은가, 라는 생각은 현실에 안주해서 살고 있는 스스로를 돌아볼 때마다 바늘처럼 나를 찌른다. 자신의 문제를 가지고 세상의 평판이나 도덕적 잣대와 맞부딪칠 때만이 사안의 핵심이 명료해지고, 그 부당함과 싸워나가면서 길러진 힘이야말로 진정한 힘이 될 수 있음은 분명하다. 당신이 이혼녀라면, 미혼모라면, 매 맞는 아내였더라면 그렇게 한가한 글을 쓸 수 없으리라는 비난을 받은 적이 있다. 그 비난을 나는 아주 순하게 접수했다. 젊은 시절 여성운동 하는 친구들을 여성적 매력이 덜한 패거리라고 폄하했던 벌을 나이가 들수록 톡톡히 받고 있다. 페미니스트가 되지 않는다면 여성으로서 제대로 산 인생이 아니라는 사실을 뼈저리게 느끼고 있기 때문이다.

프랑수아즈 지루도 마흔까지는 남성들에게 매혹적으로 비치는 여성이 되는 것만을 희망했던 것 같다. 언론인으로 여성 정치인으로 살면서 그는 페미니스트로 변해간다. 베르나르 앙리 레비와 프랑수아즈 지루는 20년 넘게 세상을 올바로 바꾸어나가는 일과 국제적 인도주의 활동을 함께하며 항상 의기투합하는 사이였다. 그러나 남녀 문제에서만은 아니었다. 『남자들과 여자들』이라는 책을 함께 쓰면서 지루는 앙리 레비에게서 '로맨틱하지만 뻣뻣하기 그지없는 마초'를 발견했고, 앙리 레비는 지루에게서 '조용하지만 완강한 페미니스트'를 발견하고 경악했다. 그리고 격렬한 토론을 벌였다. 지루는, 특출했으나 남자들에 가려져 있던 여성의 전기를 쓰는 데 자신의 노년을 바쳤다. 퀴리 부인, 구스타프 말러의 부인, 칼 마르크스의 부인 예니, 릴케와 니체, 프로이트의 연인이었던 루 살로메의 전기 등을 남겼다.

보통의 가정에서 부모 돈으로 공부하고 무난한 결혼을 하고 아이를 낳고 별 탈 없이 사는 여성들은 과거의 나처럼 여성운동 자체를 시답지 않게 여긴다. 그러나 어느 날 갑자기 불행이 찾아들고 가족적 배경이 사라졌을 때 이들은 자신이 처한 상황이 무엇인지 분별을 못한다. 헤쳐나갈 용기도 힘도 없다. 진정으로 사회의 모순을 느끼는 것은 스스로가 차별적인 상황에 처했을 때만이 가능하다. 여성운동도 사회적 편견과 싸우는 목마른 여성들이 뭉쳤을 때 힘과 탄력을 갖는다. 나도 그 편에 서고 싶다는 마음이 미혼모였더라면 하는 생각으로 이어진 것이리라.

서구에서는 미혼모도 사회에 얼굴을 드러내놓고 사는 경우가 드물지 않다. 남녀관계를 갖지 않고 시험관 아이를 낳는 수도 있는 모양이다. 아무도 도덕적 잣대로 재단하지 않는 것 같다. 아이 아버지를 밝히지 않은 채 두 아이를 낳아 기르는 조디 포스터는 미국뿐 아니라 한국의 젊은 여성들에게도 존경받는 배우다. 그렇게 살 수 있는 능력을 갖고 있다는 것을 많은 여성들이 경탄의 눈으로 바라본다. 조디 포스터는 이 시대의 새로운 여성 역할모델이 돼가고 있는 것이다.

1940년대 프랑스의 불행했던 미혼모 프랑수아즈 지루, 2000년대 미국의 위풍당당한 미혼모 조디 포스터, 그리고 1970년대쯤에 내가 미혼모였더라면 어떻게 살아남았을까를 구체적으로 상상해보는 동안 한국 여성들의 미래가 어떻게 변해갈지 흥미진진해졌다.

2003/04

# 연상연하 커플

아들 친구 가운데 록 음악을 하는 친구가 있다. 아주 길고 가냘프면서도 카리스마가 느껴지는 매력적인 친구다. 홍대 앞 카페에서 연주도 하고 음악 믹싱 작업을 하면서 용돈벌이는 하지만, 아직 뜨지 않은 뮤지션이다. 1년 전쯤 우연히 길에서 만나 커피점에 들어가 차 한 잔을 했는데 음악 하는 지금의 생활이 좋다면서 부모 걱정을 많이 했다.

음악 하는 것을 이해하시지만 직업이라고 하기에는 부족한 자신의 처지를 안타까워하신다면서 외아들이라 부모님과 오래 살고 싶으며 결혼을 해도 부모님이 외롭지 않게 평생 모시고 살 거라고 했다. 내 아들처럼 철없어 보이기는 마찬가지였는데 마음속에는 부모 걱정이 있었구나 싶은 생각에 눈물이 핑 돌았다.

그런데 얼마 전 청첩장이 날아왔다. 결혼을 한다는 것이다. 아들이 싱글거렸다. 아홉 살 연상이라고 했다. 아니? 뭐 하는 여잔데? 왜? 부모님은 허락하셨대? 혹시 임신? 내가 처음으로 보인 반응이었다. 평소 진보적인 생각을 갖고 있다고 자부하는 나도 내 아들이나 다름없는 서른 살짜리가 마흔이 내일인 여자랑 결혼한다는 것에 거부감이 있었던 모양인지 허둥거렸다.

"사귄 지 칠팔 년 됐을걸…… 오래 두고 보던 부모님이 여자 만나 아들이 사람 꼴 돼간다고 여겼나봐. 여자가 마흔 넘기 전에 결혼시키자고 결심했던 모양이야. 아이는 좀 있다가 가질 거래." 아들의 대답이었다. 그래, 그렇겠지, 그래, 잘했다, 맞장구를 치면서도 마음속으로는 '내 아들이 그런다면?' 이라는 질문을 수없이 되뇌었다.

주변을 살펴보니 연상연하 커플이 의외로 많았다. 후배 하나는 이혼하고 딸 하나를 키우고 있었는데 일곱 살 아래인 영화감독을 만나 아들 낳고 잘살고 있다. 지금은 여든이 넘은 선배 여기자 한 분도 신문사 차장 시절, 아홉 살 연하의 후배 기자와 결혼해 삼남매를 잘 키우고 아름답게 노후를 보내고 있다. 우리 부모 세대와 더 윗세대에서는 여자가 나이가 많은 결혼은 흔했다.

철없는 꼬마신랑을 업어 키우는 새색시 이야기는 드라마나 소설 속에도 많이 등장했다. 나이를 걷어내면 결혼 상대, 연애 상대의 폭은 상당히 넓어진다. 요즈음 연상연하 커플이 늘고 있는 현상을 나는 바람직하다고 본다. 남자들이 유약해져서 연상의 여자한테 의지하려 한다, 치맛바람으로 자란 세대라 아내에게 모성을 기대한다, 살기가 힘들어서 나이 많고 능력 있는 여자를 원하는 계산적인 심리가 반영된 것이다, 갖가지 분석이 나오고 있다.

그러나 결혼과 관련된 상투적 관념과 금기가 깨진 것은 좋은 현상이 아닐 수 없다. 사람이 끌리는데 나이가 무슨 상관인가. 확 끌리는데 '아 나이가 나보다 더 많잖아' 혹은 '적잖아' 하고 뒤돌아서는 것이야말로 비인간적이고 비겁하고 비민주적이다. 결혼의 다양성을 인정하게 된 것은 우리 사회가 민주화됐고 다양한 삶의 방식을 받아들일 만큼 성숙해진 때문이라고 볼 수 있다.

아들 친구의 결혼 소식을 들으며 젊은 시절 누나 누나 하고 쫓아다닌 아주 괜찮았던 녀석들 얼굴이 잠깐 떠올랐다. 인마, 점마 하며 거들떠보지 않았던 것이 조금 후회되면서 내 아들에게도 같은 일이 생기면 물론 기꺼이 축복해주자고 다짐했다.

2007/07

# 페미니스트에게 빚지다

여성 문제에 관해 글을 쓸 때 편파적이라는 비판을 들을 정도로
내 시각보다 앞서는 글을 썼다. 즉각적으로 반응을 못하고 항상 뒤에 가서야
당시에는 급진적으로 보이는 문제 제기가 옳았다는 것을 알게 되었다.
그래서 여성 문제는 여성의 입장에서 편파적으로 보는 것이
정치적으로 옳다는 확고한 견해를 갖게 되었다.

# 올해의 인물,
# 옥소리

올해의 인물로 세 사람을 선정한다면 우선 배우 옥소리 씨를 꼽고 싶다. 간통죄로 고소당하고 1심 판결이 나기까지 옥소리 씨가 우리 사회에 던진 화두는 결코 만만찮은 것이다. 간통죄의 합헌 여부를 묻는 헌법소원을 낸 것도 의미가 있지만 부부 간의 잠자리와 관련한 불만에 대해 처음으로 여성이 공개적으로 문제 제기를 했다는 점에서 그동안 이 문제에 대해 숨죽여왔던 많은 여성의 공감대를 얻어냈기 때문이다.

옥소리 씨가 남편에 의해 간통죄로 고소당했을 때 기자회견장에서 자신의 입장을 밝힌 적이 있다.

"……결혼 십 몇 년 동안 부부관계를 가진 횟수가 열 손가락 안에 꼽히며, 이의 시정을 요구했다. 아니면 이혼해줄 것을 요구했지만 둘 다 거부했다. 그러던 중 마음 따뜻한 사람을 만나서 간통을 하기에 이르렀다"는 게 요지였다. 대부분의 남자를 민망하게 만든 것이 바로 부부 간의 잠자리 횟수를 밝힌 부분이다. 사석에서 남자들은 이 문제에 대해 결코 옥소리 씨를 용서할 수 없다고 말한다. 박철 씨는 결혼생활 동안 한 번도 간통을 안 했을까, 오죽하면 그런 은밀한 이야기까지 했을까, 라면서도 한 남자를 결정적으로 병신을 만들었다며 적개심을 보였다.

결과적으로 간통죄는 합헌이라는 헌재의 심판이 나왔고 옥소리 씨는 징역 8개월에 집행유예 2년이라는 판결을 받았다. 그는 항소를 포기하고 판결을 받아들이겠다면서 이혼한 것만으로도 행복하다고 말했다. 이혼이라는 어찌 보면 별로 어렵지 않은 결과를 얻기 위해 그가 치른 대가는 너무 가혹하다. 간통을 하고도 반성하지 않고 남편 핑계를 대고 간통의 위헌소송까지 제기했다는 괘씸죄가 적용되어 징역 1년 6개월이라는 혹독한 구형을 받았다.

어떤 여자가 남편을 간통죄로 고소했다고 치자. 그때 남편이 기자회견을 열고 결혼생활 십 몇 년 동안 아내와의 잠자리 횟수가 열 번도 안 되었으며 아무리 요구를 해도 듣지 않고 이혼을 하자고 해도 거부했다, 어쩔 수 없이 간통에 이르렀다고 했을 때 세상 인심은 어땠을까. 간통이 어쩔 수 없는 것이라고 모두가 머리를 끄덕였을 것이다. 옥소리 씨와 똑같은 법 적용이 되었을까도 의문이다.

세상에는 이른바 섹스리스 부부도 많다. 그러고도 행복하게 산다. 성적 욕구가 없는 원인은 정신적 · 육체적 · 사회적 요인 등 복합적일 수 있다. 부부생활에서 가장 중요한 것 중 하나가 성적인 면이지만, 다른 가치도 무수히 많다. 그런 까닭에 다른 가치를 지키기 위해서 섹스 없는 결혼생활을 부부 간에 묵인하고 사는 것이다. 그러나 한쪽이 그런 부부관계를 원치 않으면 같이 살 수 없는 것이 당연하다.

꼭 주먹을 들어서 패야만 폭력이 아니다. 부부 사이에서 침실에서의 냉대나 거부, 외면도 폭력이다. 인권유린이다. 소리 내어 남에게 함부로 말할 수 없는 것이기에 그것은 안으로 곪는다. 옥소리 씨는 그런 폭력과 공권력, 두 가지 폭력에 희생되었다. 옥소리 씨가 간통을 한 것이 잘한 일이라거나 미화하려는 것이 아님은 물론이다. 간통은 분명한 이혼 사유다. 잠자리 거부도 이혼 사유다. 서로 간통에 이르지 않도록 대화하고 노력하고, 그래도 해결이 안 되면 이혼을 해야 하는데도 분명한 이혼 사유를 외면하고 상대를 고통 속에 살게 한 것에 대해서는 왜 처벌과 위자료가 없는지 이해할 수 없다.

옥소리 씨는 오랜 세월 행복한 부부인 척 산 것이 가장 후회된다고 했다. 개인적으로 그가 끝까지 가서 무죄를 얻어내는 것을 보고 싶었다. 불행한 결혼생활에 대한 위자료를 받는 것도 보고 싶었다. 그러나 '아내의 성'에 대한 불만을 겉으로 드러냈다는 것만으로도 우리나라의 어떤 여성운동가들도 해내지 못한 일을 한 것이라고 인정하지 않을 수 없다.

2008/12

# 페미니스트에게 빚지다

세상에는 행동하는 사람이 있는가 하면 말만 요란했지 정작 행동에서는 뒤로 물러서는 사람이 있다. 나는 후자에 속하는 사람이다. 격동의 시대를 살아오면서 크고 작은 사회적 이슈가 있을 때마다 그 대의에 찬동하면서도 손끝 하나 까딱 안 했기 때문이다. 물론 글을 쓰는 사람으로서 이런저런 견해를 밝히기도 했지만 어디까지나 뒷북치기에 머물렀지 적극적으로 문제를 해결하려고 노력하지 않았다. 그래서 한 시대를 같이 살아온 사람 가운데 몸과 마음을 바쳐 적극적으로 행동하며 살았던 사람들 모두에게 많은 빚을 졌다고 생각한다. 그들의 희생과 투쟁으로 얻은 자유와 권리에 무임승차해 그러한 것들을 당연하게 누리고 사는 것이 아주 미안스럽다.

거슬러 올라가면 일제 시대 독립운동을 했던 사람들도 고맙다. 해방된 뒤에 태어나 내 땅에서 내 나라 말로 살 수 있는 권리를 누리고 사는 세대에 속하게 되었다는 것을 진정으로 다행스럽고 감격스럽게 생각한다. 독재정권과 군사정권에 대항해 싸운 사람들, 4·19와 광주항쟁, 그리고 민주화운동과 자유언론운동을 하면서 감옥에 가고 목숨을 잃은 많은 이들을 떠올리면 나의 비겁이 부끄럽다.

요즘 세대들은 이러한 것들에 무감동하고 무감각하지만 실은 요즘 젊은 세대들이 누리고 있는 자유는 하나도 거저 얻어진 것이 없고 모두 투쟁과 희생의 결과로 얻어진 것이다. 월드컵 열기 속에서 젊은이들의 분방한 옷차림이나 거침없는 자기표현을 보면 그래도 우리 세대가 이 정도까지의 세상을 만들어내었구나, 라는 자부심을 느낀다. 안정환 선수가 골을 넣고 반지 골 세리머니를 한다거나 이천수 선수가 속옷에 쓴 애인 이름의 이니셜을 내보이는 것을 보면 격세지감을 느낀다. 군사독재 시절 어떤 운동선수도 예외 없이 국제적인 대회에서 좋은 성과를 올리면 땀을 닦을 시간도 없이 본국의 대통령에게서 걸려온 전화를 받아야 했다. 으레 대통령 각하 운운하면서 공덕을 대통령에게 돌리던 것이 먼 옛날 이야기가 아니다. 많은 희생을 치르면서 사회가 조금씩 변해가는 것을 현장 가까이에서 지켜보았기 때문에 어떤 때는 아, 내가 살아서 생전에 이러이러한 변화가 이루어지고 있는 것을 보다니 감개무량한 기분이 들기도 한다.

내가 개인적으로 무엇보다 큰 빚을 지고 있다고 느끼는 이들은 페미니스트들이다. 왜냐하면 민주화, 언론자유, 사회정의 등의 문제에는 적극적 지지 세력에 속했기 때문에 후회가 없지만, 여성 문제에 관해서는 내가 여성임에도 별 자각 없이 살았기 때문이다. 진정한 페미니즘이 무엇인지 자각한 것은 마흔 살도 넘어서였다.

〈한겨레〉에 입사한 것은 막 마흔 살이 넘었을 때였다. 젊고 똑똑하고 진지하고 페미니즘 이론으로 무장한 여자후배들이 가득했다. 나는 그때까지 여자도 남자와 똑같은 권리가 있다는 것만 생각했지 권리에 따른 의무가 있다는 것은 외면했었다. 후배들과 일하며 그들에게서 진정한 여성으로 사는 방법에 대해 두루 배웠고, 그것은 신선한 충격이었다.

호주제 폐지도 그렇다. 고은광순이라는 진지하고 성실한 페미니스트가 광야에서 선지자가 외치듯 혼자서 호주제 폐지를 역설하고 국회로 언론사로 전단지를 들고 다닐 때, 나는 회의적이었다. 불가능한 일을 왜 시작했냐 싶었다. 문중 재산을 여성들에게도 주어야 한다는 주장도 그게 될 일인가 했다. 그런데 모두 이루어졌다.

그 뒤로 여성 문제에 관해 글을 쓸 때 편파적이라는 비판을 들을 정도로 내 시각보다 앞서는 글을 썼다. 내가 페미니스트의 소양이나 여성적 시각이 기본적으로 부족했던 것을 깨달았기 때문이다. 즉각적으로 반응을 못하고 항상 뒤에 가서야 당시에는 급진적으로 보이는 문제 제기가 옳았다는 것을 알게 되었다. 그래서 여성 문제는 여성의 입장에서 편파적으로 보는 것이 정치적으로 옳다는 확고한 견해를 갖게 되었다.

소수의 페미니스트들이 온갖 박해와 방해, 비난 속에서 시작해 이루어놓은 성과물을 대한민국 여성들 모두 무임승차로 공유하고 있다. 우리 사회의 다른 부문처럼 아직도 부족한 면이 많지만 여성의 권리는 법적으로 눈부시게 신장되었다. 나뿐만 아니라 대한민국 여성들 모두가 페미니스트들한테 빚을 지고 있는 셈이다. 사람들은 현재 자신이 누리고 있는 권리나 자유에 대해 무심하다. 당연히 주어진 것이라고 생각한다. 그러나 한 번쯤은 그것이 기득권 세력의 저항과 반대를 무릅쓴 투쟁에서 얻어졌으며, 거기에는 그런 일을 시작한 사람들이 있다는 사실을 기억했으면 좋겠다.

2006/06

# 제사도 아들딸 구별하지 말고

예순을 넘긴 내 친구들은 우리 세대가 전통적인 모습의 제사를 지내는 마지막 세대가 될 것이라고 생각한다. 친정부모나 시부모 모두 고인이 되고 집안의 어른이 된 위치에 서면서 자신들이 죽기 전에 제사 문화를 바꾸겠다고 결심하고 있는 중이다. 대부분 '내 한 몸 희생하면 그만'이라는 생각으로 윗대들 하는 방식을 따라온 세대들이지만 자식들에게만은 힘든 짐을 지우고 싶지 않아서다.

평생 시집 제사 지내느라 뼛골이 빠졌던 경험에서 우러나오는 것이기도 하지만, 아무리 자녀들 얼굴을 둘러보아도 자기 앞가림은커녕 제사라는 짐을 지고 갈 만해 보이지 않기 때문이다. 또한 명절이 다가오면 제사 때문에 이혼하고 싶다는 며느리들의 불평과 여성들의 명절증후군이 심각하게 거론되는 현실을 고려해서이기도 하다. 내 제사 지내느라 아들이 사느니 못사느니 할 생각을 해도 끔찍하고 내 제사 지내겠다고 시집 눈치 보며 종종걸음 하느라 딸이 애간장이 탈 생각을 해도 그렇고, 제사는 내 대에서 이제 그만이라고 못 박는다.

직장 다닐 때 명절 전날 여직원들이 제사 음식 마련 때문에 일찍 퇴근하는 모습을 보면 남자 직원들은 "여자들의 직업의식이란 게, 쯧쯧" 하고 빈정대다가도, 어느 집 며느리가 제사 잘 지낸다면 칭송하기 바빴다. 여론도 그렇다. 대체로 여자들의 문제 제기에 동의를 하면서도 남자들이 좀 거들면 좋지 않겠느냐, 일 끝나고 미안하다 고맙다 수고했다는 말 한마디면 여자들은 고생을 고생으로 여기지 않는다며 남자들의 분발을 촉구하기도 한다. 그러나 그렇게 말 한마디로 끝날 일은 아니고 근본적인 발상의 전환이 필요한 일이다.

문헌을 보면 조선 시대 중기를 지나면서 맏아들이 제주가 되어 제사를 지내는 풍속이 정착된 듯하다. 당연히 제사 일은 맏며느리 소관이었다. 제사의 상속은 재산 상속과 맞물려 있다. 따라서 제사를 물려받는 맏아들이 집안을 이끌 의무와 재산을 상속할 권리가 생긴 것이다. 그러나 고려 시대나 조선 시대 초기까지는 처가살이도 많았고 딸 아들 구별 없이 돌아가며 제사를 지냈다. 윤회봉사라 하여 조선 시대 후기에도 아들딸 구별하지 않고 제사를 돌아가며 지내고 재산도 똑같이 상속한 집안이 많았던 것으로 알려져 있다.

지난 주말 텔레비전 드라마에서 어떤 며느리가 명절날 시집에 가지 않고 친정에서 차례를 지냈다고 인터넷상에서 비난 여론이 비등했다. '개념 없는 며느리'라느니 '같은 며느리 입장에서도 너무했다'는 등 비난 여론 일색이었다고 한다. 난 얼핏 '참으로 개념 있는 여성'이라고 생각했다. 시집에는 차례 지내고 음식 장만할 사람이 여럿 있는데 친정에는 그럴 사람이 그 여성뿐이라면 당연한 일 아닌가 싶어서였다. 작가가 어떤 의도로 그런 며느리를 그렸는지는 모르지만 문제 제기라는 측면에서 논의를 발전시켜 나갈 필요가 있을 것 같다.

제사라는 것이 사전적으로는 조상의 음덕을 기리고 공경하는 것이라고 되어 있다. 그러나 제사를 지내는 기본 이유는 실은 산 사람을 위한 것이라는 게 내 생각이다. 죽은 사람 먹으라고 하는 음식도 아니고 산 사람 먹자고 하는 것이고, 후손들이 모여서 음식을 나누어 먹고 가족 간의 단란하고 화목한 모습을 보여주면 조상님 혼이라도 내려다보며 흐뭇해하시겠지 하는 마음으로 차려야 하는 것이라고 본다. 죽은 사람 때문에 산 사람들이 갈등하는 것은 조상 보기에도 민망한 일이다.

아들딸 구별 않고 둘만 낳았던 내 친구들은 지금 아들딸 구별 말고 재산도 남기고 아들딸 구별 말고 제사도 똑같이 지내도록 하는 전통을 새로 만들어가고 싶어 한다. 제사의 형식도 바꾸어가야겠지만 우선 아들 가진 부모들이 앞장서서 며느리 집안의 제사와 내 집 제사를 공평하게 하는 새로운 전통을 만들어가자고 하는 중이다.

2010/2

# 성교육이 될 수 없는 순결교육

10년 전인가 지금은 기억도 안 나는 일로 부부싸움을 했는데 좀 오래갔던 것 같다. 어느 날 중학교 다니던 아들이 아주 침착하게 "문제가 뭐야, 돈 문제야 여자 문제야?" 물었다. 너무 당황해서 "아니 왜, 왜 그렇게 생각하지?" 하고 더듬었더니 "중년 부부의 심각한 싸움은 돈 문제 아니면 남편이 바람피우는 일이 원인 아냐?"고 했다. "그게 아니고 실은" 어쩌고저쩌고 했더니 "아니면 됐어"라고 안도하는 눈치였다. 집안에 문제가 있어서 고민하는 친구들의 이야기를 들어보면 원인이 돈 문제, 아니면 아빠가 바람피우는 경우가 대부분이라는 것이다. 아이들이 이 세상의 모든 중년 아빠는 당연히 바람을 피우는 것이라고 믿어 의심치 않는다는 사실에 섬뜩해졌다.

아이가 고등학교에 다닐 때 방학이 끝난 지 얼마 되지 않아 학교에 나돈 소문을 전해주었다. 1학년 여학생이 상급생에게 나쁜 짓을 당해 임신을 했고 그래서 다른 곳으로 전학 갔다는 것이었다. 뽀송뽀송한 솜털이 난 아이의 얼굴이 갑자기 옆의 친구를 임신시킬 수도 있는 남자의 얼굴로 보인 순간이었다. 급하게 순결 교육을 시작했다. 여자가 자신의 몸을 보호하듯 남자도 자신의 몸을 보호해야 한다. 성행위는 반드시 임신으로 연결되고 여자가 임신하여 아이를 낳게 되면 네 자식이 생기는 것인데 그럴 준비가 되지 않은 상태에서 그런 일이 벌어지면 어떻게 되겠는가, 유산은 살인 행위다, 너도 살인의 공범자가 되는 것이다, 정자와 난자가 합쳐지지 않도록 너의 정자를 보호해야 한다는 등 중언부언했던 것 같다. 아이는 선선하게 "알았어. 그러니까 콘돔을 사용해야 한다는 거지?"라고 말해 얼른 "그래 어떤 경우에도" 하고 다짐을 주었다.

가까운 친구가 딸이 성폭행을 당한 뒤 이민을 갔다. 임신한 딸을 산부인과에 데려가면서 딸을 위로하고 교통사고가 난 것이라 생각하라고 했으나 딸은 고통에서 헤어나지 못했다고 한다. 이 세상의 남자들 모두를 저주했지만 무엇보다도 용서할 수 없었던 것은 평소에 딸에게 '여자는 몸 버리면 인생 끝장'이라는 말을 성교육이랍시고 했던 자신이었다고 가슴을 쳤다.

우리의 아이들은 사랑을 느끼고 배우고 알기 전에 불륜을 먼저 알게 되고 성폭행과 매매춘 등 은밀히 행해지는 왜곡된 성문화를 먼저 배우고, 그 문화에 자연스레 흡수된다. 그런 가운데 여자 아이들이 받는 순결 교육의 폐단은 너무 가혹하여 그로 인해 인생이 삐끗 어긋나 되돌릴 수 없는 지경에까지 이르게 되는 경우가 많다. 유흥가나 윤락가에 나오게 된 여자들의 대부분이 어렸을 때 성폭행이나 그와 유사한 경험을 하고 그것이 자포자기의 길을 가게 만들었다는 통계도 나와 있다. 성폭행 범죄 건수가 세계 1, 2위를 다투는 나라에서 여자 아이들에게 몸 버리면 인생이 끝난다는 식의 순결 교육이 치명적인 결과를 빚어내는 것이다.

세상에는 몇 살에 결혼을 하건 결혼식을 하는 날부터 평생 한 사람의 공인된 짝과 성관계를 갖고 이혼이나 사별을 하면 성관계는 끊어지고, 다시 재혼을 하기 전에는 결코 결혼 밖에서의 성은 없는 것이라고 믿고 또 그렇게 실천하고 사는 사람들도 있다. 그러나 그렇게 사는 사람이 몇이나 될까? 바로 그러한 비현실적인 철학에 바탕을 둔 성교육은 자녀들에게 실질적으로 아무런 도움을 줄 수 없음이 분명하다.

나는 내 아들이나 내 친구의 딸들이 음침하게 낯선 곳에서 사랑도 없이 버리듯 첫 경험을 갖게 되길 원하지 않는다. 또 여자들이 한 번의 경험이 원인이 되어 어쩔 수 없이 결혼하는 것도 반대한다. 사랑하는 사이에서 지남철처럼 서로 다가가고만 싶은 성적 갈망이 우리의 딸과 아들에게도 자연스레 일어나는 일임을 인정하고 오히려 그것을 건강하게 누리라고 말하고 싶다. 그것이 비록 결혼까지 이르지 않는다 해도 괜찮은 것이라고 딸이나 아들에게 똑같이 말해주는 부모가 되고 싶다.

2000/10

# '출산 가산점' 시대가 온다

우리나라의 출산율이 점점 낮아지고 있어 2028년에는 인구성장률이 제로가 되고 2050년이면 인구가 지금의 70퍼센트가 되리라는 뉴스를 접하며 실실 웃음이 나왔다. 맞벌이부부와 독신자 증가, 만혼, 환경오염으로 인한 정자의 감소 현상, 불임 증가 등 여러 요인이 지적되고, 출산율 저하는 노동력 감소로 인한 국제경쟁력 상실로 이어져 국력이 쇠퇴할 것이라는 우려의 소리를 들으면서도 회심의 미소를 지었다. 국력이 쇠퇴해도 좋으니 사람값, 그 가운데 어린이와 여자의 값이 획기적으로 높아지는 사회가 될 것이라는 기대 때문이다.

태아를 성감별하여 여아의 생명은 세상에 나오지도 못하게 하는 행위, 출산휴가와 육아휴가를 쥐꼬리만큼 주면서도 못마땅해하는 행위는 사라지지 않을까. 고아 수출국이라는 오명도 사라질 것이고 미혼모의 아이나 버려진 아이도 사회가 귀중하게 보호하고 자라나도록 돌보아줄 것이다. 아이를 입양했다가 부부가 이혼할 때는 서로 안 맡겠다며 고아원에 도로 버리는 파렴치함도 없어질 것이다. 직장마다 갓난아기를 데리고 나와 근무하다가 시간이 되면 여성들이 보란 듯이 수유를 하는 풍경도 보게 되지 않을까. 인구성장률 마이너스 시대에는 어린 생명 하나하나가 귀중한 자원이며 사회에 없어서는 안 되는 귀한 재산이라는 인식이 커질 수밖에 없고, 따라서 출산 여부를 결정하는 여성들의 발언권이 커질 수밖에 없다. 출산율 저하는 우리나라 여성도 선진국에서처럼 대우받을 수 있는 사회로 나아갈 계기를 마련할 것이라고 본다.

여대생들 사이에서 결혼은 선택, 취업은 필수라는 이야기가 나온 지 불과 10년이 되지 않는다. 이 세대들은 출산도 필수가 아닌 선택이라고 생각한다. 아이는 하나만 있으면 족하고 없으면 또 어떤가라는 경향도 꽤 된다. 결국 결혼과 출산이 선택이고 '내 밥벌이는 내가 해야 하는' 취업이 필수이니까 그 필수적인 것에 심각한 장애가 되는 선택사항인 결혼과 출산을 기피하는 현상이 벌어지는 것이다. 지금처럼 여성들이 직업을 갖고, 출산, 육아, 교육을 동시에 책임지면서도 사회적 · 가정적 도움이 미미한 우리의 풍토에서는 인구의 마이너스 성장은 훨씬 앞당겨질지도 모른다.

어쩌면 아이를 하나만 낳으면 벌금 매기고 취직도 못하게 하고 승진도 못하게 하고 아이 못 낳는 여자에 대한 엄청난 박해가 이루어질지도 모른다. 여성 노동력은 믿지 못하겠으니 외국에서 남자 노동자를 대량으로 들여오자고 할지도 모른다. 아니면 여성의 힘을 빌리지 않아도 게놈 프로젝트로 손오공이 머리터럭 뽑아 기합을 넣어서 분신을 만들 듯 아이를 양산할지도 모른다는 상상도 가능하다. 그러나 적어도 사회가 역동성을 갖고 건강하게 발전하려면 인구적정선과 적절한 인구분포도를 유지하기 위해서 일하고 임신하고 출산하는 여성들에게 혜택을 주어 출산을 장려하는 정책을 펴는 방법밖에 없을 것이다. 자녀를 대여섯씩 낳던 지난 1960년대에는 인구 억제책을 쓰면서 개인생활의 윤택함을 강조했다. 실질적으로는 아파트 분양 시 혜택을 주었고 가족수당도 두 명까지만 주고 자녀가 많은 가정엔 불이익을 주었다. 인구 성장책을 펴야 하는 시기에는 자녀 키우는 데 필요한 정신적 · 육체적 · 물질적 손실에 상응하는 혜택과 이익을 주어야만 할 것이다.

지난봄 네티즌들을 결정적으로 남녀 성대결 구도로 몰아 간 것은 군대 가산점 논쟁이었다. 이때 대부분의 남성들은 군대에 가는 것은 국가적으로 중대한 일을 하는 것인데, 저 좋아서 하는 임신과 출산이 무슨 대수로운 일이냐고 여성들을 몰아붙였다. 그러나 인구성장률 마이너스의 사회에선 출산 가산점을 주어야 할 국가적 필요가 생길 것이고 이에 이의를 제기하기는 어려워질 것이다.

2000/10

# 성매매방지법, 위선과 거짓말

어떤 대기업에서 올 한 해 접대 카드의 사용처를 조사했더니 룸살롱이나 유사한 업소는 사용액이 줄어들었고 카바레 사용액만 늘어났다고 한다. 이는 성매매방지법 때문에 새로 생긴 현상으로, 아마도 집중 단속 대상인 곳을 피해 카바레로 고객이 옮아가는 것이 아닐까 추측하고 있었다. 카바레에서 서로 눈이 맞아 다음 단계로 가는 것으로 성매매 관행이 변화한 거라고 볼 수도 있겠지만, 나쁘게 보자면 카바레가 새로운 성매매 업소로 뜨는 것은 아닐까 추측해볼 수도 있다. 지난 9월에 발효한 성매매방지법을 둘러싸고 멀쩡한 사람들이, 멀쩡한 자리에서, 멀쩡한 얼굴로, 해괴망측한 논리들을 마구 내뱉고 있다. 경제 관료나 경제를 좀 알고 나라를 걱정한다는 사람들이 성매매방지법으로 인해 성매매 산업이 위축되어 가뜩이나 어려운 경제가 더욱 타격을 받게 되었다는 주장을 한다. 성매매라는 불법 행위를 갑자기 산업의 자리에 올려놓고 비호하고 나선 것이다. 또 하나는 하수도론이다. 가정과 사회를 안전하게 보호하기 위해서는 적절한 배수구로서의 성매매가 필요하다는 것이다. 만약에 그렇지 못하면 온 나라가 성병과 에이즈로 들끓게 된다는 것이다. 그런 주장의 바탕에는 남성의 성욕이란 언제 어느 때라도 해결해야 하는, 결코 절제할 수 없는, 그리고 절제해서도 안 되는 것이라는 전제가 깔려 있다.

성매매를 법으로 금지한 것은 이미 오래전의 일이다. 전에는 성매매를 하는 여자들과 남자들을 처벌했지만 성매매 업소를 운영하고 돈을 버는 업주들도 처벌하자는 것이 성매매방지법이다. 그랬더니 이들 힘 있는 사업자들이 성매매방지법이 위헌이니 좌파 정책이니 하고 들고일어났다. 이 법의 여파로 호텔이나 숙박업소, 유흥업소, 술집, 미용실, 옷가게, 화장품 가게, 목욕탕 등 서민 생활과 직결된 업종이 타격을 받는다고 한다. 아마 사실일 것이다. 그러나 우리 경제가 성매매로 인한 흥청거림으로 이루어진 것이라면 그것은 비정상적인 것이며, 바로잡아야 할 일이다. 한 사회의 최고 가치가 그렇게 흥청거리는 것이라면, 또한 성매매방지법이 경제 회복의 가장 큰 걸림돌이라면, 두말할 것 없이 나라에서 나서서 성매매 산업을 보호 육성해야 한다. 또한 성매매에 종사하는 사람들과 성을 사는 남자들을, 경제를 살리는 일꾼으로 취급해야 한다. 극단적으로 말해 성매매 산업이 그렇게 중요하다면 그런 것을 주장하는 경제 단체의 우두머리나 고위 관료들이 앞장서서 그들의 자녀들부터 그런 산업의 역군으로 내보낼 일이다. 남의 딸들이 우리 사회에서 하수도 구실을 하는 것을 당연하다고 주장하면서 제 자녀들은 아니니까, 시치미를 떼는 것은 후안무치한 짓이다.

성매매방지법이 생겼다고 하여 성매매가 사라지는 세상이 오리라고는 아무도 믿지 않는다. 다만 이 땅 어디에서도 5분 만에 간단히 성을 사고팔 수 있는 환경에 우리 자녀들이 노출되는 것을 막자는 게 성매매방지법이다. 중산층 여성들이 자신의 아들이나 남편이 연애를 하거나 바람을 피우는 것은 용서하지 못해도 성매매를 하는 것은 불가피한 일로 받아들인다고 한다. 하수도가 있어야 가정의 평화와 안전이 유지된다며 하수도론에 동참하는 것은 비겁하고도 부도덕한 짓이다. 성매매로 가정이 유지된다면 그런 가정은 유지될 가치도 없다.

성관계란 서로 꼬드기고 환심을 사도록 노력하여 이루어지는 것이다. 남녀 사이, 혹은 남편과 아내 사이에서도 서로 이끄는 마음을 자아내어 이루어지는 것이 성관계다. 동물들도 관계를 위해 냄새도 뿜고 몸빛을 바꿔가며 자신이 지금 성욕이 왕성하니 꼬시고 싶다는 간절한 열망을 표현한다. 이런 절차가 귀찮아 생략하고 돈으로 간단히 해결한다는 사고방식을 갖는 것은 짐승만도 못한 일이다. 성매매로 인해 이룬 경제라면, 그런 경제는 망해도 좋겠다.

2004/12

# 못생긴 여자 쿼터제?

외모 가꾸기는 이제 여자들만의 일이 아니다. 대통령도 이마의 주름을 펴기 위해 보톡스 주사를 맞은 적이 있고, 나이 든 정치인들이 너도나도 얼굴의 검은 반점을 없애고 있다. 대중에게 노출이 심한 직업의 경우 외모에 대한 압박이 심해져서 외모 '업그레이드'가 활발하고 폭넓게 진행되고 있는 셈이다.

예전엔 외모란 타고나는 것이라 여겼기에 시원찮은 외모를 지닌 사람도 그러려니 하고 살 수 있었다. 그러나 지금은 외모란 타고나는 것이 아니라 '가꾸면 가꿀수록 아름다워지는 것'이 되었다. 시원찮은 외모를 가졌다는 것은 가꿀 능력이 없어서, 본인의 노력이 부족해서라는 식으로 비친다. 못생긴 사람들을 자극하고 괴롭히고 불행하게 만드는 세상이다. 물론 성형수술, 헬스, 체형 가꾸기와 온갖 미용제품 등으로 상징되는 상업주의와 영상 위주의 문화산업이 만들어낸 현상이기는 하다. 젊은 여성들에게 외모 가꾸기는 생존의 문제가 되었다. '얼굴이 예뻐야 여잔가, 마음이 예뻐야 여자지' 식으론 위로가 안 된다. 기업의 인사 담당자들도 직원을 채용할 때 80퍼센트가 인물을 고려한다고 한다.

〈외모 차별 경험과 육체 자본에 대한 인식이 성형 경험과 의향에 미치는 영향〉. 여성학회 학술 심포지엄에 제출된 논문이다. 고려대 한국사회연구소의 연구원인 임인숙 씨는 여대생들을 상대로 성형을 했는지와 앞으로 성형할 계획이 있는지를 물었다. 여대생들은 외모 때문에 아르바이트를 얻거나 이성교제를 할 때 차별을 느꼈다고 답변했고, 취업을 앞둔 고학년일수록 성형수술을 하겠다는 비율도 높았다. 임인숙 씨는 여성은 예뻐야 한다는 강요는 우리 사회의 구조적 억압 수준이 되었으며, 따라서 여성들의 성형수술은 이런 사회적 강요에 대한 일종의 의무 수행 수준이 아닌가 묻고 있다. 안타까운 일이지만 동의하지 않을 수 없다. 예뻐야 친구나 동료에게 인기가 있고 결혼도 잘하고 취업에도 도움이 되고 법정에서도 처벌을 덜 받는다는 사실은 이미 증명된 바 있다. 외모는 실용가치가 큰 자원이 되었다.

안시현, 혜성과 같이 나타난 프로골프 선수다. 하루아침에 '얼짱'으로 등극했다. 세계적인 골프 대회에서 우승하지 않았으면 각광을 받았을 리 없지만 그의 외모는 안시현에 대한 관심을 두 배, 세 배, 아니 수십 배로 늘리고 있다. 안시현 또한 외모 관리를 빈틈없이 해온 것 같고 이런 관심을 당연한 듯 즐기고 있다. 안시현은 최고의 몸값을 가진 선수가 되었다. 미모라는 육체 자본의 효과를 만끽하는 산 증거다. 안시현 신드롬은 많은 젊은 여성들을 절망케 하는 한편, 외모 지상주의에 활활 불을 지피고 있다.

후배와 새 정부 들어서고 얼마 안 있어 나눈 대화다. "못생긴 여자 쿼터제 해야 돼요. 여자들 인물 보고 발탁하는 것 같으니, ……강 법무는 야무지게, 김 장관은 시원스레, 한 장관은 얌전하게, 지 장관은 귀엽게 예쁘고, 박 수석도 그렇고…… 사적인 영역에서도 못생긴 여자들이 피해를 보는데 정부나 공공기관이라도 쿼터제를 해서 못생긴 여자들 살게 해주도록 해야 하는 것 아니에요?" "못생겨도 아주 못생겨야 경쟁력이 있지. 우리는 중간 정도니까 그쪽으로도 경쟁력이 없겠네!" 우스개로 넘겼지만 이 논문을 읽고 보니 미모 지상주의에 대항하는 적극적인 방법이 아닌가 싶기도 하다. 코 높이고, 쌍꺼풀 하고, 턱뼈 깎고, 다리 늘려 체형 교정하는 것에도 건강보험이 적용되어야 한다는 주장도 못할 게 없다는 생각도 든다.

시중에 떠도는 농담 한마디. 공부 잘하는 게 예쁜 것만 못하고 예쁜 게 돈 많은 것만 못하고 돈 많은 게 건강한 것만 못하다나. 별로 좋은 농담은 아니다. 그러나 외모와 학벌, 돈을 최고 가치로 떠받드는 현상을 비꼬며, 잘난 척하지 말라, 건강하지 않으면 말짱 꽝이 아니냐는 저주스런 비아냥거림이 숨어 있다.

2003/11

# 이별에도 예의가 필요하다

우리는 처음 사랑을 시작할 때 서먹서먹하지만 설레는 마음으로
상대에게 주춤주춤 다가간다. 그 아름다웠던 순간들, 인생에서 많지 않았던
그 뜨거운 사랑의 순간들을 잿빛으로 만들지 않으면서 우리는 이별을 맞아야 하고
고통도 받아들여야 한다. 그것이 모든 사랑했던 순간들에 대한
예의고 또한 이별의 예의다.

# 안성맞춤,
# 정운찬 총리

어떤 시사평론가가 자칭 사설 반민주 특위 위원장이라고 했는데, 그런 식으로 말하자면 나는 사설 국정원장쯤 된다. 한 번 찍으면 평생을 지켜보면서 어떤 말을 하는지, 어떤 글을 쓰는지, 어떤 행동을 하는지 줄곧 스토킹하기 때문이다. 정치가든 예술가든 학자든 언론에 자주 소개되고 이곳저곳에 글을 쓰는 사람들 가운데 긍정적이든 부정적이든 '문제적 인간'이 될 소지가 충분한 사람이라고 여겨지면 일거수일투족을 현미경을 대고 들여다봐왔다.

그런 사정을 잘 아는 후배들이 간간이 이 사람 어떤가요 저 사람 어떤가요, 물어온다. 전 서울대 총장 정운찬 씨가 국무총리로 지명되자 후배들이 물었다. "어떤 사람이에요"라고. "좀…… 구려……"라고 했다. 항상 모범답안을 준비하고 있지만 말과 행동에 진정성이 결여되어 있는 듯, 가면을 쓴 듯, 좀체 본색을 드러내지 않는 사람으로 비쳐서다. 그런 유형의 학벌 좋고 인맥 좋고 마당발인 저명인사들이 마음속에 깊은 뜻을 숨겨둔 채 내색을 안 하다가 누군가 추대를 하면 못 이기는 체 업혀 가는 것을 숱하게 보아온 경험이 있기 때문이다.

경제학 교수인 정운찬 총리 지명자는 3불 정책 폐지를 주장해왔다. 이 나라 학부모들의 뼈와 피를 삭게 하는 교육 문제를 그는 고교등급제와 대학의 기여입학제와 본고사 부활로 풀겠다고 했다. 교육은 원래 추려내는 것이라나 뭐라나. 추리고 추려서, 솎아내고 솎아내서, 전국의 학생을 1등부터 차례로 서울대가 싹쓸이하겠다는 뜻이다. 금상첨화로 돈 있는 부모들도, 돈도 실력이니까, 서울대에 포진시키겠다는 뜻으로 받아들였다.

2007년 대선 불출마 선언을 할 때도 좀 구렸다. 진흙탕 속에 들어갔다 나올 때 발에 흙 한 점 안 묻히고 나올 수는 없는 법인데 그는 진창에서 구를 생각이 없었다. 정치 하기는 틀렸고 총리 정도는 하지 않을까 단언했다. 들어맞았다. 경제 분야의 정책에 대해선 케인스니 중도실용이니가 내포한 뜻이 무엇인지 잘 모르겠고 그냥 "이명박 대통령의 생각이 바로 내 생각"이라고 했으니 더 말할 것도 없다. 2007년 한나라당에서 정운찬이야말로 한나라당 대통령 후보로 손색이 없다 했는데 딱 들어맞았다.

그러니까 이명박 정부에 꼭 맞는 안성맞춤 총리다. 정작 뚜껑을 열고 보니 어쨌든 병역 면제, 어쨌든 위장전입, 어쨌든 탈세 등 어쨌든 그것도 능력이고 실력, 구린내가 진동하는 다른 장관 지명자들과 얼추 비슷하다.

나는 박원순 변호사의 20년 스토커이기도 하다. 국정원이 명예훼손으로 고소를 했다는 소식을 접하고 그의 저서 『내 목은 매우 짧으니 조심해서 자르게—세기의 재판 이야기』를 다시 읽었다. 권력과 목숨보다는 명예나 이름을 중요시했던 인물들에 대한 사랑과 존경을 담은 역저다. 그도 그렇게 살려는 열망을 갖고 있었다. 자신에게는 엄격하지만 타인들에겐 관대했던 박 변호사는 정치와 거리를 두려 했기 때문에 일부의 오해를 받은 적도 있다. 그런 그가 바로 정치적으로 걸린 것이다. 앞으로 벌어질 '세기의 재판'의 주인공이 되고 말았다. 한 인간의 변천사는 한 시대의 변천사다. 한 사람의 일생을 통해 그 사회를 파악할 수 있다는 점에서 정운찬, 박원순 두 사람의 인생행로는 우리 시대의 자화상을 보는 듯 마음이 찌릿찌릿하게 서글프다.

어차피 그 밥에 그 반찬인데 그럴 줄 몰랐다느니 말할 게 없다. 정운찬 총리 지명자의 참모습이 빨리 드러날수록 좋다. 과대 포장된 물건은 빨리 껍질을 벗겨서 쓰고 버리는 게 상책이다. 자, 정운찬 씨. 이제 이명박 대통령의 안성맞춤 총리가 되어 당신의 소신대로 4대강도 살리고 3불 정책도 없애고 세종시도 어찌어찌하고 용산참사의 원인인 화염병도 제거하시지요. 이 국면을 잘 헤쳐나가면 당신도 진흙탕에 구를 것이고 2007년 자의 반 타의 반 포기한 대권의 꿈도 움켜쥘 수 있으니까. 그 정도는 감수해야 하지 않습니까.

2009/9

# 이별에도 예의가 필요하다

살면서 우리는 수많은 이별을 경험한다. 싫든 좋든 떠나야 할 때가 되면 떠나야 한다. 세상과의 영원한 이별인 죽음은 어쩔 수 없지만, 우리는 모든 크고 작은 이별의 시간과 장소, 방법을 선택할 수 있다. 허망하지만 사랑은 움직이는 것이고, 사랑이 떠난 자리를 붙들고 있다고 해서 사랑이 돌아오는 것은 아니므로 고통을 견뎌내야만 한다.

연초에 세상을 떠들썩하게 만든 연예인 부부의 이별 과정은 너무나 서글펐다. 단 한마디, 모두 내가 잘못했다는 말만 했으면 됐을 일이다. 그러나 내 탓이 아니라고 상대를 비방하고 흠집 내기를 하는 동안 사랑했던 시간들과 그 사랑의 진정성까지도 의심하게 만드는 사태가 벌어졌다. 이별의 고통을 견뎌낼 줄 몰랐기 때문일 것이다. 그 일주일 뒤인가 30년 결혼생활을 한 미국의 갑부 부부가 이혼하면서 소송도 없이 재산을 합의하에 나누고, 지난 결혼생활은 행복했고 이제 서로 다른 길을 가겠다고 기자회견을 한 것을 보았다. 이별의 고통을 과거에 진정으로 사랑했던 시간에 대한 존중으로 바꾸어낸 것이다.

남녀 사이 사랑만이 사랑은 아니다. 직업과 학문, 예술에 걸었던 열정도 사랑이다. 나라와 겨레, 혹은 어떤 이상을 위해 뭉쳤던 뜨거운 순간들도 사랑이다. 사회적 이슈에 몸과 마음이 아플 정도로 헌신했던 터질 것 같은 순간들도 사랑이다. 그러나 시간이 지나면 그런 순간들을 뒤로하고 헤어져야 할 때가 온다. 사랑의 순간이 뜨거웠을수록 이별의 고통은 크다. 왜 사람들은 그 고통을 견디지 못하고 사랑의 순간들까지도 훼손하는 것일까?

최근 열린우리당의 탈당 사태를 보면서도 이별을 이렇게 할 수밖에 없는가 하는 생각이 들었다. 이해관계가 다르고 꾀하는 바가 다른 정치 집단의 이합집산은 당연한 것이다. 그러나 그들에게도 처음 당을 만들었을 때의 역사적 소명감이나 명분, 기대, 그리고 서로 손을 마주잡고 부풀어 오르던 일체감의 순간들이 있었을 터이다. 그런 순간들을 기억한다면 이런 방식의 헤어짐이 너무 염치없고 부끄러운 일이 아닐까 싶었다.

10년 전 고향인 경남 진해에 내려가신 사회학자 이효재 선생께 물은 적이 있다. 이곳저곳에서 선생님이 필요하다는데 왜 갑자기 낙향하셨냐고. "어느 순간 내가 한 말을 또 하고, 한 말을 또 하더라. 아차 싶어서 중요한 자리를 맡거나 선두에 나서기에 적절치 않다는 생각이 들었다"는 게 선생의 답변이었다. 생물학적인 나이와 거기에 따른 노쇠 현상을 인정하는 것은 고통스러운 일이다. 그러나 놀라운 자기억제로 고통의 순간들을 이기고 떠날 시기를 선택한 것이다. 지난 주말 찾아뵈었더니 선생은 진해에 '기적의 도서관'을 유치하고 그곳에서 새로 들어온 책에 스탬프를 찍으며 건강하게 지내고 계셨다.

우리 사회엔 자신의 시대는 지나갔는데도 망령된 글이나 발언을 하는 인사들이 더러 있다. 한때 빛나던 사람들이다. 그 빛나던 순간까지도 추레한 것으로 만드는 것을 보면서 세월에 대한 겸손함이나 염치와 예의를 차리지 않는 아집을 본다. 봄이 지나 여름이 왔는데도 지난봄을 붙잡고 봄은 어떠해야 한다고 말한다. 봄은 다시 오지만 다시 오는 봄은 과거의 그 봄은 아니고 새로운 봄이라는 것을 왜 모를까. 자신이 어떤 시대의 대변자였다고 해서 자기 삶의 모든 시기를 통틀어 시대를 대변하겠다는 것은 만용이다. 슬프지만 인정하고 떠날 때를 알아야 한다.

우리는 처음 사랑을 시작할 때 서먹서먹하지만 설레는 마음으로 상대에게 주춤주춤 다가간다. 그 아름다웠던 순간들, 인생에서 많지 않았던 그 뜨거운 사랑의 순간들을 잿빛으로 만들지 않으면서 우리는 이별을 맞아야 하고 고통도 받아들여야 한다. 그것이 모든 사랑했던 순간들에 대한 예의고 또한 이별의 예의다.

2007/02

# 아이를 어떻게 낳느냐고요?

'아이를 낳아라, 제발 낳아라' 하지만 정작 아이를 낳아주어야 할 세대는 꿈쩍도 안 한다. 지자체마다 이런저런 도움을 주겠다고 홍보하지만 그 정도의 보조금을 받고는 아이를 낳을 생각이 없다는 게 대세다.

문제는 아이는 '돈 덩어리'라는 인식 때문이다. 그런 인식의 잘잘못을 떠나서 아이를 키우는 데 천문학적인 돈이 필요한 것이 현실이다. 오죽하면 복 중에 제일 큰 복은 부모 잘 만나는 복, 즉 돈 있는 부모 밑에서 태어나는 것이라고 할까. 돈 없는 부모들은 이런 말을 들으면 자식 눈치 보이고, 개똥밭에 아이를 던져놓은 것 같아 쥐구멍에라도 들어가고 싶다.

나이 든 세대는 마흔이 다 돼가는 자녀들이 결혼할 생각을 안 한다고 한탄이다. 자녀들이 결혼을 해야만 부모의 책임을 다하는 것이라고 믿는 세대들이다. 결혼을 해서 집을 떠나야만 비로소 부모의 의무에서 해방되는데, 결혼 연령이 늦어지니 걱정이 태산이다.

자녀를 결혼시킨 부모들은 자녀들한테 위협을 받는다. 많지 않은 노후 자금을 장만하고 여든이 될지 아흔이 될지 모르는 인생 마지막까지 자식한테 손 벌리지 않고 살겠다는 세대는 자녀들이 무섭다. 노골적으로 아이 낳으면 뭐 해줄 거냐고 손을 내민다. 돌잔치는 어떻게 해줄 것이며 유치원 교육이 어떻고 과외의 종류와 필요성을 나열하면서 온갖 비용의 명세서를 들이민다고 한다. 그렇지 않으면 손자 볼 생각을 하지 말라는 무언의 시위도 곁들인다. 손자 하나 정도는 어떻게 쥐어짜서 도와줄 수 있지만 두셋이 되면 실제로 공포를 느끼지 않을 수 없다. 이러니 세계 최고의 저출산 국가가 되지 않을 수 없다.

실질적으로 아이를 낳아 기를 세대는 30,40대다. 30,40대는 사회에 진입하면서 아이엠에프의 직격탄을 맛본 세대다. 돈을 벌기 시작한 것도 돈을 번 기간도 길지 않다. 한편으로 선배 세대를 보면서 마흔이 넘으면 직장에서 명예퇴직이 시작된다는 것도 아는 세대다. 아이엠에프를 지나면서 우리 사회에 빈부 격차가 한층 커지고 기러기 아빠니 해서 조기유학이 유행하는 시대를 살아왔다. 그사이에 사교육비는 폭발적으로 늘었다. 어떤 부모가 모든 것을 하늘의 뜻에 맡기고 생기는 대로 아이를 낳겠는가.

주무기관의 장이 최저출산국의 문제는 이민으로 풀겠다고 한다. 물론 30년 뒤쯤에 대한민국의 대통령이 이민자 가정에서 나오지 말란 법도 없다. 결혼 이민자의 자녀들 취학 건수가 2만 명에 이르고 결혼 건수도 전체의 11퍼센트를 넘었다. 케냐인 아버지와 미국인 어머니 사이에서 태어난 오바마가 50년 뒤에 미국의 대통령이 될 줄 누가 상상이나 했을까. 오히려 돈 많은 부모 만난 복 많은 아이가, 유치원부터 대학까지 이런저런 과외와 이런저런 외국의 화려한 학벌을 갖고 돌아와, 병역의무도 치르지 않고 돈복 부모복으로 대통령이 되는 것보다는 훨씬 좋다고 본다.

그러나 문제의 핵심을 피해간 처방은 설득력이 없다. 이 정부의 관계자들은 실질적으로 도움이 되는 정책을 펼 생각 대신 홍보로 모든 것을 이룰 수 있다고 믿는 것 같다. 교육 전 분야에서 무한경쟁을 미화하고, 경쟁만이 살길이라고 부추긴다. 그 경쟁은 돈 없이는 불가능한 일이다. 사교육 시장의 번창, 건강보험 민영화, 교육 시장 개방 등 나오는 정책마다 아이 낳기를 더욱더 두렵게 한다.

대운하를 포기했다고 한다. 그 쌍둥이인 4대강 살리기도 접어야 한다. 수십조 원에 달하는, 시행하는 동안 수십조 원이 늘어날 수도 있는 계획이다. 그런 정책은 10년, 20년의 계획으로 진행해도 된다. 10분의 1만 쓰고 나머지는 교육에 돌려야 한다.

온갖 말과 홍보는 필요 없다. 진정으로 저출산이 걱정된다면, 그로 인해 대한민국의 미래가 암울하다면, '아이를 마음껏 낳아라, 교육은 국가가 책임지겠다'고 하면 된다. 그것만이 정답이다.

2009/06

# 아무리 돈이 제일이라지만

텔레비전 쇼 프로그램을 보다가 웃음이 터져 나왔다. 결혼 10년차 남편들에게 아내가 사랑스러운 때가 언제냐고 질문을 했더니 대다수가 "별로 없다"고 대답했다는 것이다. 웃다가 갑자기 마음이 써늘해졌다. 1등이 '아내가 재테크를 잘했을 때'라고 나온 것이다. 아내는 사랑스럽지 않은데 돈은 사랑스럽다는 것이군. 저녁때 남편에게 물었다. 정말 그런가……. 밥을 먹던 남편은 고개도 들지 않고 "당근이지" 했다.

아마도 그것은 진실일 것이다. 서민들의 마음을, 살기 팍팍한 현실을 대변한 솔직한 대답이었을 것이다. 돈으로 행복을 살 수 있다고 착각하는 것이 아니라, 행복의 조건으로서 돈의 힘을 절감하며 살고 있기 때문일 것이다.

민주주의와 자본주의는 결코 양립할 수 없다는 노엄 촘스키의 주장은 맞는 말이다. 자본주의의 가장 발전된 형태라고 할 수 있는 시장경제 만능주의 아래에서는 결국 돈이 한군데로 모이고 돈이 모이는 곳에 행복이 모이게끔 사회 구조가 짜여 있다. 돈이 없으면 행복해지기가 결코 쉽지 않다. 여간한 강심장과 결단력이 아니면 돈을 외면하고 살기 어렵다.

자녀에게 더 좋은 교육을 받게 하기 위해서, 더 공기 좋은 곳에 살기 위해서, 한우 쇠고기만 안심하고 먹기 위해서, 유기농 채소만 먹기 위해선 돈이 필요하다. 백 그램당 2만 원짜리 한우를 만들기 위해서 쓰이는 사료와 자원의 낭비, 3천만 원짜리 모피코트를 만들기 위해서 파괴되고 오염되는 환경에 대해 각 개인에게 도덕심 운운하며 책임을 물을 수는 없다. 내가 모든 것을 누리고 살기 위해서는 누군가가 희생을 하고 있기 때문이라며, 전체를 보라고 개인에게 강요하기는 어렵다.

예언자에게 가장 비참한 사태는 예언이 빗나가는 것이다. 그다음 비참한 사태는 예언이 적중하는 것이라고 한다. 불길한 예언은, 예언자에겐 안된 일이지만 빗나가는 것이 다행스런 일이다. 예언까지는 안 가더라도 불길한 예측이 적중하는 것을 보면 비참하다.

지난번 대선 때 존경하는 건축가 한 분이 이명박 씨가 대통령이 된다고 해서 절대로 경제가 나아지지 않을 것이라고 단언했다. 국민들은 제 닭이 잡아먹히는 줄도 모르고 5년 뒤에 빈손으로 남을 것이라고 했다. 나는 1970, 80년대의 독재정권 시대로 돌아갈지도 모른다는 불길한 예감이 들었다. 두 가지의 예감은 집권 6개월이 지나면서 벌써 들어맞아가고 있다.

노는 없고 사만 있는 기업 정책, 부동산 세제의 손질, 남북문제에서 과거로의 회귀, 사회 갈등을 공권력에 기대 해소하려는 것, 검찰의 정권 시녀화 등 옛날 영화를 틀고 있는 것만 같다. 보수언론들은 밀어붙여라 밀어붙여라, 하며 대통령의 무능을 질타하고 공권력을 이용하라고 부추긴다. 똑같은 나라에 태어나 똑같은 교육을 받고 똑같은 역사적 체험을 하고도 역사를 반면교사 삼지 못하고 되풀이하도록 조장하는 것이 부끄러운 일인 줄도 모른다.

민주주의와 자본주의를 잘 양립시키려면 정부가 나서서 교통정리를 하고 부와 행복이 한곳에 집중되지 않도록 노력을 해야 한다. 오로지 부자들만 행복하도록 만드는 정책을 펴면서 모두 부자가 될 수 있다고 환상을 심어주는 그런 정책은 거짓말이다.

더 이상 청빈이나 청렴은 존경받지도 않을뿐더러 아름다운 가치가 아닌 사회에서 우리는 살고 있다. 남편도 아내도 부모도 자녀도 오로지 돈으로 애정을 가늠하는 세상이다. 그것을 가속화시키는 이 정부 아래에서 5년 뒤 우리 사회가 어떤 모습이 되어 있을지 상상하는 것만으로도 불길하다.

2008/07

# 소 팔아
# 쇠고기 사먹기

'소 팔아 쇠고기 사먹기.' 속담에 있는 말이다. 쇠고기를 사먹으려고 소를 팔아치우는 어리석은 짓을 말한다. 농사를 도맡아 해줄 뿐 아니라, 요긴한 운송수단이고, 죽어서는 고기를 남겨주는 소는 우리 조상에겐 자식만큼 귀중한 재산이었다. 미국산 쇠고기 수입을 둘러싸고 이명박 정부가 하는 짓이 꼭 우리 자녀들, 미래의 재산을 팔아서 쇠고기 사먹는 꼴이다.

이명박 대통령은 우리 국민도 값싸고 질 좋은 쇠고기를 먹을 권리가 있다고 했다. 그럴싸한 말이다. 청와대에선 날마다 값싸고 질 좋은 쇠고기를 먹을 것이다. 그러는 동안 우리 아이들이 학교 급식을 통해서 질 나쁘고 값싼 광우병 위험이 있는 미국산 쇠고기와 그 부산물로 만든 가공식품을 무차별적으로 먹을 수도 있다는 가능성에 대해서는 한 번도 생각지 않았기 때문에 그런 말을 할 수 있었을 것이다.

하나둘 드러나는 협상 과정의 뒷이야기를 들어보면 실무자들이 협상 문구도 살펴보지 않고 대통령 방미라는 시한에 쫓겨서 서두른 것이 확연하다. 그렇다고 해서 대통령의 책임이 없어지는 것은 아니다. 대통령이라면 최소한 쟁점이 무엇인지 왜 쇠고기 협상이 지연되고 있었는지 정도는 챙길 의무가 있기 때문이다.

미국이 한국에 쇠고기를 팔고 싶어 하는 것은 한국인들에게 질 좋은 쇠고기를 값싸게 제공하고 싶어서가 아니다. 자국민을 위해서, 자국의 축산 농가를 위해서다. 미국의 축산 농가에서 소를 잡고 나면 그 절반의 부산물은 태워버렸다고 한다. 그들은 내장이나 사골 따위를 알뜰히 챙겨 먹는 한국 시장에 오랫동안 눈독을 들여왔다. 쓰레기 처리 비용도 들지 않고 그것을 팔 수 있는 한국이라는 시장을 도저히 포기할 수 없었고, 그것을 서로 잘 알고 있었기 때문에 협상에 진전이 없었던 것이다.

'MB노믹스'가 추구하는 것은 이윤의 최대화다. 공기업, 공공기관 할 것 없이 모두 민영화하고 영리화하자고 한다. 철도 · 에너지 · 학교 · 병원 · 문화시설까지 모두 이윤 추구를 최대의 목표로 삼고 있다. 정부가 나서서 골치 아프고 비용이 많이 드는 기관들을 민간에 넘긴다는 것이다. 그러면서 민간에게, 학교 급식업자에게 최대의 이윤을 추구하지 말고 양심적으로 운영하라고 말할 수는 없다. 그들도 최대의 이윤을 추구하기 위해서 질보다는 값을 우선할 권리가 있기 때문이다.

집집마다 미국산 쇠고기와 관련해서는 자녀들이 부모 세대보다 더욱 단호하다. 촛불집회도 어찌 보면 청소년들이 주도하는 것 같다. 그것은 학교 급식에 대한 철저한 불신 때문이다. 학교 급식과 군대 급식에 질린 우리집 아이들도 다른 문제에는 심드렁한 편인데 미국산 쇠고기 수입에는 민감하게 반응하고 평소 안 보던 토론 프로그램도 열심히 보면서 핏대를 올린다. 일흔에 가까운 대통령이 365일 텔레비전에 나와 30개월이 넘은 미국산

소의 척수와 내장을 참기름에 찍어 먹는 살신성인의 모습을 보여준다고 해서 청소년들이 안심하지 않는다. 그걸 당신 손자들에게 먹이십시오. 이게 그들의 대답이다.

하도 답답해서 이 정부의 '관계자' 비슷한 사람에게 물었다. "재협상의 여지는 없는 겁니까?" "기차는 이미 떠난 것 아닙니까?" 돌아온 대답이다. 그렇다면 똥개는 짖어도 기차는 달린다는 건가. 절차상의, 협상 과정의 잘못이 드러나고 있는데도 일정대로 간다는 말인지……. 부처님 오신 날 아침, 불가에선 왜 살생을 금하고 고기를 먹지 말라 했는지를 다시 생각해 본다. 소는 이제 인간의 친구가 아니고 생명도 아니다. 오로지 먹이일 뿐이다. 소를 생명체로 보지 않고 먹이로만 본 오늘 하루, 부처님의 대자대비를 구한다.

2008/05

# 방귀 조심

평생 가벼운 입 때문에 고생한 친구가 있다. 곁에선 그냥 그러려니 해왔지만 본인은 그로 인해 낭패를 본 적이 많은 듯 자신의 입을 쥐어뜯으면서 "항상 이게 말썽이야" 하곤 했다. 그가 이러한 자책감을 버리고 최근 당당한 이론을 개발해냈다. 사람의 말이란 방귀와 같아서 자신도 제어 못하는 사이에 터져 나오는 것이니 무심코 한 말에 대해 일일이 책임을 질 수도 없으며 자책할 필요도 없다는 방귀 이론이다. 대부분의 말은 본마음과 상관없이 임기응변이나 즉흥적으로 나온다는 것이다. 그러니까 방귀에 대해 항문에 책임을 물을 수 없는 것처럼 말에 대해서도 정신이나 인격에 책임을 물을 수는 없다고 결론지었다. 따라서 자신의 말 때문에 감정을 상하거나 상처받지 말고 혹시 말실수를 하더라도 슬쩍 뀐 방귀거니 하라는 것이었다. 그는 못 말리는 방귀쟁이이기도 하다.

그럴싸하게 들리긴 했지만 동의하긴 어려웠다. 평생 방귀를 화장실 외에선 뀌어본 적이 없다는 사람이 있는가 하면 시도 때도 없이 방귀를 뀌는 사람도 있다. 그러나 연애 시절 한 번도 방귀를 뀌지 않았던 사람이 남녀를 불문하고 결혼을 하자마자 기다렸다는 듯이 방귀를 뀌어대는 것을 보면 방귀도 어느 정도 절제할 수 있는 것임에 분명하다. 노력하면 방지할 수 있는 것이다.

원래 사람의 말이란 신뢰하기 어려운 것이 사실이다. 글도 마찬가지다. 글 자체로서는 신통하다 해도 그 글을 쓴 사람을 무조건 신뢰할 수 없다. 직접 경험하지 않고는 판단하기 쉽지 않다. 참으로 알 수 없는 것이 사람이다. 같이 살아봐야 사람을 알게 된다고 하지만 궁금한 사람마다 붙잡고 살아보자 할 수는 없는 노릇이고, 평생 같이 살아와서 속속들이 안다고 생각했던 남편이나 아내가 어느 순간 기절할 만큼 놀랄 일을 저지르는 경우도 많은 것을 보면, 살아봤자 잘 알게 되는 것도 아닌 모양이다. 사람을 아는 가장 좋은 방법은 같이 일을 해보는 것이다. 한 직장에서 동료로서 일을 해보면 능력의 고하에 상관없이 사람 됨됨이를 알 수 있지만, 사람 알자고 모든 사람과 같이 일해볼 수는 없는 노릇이니 그것도 간단한 게 아니다.

말과 글 때문에 흥미를 느꼈던 사람을 직접 겪어보았을 때 실망하는 것은 말과 행동이 일치하지 않기 때문이다. 그런 사람의 말과 글은 방귀나 다름없다고 할 수 있다. 방귀와 같은 말과 글은 세상에 널려 있다. 소리 나는 방귀는 피해갈 수도 있지만 소리도 안 내고 거의 똥 수준에 가까운 방귀를 뀌면서 주변을 혼란시키는 사람들도 많다. 냄새와 해악이 지독하다. 의사들은 방귀는 건강과 별 상관관계가 없으며 어떤 똥을 누느냐가 중요하다고 한다. 어떤 똥을 누느냐에 따라 육체의 건강 상태를 판단할 수 있는 것처럼 어떤 행동을 하느냐가 인격과 정신의 건강 상태를 가늠해볼 수 있는 기준이 될 수밖에 없다.

백 마디 말보다 한 번의 행동이 중요한 것은 사실이지만 한 번의 그럴

싸한 행동을 하기 위해 말을 아끼는 것도 문제다. 연인이나 부부관계를 보아도 한 번의 근사한 행동을 하기 위해 사랑한다는 말이나 감언이설을 아끼면 관계가 깨지고 만다. 누가 그 깊은 심중을 알 것인가. 어차피 말과 글, 방귀는 모두 정신과 육체의 배설 행위다. 평생 방귀 한 번 안 뀌고 말실수 한 번 안 하고 살 수는 없다. 때와 장소를 가리고 상대를 가리고 결정적인 해악을 끼치지 않으려는 마음가짐만 갖는다면 방귀 뀐다고 누가 뭐라 하지 않는다.

새 정부 출범을 앞두고 숱한 이름이 여기저기 이 자리 저 자리에 오르내리고 있다. 말과 행동 모두 오리무중이었던 사람, 방귀 같은 글과 말로만 살아온 사람, 방귀나 말조심은 잘해왔지만 거의 설사에 가까운 똥을 질질 흘리고 다녔던 사람, 방귀는 가끔 뀌었지만 결정적일 때 건강한 똥만 누었던 사람, 방귀 소리는 요란한데 항상 변비에 걸린 것 같은 행동만 했던 사람, 픽방귀도 한 번 뀐 적이 없어서 전혀 감이 잡히지 않는 사람, 천차만별 각양각색이다. 방귀쟁이 친구를 둔 탓에 갑자기 유능한 방귀 감별사가 된 듯하다.

2003/02

# 재벌이 망하면

재벌이 아무리 나쁜 짓을 해도 재벌 망하기를 원하는 국민은 없을 것이다. 망한 만큼의 부담이 전부 국민 몫으로 돌아갈 뿐 아니라 직접적인 피해가 가기 때문이다. 유사 이래 최대의 금융부정 사건이라는 한보사태를 놓고 이런 일이 어떻게 가능했을까 하는 의혹에 앞서 국민들은 경제가 어떻게 될까, 시중은행이 우수수 망하는 것이 아닌가, 은행에 넣어둔 내 돈은 안전한가 싶어 불안하기만 하다.

금융부정 사건이 터질 때마다 부정의 내막이 속 시원히 밝혀져 관련된 재벌 일가가 소유한 재산을 모두 내놓거나, 부정 대출을 대가로 고위층들이 얻은 이익을 전부 토해내고 합당한 법의 심판을 받는 것을 국민들은 보지 못했다. 검찰수사다 국정조사권 발동이다 하지만 속 시원히 내막이 밝혀지리라 믿는 국민은 없다. 망한 만큼의 부담만 국민 몫으로 돌아온다. 한보상호신용금고에 돈을 넣었던 사람들은 2천만 원 이상의 예금 인출을 동결하기로 한 것에 대해 경악을 금치 못하고 있다. 자기 자본의 60퍼센트를 한보에 꾸어준 제일은행에 예금을 한 국민들은 그들이 한 푼 두 푼 저축한 돈이 모두 한보로 들어갔으리라는 생각에 소스라치지 않을 수 없다.

재계 14위라는 한보의 부도에 국가 경제가 흔들리는 듯한 모습을 보이고 있는데, 만약 국내 1, 2위 삼성이나 현대 등의 재벌이 망하게 된다면 어떻게 될까. 우리나라의 경제 구조는 재벌 의존도가 지나치게 심해 재벌이 망하면 국가의 모든 산업 분야가 함께 망하고 개인의 생활도 파탄이 나게 되어 있다. 업종전문화다 중소기업보호업종이다 하여 재벌의 문어발 확장을 막고는 있지만 하나의 재벌이 거의 모든 업종에 진출해 있다.

재벌 병원에서 태어나 재벌이 만들거나 수입한 기저귀를 차고 우유를 먹고 재벌이 만든 학교와 학원에 다니고 재벌이 경영하는 급식 회사의 도시락을 먹고 재벌이 만든 아파트에서 재벌의 냉장고, 컴퓨터, 텔레비전을 사용하고 재벌이 만든 차를 타고 이 모든 소비 행위를 재벌 백화점에서 하고 그 대금도 재벌 카드로 지불한다. 재벌 보험사에 생명보험을 들고 재벌이 만드는 신문을 보고 재벌이 만들고 수입하는 영화를 재벌 영화관에서 보고 재벌이 만드는 음반을 하루 종일 듣고 재벌이 배급하는 비디오를 빌려본다. 휴일에는 재벌이 운영하는 음식점이나 놀이동산, 수영장, 골프장, 호텔에 가고 휴가에는 재벌 콘도에 간다. 재벌이 운영하는 실버타운에서 살다가 재벌 병원에서 숨지고 재벌이 만든 공원묘지에 묻힌다. 요람에서 무덤까지 재벌의 손아귀에서 벗어날 길이 없어 보인다. 국민들은 재벌의 볼모가 되어 일생을 보내고 있는 것이다.

최근 재벌들은 국민들의 경제와 소비생활을 완전히 장악하는 데서 나아가 국민들의 의식 세계와 정신을 지배하는 산업에까지 진출하고 있다. 문화산업인 영화, 비디오, 음반, 뮤지컬 제작과 미술품 시장에까지 진출했다. 미술관 하나쯤 갖고 있지 않으면 재벌 부인 축에 끼지 못할 정도다. 뿐만 아니라 신문사를 갖고 있는 데 만족하지 않고 방송에도 진출하기 위해 기를 쓰고 있다. 한보도 그동안 언론 사업에 진출하려는 야망을 키워왔고 몇 달 전에는 언론재단도 만들었다. 한보가 이번 사태를 그냥 넘겼다면 아마도 재계 순위는 엄청 뛰어올랐을 것이고, 언론사로 진출하는 것은 시간 문제였을 것이다.

제2차 세계대전이 끝나고 미군정에 의해 일본의 재벌은 해체되었다. 당시의 일본과 오늘날 한국 사회의 재벌 장악 모습은 흡사하다. 재벌들이 혼맥을 통해 관계와 지식인 사회와 결탁하고 정치권에 세력을 진출시키는 것이나 재벌의 연대세력을 사회 각 분야로 확장시킨 것 등이 백 년 전 일본의 모습 그대로다. 일본의 경우 국가의 부를 몇몇 재벌이 나누어 갖고 군국주의와 결탁한 것이고, 우리나라의 경우 그동안 정당치 못한 정권을 지지하고 그 정권을 유지시키기 위해 정치자금을 내는 대가로 온갖 특혜를 얻어 오늘날의 재벌로 커온 것이다. 일본은 재벌 해체로 비로소 본격적인 자유경쟁체제의 경제 구조로 발전해나갔다.

국민들은 재벌이 망하는 것에 대해 자신들이 망하는 것과 같은 두려움을 느끼지 않아야 한다. 재벌이 국민을 볼모로 잡고 있는 지금과 같은 경제 구조를 깨는 방법은 정녕 없는 것일까.

1997/01

# 우리 시대의 아버지

망년회 자리가 이처럼 을씨년스러울 수 있을까. 올겨울은 유난히 길고 추울 것이라는 기상청 예보가 아니래도 이런저런 송년 모임에서 들려오는 우울한 이야기에서 춥고 긴 겨울이 우리를 기다리고 있음을 예감한다. 갑자기 불려나간 술자리엔 나이 쉰에 직장에서 갑자기 나가라는 통고를 받은 친지가 자신에게 무슨 일이 벌어졌는지 미처 실감하지 못한 얼굴로 허허거리고 있었다.

"한낮에 남편이 전화했어요. 잘렸다고요." 안사람은 해고 통고를 받은 연유로 마련된 위로 모임 자리가 기가 막힌지 불편한 표정을 감추지 못했다. "글쎄, 책상을 모레까지 정리하라는 거야." 말을 하는 쪽이나 듣는 쪽 모두 어떻게 이런 일이 있을 수 있는지 기막히기는 마찬가지였다. "허참, 나를 자르다니! 나는 내가 회사 주인인 줄 알았다구. 내 회산데 누가 나를 자른다는 생각을 했겠냐. 그런데 그게 아니더라구. 아침에 출근했더니 잘렸더라구." 술김인지 전혀 의기소침해진 기색 없이 껄껄댔다. 그는 당장 직장이 없어졌다는 사실보다는 공채 1기로 입사해 자신이 젊음을 바쳐 내 회사라고 믿고 하루에 12시간에서 16시간씩 일하기를 이십 몇 해, 회사도 키우고 나도 컸다고 생각했는데, 어느 날 아침 회사 측에서 아무런 설명 없이 "너는 나가줘야겠어"라고 한 것에 충격을 받은 것 같았다. 필시 미국에서 경영을 배워온 재벌총수 아들이나 조카거나 사위쯤일 젊은 친구가 이리저리 검토한 끝에 감량 경영이 필요한 곳을 살피고, 컴퓨터 다람쥐를 한 번 눌러 간단히 자신의 존재를 지워버릴 수 있다는 사실을 믿을 수 없어했다.

몸 가볍고 팔팔한 30대부터 주위의 온갖 유혹을 물리치고 '내 회사'를 지켜온 중산층 아버지들이 세밑에 대량으로 직장에서 밀려나오고 있다. 아직도 중고등학교에 다니는 자녀들이 있는데, 아버지를 돈 벌어 오는 사람이라고만 믿는 그들 앞에서 이런 상황을 어떻게 설명할 것인가. 자신도 납득하지 못할 일을 늙은 부모와 친구들에게 어떻게 설명해야 할지, 앞으로 어떻게 살아야 할지 걱정하고 있다. 이러한 대량 해고 사태를 반영하듯 아버지의 고단한 삶, 외로움, 사회에서 살아남기 위해 어떤 수모도 감수하면서 가장의 자리를 지키는 아버지를 조명한 문학작품이나 텔레비전 드라마가 대중들의 공감을 얻고 있다.

이제까지 이들 세대가 몸담고 있던 회사는 위계질서를 중시하고, 창업공신과 평생직장, 연공서열 따위가 중시되는 가부장적 경영 구조 속에 놓여 있었다고 할 수 있다. 재벌총수들이, 그들의 2세 · 3세들이 이런 기존 질서를 무시하고 자신의 의자를 간단히 치워버릴 것이라고는 전혀 예상하지 못하고 살아온 세대다. 엊그제까지 '사원을 가족처럼' '회사를 내 집처럼'이란 구호를 내세우던 회사가, 나가는 사람을 배려해 새로운 일을 준비할 시간을 주던 과거의 미덕까지 버릴 줄은 예상조차 못했기에 이들은 존재의 뿌리까지 흔들리는 허탈감을 맛보고 있는 것이라 할 수 있다.

40대도 안전하지 못하고 30대 후반의 월급쟁이들까지 덩달아 움츠러들게 하는 대량 해고 사태. 그러나 실은 사회 전체로서는 중산층의 허위의식을 깨뜨릴 수 있는 좋은 기회라고 볼 수도 있을 것이다. 중산층의 근거 없는 보수 성향과 안정 지향성도 자신이 몸담고 있는 기업이 안전해야 자신도 안전하다는 믿음에서 출발한 것이라 할 수 있다. 중산층은 대체로 자신을 노동자라고 보는 의식이 엷었다. 이들이 노동운동에 대해 냉담한 것도 그것이 자신의 회사, 실은 재벌 일가의 것인 기업의 이익 쪽에 반하는 것이라는 의식이 있었기 때문이다. 운이 좋아 대기업의 경영진의 자리까지 올랐어도 예외 없이 대량 해고와 감축 대상이 될 수 있다는 것을 이들은 이번 사태로 뼈저리게 느꼈을 것이다.

전 세계적으로 경제 구조가 재편되는 상황에서 우리나라 기업도 거기에 맞는 구조조정을 하는 것은 정당하다. 그러나 소유와 경영이 분리되지 않고 잘났든 못났든 2세에게 고스란히 기업을 승계하는 전근대적인 재벌 경영은 그대로 둔 채, 근대화된 고용 방식 운운 하는 우리나라 재벌들의 이중적인 행태는 지적돼야 마땅하다. 그들의 실체를 정확히 알아야만 우리의 중산층이 비로소 자신의 정체성을 확실히 찾을 수 있을 것이기 때문이다.

1996/12

# 사법 감시는 국민의 권리

성희롱 사건의 항소심을 맡아 "노골적인 성적 괴롭힘이 아닌 것은 친밀감의 표시"라는 정의를 내려 유명해진 서울고법의 박용상 부장판사는 언론계에선 잘 알려진 인물이다. 그는 5·18로 정권을 잡은 신군부의 '언론 탄압 기본법'이었던 언론기본법 제정에 깊이 간여한 것으로 알려져 있다. 신군부의 서슬이 시퍼렇던 1982년에 그가 낸 책 『언론의 자유와 공적과업』에는 언론기본법의 뼈대를 이룬 언론·출판의 자유와 '공적과업'과의 관계에 대한 그의 식견이 잘 드러나 있다. 그는 또 1심을 뒤엎는 판결로 자주 언론에 이름이 오르내렸다.

그의 '소신 있는' 판결 가운데는 사립학교법의 위헌제청신청을 기각한 것, 해고 노동자에 대해 이례적으로 항소심에서 선고량을 높인 것, 77억 원 밀수 조직의 두목에게 원심을 깨고 집행유예를 선고해 석방한 것이 있다. 또한 그는 애인을 살해한 혐의로 구속된 순경에게 징역 12년을 선고했으나 진범이 잡혀 무죄가 되었던 오판과 재판 중에 심리 중인 미결수를 향해 "간첩 놈"이라고 폭언한 일도 있다. '참여민주사회시민연대'는 이러한 박 부장판사의 전력을 열거하고, 힘없는 피고인의 인권을 경시하는 판사에게 재판을 받지 않을 권리가 있다며, 박 판사의 부장판사 해임촉구 및 탄핵소추 등의 운동을 전개하겠다는 성명서를 내기까지 했다.

우리 사회의 모든 분쟁이나 다툼은 결국 한 개인인 판사에 의해 해석되고 조정되고 판결된다. 하나의 판례는 국민의 일상생활에 영향을 끼치는 중요한 준거가 된다는 점에서 판사의 인생관이나 가치관, 세계관을 기반으로 한 깊은 고뇌가 반영되어야 한다. 그리고 그 판결은 법률 기술자로서의 해석이 아니라 우리가 살고 있는 사회에 대한 깊은 이해와 통찰이 배어 있는 것이어야 한다. 국민들은 의사가 환자를 진찰할 때 환자 한 명 한 명에게 정성을 다해주기를 바라는 것처럼 판사가 판결을 할 때마다 자신의 인생과 양심과 인격을 걸고 해주기를 기대한다.

이번 판결이 그의 '1심 판결 뒤집기'이든 그의 철학이나 가치관이 그대로 반영된 것이든, 깊은 고뇌의 흔적과 여성이 처한 현실에 대한 깊은 이해가 있었다고 보기는 어렵다. 의사도 오진을 하고 기자도 오보를 하는 경우가 있다. 판사도 오판을 할 수 있다. 그러나 적어도 오판을 하지 않으려는 끊임없는 노력과 반성, 자신이 내리는 판결이 사회정의나 평등의 개념에 위배되지 않도록 노력하는 모습을 보여주어야 할 것이다.

특정 판사와 특정 판례를 비판하는 것이 사법부의 독립을 해치고 개인의 명예를 훼손할 우려가 있음에도 불구하고 그러한 비판은 반드시 이루어져야 한다. 사법부의 독립은 법관을 보호하기 위한 것이 아니라 국민의 기본권을 지키는 사법부의 본질을 보호하기 위한 것이기 때문이다. 반민주적이고 반인권적인 판결을 했던 판사들이 일생 동안 내린 판결과 무관하게 대법관이나 헌법재판관이 되는 것을 우리는 보아왔다. 잇따른 대형 사고와 우리 사회를 총체적 위기로 몰고 있는 부정, 부실, 부패도 실은 사법부가 권력형 비리나 뇌물수수, 부정부패, 부실을 조장한 공무원이나 기업, 정치가에 대해 준엄한 법의 칼날을 세워 사회정의를 이루지 못했기 때문이다. 거대한 법조타운의 코앞에서 삼풍백화점이 무너지는 것과 같은 어이없는 사고가 벌어진 것이 사법부의 이러한 책임방기를 상징한다고 본다면 지나친 비약일까. 외국처럼 대법관이나 헌법재판관에 대한 인사청문회 제도를 도입하자고 주장하는 것은 당연한 일이다.

법대 입학생들은 하나같이 "억울한 사람의 편에 서서 사회정의를 실현하겠다"는 포부를 말한다. 그러나 일단 사법시험에 합격하면 결혼과 함께 열쇠 세 개가 따라온다고 한다. 열쇠 세 개와 함께 명예와 지위가 보장된 천국에 올라간 법관들이 나중에 지상으로 내려오기는 쉽지 않을 것이다. 따라서 법관들은 끊임없이 자신의 자리에서 내려와 보통의 국민 감정이나 정서 속에 발을 내디디려는 노력을 해야 한다.

판사의 자질은 판결을 통해 검증되어야 한다. 그리고 국민이 선거를 통해 뽑지 않는 법관에 대한 검증은 판례에 대한 국민의 철저한 감시를 통해서만이 가능하다. 사법 감시는 법관의 권위를 실추시키기 위한 것이 아니다. 법을 다루는 사람들이 좀더 고민을 하면서 객관적이고 정의로운 법해석을 하도록 하기 위해서이다. '참여민주사회시민연대'가 판사의 판례 전력을 문제 삼은 것이나 고려대 교수들이 검찰의 5·18 불기소 결정에 대해 특별법 제정을 요구한 것 등은 지금까지 성역이었던 사법권에 대한 국민의 감시가 시작됐음을 뜻하는 것이라 할 수 있다.

1995/08

# 아! 대한민국 언론

기자는 항상 자기검열을 하며 글을 써야 한다.
언론인은 각종 권력에 비판적인 시각을 유지하는 것이 직업윤리다 보니
자칫 잘못 판단하면 치명적인 잘못을 범한다. 또 10년 전에 쓴 글과 지금 쓰고 있는 글의
상관관계가 어떻게 되는지, 지금 쓰고 있는 글이 10년 뒤에도
올바른 방향을 향하고 있을지에 대한 물음을 끊임없이 자신에게 던져야 한다.

# 장지연 언론상을 수상하며

올해는 10·24 자유언론실천운동이 일어난 지 30년이 되는 해입니다. 유신 시절이었던 1974년에 일어난 이 일로 인해 〈동아일보〉와 〈조선일보〉에서 170명의 언론인이 해직되어 생업을 잃었고 마이크와 펜을 빼앗겼습니다.

한번 언론인이면 영원히 언론인으로 살 수밖에 없는 것이 언론인의 숙명입니다. 해직 언론인들은 해마다 올해는 다시 현장에서 일할 수 있으리라는 희망을 걸고 30년을 살아왔습니다. 그러나 대부분은 그 희망과 꿈을 이룰 수 없었습니다.

저는 당시 해직된 언론인 가운데 유일하게 현역으로 일하고 있는 사람입니다. 이광훈 〈경향신문〉 논설고문께서 장지연 언론상 수상자로 결정되었다고 통보해주셨을 때 마음이 아주 착잡했습니다. 이 상을 받게 된 것은 개인적으로 고마운 일이지만 지금까지 언론인으로 살 수 있었던 것만으로도 행운이라고 생각해왔는데 상까지 받는다는 것은 매우 외람되다는 생각이 들어서입니다. 해직 당시의 상황을 생생히 기억하고 있는 당사자들이 엄연히 살아 있는데도 그 과거가 규명되지도 청산되지도 않아 그것이 오늘날까지 우리의 언론 환경을 왜곡하고 끝없이 재생산해내고 있는 것이 현실입니다. 이러한 상황에서 제가 장지연 언론상을 받는다는 것이 과연 떳떳한 일인가 하는 의구심이 들어서입니다.

지금 우리 시대는 단군 이래 최대의 언론자유를 구가하고 있습니다. 대통령부터 초등학생까지 인터넷 논객으로 나서고 있고 언론자유가 없어서 할 말을 못하고 사는 사람은 없습니다. 그러나 이러한 언론자유가 우리 국민들과 사회 구성원들의 삶에 어떤 기여를 하고 있는지는 의문입니다. 언론자유가 만발한 가운데 때로는 언론자유가 심각하게 통제를 받을 때보다 불행한 느낌이 들고 오히려 침묵하고 싶을 때가 더 많습니다. 언론인들이 시대와 미래에 대한 통찰력을 갖고 끊임없이 자기성찰을 하며 글을 쓰고 있는지 돌아볼 때 저는 언론인으로서 항상 부끄러웠을 뿐입니다.

그러나 이러한 언론 상황에서 〈한겨레〉 논설주간인 저에게 이 상을 준 것은 장지연 선생으로부터 시작하여 1974년의 자유언론실천운동, 그리고 70년대와 80년대에 해직된 언론인들, 그리고 그들이 주축이 되어 만든 〈한겨레〉에 우리나라 언론의 정통성이 있다는 것을 인정한 것으로 받아들이기로 했습니다. 또한 1988년의 〈한겨레〉 창간의 역사적 의미뿐 아니라, 오늘 이 시대에서도 〈한겨레〉의 시대적 역할에 의미를 부여하고 초심을 잃지 말고 더욱 올바른 언론이 되도록 정진하라는 뜻으로 받아들이기로 하고, 이 상을 기쁘고 영광스런 마음으로 받도록 하겠습니다.

고맙습니다.

2004/10

# 담론이 사라진 시대

엘리아스 카네티는 군중과 권력의 관계, 말과 글의 힘과 책임에 대해 깊게 파고든 20세기의 대표적 지성이다. 그는 제2차 세계대전이 터졌을 때 이렇게 탄식했다. "내가 진정한 시인이었다면 이 전쟁을 막을 수도 있었을 텐데……." 그는 또 말했다. "우리 사회에서 너무나 무책임하게 주고받는 말들, 그것은 대중을 오도하는 말이 되어 비참한 전쟁을 불가피하게 만드는 독소가 되고 있다. 진정한 시인, 적어도 언어를 특별히 중시하는 직업인으로서의 시인은 언어로 파악 가능한 모든 일에 대하여 끝까지 책임지려는 의지를 갖춰야만 한다."

모든 글쓰는 사람은 이런 의지를 갖고 있어야 한다고 믿어왔다. 시인이란 가장 먼저 울기 시작해 가장 마지막까지 우는 사람이라고 했다. 지성인, 언론인 등 말과 글을 다루는 게 직업인 사람도 마찬가지다. 그렇지 않다면 진정한 시인, 언론인, 지식인이라고 할 수 없다. 그래서 이 지구상에 진정한 언론이 있다면 인류 최대의 재앙인 전쟁을 막을 수 있을 거라고 생각한다. 그러나 지금 우리나라의, 세계의 언론은, 시인은, 지성은, 언어를 특별히 중시하는 직업인으로서, 언어로 파악 가능한 모든 일에 끝까지 책임지려는 의지가 없어 보인다.

최근 진중권 씨가 공적 글쓰기를 그만 하겠다고 선언했다. 사회 전체적으로 안타깝고 불행한 일이다. 또 하나의 담론이 사라지기 때문이다. 그의 글에 동의하지 않은 적도 있지만 그의 문제 제기는 어떤 사안에 대해 확장시킬 여지가 많은 담론을 만들어냈다. 그리고 사고의 지평을 새로운 방향으로 열어줬던 것이 사실이다. 지금 우리 사회에는 절필 선언은 하지 않았지만 시사적인 문제에 대해 공적인 글쓰기를 절대로 않겠다고 결심한 사람이 한둘이 아니다. 실제로 쓰지 않고 있다. 이렇게 공적인 글쓰기가 어려운 시대는 없었던 것 같다. 입과 펜에 재갈을 물렸던 군사독재 시절에도 글쓰기가 이렇게 어렵지는 않았다. 침묵으로 또는 행간으로 이어져온 공적인 글쓰기가 점점 사라져가고 있다.

왜 글을 쓰고 글을 읽는가? 소통을 위해서다. 다른 사람의 글에서 공감을 얻기도 하고, 또 다른 사람의 생각을 읽으면서 내가 몰랐던 것을 이해하게 되고, 그것이 사회 전체적으로 담론을 형성하면서 개인과 사회를 발전시켜 나가는 것이 아니었던가. 그러나 지금 우리 사회의 글쓰기는 내 편과 네 편을 정해놓고 자기 말만 한다. 피차 귀를 막고 남의 말은 듣지 않는다. 우리 편 잘한다, 우리 편 잘해라다. 소통이 필요 없는 언어는 폭력이다. 글쓰는 사람으로서 온몸이 화끈거리게 부끄럽다. 내 편 네 편을 확실히 하기 위해 글을 쓰고 읽을 뿐 진정한 담론이 형성되지 않는다.

인터넷이 생기고 공중변소의 낙서가 사라졌다고 한다. 인터넷이란 일종의 배설 장소다. 댓글에선 오늘은 이 소리 하고 내일은 저 소리 할 수 있다. 그러나 언론은 나날의 역사를 쓰는 마당이다. 그런 곳까지 책임지지 못할 말과 안팎으로 전쟁을 부추기는 글이 난무한다. 그러다 보니 진정성을 의심받는 것이 두려워 글쓰기를 포기한 사람도 생겼다.

어렸을 때 알제리에서, 베트남에서, 칠레에서 일어난 일에 대해 세계 지식인들이 하나로 뭉쳐 발언하는 것을 보고 감동하고 전율했다. 이렇게 교육받은 인구가 많고 인터넷으로 소통이 원활한 시대에 소통이 안 되는 불행을 세계적으로 겪고 있다니 끔찍하다. 진정한 언론이 있다면 이라크 침공도 레바논 침공도 없었을 것이다. 어떤 사람이 가진 지식이 내가 사는 오늘 이 세상을 위해 쓰이지 않고 불후의 역작으로만 남는다는 게 무슨 소용이 있겠는가? 그래서 담론이 사라진 시대가 더 절망적으로 불행하다.

2006/08

# 장자연을 살려내자

『권력과 싸우는 기자들』은 미국 역사상 최초로 현직 대통령을 하야시킨 워터게이트 도청 사건을 취재했던 밥 우드워드와 칼 번스틴, 두 기자의 이야기다. 1972년 공화당의 닉슨 대통령은 재선을 앞두고 민주당 선거위원회 건물(워터게이트 빌딩)에 도청을 지시했다. 단순절도 사건 수사에서 시작된 이 사건은 두 기자의 보도에 힘입어 닉슨 대통령을 1974년 권좌에서 끌어내리기까지에 이른다.

영화 〈대통령의 사람들〉로도 잘 알려진 워터게이트 사건과 우드워드 · 번스틴 두 기자의 이야기를 읽으며 새삼 흥미로웠던 것은 두 기자가 익명의 취재원을 어떻게 끝까지 보호할 수 있었을까 하는 점이었다. 익명의 제보자, 혹은 내부고발자가 없으면 결코 진실에 접근할 수 없는 것이 권력 내부의 은밀한 사안들이다. 두 기자도 역시 익명의 내부고발자가 신빙성 있는 고급 정보를 주었기 때문에 사건을 추적할 수 있었다. 워터게이트 사건이 일어난 것이 1972년이었고 익명의 제보자가 밝혀진 것은 33년 만인 2005년 6월이었다. 그것도 두 기자에 의해서가 아니라 바로 그 익명의 내부고발자의 가족과 변호사들에 의해서였다. 익명의 제보자는 당시 연방수사국(FBI)의 2인자였던 마크 펠트였다.

우리 사회라면 대통령을 물러나게 만든 사건의 키를 쥐고 있는 익명의 제보자를 단 한 달이라도 보호할 수 없었을 것이다. 그러나 〈워싱턴 포스트〉의 두 기자는 신문사 내부, 혹은 어떤 권력으로부터도 익명의 제보자를 밝히라는 요구를 받은 적이 없다고 한다.

배우 장자연이 자살한 지 두 달이 지났다. 그가 죽은 후 주민등록번호와 지장을 찍은 슬픈 문건이 공개되었다. 구체적이고 적나라하게 자신이 겪은 일을 써 내려갔지만 정작 언론의 관심은 리스트에만 있었다. 리스트에 적시된 돈과 권력 있는 인물들은 협박과 압력으로 리스트 공개를 막으려고 했지만 리스트는 비공개 형식으로 세상에 드러났다.

『권력과 싸우는 기자들』을 번역한 언론인 차미례 씨는 옮긴이의 말에서 이 책을 번역하게 된 동기를 밝혔는데, 두 기자가 팩트만을 위해서가 아니라 진실을 밝히는 일에 끈질기게 매달렸다는 점이라고 했다. 보도자료와 남이 말해준 팩트에 매달려 사실을 밝히는 것만으로 기자의 임무가 끝나는 게 아니라는 것을 다시금 일깨워줬기 때문이라고 한다. 진실 여부가 아니라 현안 팩트를 수집해서 편집 게재하다 보면 사실의 파편들이 기자나 회사, 사실 제공자 들의 이해관계 속에서 변형되고 진실과 거리가 먼 기사로 가공되어 나타나기 쉽기 때문이라며 현 언론 관행을 진단하고 있다.

장자연 사건이 전형적인 예이다. 죽음으로써 문제를 제기한 연예계 성상납 관행의 진실이 밝혀져야 하는데도 점점 진실과는 거리가 멀어져 가고 있다. 문건에 등장하는 인물들 중 정말 권력이 있는 사람들은 건드리지 못한다는 것을 안 순간 언론의 관심은 멀어져 가고 있기 때문이다.

영화평론가인 동국대 유지나 교수는 장자연 사건을 열심히 뒤쫓고 있다. 직업상 여배우들과 개인적 친분을 맺고 있는 그는 연예계의 어두운 현실에 대해 여러 가지 정보를 갖고 있다. 우리나라 톱스타 가운데 한두 명이라도 내부고발자가 되어 자신이 당한 일을 낱낱이 공개함으로써 장자연의 죽음이 헛되지 않도록 돕고 싶다고 한다. 장자연 사건의 중간 수사 결과 발표를 보면서 내부고발자를 찾기가 더욱 어려워질 것이라고 낙심하고 있다.

진실을 밝히고, 내부고발자에 의해 장자연을 살려내서 제2, 제3의 장자연이 나오는 걸 막지 못한다면 우리 모두가 공범자가 되리라는 그의 주장에 동의한다. 그러나 내부고발자를 보호할 수 없는 현실과, 진실을 밝히려는 사람이 오히려 우리 사회에서 매장될 것을 생각하면 진실을 향하려는 그의 용기에 선뜻 손을 들어줄 수가 없어 안타깝다.

2009/05

# 짝퉁,
# 〈시사저널〉

어느 날 문화방송이나 한국방송에서 낯익은 앵커들과 기자들이 사라지고 앵커 출신인 정동영 전 열린우리당 당의장이나 전여옥 한나라당 전 대변인이 보도를 하는 일이 생길 수 있을까. 그밖에도 전혀 모르는 사람들이 나와서 뉴스도 진행하고 토크쇼도 하면서도 아무런 관련 설명이 없다면 그것을 우리는 문화방송이나 한국방송이라고 할 수 있을까?

그런데 우리나라 언론에서 그와 유사한 사태가 실제로 벌어졌다. 비록 작지만 무게 있는 시사주간지인 〈시사저널〉이 바로 그렇게 만들어져 팔리고 있다.

〈오마이뉴스〉에 실린 '짝퉁, 시사저널' 기사를 보고 이 잡지 899호를 샀다. 모든 주간지에는 만드는 사람들의 이름이 나온다. 사장부터 편집장과 기자들, 사진팀, 디자인팀, 광고 · 판매 진행요원까지. 여러 차례 편집회의를 거치며 제작진 모두 참여하는 방식으로 표지기사도 정하고 전체적인 논조의 균형도 유지한다. 그러나 899호에는 발행인 겸 편집인 금창태라는 이름만 유일하게 나와 있다. 왜 어째서 이런 잡지가 나오게 되었는지, 설명도 없다. 기사를 훑어보았다. 정치권에서 맹활약했던 인물이 편집위원으로 표지기사를 썼다. 현직에서 떠난 지 오래된 70대 언론인 이름도 보이고 다른 매체 기자들의 이름도 들어 있다. 잡지가 가져야 할 총체적인 의견 조율과 편집회의라는 것을 거치지 않은, 누군가 한 사람의 시각으로 북 치고 장구 친 개인 잡지였다. 이게 〈시사저널〉인가?

몇 달 전 삼성 관련 기사를 사장이 독단으로 삭제한 사건이 발단이 되어 사쪽과 기자들 사이 편집권을 둘러싼 대립이 몇 달째 이어졌으나 합의점을 찾지 못해 기자들이 최종적으로 파업 선언을 했다. 사쪽은 기다렸다는 듯이 대체인력이랄 것도 없는 인물들을 급조해서 잡지를 만든 것이다.

외환위기가 터졌을 때 〈시사저널〉은 부도가 났다. 사장은 도망가고 기자들은 월급을 못 받았다. 그러면서도 결호 한 번 없이 1년 반을 버텼던 것은 〈시사저널〉의 명예였고 기자들의 자부심이었다. 서른 명의 기자가 열 명으로 줄고 밥을 굶어가면서도 그들은 '시사저널'이라는 이름을 지켰다. 그런 그들이 파업을 선언한 것이다. 편집권은 오롯이 기자들에게 있는 것도 아니고 또한 발행인의 전유물도 아니다. 그것은 함께 가는 것이고 총체적인 것이라고 알고 있다. 그러나 이번 주에 나온 이 잡지는 편집권은 오직 발행인에게만 있다는 사실을 웅변하고 있다.

이 사태를 두고 언론인들이 침묵하는 것이 두렵다. 한국 언론사상 초유의 사건이 발생하고 발행인만의 개인 잡지가 발행되었는데, 언론이 침묵하는 것이 과연 정상적인가? 언제부터인지 우리나라 언론에는 다른 언론사 문제를 언급하지 않는 전통이 생겼다. 공인의 사생활도 공적인 것이 되는 마당에 시사주간지의 내부 사정이라는 것이 〈시사저널〉 한 잡지의 사적인 문제일 수 있는가. 비겁한 동업자의식이고 야합이다. 언론인의 정체성을 부정하는 사태가 왜 기삿거리가 안 되는가. 이 철저한 무관심과 기자들의 침묵이 소름끼친다. 당장 〈시사저널〉을 사 보라. 당신이 기자라면 부들부들 떨리는 경험을 할 것이다.

1974년 동아 · 조선 언론사태 때 수십, 수백 명에 이르는 기자들을 내쫓고도 신문은 나왔다. 그때부터 기자들의 몸조심이 시작되었고 언론사주들의 노하우도 생겼다. 기자 길들이기가 시작되고 기자들은 고급 월급쟁이에 만족하면서 자사 이기주의에 빠지기 시작했다. 그때 한국 언론은 돌아오지 못할 다리를 건넜다고 나는 본다. 지금 그 다리를 통째로 잘라낸 사건이 발생했는데도 침묵하는 언론, 권력으로부터 자유로워진 대신 자본에 종속되는 것을 당연하게 생각하는 언론……. 언론인임이 부끄럽다.

2007/01

# 12월 19일자 〈조선일보〉 사설

이번 대통령선거에서 패배한 것은 한나라당이고 이회창 후보다. 그러나 진짜 참담한 패배를 한 것은 아마도 〈조선일보〉로 대표되는 수구언론일 것이다. 조중동이 노무현 후보를 떨어뜨리고 이회창 후보를 당선시키기 위해 팬티까지 벗고 뛰었고 마지막에는 못 보여줄 꼴까지 보였는데도 노무현 후보가 당선되었으니 말이다. 그 가운데 백미는 선거일 아침 〈조선일보〉 사설이다. 이미 본 사람들도 많고, 한국 언론사에 길이 남을 사설이라며 오려놓은 사람들도 있고, 인터넷을 통해 지구촌을 여러 바퀴 돌았을 테지만 못 읽은 사람들을 위해 옮겨본다. 제목은 '정몽준, 노무현 버렸다'이다.

16대 대통령선거의 코미디 대상은 단연 '노무현 · 정몽준 후보단일화'다. 선거운동 시작 직전, 동서고금을 통해 유례가 없는 여론조사로 후보단일화에 합의하고, 선거운동 마감 하루 전까지 공조유세를 펼치다가, 투표를 7시간 앞둔 상황에서 정씨가 후보단일화를 철회했다. 이로써 대선정국은

> 180도 뒤집어졌다. …… 어쩔 수 없이 벌어진 급격한 상황 변화 앞에서 우리 유권자들의 선택은 자명하다. 지금까지의 판단 기준 전체를 처음부터 다시 뒤집는 것이다. …… 오늘 하루 전국의 유권자들은 새로운 출발을 기약하며 투표소로 향할 것이다. 지금 시점에서 분명한 것은 후보단일화에 합의했고 유세를 함께 다니면서 노무현 후보의 손을 들어줬던 정몽준 씨마저 노 후보는 곤란하다고 판단한 상황이다. 이제 최종 선택은 유권자들의 몫이다.

단일화 이후 노 후보의 지지율은 모든 조사에서 최대 11퍼센트까지 앞섰다. 북핵 위협에도 끄떡하지 않던 노 후보의 지지도는 행정수도 이전 문제가 불거지면서 떨어졌다. 〈조선일보〉가 수도권 땅값이 떨어지고 서울이 공동화할 것이라고 최후의 일격을 가했기 때문이다. 다음 날부터 격차가 줄어들어 최하 2퍼센트까지 좁혀졌다. 그러나 선거일 3~4일 전부터 격차는 다시 벌어져 5퍼센트 정도로 굳어졌다. 역전의 기미는 보이지 않았다.

그런데 한밤에 정몽준 씨가 노 후보 지지 철회를 발표했다. 〈조선일보〉는 이것이야말로 진짜 최후의 일격이라고 믿고 이제까지 쓰고 있던 불편부당이라는 가면을 과감히 벗어던졌다. 노무현 떨어뜨리기 확인 사살에 들어갔다. 한밤에 사설을 바꾸어 쓴 것이다. 정몽준마저 노무현을 버렸는데 유권자 여러분은 이제 판단 기준을 180도 뒤집어야 한다며 '뒤집기'라는 단어를 두 번씩이나 쓰면서 뒤집기를 독려한 것이다.

이회창 후보와 한나라당은 〈조선일보〉로 대표되는 수구언론을 교과서로 삼았다. 그들이 주장하고 지시하는 대로 춤추었다. 월드컵이나 촛불

시위 때 나타난 인터넷과 네티즌들의 힘을 과소평가했던 탓이다. 수구언론이 한나라당이 좋아서라기보다 자신들의 언론권력을 영원히 휘두르기 위해서라는 사실에 짐짓 눈감았던 한나라당이나 이회창 후보도 그런 점에서 조중동 등 수구언론의 희생자이다. 그러나 가장 큰 희생자는 국민이다.

이번 선거 기간 동안 많은 가정에서 세대 간에 심각한 갈등을 겪었다. 동료, 친지, 동창 들 사이에 서로 말이 안 되는 상대라며 등을 돌린 경우도 많았다. 그 원인은 바로 수구언론에 있다. 인터넷이 무엇인지 모르고 세상 돌아가는 일을 오로지 수구언론을 통해서만 판단하는 층 가운데 선거 결과를 놓고 망연자실해하는 사람들이 있다. 오랜 세월 절대권력으로 군림하면서 보아야 할 것을 못 보게 하고 들을 것을 제대로 듣지 못하게 한 조중동 등 수구언론은 국민들 사이에 메우지 못할 간극을 만들어놓았다. 대선에서 참패한 수구언론이 환골탈태할 수 있을는지…….

2002/12

# 너, 한겨레에 아직 있냐?

한 친구가 오랜만에 전화를 했다. "너, 아직 한겨레에 있냐?" 언론사 세무조사 결과를 보니 월급도 영향력도 변변찮을 것 같은 '작은 신문사'에 왜 있냐는 것이다. 그래서 〈조선일보〉의 김대중 칼럼 '너, 조선일보에 아직 있냐'를 보았냐고 되물었다. '천하의' 김대중 주필도 36년간의 기자생활에서 기사가 본의 아니게 고쳐지거나 햇볕을 못 본 경우도 있다고 하지 않았느냐. 그렇지만 나는 〈한겨레〉 창간 이래 한 번도 기사가 본의 아니게 고쳐지거나 햇볕을 못 본 적이 없다고 대답했다. 〈조선일보〉에서 해직되지 않았으면 내 기사가 본의 아니게 고쳐지고 햇볕을 못 보는 것을 감수해야 했을까.

기자는 항상 자기검열을 하며 글을 써야 한다. 그렇다고 위축되거나 주눅 들 이유가 없다. 글로 밥을 먹고 사는 사람은 매 순간 엄격한 자기검열이 필요하기 때문이다. 언론인은 각종 권력에 비판적인 시각을 유지하는 것이 직업윤리다 보니 자칫 잘못 판단하면 치명적인 잘못을 범한다. 또 10년 전에 쓴 글과 지금 쓰고 있는 글의 상관관계가 어떻게 되는지, 지금 쓰고 있는 글이 10년 뒤에도 올바른 방향을 향하고 있을지에 대한 물음을 끊임없이 자신에게 던져야 한다. 내 주장이 사회의 정의와 민족의 이익, 또는 인류 보편의 가치관과 부합하는지를 점검하면서 글을 쓰는 것이 언론인의 본분이다. 권력이나 외부 압력 때문이 아니라 사회적 공기인 언론에 글을 쓰는 특권을 가진 사람으로서의 책임감 때문일 것이다.

김대중 주필은 기자 생활에서 처음으로 언론자유의 위축을 느끼고 자기검열을 한다고 고백하고 있다. 세무조사가 진행되니까 자신이 몸담고 있는 언론사가 불이익을 당할까봐 마음대로 글을 쓸 수 없었는데 이왕 세금을 맞고 보니 마음이 편해서 이제 오랜만에 하고 싶은 말을 하겠다는 것이다. 신문사와 자신, 사주와 주필의 동일시. 이것이 그동안 한국 언론과 언론인의 실상이었다는 사실을 확인시켜 준 고백이 아닐 수 없다. 나는 그 말이 언론인으로서 할 수 있는 고백은 아니라고 생각한다. 특히 권력으로부터 누군가를 글을 쓰는 자리가 아닌 곳에 배치하면 세무조사를 살살 해주겠다는 언질이 있었다는 대목도 사실 여부를 떠나 언론인으로서 할 말이 아니라고 생각한다.

내가 들은 이야기는 좀 다르다. 언론계와 지식인 사회에 무성하게 나도는 소문 좀 이야기하자. 몇 해 전 조선일보사 사장이 세대교체되면서 김대중 주필도 바뀔 것이라는 소문이 났다. 젊은 기자들 사이에 그의 논조에 염증을 내는 경향이 많다는 것이었다. 또 세무조사가 있기 전부터 〈조선일보〉가 이 사회의 영향력 있는 사람들을 상대로 한 여론조사에서, 안티조선에 대해 어떻게 생각하느냐, 〈조선일보〉가 기고나 인터뷰 요청을 하면 응할 거냐는 식의 전화 조사를 한 것은 널리 알려진 사실이다. 수요자의 요구가 바뀌면 신문도 바뀌어야 하기 때문에 여론조사를 한다는 것이었다. 그래서 이러한 소문은 설득력이 있었다. 그러나 언론사 세무조사가 시작되자 김대중 주필이 바뀌면 오비이락이 될까봐 그렇게 못한다는 이야기가 설득력 있게 나돌았다. 언론사 세무사찰이 김 주필을 살려주었으며, 그로 인해 어떤 기자들은 펜을 들고 망연자실하게 하늘을 쳐다보고 있다던가.

나는 공정위가 발표한 〈한겨레〉의 부당내부거래 과징금이 〈조선일보〉 한 지국의 과징금보다 적은 그 궁핍이 가슴 아프다. 매출은 큰 신문사의 5분의 1도 안 되면서 월급은 적어도 반 정도는 주어야 하는 〈한겨레〉는 재벌 언론에 비하면 구멍가게나 다름없다.

친구야, 내가 왜 〈한겨레〉에 있냐고? 영국의 리버풀 공항이 존 레넌 공항으로 명명되고 새 로고에 이매진의 한 구절 '우리 위에는 오직 하늘'이 새겨진다고 한다. 베트남 전쟁을 반대해 미국 비자가 거부되었던 존 레넌 같은 평화주의자의 이름을 따서 공항 이름을 붙이는 그런 세상을 이 땅에 만드는 것은 〈한겨레〉에서만이 가능하다고 믿기 때문이란다.

2001/07

# 끝나지 않은
# 유신 시대

9월 22일, 그러니까 오늘 오후 7시 서울 삼청동 출판문화회관에서 뜻깊은 출판기념회가 열린다. 조선자유언론수호투쟁위원회, 짧게는 조선투위로 불려온 한 언론 단체가 유신 이후 18년 동안 이 땅에서 벌어진 어두운 역사와 또 그것과 맞물려 있는 언론사의 이면을 정리한 자료집 『자유언론, 내릴 수 없는 깃발』을 펴낸 것이다.

무엇이 저들을 홍안의 청년에서 백발이 성성한 중늙은이가 되도록 자유언론의 깃발 아래 서성이게 하고도 아직 그 깃발을 내릴 수 없게 만들고 있는 것일까.

1975년 3월 무슨 일이 벌어졌는가. 3·6 사태라 불리는, 32명의 기자 해고 조처를 14년이 지난 1989년 〈조선일보〉 노조는 이렇게 정리했다. "3·6 운동은 언론을 장악하려는 권력에 대한 기자들의 결연한 저항운동이며, 기업 생존의 논리에 경도될 수밖에 없는 회사의 논리와 이를 조장한 권력의 부당한 압력을 거부하고자 한 기자들의 투쟁이다." 세월이 흘러 해고된 32명 선배 기자들의 얼굴 한 번 본 적이 없는 조선일보사의 후배 기자들은 조선일보사 쪽에 "32명의 기자들을 해고한 회사 쪽의 조치가 잘못된 것임을 인정하고 지면을 통해 국민에게 진상을 공표할 것"을 요구했다.

책은 이렇게 쓰고 있다. 1972년 10월, 당시 박정희 대통령이 비상계엄을 선포하여 국회를 해산하고 정당과 정치 활동을 정지시킴으로써 유신의 발판을 마련했다. 곧바로 신문협회는 "이 조처가 자유민주주의의 토양을 굳건하게 닦는 일대 혁신 조치임을 확신하고 적극 지지하기로 결의"한다. 1974년 10월, 정부는 각 신문사 편집국장과 방송국장을 소집해 "(1) 데모, 휴강, 개강 등 학원 내의 움직임을 일체 보도하지 말 것, (2) 종교계의 민권운동을 보도하지 말 것, (3) 월남에서 일어나는 반독재 · 반티우 운동을 취급하지 말 것, (4) 연탄 기근 문제 등 사회불안을 조성할 우려가 있는 기사를 취급하지 말 것"을 지시한다. 유신이 선포되자 군인들이 삼엄하게 지키는 시청에 마련된 검열실에서 물 묻은 대장을 들고 광화문 지하도를 오르내리며 느꼈던 굴욕이 체념으로 굳어지려는 순간 터져 나온 보도지침은 기자들의 분노에 불을 붙여 전 언론계에 자유언론실천운동을 촉발, 확산시켰다. 그 뒤 언론자유를 외치는 기자들의 해고를 통해 언론은 권력과 타협하고, 동아투위와 조선투위라는 이름의 단체가 결성됐다.

하루아침에 거리에 내몰리고 기자의 길을 봉쇄당한 해직기자들을 조선일보사는 외부 세력과 연계해서 회사 문을 닫게 하려는 해사 행위자로 규정하면서도 정권이 바뀔 때마다 어김없이 화해의 몸짓을 보내왔다.

80년 봄과 89년, 그리고 김영삼 정부가 들어선 올봄, 꼭 이렇게 세 번이었다. '문민정부'가 들어서자 조선일보사는 이제까지와 달리 적극적으로 3 · 6 사태 해결의 움직임을 보였다. 그러나 그들은 조선투위의 원상 회복 요구와 18년 전 기자 해고에 대한 지면 사과 요구를 거부하는 대신 거금의 배상을 제의했다. 스스로 잘못한 것이 없다고 하면서도 그들은 배상금을 주겠다고 했다. 투위를 해체하고 이제 입을 다물라는 뜻으로 거금을 주겠다니 조선투위 32명을 뇌물성 촌지를 집어삼키는 부패기자로 알았단 말인가.

그동안 〈조선일보〉 편집국 간부 4명이 현직을 떠나자마자 곧 정계에 입문했다. 그리고 이번 봄, 〈조선일보〉는 김영삼 정부와도 곧 밀월관계가 유지될 확신을 얻었음인지 3·6사태 해결을 흐지부지 미뤄버렸다. 얼마 전까지 자신의 신문사에서 편집국장을 하던 사람이 곧바로 '문민정부'의 정무수석이 되었으니 그 신문사로서도 두려울 것이 없었을 것이다.

그러나 오늘, 조선투위 32명은 18년 자료집 출판기념회에 당신들을 초대한다. 한때 다정하게 소주잔을 나누었던 사주와 1975년 3월 얼싸안고 자유언론을 외치던 동료들을. 그리고 그 이름은 알지만 얼굴을 알 수 없는 후배 기자들을. 각자 생업에서 쫓겨나 비록 펜은 빼앗겼으나 고생 끝에 각 분야에서 웬만한 성공을 거둔 그대들의 선배들을 이제 한번 만나봐야 하지 않겠는가. 그리고 며느리와 손자를 볼 나이에 '자유언론의 깃발' 아래 모여 백발이 성성한 머리에 띠를 두르고 두 주먹을 불끈 쥐며 "자유언론"을 외치는 선배들의 모습을 기억해야 하지 않겠는가.

1993/09

# 죽을 때까지
# 여러분에게 배우겠습니다

초등학교 때 장래 꿈이 무엇인가 써넣는 난에 '신문사 논설위원'이라고 쓴 적이 있습니다. 담임선생님이 불러서 기특하다고 해주셨던 기억이 납니다. 당시 남자 아이들은 대부분 대통령, 장군, 과학자 이렇게 쓰고 여자 아이들은 교사, 간호사 아니면 대부분이 현모양처라고 쓸 때였으니까요. 내가 자랄 때는 읽을 것이 별로 없어서 신문이 가장 좋은 읽을 거리였어요. 특히 연재소설이 재미있었지요. 신문이 배달되면 당연히 아버지께 갖다드려야 하는데 저는 연재소설 스토리가 어떻게 전개되나 궁금해서 아침에 문간에서 신문이 배달되기를 기다렸지요. 아버지가 일어나셔서 신문 가져오너라 하면 내가 얼른 갖다드렸어요. 그러면서 아마도 톱기사 같은 거 보며 오늘 무슨 기사 나왔다 하면 아버지가 저를 아주 신통하게 여겼습니다. 한자가 많이 섞여 있는데도 제가 기사를 잘 읽으니까 누우셔서 저보고 매일 사설을 읽어달라고 하셨습니다. 모르는 한자가 나오면 물어봐가며 읽었지요. 사설이 굉장히 중요한 것이라는 것을 알았습니다. 아버지가 사설을 제일 먼저 읽으셨으니까요. 사설을 누가 쓰는 것인가 여쭈었더니 논설위원이 쓰는 거라고 하셨어요. 그래서 논설위원이 아주 중요한 자리구나 싶어서 아마도 논설위원 되는 꿈을 키웠던 것 같습니다.

1993년에 논설위원이 되었을 때 저는 사람이 이래도 되는 건가 싶었습니다. 그때가 마흔다섯 살 땐데 아니 사람이 나이 마흔다섯에 꿈을 이뤄도 되는 건가 싶었거든요. 그럼 다음은 무얼 하지? 그랬습니다. 다음은 생각해본 적이 없기 때문에 그냥 그렇게 있다가 회사를 나오는 거다 생각했지요. 오래 살다 보니 논설주간이라는 뜻하지 않은 자리에 앉게 되었습니다. 인생에서 전혀 예상치 못했던 자리입니다. 당연히 이런 잔치도 전혀 예상치 못했던 것입니다. 평소에 후배들에게 내가 정년퇴직할 때 크게 잔치해달라고 반강제로 부탁했었는데 오늘이 바로 그 비슷한 자리가 될 것 같군요.

저는 평생 줄반장도 안 했던 사람인데 인생 말년에 막중한 자리를 맡았습니다. 논설주간을 하라고 했을 때 젊은 사람을 시켜야 한다고 거절했습니다. 두 번, 세 번이요. 그런데 결정적으로 받아들이게 된 것은 실은 여기 계신 여러분, 그리고 또 많은 언론사 후배들 얼굴이 어른거려서였습니다. 내가 안 했다는 것을 알면 여러분한테 맞아 죽을 것 같아서였습니다. 그리고 우리 사회에서 여성에게 공적인 자리가 주어지는 것은 어찌 보면 그냥 개인에게 주는 것이 아니라 여성 아무개에게 준다는 의미가 크다는 것을 알았습니다. 본인은 그렇게 생각하지 않는다 해도 세상 사람들이 또 여자들이 그렇게 생각하게 마련입니다. 남자들이 어떤 자리에 앉으면 그냥 마땅한 일이지 이례적인 일이 되지는 않지요. 따라서 여자에게 어떤 자리 제의가 왔을 때 그것이 자신이 하던 일과 상당히 동떨어진 것이 아니라면 개인적인 이유로 그 자리를 받아들이지 않을 권리가 없는 것이라는 의미도

됩니다. 그렇게 나 자신을 납득시키고 논설주간이 되었지요.

제가 진정으로 제 자신이 여성이라는 것을 인식하고 여성 문제의 중요성을 안 것은 〈한겨레〉에 들어와서입니다. 저는 여자 많은 집에서 태어나 여자로서 차별받은 적이 없고 여자도 자신만 똑똑하면 무엇이든지 할 수 있다고 생각했습니다. 올챙이 기자 시절 여성 단체 사람들을 만나보면 지금처럼 젊은 사람들이 아니라 대부분 나이 많은 사람들이었는데 별로 마음에 들지 않았어요. '왜 여자들끼리 모여 다니지, 여성 단체가 왜 필요하지, 남자랑 당당히 대결하면 될 것 아니야?' 싶었어요. 지금 한창 이야기되고 있는 할당제니 하는 소리를 당시에 했다면 어떻게 이런 창피하고 쭈글스런 이야기를 할 수 있느냐고 여성 단체와 여자들을 비판하는 기사를 썼을 거예요. 그럴 정도로 기고만장하던 젊은 시절을 보냈지요.

그런데 〈한겨레〉에 들어와서 부장이 되었을 때 김미경과 조선희, 최보은 등이 나를 으슥한 곳으로 불러냈어요. 왜 야간국장을 안 하냐고요. 당시 여성 부장들은 야간국장을 안 하게 되어 있었지요. 그것은 우리 세대, 우리보다 윗세대 남자들의 배려였지요. 나는 그게 좋아서 당연하게 받아들였는데 이 친구들이 문제 제기를 한 것입니다. 바로 여성 배려라는 것이 오히려 여성들의 잠재력을 꺾고 여성들이 커나갈 길을 막는 것이라며 야간국장을 해야 국장도 하고 뭣도 하고 더 높아지고 그래야 여자 후배들이 바라볼 곳이 있지 않느냐고 따지는 거예요. 얼굴이 화끈거렸지요. 그냥 나 하나 잘되면, 그러니까 부장 하다가 논설위원이 되면 좋고 아니면 말고 이 정도로 내 직장생활을 끝낼 생각이었으니까요. '당신은 그렇다 치고 여자들은 으레 그러다 말고 더 올라갈 곳이 없으면 나가야 하는 거냐, 후배들에게 너희들도 부장 정도 하다가 그냥 관둬라 할 수 있겠느냐', 막 따지는 거예요.

모골이 송연해지고 부끄럽더군요. 그래서 국장에게 말해 야간국장 하겠다고 해서 여성 부장들도 야간국장을 하게 되었지요. 고달팠지만, 그리고 겁이 났지만 해보니까 할 만했습니다. 그래서 그동안 남자들 자리로 인식되었던 출판본부장 하라고 할 때도 정말 자신 없었지만 이 자리를 후배들이 맡을 수 있는 자리로 만들려면 해야겠다 싶어서 했지요. 그건 좋은 경험이었습니다. 백여 명 정도의 조직을 이끌어야 했는데, 남자들이 말하는 리더십이나 조직 장악력이라는 것도 별것 아니더라고요. 저는 그 자리를 맡길 잘했다고 생각합니다. 3년이나 한 사람은 그 전에도 그 후에도 없었으니까요. 그리고 3년을 하고 나니까 우스운 말로 증명할 것은 다 했으니 내가 하고 싶은 논설위원으로 가고 싶더군요. 그래서 논설위원으로 복귀했지요.

어쨌든 〈한겨레〉가 우리 사회에서 차지하는 위치로 볼 때 논설주간 자리는 아주 막중한 자리입니다. 아직은 주간 수습기간이라 생각하고 있습니다. 최선을 다해서 뒤에 다시 여자 후배가 논설주간이 되는 길을 터야 된다는 생각을 하고 있습니다.

〈한겨레〉의 여성 후배들은 고비마다 저를 찾아와 이렇게 하시라 저렇게 하시라 충고해주는 정말로 고마운 후배들입니다. 그리고 저마다 자신이 처한 자리에서 정말 눈물겹도록 훌륭하고 힘들게 일을 하고 있습니다. 그것은 각자 이심전심으로 내가 잘못하면 다음 이 자리는 여자에게 오지 않는다는 그런 뜻이 있는 것이지요. 아마 사회 각 분야에 흩어져 있는 많은 여성들이 다 이러한 각오로 일을 하고 있으리라 믿습니다. 후배들한테 많이 배웠지요. 그리고 후배들에게 부끄러운 선배가 되지 않겠다는 생각을 하다 보니까 여기까지 오게 된 것입니다. 순전히 후배들이 영차영차 밀어서 온 것이지요. 그러니까 이 자리가 사회적으로 의미 있고 여성들에게 의미 있는 자리라면 그것은 순전히 후배들 덕분이라는 것이지요. 〈한겨레〉에 있는 후배들뿐 아니라 〈한겨레〉 밖에 있는 언론사 후배들, 여기 모인 여러 후배들 모두의 힘과 끼가 뭉쳐서 된 것이지요. 정말 눈에 넣어도 안 아픈 후배들입니다. 항상 나 자신을 돌아보고 반성하게 만드는 후배들이지요. 그런데 그 후배들이 또 이런 잔치까지 마련했으니 정말 후배들에게 죽을 때까지 배워야 하겠습니다. 따라서 오늘의 잔치는 저를 위한 자리가 아니라 바로 여기 모인 후배들의 잔치가 되어야 마땅합니다. 여러분, 축하합니다. 저를 축하해줄 것이 아니라 모두 자축하시기 바랍니다.

마지막으로 여성 후배들에게 딱 한마디 제 경험에서 우러나온 충고를 하겠습니다. 잔칫상 받은 값을 해야 하니까요. 여성들이 자기가 맡은 바 일에 몰두하여 최선을 다하다 보면 옆에 있는 일이 어떻게 돌아가는지 잘 모르는 경우가 많습니다. 좀 크게, 길게 보라는 말을 하고 싶습니다. 때에 따라서는 업무 영역이나 조직 인사관리에서 포기할 것은 포기하고 타협할 것은 타협하라는 것입니다. 오늘 양보한 것이 내일 유익하게 돌아올 수 있고 오늘 자신의 입장에서 최선을 다한 것이 나중에 전체의 조화를 이루는 데 저해 요인이 되어 발목을 잡는 일도 있으니까요. 참고하시기 바랍니다.

고맙습니다.

2004/03

# 1등주의의 상처

만약 태어나서부터 기회를 얻지 못하고 나라가 적절하게 대책을 세우지 않아
인생의 길목 길목에서 실의와 좌절을 겪게 될 젊은이들이
더 이상 박수부대는 되지 않겠다면 어쩔 것인가. 후배가 뱉은
"그러니까 세상이 한번 뒤집어져야 해요"라는 말이 칼이 되어 가슴을 후벼 팠다.

# 너희는 박수부대로 살아라

전셋집을 전전할 때는 괴롭지 않았다. 그러나 아이들이 자라면서 전학을 자주 하게 되고, 내 집, 내 고향이라고 추억으로 간직할 곳이 없는 것을 보면서 가슴이 아팠다. 특히 학업 성적이 좋지 않고 집중력이 떨어지는 원인이 잦은 이사 때문이 아닌가 생각하면 자책감은 더욱 커진다. 그래서 좋은 교육 환경은 이미 실패했으니 대신 결혼할 때는 조그만 집이라도 장만해주어야겠다고 했더니 후배들이 펄쩍 뛰었다. "불공평해요. 그럴 능력이 되지 못하는 사람은 어떻게 해요. 적어도 인생의 출발은 공평한 스타트라인에서 해야 되는 것 아니에요?"라며 내가 무슨 악덕 재벌이라도 되는 듯 공격했다. "그래 인생이 불공평한 건지 몰랐니? 너는 머리가 아주 좋잖아. 그리고 너는 미인으로 태어났고, 너는 좋은 환경에서 자랐잖아. 그 모든 것이 세상 살아나가는 데 같은 무게의 불공평 아니니? 우리는 이미 태어날 때부터 불공평한 거야"라고 응수했다.

골프 선수 박지은이 LPGA 첫 승을 거둔 날, 미국에 머물고 있던 그의 아버지는 자신이 경영하는 음식점에 전화를 걸어 음식 값을 받지 말라고 했다. 점심 때부터 오후 다섯 시까지의 음식 값이 4천 5백만 원, 하루 매상이 1억 원은 거뜬히 넘는 대형 기업이다. 우승 상금과 맞먹는 돈을 하루에 벌 수 있으니까 한턱 쓰는 사람이나, 공짜 음식을 먹는 사람이나 부담이 안 가는 아주 기분 좋은 광경이다. 인터뷰에서도 박지은은 아주 능숙하고 거침이 없다. 본인의 능력과 노력도 뛰어났겠지만 일찍이 외국에 나가 학업과 운동을 병행할 수 있도록 뒷받침해준 부모가 있었기 때문에 부자의 여유로움과 좋은 환경에서 자란 사람 특유의 자신감이 배어났다. 시간강사로 서울과 지방의 여러 대학을 뛰는 친구가, "일류 대학에 다니는 아이들은 품행도 좋고 각종 시설이나 행사 등 볼 것, 들을 것이 많은데, 지방대학은 명색이 도서관에 시사주간지, 영화잡지, 복사기 하나 변변한 게 없으니 교육의 부익부 빈익빈 현상을 어이할 거나" 하며 눈물을 짓던 모습이 떠오른다.

과외가 허용되면서 우리 사회는 재주껏 자녀를 '박지은'을 만들라고 부추기는 분위기다. 나라의 기능은 사람이 태어날 때부터 갖게 되는 태생적인 불공정함을, 그러니까 그것이 물질이든 정신이든 육체적인 것이든 사람 사이의 불평등을 교육, 의료 혜택, 세금과 연금 따위 복지 정책으로 완화시켜 사회적 불안이나 빈부 격차, 기회 불균형을 메워주는 노력을 하는 것이라 할 수 있다. 그러나 이런 정책은 점점 발을 붙이지 못하고 능력주의만이 만연해 있다. 그것 봐라, 조기유학만이 길이야. 영어 못하면 언론도 바보 취급하잖아. 탈법, 불법, 편법이면 어때? 성공하면 그런 것은 흉이 되지 않아. 지난 시절 일부 특권층에서만 벌어지던 일이 이제 합법이 됨으로써 이런 분위기는 사회 전반으로 확산되고 있다. 언론도 교육의 수월성이니 영재교육이니 하며 능력 있으면 키워주고 그렇지 못하면 도태하는 것이라고 노골적으로 말하고, 고교입시 부활이니 특수학교니 특별전형이니 어딘가 불공정해 보이는 정책에 힘을 실어준다.

제도교육의 목적은 국민 대다수의 일반적인 교양 수준을 높이는 것이지 몇몇 스타를 키우는 것이 아니다. 몇 해 전인가, 교육개혁에 앞장선 교육부 장관이 텔레비전 방송에 출연해 미국에서 초등학교에 다니는 아들의 교육을 위해 아내와 떨어져 산다고 자랑스럽게 말한 적이 있다. 현역 교육부 장관까지 이 나라의 제도교육을 믿지 못한다고 폭로한 꼴이다.

그렇게 잘 키워진 사회 각 분야의 스타들이 국위도 떨치고 돈도 잘 벌어 잘 먹여 살릴 테니 '너희 능력 없는 사람들은 박수부대로 살아라', 이 말이다. 만약 태어나서부터 기회를 얻지 못하고 나라가 적절하게 대책을 세우지 않아 인생의 길목 길목에서 실의와 좌절을 겪게 될 젊은이들이 더 이상 박수부대는 되지 않겠다면 어쩔 것인가. 후배가 뱉은 "그러니까 세상이 한번 뒤집어져야 해요"라는 말이 칼이 되어 가슴을 후벼 팠다.

2000/06

# 150점 이상을 위한 사회

올해 대학수학능력시험에서 160점(2백 점 만점) 넘게 받은 학생은 6천 명이다. 150점 이상을 받은 수험생은 1만 8천여 명이다. 수능시험을 본 학생은 재수생을 포함해 80만 명에 이른다. 올해 4년제 대학과 전문대 등 대학이란 이름이 붙은 곳의 입학 정원은 모두 50여만 명이다. 서울에 있는 대학의 정원은 15만 명가량이며, 수능 성적 15만등 정도의 점수는 115점이다. 그러니까 115점이면 서울에 있는 4년제 대학에, 그리고 백 점 정도면 30만등쯤 되니까 기타 4년제 대학에, 80점은 50만등 정도니까 전문대에 갈 수 있다는 셈이 나온다.

대학입시와 관련한 매스컴이나 학부모들의 관심은 주로 전체 수험생의 3퍼센트에 불과한 고득점자와 그들의 진로, 그들이 갈 수 있는 학교에만 쏠려 있다. 고득점자 2만여 명이 갈 수 있는 서울대와 연고대, 기타 몇몇 의대와 공대, 법대 등 소위 상위권대 인기학과에만 초점을 맞추고 있다. 대학입시가 고득점자 2만 명이 선택할 수 있는 상위권 대학과 그다음 3만 명이 가는 중위권 대학 입학에 관심이 쏠리는 동안 나머지 75만 명은 모두

갈 바를 몰라 허둥거리고 있다. 자녀가 유치원에 다니는 학부모들도 아이가 좋은 대학에 가려면 150점 이상은 받아야 하는구나, 라고 생각하게 한다. 대부분의 아이들이 나머지 75만 명에 드는 것이 당연한데도 목표치를 3퍼센트에 맞추는 기대를 갖게 만드는 것이 현실이다.

올해 수능시험의 평균 점수는 92점이고, 4년제 대학에 갈 수 있는 30만등은 백 점 정도다. 이것이 한 해 줄잡아 20조 원에 이른다는 사교육비를 쓰면서, 결혼 뒤 자식을 낳아 오직 대학에 들여보내기 위해 30,40대가 허리띠를 졸라매며 희생한 결과로 나온 점수의 평균인 것이다. 보통 부모들의 관심은 150점을 받아 서울대로 보내느냐 연고대로 보내느냐에 있지 않고 전문대라도 갈 수 있느냐, 아니면 수도권의 대학에 보낼 방법이 없는가, 그도 아니면 내 아이를 받아줄 대학이 이 나라 어딘가에 없을까 하는 데 있다.

한 학부모는 3년 동안 아들이 새벽밥을 먹고 학교에 가고, 수업이 끝나면 미술학원에 가서 밤 1시에야 들어오는 등 입시 준비에 열성을 다했지만 성적이 백 점이 안 나왔다고 한다. 서울의 대학에는 지원할 수 없어서 충청도와 전라도, 경상도에 있는 대학 세 곳에 원서를 넣었다고 한다. 서울에서 나서 서울에서 자란 아이를 받아줄 대학이 없어서 비행기와 버스를 타고 가 세 곳에 원서를 내고, 다시 일주일 지나 실기시험을 치르러 보낼 것에 대비해 묵을 곳을 정해놓았다는 것이다. 명문대를 나온 또 다른 학부모는 딸의 입시를 위해 평생 처음 가보는 고장에 가서 호텔방을 정하고 하룻밤을 지냈다. 날씨는 왜 그렇게 추운지 창 밖의 얼어붙은 하늘에 휜하게 뜬 달을 바라보며 허허벌판에 건물만 덩그렇게 서 있는 학교에서 딸이 4년을 보낸다고 생각하니 눈물이 나오더라고 한다. "서울에 있는 대학에 못 들어가면 지방대에, 그것도 안 되면 전문대에, 그것도 어려우면 학원에 보내서 기술이나 가르치지요." 태연한 얼굴로 말하는 학부모도 유치원 때부터 자녀를 4년제 대학에 보내기 위해 희생을 한 것은 마찬가지다.

평소에 자녀의 적성에 따라 전공을 선택해야 한다는 지론을 갖고 있던 부모도 자신의 생각과는 다르게 토목공학과와 의예과, 전산학과 등 지원 가능 학과를 조립해놓고 기막혀했다. 자녀의 적성이나 관심과는 무관하게 점수에 맞추어 신학과와 영어과, 법과라는 즉흥적인 선택을 원서 마감날 하고 마는 것이 현실이며, 보통 학부모들이 최근 겪은 상황이다.

우리 사회에서 고등학교를 졸업하고 12년간의 교육을 마친 전체 학생의 평균 점수가 92점이고, 이 평균 점수를 가지고는 하위권 전문대밖에 못 간다는 엄연한 현실을 우리는 직시해야 한다. 175점을 받아야 서울대 법학과에 진학한다는 신문의 머리기사에 어떤 학부모가 절실한 감정을 맛볼 수 있을까.

고교를 졸업하고 대학에 진학하지 못하는 30~40만 명의 청소년, 그리고 20여만 명의 전문대 입학자가 우리 자녀들의 평균치이다. 이 평균치를 위한 교육 정책, 진학지도, 직업훈련들에 이제 관심을 돌려야 한다. 이 나라의 교육 제도가 3퍼센트의 아이들을 위해 존재하는 동안, 수능 성적 80점에서 백 점까지의 청소년들과 80점도 받지 못한 30만 명에 대한 배려는 실종되어버린 것이다.

진정한 민주사회라면 이들이 각자 행복하고 쓸모 있는 시민으로 성장하도록 도와주는 교육 정책을 세워야 한다고, 입시로 인해 목이 타는 듯한 심정을 맛본 보통의 학부모들이 목청을 높여야만 한다.

1996/01

# 수능 350점 이하만 읽을 것

출근길 라디오에서 어떤 학생이 자신은 350점(4백 점 만점)만 받으면 될 줄 알았는데 개나 소도 350점을 넘어 수능시험이 변별력이 없다고 한탄을 하고 진행자도 개탄을 했다. 재수를 한 내 둘째 아들은 개나 소도 받는다는 350점도 못 됐지만 특차에 합격했다. 아들은 자기 점수면 어디 어디도 응시할 수 있었는데, 라는 서운함이 있었는지 불만이다. 몇 점이면 어느 대학 어느 학과라는 딱지가 붙어 있는데 부모가 이 대학 너무 좋다며 유도하여 자신의 점수보다 남들이 낮게 볼까 쪽이 팔린다는 것일 게다.

전화번호부처럼 두꺼운 대입지원자료집을 샅샅이 살펴보니 내가 입시생이라면 가고 싶은 학과가 많았다. 원예학과, 고고미술학과, 도시환경학과, 그리고 지역별 전문가 양성학과도 장래성이 있어 보였고 그밖에 흥미롭고 다양한 학과들이 있었다. 이것도 하고 싶고 저것도 하고 싶을 것 같았다. 그러나 아들은 의외로 학과보다는 학교의 간판을 더욱 중요시했다. 아무대 경주캠퍼스에 고고미술학과라는 곳이 장래성이 있어 보인다, 경주에서 공부할 수 있는 것은 축복이다, 라고 아들 덕에 주말마다 경주에 내려 갈 꿈을 꾸며 구슬렀으나 점수표와 맞추어보더니 고개를 저었다. 강원도 무슨 대학 원예학과는 어떠냐, 인터넷 세상에서 살아남는 직업은 원예사와 요리사란다, 장학금 받고 공부하다가 원예학이 성에 안 차면 조경학, 농촌 환경, 도시환경도 공부하고 너 하기에 따라 건축가도 될 수 있다 해도 고개를 흔들었다. 성남에 있는 이 전문대는 교수진도 시설도 국내 최고다, 거기 가자 해도 아니란다. 내 취향과 사고방식을 아이에게 강요할 수 없어 더 이상 우길 수는 없었다.

그러나 내 아이나 남의 아이나 우리 사회의 왜곡된 고정관념을 그대로 답습하고 있는 것을 보는 것은 고통스런 일이었다. 12년 동안 대학 못 가면 인생 끝장이고 학벌이 인생을 좌우한다는 생각을 강요받고 공부를 잘 못하는 학생은 죄인처럼 닦달을 해 모두들 기가 꺾여 모두 푹 주눅이 들어 있다. 언론은 또 어떤가. 수능 성적이 370～380점이 안 되면 열외로 치면서 수능이 변별력이 없어져서 온 국민이 불안해한다고 말한다. 무책임하고 자기중심적에다 계급주의적인 발상이다. 390점짜리가 갈 대학이 없겠는가. 웬 걱정인가. 그들은 노른자위로만 골라 가야 할 특혜 받은 국민인가. 변별력이 없어서 가고 싶은 대학을 못 찾는 사람들은 그들끼리 박 터지게 싸우고 박 터지게 출세하라 하자.

수능시험 3백 점이면 갈 만한 대학이 전국에 널려 있다. 3백 점이 안 돼도 갈 대학은 많고 전문대학에는 실용적인 공부를 가르치고 취업도 잘되는 학과들도 숱하다. 사실 명문대엔 늙고 새것을 받아들이기 싫어하는 권위주의적인 교수들이 버티고 앉아 새로운 학문의 피가 수혈되지 않는다. 예능계의 경우 1년 내내 얼굴 한 번 내밀지 않는 교수투성이다. 전문대나 지방대, 신생대를 살펴보면 젊고 짱짱한 교수들이 정열과 패기로 가르치는 곳이 꽤 있다.

대학에 떨어지면 또 어떤가. 1년의 등록금을 미리 가불해 1년 동안 세계를 배낭여행하는 것이다. 찌들었던 청소년기를 벗어나 자유를 만끽하고 돌아와 그때 천천히 장래를 생각해도 늦지 않을 것이다. 이와 관련해 남학생들의 병역 문제는 반드시 개선할 필요가 있다. 대학생이나 유학생에게만 병역 연기를 해주는 것은 명백한 차별이다. 고졸 남학생도 몇 년 정도 연기될 수 있어야 한다. 우리나라 고위 공직자의 신고된 평균 재산이 15억 원이다. 그런 층에 의해 만들어진 교육·병무 정책이 그런 층에게만 특혜를 주는 것은 부당하다.

비밀 과외도 하지 않고 서류 조작도 하지 않고 과외비로 부모 허리를 휘게도 하지 않고 떳떳하게 얻은 성적이다. 자신의 점수에 자부심을 갖자. 380~390점짜리들이 올려다보는 1점과 2점을 다투는 좁은 세상보다 더 크고 더 넓은 사고방식으로 살 수 있는 것이 바로 350점 이하들이라고 자신감을 갖고 기를 펴고 살아야 할 일이다.

2000/12

# '공상가'가 직업이 되는 세상

장정일이 소설가로 데뷔했을 때 이런 글을 쓴 적이 있다. 동사무소 같은 곳에 말단으로 취직하여 하루 여덟 시간만 일을 해 생계를 유지하고 나머지 시간은 읽고 싶은 책 마음껏 읽고, 좋아하는 재즈를 실컷 들으면서 사는 생활을 꿈꾸었다는 것이다. 좋아하고 행복감을 느끼는 일만 하고 살아도 인생 백 년이 모자랄 것 같아서였다고.

최근 젊은이들 가운데는 최소한도의 수입만 보장된다면 월급은 아무래도 좋다며 장래가 불투명한 직장에 들어가거나, 최소한도의 생계를 위해 부업 정도에 지나지 않는 일을 하고 나머지 시간은 자신이 좋아하는 일만 하고 사는 층들이 늘어나고 있다. 안정된 생활, 직업적인 성공을 위해 평생을 온갖 스트레스를 받으며 살아온 나이 든 세대들에겐 자신의 자녀들이기도 한 이런 젊은이들이 도무지 이해되지 않을뿐더러 무책임하게 여겨진다. 이들의 특징은 결혼에 대해 회의적이고 자녀를 낳는 일에는 더욱더 머리를 흔든다는 점이다. 먹을 것 못 먹고 즐길 것 못 즐기고 자녀들의 성공을 위해 희생해온 부모들에게 이들은 엄청난 배신을 '때리고' 있는 것이다. 물론 한편에선 부모 세대들의 가치관에 따라 출세와 성공, 안정된 보수가 있는 직종에 진출하기 위해 맹렬히 경쟁하고 있는 젊은 층들이 없는 것은 아니다. 그러나 일찌감치 성공이나 출세의 티켓이 보장되는 열차에 타기를 거부하거나 그 열차에서 내려오기로 결심한 친구들은 쿨하게 아주 쿨하게 그런 층들을 불쌍해한다. '호랑이는 죽어서 가죽을 남기고 사람은 이름을 남긴다'는 격언을 귀에 못이 박이도록 들어온 부모 세대들로선 "출세, 성공? 그거 좋지. 그런데 그런 거 당신들이나 하슈, 나는 처질 테니" 하며 버젓한 직업 없이 표류하면서 이름은커녕 가족조차 남길 생각이 없는 젊은이들이 한심하다면 한심할 것이다.

월급 2백만 원 이상을 받으며 잘 나가던 아들이 어느 날 사표를 내고 영화사 홍보요원으로 취직했단다. 말단이다. 월급은 겨우 차비와 점심값 정도. 그래도 행복하단다. 국내 유수의 대학을 졸업한 딸이 외국 요리학교를 졸업하고 돌아와 취직한 곳에서 아침부터 저녁까지 파만 썰고 있어도 행복하다고 한다. 유학 가서 박사학위를 받고 돌아와 시간강사를 하다가 용단을 내려 식품점 주인이 된 아들을 보는 부모의 심정은 어떨까. 이런 일은 비일비재하다.

21세기의 대표적인 문화적 코드로 떠오른 것이 신유목민 세대이다. 이들은 유목민처럼 정규직을 거부하고 주거도 직업도 일정하지 않게 떠돈다. 가족도 때에 따라 변한다. 동성이든 이성이든 나이 차가 있든 없든 뜻이 맞는 친구들과 함께, 혹은 혼자 떠돌며 가변적인 삶을 산다. 직업이란 단순히 생계를 유지하기 위한 수단만은 아니었다. 그것을 통해 사회적 관계를 갖고 소속감을 느끼며 안정감을 갖는 수단이기도 했다. 그러나 인터넷의 발달로 노트북 하나만 있으면 세계 어느 나라에서도 소통이 가능하며 각종 커뮤니

티를 통해 소속감을 느낄 수 있게 되었다. 출세니 성공이니 가족적 부담이니 하는 단어들이 존재하지 않는 해방구에서 자유롭고 창조적으로 사는 군상들이 세계적으로 늘고 있는 것이다. 이런 현상은 우리나라도 예외가 아니어서 최소한도의 돈만 벌고 즐기며 살겠다는 세대들이 이에 속한다 할 수 있다. 몇 년 전 젊은이들이 벌이는 문화 이벤트에 갔더니 어떤 친구가 '공상가'라고 씌어진 명함을 주었다. 공상가도 직업인가 했었는데 그 친구는 밴드도 하고 문화 이벤트도 벌이고 글도 쓰고 하더니 요즈음 어떤 라디오 프로그램에 '공상가'라는 직함을 달고 고정패널로 출연하고 있다. 전형적인 유목민 세대이다.

만혼, 독신 가정, 무자녀 가정 등으로 출산율이 줄어들고 있는 것은 이러한 유목민 세대 출연의 전조였다 할 수 있다. 모든 부모가, 모든 학교가, 모든 국가기관이 경쟁사회를 향해 뛰라고 뛰라고 독려를 해도 뛰지 않는 세대들이 있다는 것이 앞으로 우리 사회에 어떤 변화를 가져올지는 아무도 모른다. 분명한 것은 부모 세대의 경직된 직업관과 인생관, 진학 교육에 매달려 있는 우리나라의 교육 현실로는 도저히 이들을 감당할 수 없으리라는 사실이다.

2003/9

# 영어만 잘하면?
# …… 아니지요

아침 신문 1면에 대문짝만 한 광고가 나왔다. "여보, 옆집 애는 어학연수 간다는데……"라는 문구를 보고 어학연수기관 선전인 줄 알았더니 그게 아니었다. 도지사로 출마한 후보의 선거공약 광고였다. 유권자의 최대 관심사가 자녀 교육이고, 그중에서도 영어 교육이라며 외국인과 함께 영어로만 생활하는 '영어마을'을 만들어 '영어 일등도'가 되도록 하겠다는 것이다.

광고를 보고 있자니 초등학교 때 일이 생각난다. 필리핀이 미국의 쉰 몇 번째 주가 되기 위해 국민투표를 실시한다는 이야기를 들은 반 아이들이 논쟁을 벌였다. 우리보다 훨씬 잘사는 필리핀이 초콜릿과 빨락 종이에 쌓인 형형색색의 사탕으로 상징되던 '지상천국 미국'의 주로 편입되고 싶어 하는데 우리나라도 빨리 그래야만 한다는 쪽과, 미국의 한 주가 되면 영어도 잘하고 맛있는 것도 실컷 먹을 수 있겠지만 얼굴이 백인처럼 하얗게 되는 것이 아니기 때문에 한국 사람 티가 나서 진짜 미국인은 될 수 없다는 쪽으로 편이 나뉘었다. 국민투표가 진짜 있었는지 해외토픽에 소개된 우스

개였는지는 확인하지 못했지만, 필리핀 하면 나는 항상 미국의 주가 되고 싶어 한 나라로 기억한다. 당시 아시아에서 가장 잘사는 나라였고 영어가 공용어인 필리핀은 그 뒤 영어 잘하는 대학 출신 가정부를 해외에 수출하는 아시아의 빈국이 되었다.

영어가 미국 언어일 뿐만 아니라 세계에서 널리 쓰인다는 걸 모르지 않는다. 영어가 밥 먹여주냐는 말은 괜한 소리고 영어로 밥 먹고 사는 사람도 많다. 그러나 영어를 잘하는 것은 다른 것을 잘할 때 필요한 것이지 영어만 잘해서는 무엇도 될 수 없다. 그런데도 우리나라 교육의 산적한 문제를 제쳐놓고 '영어마을'을 공약으로 내세울 지경에 이른 것은 우리 사회가 영어에 대해 품고 있는 환상을 반영한 것이라 할 수 있다. 지금 우리나라엔 영어에 대한 환상에서 한발 더 나아가 미국의 쉰 몇 번째 주가 되고자 하는 층이 있고, 그게 아니라면 자식이라도 미국 시민이 되게 해주려는 층이 폭넓게 존재한다. 이들도 국민이고 유권자이니 원정 출산을 합법화하자는 정책도 나올 법하다. 1970년대 이후 재벌이나 권력층, 해외지사 상사원과 유학생 가운데는 자녀를 미국에서 낳아 미국 시민권을 얻게 하고, 자신들도 미국 시민권자인 자녀의 부모로서 손쉽게 시민권을 얻고 미국을 들락거리는 층이 많았다. 그들이 현재 폭넓게 이 사회의 기득권층으로 자리 잡고 있다. 공직 진출자 가운데 심심찮게 이중국적 이야기가 나온 것도 이런 과거에서 비롯된 것이다. 지금은 너도나도 원정 출산의 꿈을 꿀 수 있게 되었다. 미국엔 한국 의사들이 산원을 꾸며놓고 여행사들은 원정 출산 패키지 상품을 내놓고 있다. 지도층 인사들도 원정 출산이든 이중국적이든 버젓이 대접을 받는데 내 자식이라고 못할쏘냐는 인식이 팽배해 있는 것이다.

요즘 인기 있는, 취학 전 어린이를 위한 영어 전문학원은 하루 세 시간 정도 수업인지 놀이인지를 하는데, 비용은 한 달에 백만 원에 가깝다. 교사는 무조건 하얀 얼굴이어야 하며, 조상 대대로 미국인이라도 유색인종은 안 된다. 교포 2세, 3세도 교사로 쓰지 못한다고 한다. 혀뿌리를 자르는 수술을 해서 영어를 잘하도록 해주는 '엽기 부모'들이 싫어하기 때문이라는 것이다. 초등학교 때 얼굴색은 바꿀 수 없어서 진짜 미국인 되기는 틀렸다는 주장이 탁견이었음을 알겠다.

필리핀은 권력층의 부패와 부익부 빈익빈 현상이 심해져서 절대 다수의 국민이 가난을 벗어나지 못했다. 있는 층은 자녀를 유학 보내 미국민으로 만들고 나라의 부는 해외로 빼돌렸다. 국민 전체가 수혜를 받는 정책 대신 소위 능력 있는 사람만 모여라 식의 정책을 펴고, 그런 정책의 수혜자들이 도덕성이 결핍된 사회지도층이 됨으로써 빚어진 결과다. 영어만 잘하면 부국이 되고 강국이 된다는 국민들의 환상이 '영어마을'로 이어진 것이겠지만 그런 공약이 어떤 결과를 만들어낼지, 몇이나 그런 혜택을 볼지를 생각하면 불안한 마음을 금할 길 없다.

2002/06

# '국, 영, 수'는 잠자는 시간

기자 생활 중도에 영화 공부를 위해 전문대에 들어간 동료가 있다. 당시 서울대와 그 전문대의 학력고사 점수 차이는 백 점 이상이었기 때문에 서울대 출신인 그는 상위권 성적을 자신했다. 그러나 예상은 빗나가 얕보았던 동급생들이 자기보다 못하는 과목은 국, 영, 수뿐이고 이해력이나 학습 능력, 학업 열정과 성취도가 모두 자신보다 월등한 것을 알고 깜짝 놀랐다. 그는 명문대 출신 또는 각종 고시와 시험을 통과한 이 사회의 전문직업인이나 지식인들을 '국어, 영어, 수학 잘했던, 별 볼 일 없는 사람들'이라는 지론을 자주 편다.

교육개혁위원회가 마련한 교육계 원로 초청간담회에서 교육계 원로들은 대학입시에서 본고사를 폐지하도록 건의했다. 국, 영, 수 위주의 대학 본고사가 고교교육 파행의 주범이므로 교육 정상화를 위해선 국, 영, 수 위주의 편성을 개선해야 한다는 것이다. 이런 마당에 서울시 교육감은 다음 달부터 국, 영, 수 세 과목을 학습 능력에 따라 상중하로 나누어 반편성을 하겠다고 밝혔다. 국, 영, 수 중심의 교과 편성이 과외로 이어져 국민이 몸살을 앓고 있는데 편중을 심화시킬 제도를 획기적이라며 내놓은 것이다. 우열반에서 한술 더 뜬 상중하 방식의 반편성은 국, 영, 수 잘하는 학생의 학습 진도를 빠르게 해 입시에서 좋은 성적을 거두도록 하려는 의도에서 나온 것이라 할 수 있다.

고등학교에서 국, 영, 수 시간은 잠자는 시간이라고 한다. 대부분의 학생들이 과외를 통해 이를 따로 공부하고 있고, 교사도 그런 전제로 수업을 진행한다. 학생들로선 과외 수업이 입시에 훨씬 효과적이고, 학교 진도가 과외 진도보다 늦기 때문에 부족한 잠을 수업 시간에 보충한다는 것이다. 국, 영, 수를 못해서 학업에 취미를 잃은 아이들은 새벽부터 밤까지 교실에 앉아 잠을 자거나 국, 영, 수 잘하는 학생의 내신성적을 올리기 위한 들러리 노릇을 하고 있어야 한다.

국어, 영어, 수학은 재미없는 과목이 아니다. 다만 수업이 흥미를 느낄 수 없도록 진행될 뿐이다. 교사는 밑줄을 그어 시험에 꼭 나오니 외워야 한다며, 인과관계에 대한 설명 대신 퀴즈문답식 단답으로 시험 준비용 학습을 시킨다. '김동인은 감자, 이효석은 메밀꽃 필 무렵, 김수영은 현실 참여문학' 하는 식으로 외우면서 실제로 〈감자〉나 〈풀〉을 읽어본 적은 없다. 명문대에 입학한 신입생의 40퍼센트가 고등학교 시절 교과서 이외에 읽은 책이 열 권 미만이라고 답했다. 그들이 수능시험과 본고사에서 만점을 받았다고 해서 과연 국어 실력이 있는 학생일까? 영어로 소설을 쓴 학생도 영어시험에서는 70점을 받고, 6년 동안 영어를 배워도 공항에서 이름 석 자 쓰는 난도 구분하지 못한다. 수학은 더 많은 학생을 절망에 빠뜨리는 과목이다. 모의고사에서 수학 평균 성적이 20점에서 40점인 것이 보통이다. 괴상하고 비비꼬인 문제를 내 평균점수가 낮게 나오도록 해야 출제를 잘한 것이라고 한다. 서울대 합격을 결정짓는 것이 본고사이며 특히 인문계의 합격 여부를 결정지은 것이 수학 점수였다는 발표도 있었다. 문학이나 법학, 역사, 예술을 전공하는 학생들이 그 어려운 수학 문제 때문에 대학에 못 들어간다는 것은 이해가 안 간다.

부모의 직장을 따라 미국에서 고등학교 2학년에 재학 중인 아들의 친구는 영어를 잘하려고 영문학을 선택했다. 한국에서도 시 한 편 읽어본 일이 없는 이 친구는 영시 아홉 편을 내어놓고 이를 분석하라는 시험문제를 받았다. 그는 난생처음 보는 그 시들을 나름대로 분석한 결과 사랑이 주제라고 생각했다. 시험이 끝나고 동급생들에게 물어보니 그 시들은 모두 죽음을 주제로 한 시였음을 알고 낙제를 예상했다. 그러나 답안지엔 A학점과 함께 독창적인 분석이었다는 평가가 친절하게 곁들여 있었다. 이 친구는 지금 시에 대해 굉장한 흥미를 느끼게 되었다고 한다.

국어는 책을 많이 읽도록 하고, 영어는 일상의 간단한 업무를 위한 실용영어를 가르쳐야 한다. 영어2나 국어2, 수학2 등의 선택과목을 두면 누구나 자신의 필요와 능력에 따른 공부를 할 수 있다. 그것이 국, 영, 수 상중하 반으로 나누는 것보다 훨씬 합리적이며 교육적이고 능률적인 방법이다. 스물 몇 과목을 가르치기보다는 다섯 과목 정도를 필수로 하고, 선택과목을 두셋 정도 두며, 예술이나 체육 실기를 한 가지 정도 할 수 있도록 하는 방안도 생각해볼 만하다. 교육 개혁안엔 일부 특수층이나 부유층의 이해 대신 국민 대다수를 차지하고 있는 교사, 학부모, 학생 들이 절감하고 있는 과외망국론을 극복할 방책과 진정한 개혁의 의지가 담겨 있어야만 한다.

1995/04

# 잔치 끝에
# 마음이 상해서야

이운재가 스페인의 네 번째 키커 호아킨의 슈팅을 쳐낸 다음 두 손을 번쩍 올린 뒤 입을 앙 다물고 씩 웃는 순간, 김병지의 얼굴이 떠올랐다. '김병지가 저 자리에 서긴 틀렸구나.' 이운재는 게임을 거듭할수록 믿음직스러워진다. 이제 야신상을 넘보는 처지이니 혹시 김병지에게도 기회가 돌아갈 수 있을까 하는 기대도 사라졌다. 포르투갈 전이 승리로 끝나자 김병지가 뛰어나와 출전 선수들과 함께 어깨동무를 하고 즐거운 표정으로 슬라이딩을 하는 모습을 보며 그의 마음이 얼마나 쓰라렸을까 생각했다. 미국과의 경기에서 골 기회를 무산시키고 연습장 광경에도 얼굴이 잘 안 비치는 최용수도 마찬가지일 것이다. 이제 최용수는 끝났다는 비난을 들었을 터인데도 선수들과 어울려 겅중겅중 뛰면서 16강, 8강, 4강 확정의 순간을 기뻐했다.

축구가, 우리 팀의 선전이 온 국민에게 일생 잊지 못할 감동적인 순간을 연달아 마련해주고 있다. 남녀노소를 가리지 않고 마주치는 사람마다 서로서로에 대한 선의와 배려가 넘치는 거리 풍경에서 한국인의 표정이 행복하게 바뀌었다는 것을 실감한다. 그러나 월드컵 축제 기간 동안 마음속으로 슬픔을 참고 있는 사람들이 있다. 한 번도 출장의 기회를 얻지 못하고 벤치를 지키고 있는 대기 선수들일 것이다. 축포가 터지고 경기장에 뛰어나가 얼싸안고 기뻐한 뒤 숙소에 돌아와서 이들은 매일 밤 용수철처럼 뛰어나가 경기장을 휘젓는 꿈을 꿀 것이다.

매번 경기에 출전했던 선수들은 육체적으로 지치고 몸은 상처투성이겠지만 정신은 충일되어 있다. 그러나 한 번도 출장하지 못한 선수들은 이중 삼중의 고통에 시달리느라 정신이 만신창이가 되어 있을 것이다. 그 힘든 훈련을 거뜬히 마치고 최종 엔트리에 낀 이들은 기량 면에서 한국 최고의 선수라는 자부심은 가득하지만 한 번도 출전을 못했다는 사실은 평생에 두고두고 상처가 될 수 있다. 그러나 언제라도 이들이 교체되어 뛸 수 있기에 주전 선수들이 부상을 무릅쓰고 경기장에서 쓰러져 죽을 각오로 뛰고 있다는 것을 우리는 기억해야 한다.

축구협회는 선수들에게 주는 포상금을 차등 지급하겠다고 한다. 출장 횟수가 가장 중요하다니 한 번도 출장하지 못한 선수들은 어떻게 되나. 뿐만 아니라 출전했던 선수들도 팀의 공헌도에 따라 차등 지급하겠다고 한다. 웃기는 이야기다. 송종국이 안정환보다 공헌도가 없는가. 최진철이 김남일보다, 황선홍이 홍명보보다 공헌도가 낮은가. 잠깐씩 나왔지만 이천수나 차두리가 국민들을 얼마나 즐겁게 했는가. 피 말리는 긴장감이 감돌 때 대표팀의 막내들이 신나는 표정으로 겅중겅중 그라운드로 교체되어 뛰어들어갈 때 국민들은 유쾌해했다. 비록 실패를 했지만 차두리가 오버헤드킥을 했을 때 우리는 얼마나 즐거웠는가. 히딩크 감독은 협회 쪽에 대기 선수들을 포함한 모든 선수들에게 포상을 똑같이 해달라고 요구했다고 한다.

그러나 협회는 인센티브가 있어야 한다고 했다나. 옐로카드, 아니 레드카드감이다.

우리는 히딩크가 어떤 대학을 나왔는지 아는 바 없다. 안정환이 베컴이 호나우도가 어느 학교를 나왔는지 관심이 없다. 우리 선수들의 프로필엔 다른 나라 선수들의 프로필엔 없는 초등학교부터 대학까지의 학력이 즐비하다. 선수가 골을 넣으면 골을 넣은 선수의 모교가 대대적으로 광고를 내고 있다. 홍명보가 어느 대학을 나왔다고 하여 그 대학이 축구 명문이라고 생각하는 국민은 하나도 없다. 히딩크는 학연과 지연 연공서열주의를 철저히 배제하여 선수들의 능력을 폭발적으로 키워냈는데도 우리 사회는 아직도 연고주의를 떠받들고 있다. 이것도 레드카드감이다.

우리 속담에 '잔치 끝에 싸움 나고, 찬물 한 잔에도 눈물 난다'는 말이 있다. 단군 이래 최대의 사건이라는 월드컵 잔치가 끝나고 마음 상해 눈물 짓는 사람이 없도록, 한 달 내내 선수들과 함께 열전을 치른 국민들의 축제 분위기에 찬물을 끼얹지 않도록 해야 한다.

2002/06

# 고졸 생산직 고임금에 웬 딴지?

현대자동차에 다니는 13년차 고졸 생산직 노동자의 연봉이 6천만 원이라면서 개탄하고 배 아파하는 사람들이 많다. 지금 우리나라 경제 사정과 기업 환경이 얼마나 어려운데 '전투적 노조'가 자기들의 배만 불렸다고 노조를 부도덕한 집단으로, 거기에 동의한 사용자 쪽은 무책임한 집단으로 몰아붙이고 있다. 이런저런 우려와 파장을 충분히 감안한대도 여론의 초점이 '고졸 생산직이라는 직종이 이렇게 연봉이 많아서야'라며 '고졸 생산직'에 맞춰져 있는 게 분명해 보인다.

우리나라처럼 학력을 중시하는 사회도 드물 것이다. 고졸자와 대졸자는 엄연히 다른 계급이다. 고졸 출신이라는 딱지는 어떤 사람이 취업하고 평생 직장생활을 하는 동안 낙인처럼 따라다닌다. 대통령이 그 어렵다는 사시를 통과해 변호사 경력을 가졌어도 여러 문제가 불거져 나올 때마다 "대학 4년의 과정을 마쳤다는 거, 그거 만만히 볼 일이 아니야" 하며 대통령이 고졸 출신임을 들먹이는 식자들도 꽤 많다. 엊그제 나온 통계를 보면, 우리나라의 고졸자와 대졸자 간의 임금 차이는 날로 벌어지고 있다. 대졸자를 100으로 잡았을 때 고졸자는 대졸자의 56퍼센트를 받는 것으로 나타났다. 이런 통계를 비웃듯 고졸 생산직 노동자들이 대졸 사무직보다 많은 연봉을 받는 데 대해 마땅찮아 하는 여론에는 학력을 숭상하는 우리 사회의 가치관이 반영되어 있다. 알고 보면 연봉 6천만 원이라는 것도 허수이며, 실제 본봉은 135만 원이고, 각종 수당을 전부 챙겨서 최고로 받을 때 그렇다는 것이지만 말이다.

2003년 인문계 고교의 대학 진학률이 90퍼센트를 넘어섰다. 실업계 고교의 대학 진학률도 60퍼센트에 이른다. 실업고는 중도 탈락률도 높고 늘 정원 미달이다. 대안으로 자리 잡은 특성화 고교는 입시 경쟁률이 인문계보다 훨씬 높다. 애초에 직업 교육을 시킨다는 취지와 달리 대학 진학을 쉽게 하기 위한 특수학교로 변질되고 있다. 대학입시에서도 실업고 출신을 정원 외 일정 비율을 뽑도록 권장하고 있다. 이렇게 가다간 온 국민이 대졸자가 되리라는 예측도 가능하다. 자녀를 한 명 정도 낳는 저출산 시대가 계속되면 자녀를 고등학교만 마치게 할 부모는 없을 성싶다. 머지않아 직종 구분에서 고졸 생산직은 자취를 감출 것이다. 이미 조짐은 나타나고 있다. 중소기업에서는 현장에서 일할 고졸 생산직 노동자를 찾지 못한다고 아우성들이다. 20, 30대는 찾아보기 힘들고 생산 인력이 고령화한다는 것이다. 그 자리를 메우는 사람이 외국인 노동자들이다.

모든 사람이 대학에 가는 10년쯤 뒤에는 같은 대졸이라도 학벌을 따지게 되지 않을까. 〈개그 콘서트〉 식으로 말하자면 "……서울대도 못 나온 것들이 ……월급을 많이 받기는……" 하고 개탄하는 날이 오지 마란 법도 없다. 교육부가 이름도 거창하게 교육인적자원부라는 이름으로 탈바꿈한 지 오래지만 그 이름에 걸맞게 고등교육의 미래나 학력 인플레 문제, 산업

구조에 대한 예측, 인력수급 전망 등을 제대로 하는 것 같지는 않다. 청년 실업이 학벌 인플레나 우리나라 교육 정책과 무관하지 않은데도 말이다.

삼성전자의 이사 연봉은 52억 원이다. 로또복권에 여러 번 당첨되는 수준이다. 전자 분야의 세계 초일류 기업인 삼성전자의 이사가 세계 최고 수준의 연봉을 받는 것에 입이 벌어지지만 배가 아프지는 않다. 세계 5대 자동차 회사를 목표로 하는 현대자동차가 생산직 노조원들에게 그에 걸맞은 대우를 해주는 것도 배 아프지 않다. 비록 나의 연봉이 그에 못 미친대도 말이다.

어쨌거나 8년째 타고 있는 현대자동차에 나는 대만족이다. 겉모습이 상처투성이라 주변에선 차 좀 바꾸라지만 고장 없고 성능 좋은 차를 왜 버리겠는가. 차 수명이 다하면 나는 또 현대자동차를 살 거다. '기름을 치고 나사를 조이는 일'이 기계 생산에서 얼마나 중요한지 아는 나로서는 생산직 노동자가 대우를 받는 회사의 차가 그렇지 못한 회사의 차보다 더 좋을 것이라고 믿기 때문이다.

2003/08

# 맞아야
# 사람 된다고요?

군대 가기가 죽기보다 싫다고 했지만 입대일을 받아놓은 아들에게 남편은 군대 가서 죽도록 맞아야 '사람 된다'고 한다. 농담이라도 이런 말을 들으면 정이 뚝 떨어진다. 죽도록 맞아야 사람이 된다는 생각을 갖고 있다면, 자신이 때려서 사람을 만들지 왜 비겁하게 군대에 보내 남에게 맞게 해서 사람을 만들겠다는 건지.

아들도 만만찮다. 그럼 군대 안 간 남자와 여자는 사람이 안 되는 거냐, 사회생활을 못하는 거냐. 국회의원, 장관, 대학총장, 잘 나가는 언론사 사장, 유명 인사들과 그들의 아들은 군대에 갔다 오지 않은 경우가 부지기수인데, 그러면 그 사람들은 사람이 아니며 자식을 사람 만들고 싶지 않은 부모냐며 맞선다. 자신은 사람 안 돼도 좋으니 죽도록 맞는 군대에 안 가면 좋겠고, 부모가 그런 능력이 있으면 좋겠다는 듯한 눈치를 거침없이 내보인다.

초등학교 3학년짜리의 빰을 십여 차례 때린 담임교사에게 아버지가 찾아가 너도 맞아보라며 빰을 때린 사건의 기사 제목은 '체벌 교사에 폭력

학부모'다. 교사가 학부모의 형사처벌을 바라지 않은 것으로 보도되었지만, 교사가 아이의 뺨을 열 번 넘게 때린 것은 그냥 넘길 수 없는, 넘겨서는 안 되는 폭력이지 체벌 수준은 아니라고 본다.

상습적으로 폭력을 휘둘러온 남편을 피해 집을 나간 아내가 제기한 이혼소송은 결혼생활을 결정적으로 파탄으로 이끈 책임이 아내의 가출에 있다는 판결을 받았다. 흔히 남자들이 학교 시절을 회상하며 엄청나게 때리던 교사가 오히려 더욱 그립다는 말을 들으면 우리나라 남자들은 정말 폭력에 중독되었구나 생각한다.

어릴 때 어머니에게 벌을 선 기억은 많지만 맞아본 적이 없었는데, 나는 아이들을 몇 번쯤 때렸다. 잘못된 습관이나 공연한 투정을 바로잡지 않으면 부모 노릇을 잘못하고 있는 것 아닌가 하는 판단에서 나온 매였지만, 시간을 두고 해결하는 대신, 손쉬운 제압 방법으로 매를 택했던 것이다. 그러나 대부분의 경우 기분이나 감정이 매의 양과 질을 결정했다. 아이들은 민감하게 부모의 기분이나 감정 상태를 파악하고 오늘은 재수가 없었다든지, 오늘은 그냥 넘어가겠지 하는 것을 알아차린다. 내 아이도 학교에서 매를 맞고 와서는 오늘 우리 선생님이 기분 나쁜 일이 있었나보다고 심상하게 말한다. 교사 생활을 한 경험이 있는 한 친구는 아이들이 하도 떠들어서 매를 들고 한 명씩 때리다 보니 쌓였던 스트레스가 확확 풀리는 느낌을 받고, 이건 아니구나 하고 바로 체벌을 그만두었다고 한다.

아이들에게 손을 대는 일을 멈춘 것은 어느 순간 이 아이가 맞는 것이 아니라 맞아주는 것이라는 사실을 깨닫게 되면서부터다. 충분히 매를 피하거나 매를 중지시킬 능력이 있는데도 부모라 맞아주는 것이지 자신의 잘못을 인정하지 않는다는 사실을 아이의 눈을 본 순간 깨달았기 때문이다. 고등학교에 다닐 때면 이미 교사, 부모니까 맞아주는 것이지 자신의 잘못을 인정해서 맞는 것은 아닐 터이다. 만약 이들이 부당한 매는 맞지 않겠다고 한다면 그때는 어떤 사태가 올까.

교사가 행한 폭력이 체벌이라는 이름으로 미화되고, 그것을 달게 받겠다는 뜻으로 학부모들이 교사들에게 회초리를 선물하는 것이 미담으로 다루어지는 우리 사회는, 어느 정도의 폭력은 집단을 다스리는 데 '필요악'이라는 암묵적 합의가 되어 있는 곳이라고 본다. 아버지가 어머니를 때리는 것을 보고 자라난 아들이, 자라서 자신은 절대로 아버지 같은 사람이 되지 않겠다고 맹세하지만, 자제심을 잃게 되면 결국 폭력 남편이 된다는 것은 사회학에서 증명된 사실이다. 폭력에 익숙해지고 폭력이 일정한 힘을 발휘하는 것을 보고 자라는 우리 아이들은 이미 폭력에 중독되어 있다고 보아도 좋을 것이다.

가정에서 학교에서 군대에서 사랑의 매니 교육적 매니 얼차려니 하며 자행되는 폭력에 대해 웬만하면 관용하고 눈감으려는 우리 사회를 나는 폭력에 중독된 사회라고 본다. 집단적으로 정신감정을 해볼 방법은 없을까?

1999/04

# 모든 폭력은 똑같다

"오늘 담임 왜 저러냐. 때리려면 빨리 때리지 왜 공포 분위기 조성하고 못살게 구는 거야."(학생들)

"남편이 말도 안 하고 거칠게 방문을 닫거나 하면 불안하다. 내가 뭐 잘못한 일이 있었나 생각하게 된다. 때릴 거면 빨리 때리지 폭풍전야 같은 이런 상황은 너무 끔찍하다. 숫제 맞는 것이 낫다."(매 맞는 아내)

"미국은 뭐 하고 있는 거야, 이라크를 칠 거면 빨리 치지. 이렇게 불확실하게 질질 끌다가는 미국 경제고 세계 경제고 우리나라 경제고 점점 더 어려워질 텐데……."(사람 인심)

"우리 선생님은 때리긴 하지만 참 좋은 분이에요. 우리 잘되라고 때리시는 건데요. 우리 반이 학교 전체에서 성적도 제일 좋아요."

"남편은 때리는 것만 빼면 나무랄 데가 없어요. 월급도 꼬박꼬박 갖다주고 친정에도 잘해요. 때리고 나면 얼마나 후회하는데요. 워낙은 좋은 사람이에요."

"미국이 우리한테 잘못한 게 뭐 있냐. 6·25 때 얼마나 많은 미군들이 목숨을 바쳤는데 반미감정이라니……. 미국에 우리 교포들 많이 사는데 우리에게 나쁜 감정 가지면 어떻게 하나. 이라크가 질 게 뻔한데 무조건 미국 쪽에 붙어야지 무슨 반전운동이야."

"선생이 팬 것은 잘못이지만 너희들이 잘못했으니까 팼지, 잘했는데 팼겠냐. 너희들 사람 되라고 때리는 사랑의 매라는 것을 알아야지."

"야구방망이로 때린 것이 잘했다는 것이 아니라 원인이 무엇인지 알아봐야지. 왜 혼자서 여행을 가나. 돈 좀 번다고 잘난 척했겠지. 맞을 짓을 했으니까 맞았지 공연히 때렸겠어."

"미국이 국익 때문에, 세계 석유 시장을 컨트롤하기 위해 전쟁을 일으키려 하는 것을 누가 모르나. 그렇지만 이라크도 잘한 것 하나도 없어. 뭘 믿고 미국에 맞서는 거야. 북한도 국민들 굶겨 죽이면서 왜 핵을 개발한다고 하나, 가만히 있으면 식량도 지원되고 경제발전도 될 텐데……."

모든 폭력의 메커니즘은 왜 이렇게 똑같은 것인가. 폭력에 길들여지다 보면 폭력을 당하는 것이 편안한가 보다. 폭력에 중독되면 가해자에게 순응하고 복종하는 현상이 일어난다. 마지막에는 피해자가 무엇이든 잘못한 게 있으리라는 식으로 본말이 전도되고 피해자 자신도 자신에게 죄가 있는 것처럼 여긴다. 가치판단에 혼돈이 오고 이성의 마비 현상이 일어나는 것이다.

이경실 씨가 매 맞는 아내였다는 사실은 이씨에겐 치명적일 수 있다. 방송에서 사람들을 웃기고 스스로도 유쾌하게 웃어젖히던 그가 다시

방송에 출연했을 때 사람들은 그를 야구방망이 사건과 연관 짓지 않을 수 없다. 개그우먼이라는 직업적 특성 때문이다. 최진실 씨가 남편에게 맞았을 때 최씨의 동생인가는 조성민 씨의 주먹이 보통 사람보다 두 배는 크다고 했다. 야구 투수의 손이 특별히 강한 것은 당연하다. 경찰에 압수된 야구방망이나 조씨의 주먹은 흉포한 무기다. 임신 8개월의 아내가 맞았는데도 언론은 최씨가 맞을 짓을 해서 주먹질 좀 한 것으로 치부했을 뿐 주먹질에 대해 문제 삼지 않았다.

우리 사회가 유난히 힘을 숭상하고 폭력에 관대한 것은 약소 민족으로서 주변 강국에 시달려온 역사 때문일까? 힘 있는 곳에 기대어 사는 것이 안전하다는 경험에서 나온 생존 본능 때문일 것이다. 힘과 폭력이 지배하는 세상에서는 사람들은 힘에 대해 과신을 하게 되고, 힘 있는 집단의 우산 속에 들어가 보호받고 편안히 살고 싶은 유혹을 느끼게 된다. 그래서 힘이 정의이고, 억울하면 출세해라, 힘을 길러야 한다는 논리로 이어져 폭력의 악순환을 부른다.

남편이 아내를 때리는 것에 분노하면서도 미국의 이라크 침공에 침묵하는 것, 미국의 이라크 침공에 분노하면서 가정폭력에 무심하게 되는 것은 가치관의 혼돈이 일어난 탓일 것이다. 모든 폭력은 똑같은 얼굴을 하고 있다. 도덕심의 잣대는 하나여야 한다.

2003/02

# 나이 곱하기 0.7

의사는 결론을 내렸다. 틀니를 하셔야겠다고. 입천장을 가로지르는
쇠판을 집어넣어 왼쪽 어금니와 오른쪽 어금니를 연결해야 한단다.
어렸을 때 할머니가 대접 물에 담가두던 틀니가 떠올라 절망스러웠다.
불쑥 나온 말이 "그럼 키스도 못하겠네?" 였다.

# 입은 닫고 지갑은 열어야지

어떤 모임에서 단상에 세워졌는데 눈앞이 깜깜했다. 원래 앞에 나가 말하기를 극히 어려워해서 잘 아는 이들은 절대 그런 자리에 세우는 법이 없었는데, 사회자가 잘 몰랐던 것 같다. 최선의 방어는 공격이다, 어쩔 수 없다, 빨리 이 자리에서 내려가자 싶어서 "나이 쉰이 넘으면 입은 닫고 지갑은 열어야 한다고 했다"며 지갑은 열 테니 말은 시키지 말라 했다. 환호에 가까운 박수갈채가 쏟아졌다.

나이가 들면 말이 많아진다. 윗사람이나 나이 많은 사람은 될 수 있는 대로 많은 사람들의 이야기를 들을 준비가 되어 있어야 한다. 아래의 정서가 위로 잘 전달되지 않는 것은 윗사람이 듣기보다는 말하기 좋아하는 데 원인이 있는 것이다.

나도 뭐 마찬가지다. 듣고만 있자고 결심했다가도 어느 순간 참지 못하고 말을 하다 보면 말이 길어지고 어느새 좌중의 흥이 깨져 모두 시들한 표정을 짓고 있는 것을 발견하게 된다. 나 같은 사람이 말을 많이 하는 경우에는 시들한 표정으로 등을 돌려도 그만이다. 그러나 권력이 있는, 아랫

사람들의 생사여탈권을 쥔 사람들이 듣기보다 말하기를 좋아하면 일단 좌중은 조용하게 경청할 준비가 된다. 이것이 인의 장막에 휩싸이게 되는 원인이고 결국 대사를 그르치게 하는 첩경이다.

늙은 사람들이 인색해지는 것은 이해 못할 바 아니다. 경제적 능력은 줄고 앞으로 살아갈 날이 몇 년인지 기약할 수 없는데 함부로 쓰다가 나중에 길에서 쪽박을 차게 될지도 모른다는 불안감이 드는 것은 당연하다. 그러나 조금씩 베풀어서 쪽박을 찼다는 경우는 들어본 적이 없다.

노인 반열에 낄 나이가 되고 보니 새삼 세상의 노인들이 내 눈에 많이 보인다. 전에는 무심히 보아 넘겼는데 내가 곧 저런 모습이 될 것이다 싶으니까 노인들의 행동거지 하나하나를 유심히 살피게 된 것이다. 결론적으로 나는 정말 노인이 싫어졌다. 말하자면 저런 노인을 누가 좋아할 수 있겠나, 정말 저런 노인은 되지 말아야겠다는 생각이 들었다.

노인의 가장 큰 특징은 목소리가 크다는 사실이다. 노화 현상으로 귀가 어두워지고 이로 인해 다른 사람 목소리가 작게 들리니까 자신이 목청을 높일 수밖에 없는 것이다. 남의 말이 잘 들리지 않으니까 일방적인 이야기만 하게 되고 고집불통이 되는 것이다. 자녀들에게 텔레비전 소리를 좀 줄이라는 핀잔을 들으면 내 목소리가 크다는 신호로 받아들이고 주로 남의 이야기를 경청하고 내 이야기를 그만 해야겠다는 결심을 해야 한다. 또한 눈이 나쁘면 누구나 안경을 쓰듯 귀가 나쁘면 보청기를 꽂을 수도 있다는 사실을 받아들여야 할 것이다.

한 말을 하고 또 하는 것도 노인의 특징이다. 그것도 하나같이 과거의 일만을 이야기한다. 새로운 것이 입력되지 않고 젊었을 때 알았던 지식과 경험만을 최고의 가치인 양 되풀이하다 보니 별로 들을 이야기가 없다는 생각이 든다. 그러니까 젊은 사람들이 노인의 말을 귓등으로도 들으려 하지 않는 것이다. 괘씸하게 여길 게 아니라 자신을 돌아볼 일이다.

요즘은 주차장 관리원이나 빌딩과 아파트의 경비원, 주유소, 편의점 같은 곳에 나이 든 사람들이 많아졌다. 이들의 특징은 남의 일에 공연히 참견하고 이래라저래라 가르치려는 경향이 크다는 것이다. 친절한 서비스는 고사하고 뻣뻣하기가 그지없고, 웬 참견이냐는 표정을 지으면 단박에 사람 우습게 보지 말라고 심통을 부린다. 내가 이런 일 할 사람이 아니라는 것이다. '내가 전에 무엇 하던 사람인데' 하며 우습게 보았다고 인상을 쓴다.

내가 본 예쁘고 사랑스러운 노인 베스트 중의 베스트는 이돈명 변호사다. 이 양반이 있는 곳에는 언제나 웃음꽃이 피는 것으로 유명하다. 어떤 이야기를 해도 농담을 섞어서 까르르 웃게 만들고 본인도 목 천장이 들여다보일 정도로 파안을 해서 까르르거리신다. 건강이 좋지 않은데도 자신의 건강 상태, 말하자면 비뇨기 계통에 대해서도 아주 재미있게 사실적으로 묘사하며 깔깔거린다.

노인이 사회의 짐이 되지 않고 힘이 되려면 노인 되는 연습이 필요하고 노인 교육의 장도 많이 필요해진다. 노령연금을 타기 전에 의무적으로 한 달 정도 노인 예절을 가르치는 교육 기간을 두는 것이 어떨까 싶다. 노인 본인에게도 도움이 되는 일이고 사회적으로도 긴요한 일이 아닐까 싶다.

개인적으로 노선을 조금 수정했다. 예순 살이 넘으면 진짜 입을 닫으련다. 그때도 내가 말이 많으면 후배들이여, 즉각 지적해주기 바란다.

2005/06

# 어른들도
# 성장해야 한다

50대 이상은 대부분 그렇겠지만 나도 고전을 읽고 깊이 있는 독서를 해야만 정신이 고양되고 자아가 확장되고 올바른 가치관이 형성된다고 믿어온 세대에 든다. 20대인 아들이 제대로 된 책, 그러니까 인문학적 소양을 길러줄 만한 책을 읽지 않는 것에 절망스러울 때가 많다. 아들에게 그렇게 책을 안 읽으면 무식해서 어떻게 살아갈 수 있겠냐고 하니까 1초도 뜸을 들이지 않고 어머니 세대가 생각하는 유식과 우리가 생각하는 유식은 다르다며, 자신도 자신의 세대에선 무식한 사람이 아니니까 걱정하지 말라고 잘라 말했다. 하도 기가 막혀 한숨을 내쉬고 또 내쉬었다. 그러나 곰곰이 생각해보니 그것이 그다지 잘못된 말이 아니라는 것을 깨닫게 되었다.

살아 계시면 올해 백 살인 친정아버지는 말끝마다 공자, 맹자를 인용하셨다. 형제들은 아버지의 충고나 중국 고전을 읽어야만 사람 사는 도리를 알게 된다는 말씀을 귓등으로 흘려들었다. 쇠귀에 경 읽기라고 혀를 차면서도 벽마다 한문 글을 써 붙이고 우리에게 감동을 강요했다. 형제들은 공자와 맹자는 몰라도 살 수 있으며 우리들은 충분히 유식하다고 생각했다. 친정어머니는 결혼해보니 전문학교를 나왔다는 아버지가 모차르트를 모르더라고 아버지의 교양 없음을 흉보셨다. 일본의 고전에는 능통했지만 사르트르도 프로이트도 잭 케루악도 모르는 어머니도 유식해 보이지 않기는 마찬가지였다. 대놓고 부모에게 말할 용기는 없었지만 부모님이 생각하는 유식과 내가 생각하는 유식은 다르니까 상관하지 말라는 마음이 숨어 있었을 것이다.

교양이나 지식이란 것도 시대의 산물이고 보면 시대 흐름이나 시대적 상황과 함께 호흡하지 못하는 지식이나 교양은 현실에서 힘을 가질 수 없는 것이다. 어렸을 때 우상처럼 보였던 언니들은 서구의 인문학적 교양주의 세례를 받은 세대로서 박학하기가 이루 말할 수 없었다. 당시의 내 눈엔 그렇게 비쳤다. 그러나 최근에 언니들과 얘기를 해보면 젊었을 때의 지칠 줄 모르던 지식욕은 사라졌고, 과거가 좋았다는 이야기만 되풀이하고 있을 뿐 최근의 사회문화 현상과 새로운 경향을 흡수하려는 마음이 전혀 없어서 답답하기 짝이 없다. 20대에서 성장이 멈춘 것처럼 보였다.

지난해부터 우리 시대의 화두로 등장한 세대 간의 틈과 갈등, 가치관 차이로 인한 충돌은 모두 이런 맥락으로 읽을 수 있을 것이다. 충분히 배웠으며 우수한 학력을 갖췄고, 우리 시대의 지도층에 있었던 대부분의 사람들이 젊은 세대들에 대해 우려를 넘어 엄청난 거부감까지 느끼는 것은 익숙했던 가치관이 무너지면서 자신의 정체성이 부정되는 것에 대한 불안 때문이라고 할 수 있다. 머리 허연 세대들이 젊은 세대들의 적극적인 의사 표시에 자극을 받고 각종 사회적 쟁점에 대해 궐기대회를 조직하고 집단적인 움직임을 보이는 것은 그런 연유로 읽힌다.

수박 겉 핥기 식의 교양주의는 학문적 관점에서는 경계해야 할 일이다. 그러나 사회가 다양해지고 미디어가 발달한 시대에선 정보를 따라잡고 시대 흐름에 따라 새롭게 자아를 확장하고, 정보를 지식으로, 그것이 현실을 움직이는 힘이 되도록 교양을 쌓아가려는 노력을 하는 것만으로도 숨가쁜 일이다. 깊이 있는 독서는 못하더라도 이런 노력조차 하지 않는다면 성장은 멈출 수밖에 없다. 아이들만 성장하는 것이 아니라 어른들도 성장해야 한다. 10대와 20대에 받은 교육이나 그로 인해 형성된 자아나 가치관으로 이 시대를 해석하기는 쉽지 않다. 인생이 팔십까지로 길어졌고 사회가 급변하는 시대에 살면서 계속 성장하려 노력하지 않으면 세대 간의 틈은 좁혀질 수 없다.

젊어 보인다면 누구나 좋아한다. 젊어 보이기 위해서 염색도 하고 옷차림도 유행 따라 바꾸고 헬스클럽에서 근육 운동도 열심히 한다. 진정 젊어 보이려면 외모가꾸기만 아니라 정신적 성장을 위해서도 시간과 노력을 투자해야만 한다.

2003/06

# 요리가 글쓰기보다 낫더라

직장을 그만둔 지 꼭 1년이 되었다. 남들은 오랫동안 직장생활을 하다가 집에 있으면 우울증에 걸린다고 뭐든지 다른 일을 하라고 했지만 전혀 그렇지 않았다. 우울할 틈이 없었다. 여행도 많이 했고 참으로 행복하고 한가하면서도 많은 일을 한 1년이었다.

지난해 12월 30일 책 보따리를 싸서 집에 돌아와 제일 먼저 한 것은 벼르고 별렀던 이빨 치료를 하는 일이었다. 1월 3일 치과에 갔더니 정말 커다란 토목공사가 기다리고 있었다. 이른바 임플란트 수술이라는 것인데 급하게 심어야 할 네 개를 합쳐 총 열두 개의 이를 해 박아야 한다는 것이었다. 틀니를 하려고 했는데 의사 선생님은 의료 기술의 발달로 얼마든지 자신의 치아처럼 평생 잘 쓸 수 있는 길이 열렸는데 왜 불편하게 틀니를 하냐고 했다. 돈이 많이 드는 일 아니냐고 했더니 치아복은 오복 중 하나이고 그 오복을 돈을 들여 가질 수 있는데 왜 망설이냐며 진정으로 권유했다.

속는 셈치고 시작해 1년이 지난 지금 절반쯤의 공사가 진행되었는데, 얼추 오복까지는 아니더라도 그리 나쁜 선택은 아니었다는 생각이 들기도 한다. 그러나 치료 과정에서 기절할 정도로 메스껍고 힘들었던 기억은 좀체 사라지지 않는다.

직장을 그만두면서 결심한 것이 있다. 결심이래봤자 특별한 것은 아니고 평소 소신대로 살자는 것이었다. '비록 비겁하게 살지언정 쪽팔리게는 살지 말자'는 것이 내 인생의 좌우명이었다고나 할까. 젊은 시절에는 정의감에 입각한 용기, 그리고 용기에 기반한 행동이 내 인생의 목표였다. 그러나 나이가 들어가면서 내가 생각하고 있는 것이 과연 무오류인지에 대한 회의가 들고 여러 차례 시행착오를 겪으면서, 비겁하게 침묵할지언정, 또 아무런 행동도 안 할지언정 낯 뜨거운 일은 하지 말자는 쪽으로 생각이 바뀌었다. 그렇게 지낸 세월을 돌아보니 직업인으로서 크게 후회되는 일은 없었다. 그래, 그렇게 긴장을 늦추지 말고 살자고 마음을 다잡았다.

그러나 그렇게 힘들었던 글쓰기였고 거기에서 놓여난 것이 기뻤지만 글을 안 쓰고 사는 인생을 생각해본 적이 없어서인지 그것에 적응되는 데는 시간이 걸릴 것 같았다. 한 1년쯤은 책만 열심히 읽고 여행을 다니자 했는데 불끈불끈 글을 쓰고 싶은 생각이 드는 것은 어쩔 수 없었다. 주변 사람들의 권고도 있고 해서 토지문화관의 문을 두드렸다. 내가 그렇게 싫어하면서도 또 그렇게 미련이 있는 글쓰기를 앞으로 남은 생애 동안 하고 살 위인인지 아닌지를 시험해보고 싶어서였다. 토지문화관은 그야말로 모든 지원은 아끼지 않되 절대로 아무런 간섭도 하지 않는 곳이었다.

나는 그곳에서 내 인생에서 처음으로 긴 방학 생활을 했다. 그러니까 아침에 등산, 낮에는 책을 보다 졸다가 밥 먹고, 저녁에는 수영을 하고, 밤에는 불빛 하나 없는 새카만 밖을 응시하며 이것저것 글도 조금씩 쓰고 했다. 토지문화관은 고시원과 수도원, 휴양지의 분위기가 묘하게 섞인 곳인데, 나는 휴양지 기분을 만끽하면서 몸을 단련하는 한편 수도원 비슷하게 나 자신을 알아보는 일에 몰두했다고나 할까.

직장생활을 그만두고 며칠 지나지 않아 우연히 잡은 책이 그리스 철학자들의 우화인데 첫 구절에 이렇게 씌어 있었다. "이 세상에서 가장 쉬운 일이 무엇이냐고 물었더니 남에게 충고하는 일이고 가장 어려운 일은 자기 자신을 아는 일이라는 것이었다." 아뿔싸! 그렇다면 내가 평생 글을 쓰면서 이렇고 저렇고 시시비비를 가리며 세상을 향해 충고 비슷하게 글을 쓴 것이 세상에서 제일 쉬운 일이었단 말인가 싶으니 글을 쓰느라고 밤을 새운 나날들이 허망해졌다.

토지문화관에 들어간 첫날 박경리 선생님이 물끄러미 바라보시더니 "뭐 할라고 왔나?" 하셨다. 얼떨결에 곁에 앉은 박완서 선생님을 합쳐 두 분 소설가 앞에서 글 운운하거나 연만한 분들 앞에서 '나를 알아보기 위해서'라고 하기가 외람되어서 나온 말이 "사십 년 피우던 담배를 끊으러 왔습니다"였다. 박경리 선생님은 싱긋이 웃으시며 손에 들고 있던 담배를 내밀며 "담배 한 대 줄까?" 하셨다. 민망하여 손을 젓고 숙소로 돌아오면서 그래 말 난 김에 담배도 어디 끊어보자 싶었다. 돌아오는 날 구석구석에 담배 피우기 좋게 널어놓았던 20여 개의 라이터를 그곳의 일 도와주는 아저씨에게 주고 호기롭게 왔는데 일주일을 못 넘기고 아직까지 담배를 피우고 있다. 팔순의 박 선생님도 줄담배인데 내가 담배를 끊는다는 것이 외람돼서라는 것이 담배를 못 끊은 나의 변명이다.

내가 새롭게 알게 된 나는 '아는 것이 힘이다, 배워야 산다'가 철저하게 몸에 배어서 닥치는 대로 읽고 보고 판단하는 사람이었다. 아는 것이 많아야 글도 잘 쓰는 것 같아서 글을 쓰기 위해 모든 것을 잘 알기를 열망하는 사람이었다. 거꾸로 말하자면 아는 것이 많은 사람처럼 보이는 글쓰기를 해야만 세상이 인정하고 영향력도 있는 글이 된다고 생각했던 것 같다.

공자님이 아는 것보다 좋아하는 것이 낫고 좋아하는 것보다 즐기는 것이 낫다고 수천 년 전에 이미 말씀하셨다. 돌아보니 나는 거꾸로였던 것 같다. 즐기는 것은 죄악이고 가장 하급의 인간이 즐기는 것에 몰두하는 사람이라고 믿어 의심치 않았던 것 같다. 그래서 요즘은 매사에 즐기는 법을 배우고 있는 중이다. 만약 내가 글쓰기를 진정으로 즐기는 경지에 이르면 나도 글쓰는 것을 평생의 업으로 삼겠다는 결심을 하고 있다. 그런데, 그런데, 생각해보니 나는 요리하는 일은 한 번도 괴로웠던 적이 없다. 그래서 지금 고민 중이다. 공자님 말씀대로라면 나한테는 글쓰기가 하급의 작업이었고 요리가 상급의 작업이었음이 분명하다. 이 정도까지 생각할 수 있었던 지난 1년이 새삼 고맙고 소중하다.

2005/12

# 나이 곱하기 0.7

시인 황인숙 씨가 쓴 짧은 에세이집 『1일 1락』을 읽다가 갑자기 황홀해졌다. 작가 박완서 선생님이 요즈음 사람의 나이는 자기 나이에 0.7을 곱해야 생물학적 · 정신적 · 사회적 나이가 된다고 하셨다는 구절이 있어서였다. 눈앞이 환해지는 것 같았다.

60 곱하기 0.7이라, 그럼 뭐야 55도 아니고 48도 아니고 42, 그럼 마흔두 살이란 말이야, 마흔두 살, 마흔두 살, 이렇게 중얼거리다가 내가 마흔두 살이라고 우긴 것도 아닌데 누가 들을세라 부끄럽고 염치없다는 생각이 들었다. '그럼 어디 마흔두 살로 살아봐' 하자 나이 생각하며 뒤로 물러났던 여러 가지 일에 대한 후회도 밀려오고 복잡스러워졌다.

하긴 그렇다. 요즈음 덥기도 하고 패션도 워낙 벗는 것이 유행이라 나도 까만 핫팬츠에 소매 없는 티셔츠를 입고 모자를 푹 눌러쓰고 조깅을 하는데 그게 예순 살의 모습은 아니다. 그렇게 환산하니까 많은 의문이 풀렸다. 내 또래 친지들은 자식들이 서른이 넘었는데도 방 뺄 생각을 안 하고 집에서 뭉그적거린다고 한탄한다. 그러면 우리보다 10년쯤 나이가 많은 선배들은 "서른 웃기네, 마흔 되도록 방 안 빼는 놈들이 수두룩하다"고 아직 멀었다며 낄낄거린다. 그런데 0.7을 곱해보니 서른이래봤자 스물하나, 마흔은 스물여덟이다. 얼마든지 결혼도 안 하고 부모 밥 먹으며 사는 것이 용납되는 나이라는 생각이 들었다.

우리나라의 평균수명은 50년 전에는 쉰 살이 채 못됐다. 그러나 지금은 여든에 가깝다. 우리 부모나 조부모 세대보다 30년 정도를 더 산다는 이야기다. 그렇다면 스무 살 때 성가(成家)해 마흔 살에 사회 중진이 되고, 예순이면 은퇴해 노년을 보낸다는 전제에서 이루어진 인생 사이클과 관련된 기존의 사고방식과 사회적 틀은 바뀌어야 한다.

쉰 살에 명퇴가 수두룩한 사회 현실과는 상반되지만 생각을 바꾸면 된다. 에라 잘됐다, 0.7을 곱해서 서른다섯이라고 치면 뭐든지 다시 시작할 수 있다. 새로운 공부를 시작해 새로운 인생을 살 수 있다. 한 우물만 파고 살기에는 지루하고 긴긴 인생이 됐다. 새로운 우물을 깊게 팔 수 있는 나이라 마음먹으면 된다.

빨리 그렇게 하는 것이 인생을 잘사는 것이 된다. 학교 다닐 때 공부를 안 해 삶의 굴곡을 심하게 겪으며 서른을 넘겼더라도 0.7을 곱하면 '아직 스물밖에 안 됐잖아'라며 다시 공부해서 대학에 갈 수도 있고, '앞으로 인생은 60년도 더 남았어' 여기면 한 번의 실패가 전혀 두렵지 않게 된다.

연초에 남편 친구들이 은사를 초대했는데 그분이 자기가 아흔까지 살 줄 알았다면 이렇게 살지 않았을 것이라고 후회하는 말씀을 하셨다 한다. 예순다섯에 대학교수를 은퇴하고 25년을 잉여로 죽을 날만 기다리며 산 세월이 아깝고 아쉽다며 여러분은 그렇게 살지 말라고 하셨다는 것이다.

요즈음 사업이 잘 안 돼 의기소침해 있는 남편에게 0.7 이야기를 해줬더니 눈빛이 달라졌다. "맞아 일리 있는 말이야" 하더니 요즈음은 회사 문 닫는다는 소리가 쏙 들어갔고 기운을 차린 것 같다. 어차피 모든 일은 마음먹기에 달렸다. 자, 마흔두 살이라…… 이제부터 뭘 하지……?

2007/08

# 도전! 인라인

운동을 새로 시작하는 데는 저마다 두어 가지 이유가 있는 것 같다. 건강에 문제가 생겼거나 마음에 상처가 있거나. 최근 40,50대 사이에 불고 있는 마라톤 바람은 건강을 챙기려는 것보다 마음을 다스리기 위한 자기 치유의 몸짓인 것 같다. 삶과 장래에 대한 불안에서 출발해 '그래 뭔가 변화가 필요해, 세상은 내 뜻대로 돌아가지 않지만 이대로 주저앉을 수는 없어!' 하며 자신을 이겨내기 위해 달리고 또 달리는 것 같다. 마라톤 풀코스와 울트라 코스에 도전하고 무릎이 고장나고 숨이 멎을 지경에 이르기까지 달리는 것은 몸보다는 정신 단련이 목적일 수밖에…….

곰국을 끓일 때 푹 곤 사골의 숭숭 뚫린 구멍을 보며 이것이 골다공증이 얼마큼 진행된 내 무릎뼈겠거니 살피는 처지에 외줄바퀴 '인라인 스케이트'에 도전한 것도 마음을 다스리고 싶어서였다.

새 정부 탄생으로 새해 초에는 여러 가지 희망을 품었는데, 세상 돌아가는 것 두루 실망스럽고, 그렇다고 "당신, 지금 실수하고 있는 거야, 당신도 마찬가지야" 말하기도 간단치 않고, 미국을 향해 삿대질을 해봤지만 맥만 빠지고 무력감만 겹쳤다.

마침 〈지구를 지켜라〉라는 영화가 개봉되었다. 그래 어떻게 하면 지구를 지킬 수 있는 거지 싶어 영화를 보았다. 지구를 망치려는 우주적인 거대한 음모가 있지 않고서야 지금 세상을 어떻게 설명할 수 있을까 하는 데서 출발한 감독의 상상은 기발했지만, 지구를 온전히 지켜낼 가망은 없어 보였다. 희망이 안 보이고 우울증이 심해지면 자살하거나 미치거나 둘 중 하나다. 아니면 반발로 솟구쳐 오르기.

내가 왜, 왜, 하다가 고개를 꼿꼿이 쳐들고 만수무강하자고 작심했다. 몇 해째 아프다고 아우성인 이빨부터 고치기로 했다. 입 안을 샅샅이 두드리고 사진을 찍고 난 의사는 결론을 내렸다. 틀니를 하셔야겠다고. 뭣이라…… 틀니를 끼고 지구를 지키라고? 치통은 원래 밤손님이다. 한밤 치통에 시달릴 때는 '아침만 되어봐라, 치과에 가서 이를 몽땅 뽑고 틀니를 할 거다, 평생 두 번 다시 치통에 시달리지는 않을 거야' 하지만, 아침이 되어 통증이 사라지면 차일피일 미루는 게 치통이다.

입 천장을 가로지르는 쇠판을 집어넣어 왼쪽 어금니와 오른쪽 어금니를 연결해야 한단다. 어렸을 때 할머니가 대접 물에 담가두던 틀니가 떠올라 절망스러웠다. 불쑥 나온 말이 "그럼 키스도 못하겠네?"였다. 친구 딸이기도 한 의사는 움찔하더니 "키스를 못할 것도 없지만……" 하고 말끝을 흐렸다. '그 나이에 키스는 무슨 키스' 하는 것 같아 내가 실언한 건지 친구 딸이 실언을 한 건지 어색해졌다.

의욕적으로 치과에 갔다가 틀니 선언을 받고 녹초가 되었다. 틀니를 할 시각은 다가오는데, 차일피일 미루다가 최초로 한 일이 인라인 강습에 등록한 것이다. 그래 틀니를 하고 스케이트를 타는 거야. 주위에선 "그것도 배웁니까, 걸음마도 강습을 받나요?" 하고 긁어댔다. 남들은 트랙을 도는 동안 풀밭에서 '오른발 왼발, 하나 둘' 하며 연습하기를 며칠, 드디어 트랙에 올라 천천히 두 바퀴를 돌았다.

5월의 밤, 한강 둔치에서 석양을 만끽하고 드디어 해가 꼴깍 지고 달은 휘영한데 산들바람은 향기롭고, "이제는 돌아갈 시간입니다" 안내 방송이 나올 때까지 젊디젊은 친구들 틈에 끼어 발에 바퀴를 달고 달리는 기분……. 자연스레 마음병이 나아가는 것 같다. 몸에 생긴 불치병은 마음으로 다스려야 하고, 마음의 깊은 병은 몸을 다스려서 낫게 하는 것은 몸과 마음이 따로 있는 게 아니기 때문일 것이다. 완치는 어렵겠지만 상처는 아물고 다시 새살이 돋고 그 지점에서 희망과 힘을 키우는 것, 그게 세상살이인 것 같다.

이 글은 실은 인라인 도전기가 아니다. 치과에는 무조건 빨리 가야 한다는 사실을 진심으로 알리고 싶어서 쓴 글이다.

2003/05

# 액자 속
# 외할머니

학식 높고 교양 있는 내 친구들은 모성애라는 말을 들을 때마다 가슴이 뜨끔해진다고 한다. 모든 것을 희생하고 자식을 위해 목숨을 바치는 그 위대하다는 모성애를 자신은 갖고 있지 않은 것 같은데, 그 사실을 누군가 알까 두렵고 특히 자식에게 들킬까봐 무섭다는 것이다. 딸 혼사를 준비하다가 딸이 시댁 어른을 자신보다 더 존중하는 것을 보고 마음이 팽 토라져 해줄 것도 안 해주고 싶은데, 이게 정상이냐고 묻는 친구도 있다. 〈데미지〉의 마지막 장면에서 모든 것을 잃은 남자 주인공이 맨발에 샌들을 신고 비닐 주머니에 먹을 것을 조금 사들고 걸어가는 모습을 보고 펑펑 울었다는 친구는 곁에 있던 딸이 "엄마, 왜 우는 거야?" 하는데 정 떨어지더라, 고도 했다.

직장에 다니는 딸이 아이를 낳자 손자 보는 일이 자기 차지가 될까봐 전전긍긍하는 친구도 있다. 벌써 30년 전에 대구에 사시던 내 친정어머니의 친구 한 분은 외손자 돌상을 차리다가 서울 친구들이 설악산에 놀러간다고 하자, 손에 낀 고무장갑을 착착 벗어 접어놓고 딸들에게 "너희들, 나도 예순이 넘었으니 나 죽은 셈 쳐라" 하고는 서울로 도망 왔다고 우리집에 도착하자마자 무용담을 털어놓았던 기억도 난다.

점심 약속도 많고 교회, 수영장, 찜질방행으로 바쁜 내 친구들은 그래서 이런 결론을 내렸다. 우리는 좋은 엄마가 되긴 틀린 건가봐. 우리 어머니나 시어머니들을 봐도 그렇지. 교양 있고 배운 어머니들은 여러모로 불편하고 어딘가 거치적거리잖아. 일자무식에 자식과 손자들이 가면 맨발로 뛰어나오고, 고쟁이에서 코 묻은 돈을 내주고, 자식이라면 그저 엎어지기만 하는 그런 노인네가 부모로서는 최고인 것 같아서라고.

〈집으로〉는 봄비처럼 소곤소곤 말을 걸듯 다가와 가슴을 적셔주는 영화다. 나에겐 외갓집도 외할머니도 없었다. 북쪽에 외할머니를 두고 온 친정어머니는 추석마다 둥글게 뜬 보름달을 가리키며 "우리 엄마도 저 달을 보고 있겠지" 말씀하시곤 했다. 초등학교 시절 여름방학이 끝나면 친구들은 외갓집에 다녀온 것을 천국에 다녀온 것마냥 자랑했다. 초등학교 교과서에 실린 외갓집 풍경의 중심에는 항상 얼굴 가득한 주름살 사이사이에 웃음을 담은 외할머니가 있었다. 참외, 수박, 옥수수를 대청마루나 원두막에 늘어놓고 손자들이 먹는 모습을 흐뭇하게 바라보는 외할머니의 얼굴이 있었다. 〈집으로〉를 보며, 내 친구들이 이 영화를 본다면 엄마의 엄마인 외할머니에게 모성애의 제곱의 제곱 같은 사랑을 요구하는 것 같아 지레 겁을 집어먹을 것 같다는 생각을 했다. 평생 모성애 콤플렉스에 시달려온 내 친구들은 이제 좋은 외할머니 콤플렉스에 시달리겠지.

〈집으로〉의 촬영 노트와 180일간의 다큐멘터리는 영화보다 더 아름다운 기록이다. 촌사람들 모두 다, 어딘가 있을 외할머니 같고 외삼촌 같았다. 영화 찍는 일에 흥분하기도 하고, 열없어하기도 하면서 바쁜 농사일을 걱정한다. "이런 더러운 옷을 입고 영화 찍냐"고, "서울 사는 아들 우세시킬 일 있냐"며 언짢아하는 주인공 할머니의 모습이 더욱 현실감이 있다.

내친 김에 〈로얄 테넌바움〉을 보았다. 할머니이기도 한 엄마 테넌바움의 헝클어진 머리에 언제나 꽂혀 있는 노란 연필 비녀를 보니 〈집으로〉 할머니의 은비녀가 떠오른다. 구혼하는 남자에게 18년 동안 남자와 자본 적이 없다는 사실을 고백하며 어쩔 줄 몰라 하는 엄마 테넌바움이 더욱 우리 시대의 할머니와 어머니에 가까워 보였다.

치매가 조금 온, 아흔 살 어머니를 오빠 내외에게 맡기고 '바쁘다 바빠' 하며 1년에 두세 번 허겁지겁 찾아보고 돌아오는 나는 문득문득 엄마 생각을 하며 눈물짓는다. 아무리 바빠도 갈 곳은 다 가고 할 짓은 다 하면서도 정작 엄마에게 가게 되지 않는다. 피와 살이 있는, 욕망과 노여움과 설움이 가득한 어머니와 외할머니들이 바로 곁에서, 밖에는 꽃바람이 한창인데 가슴 속을 후비는 찬바람에 지금지금거리며 울고 있는데도, 그것을 돌아보기보다 영화관에 가서 '액자' 속의 외할머니를 보며 눈물짓는 것은 나나 내 친구들이나 내 아들딸들이나 마찬가지겠지. 그래 우리 모두는 상우였지, 외할머니는 아니었어.

지금은 힘이 많이 빠진 것 같지만 여전히 투사인 백기완 선생은 언젠가 이렇게 쓰셨다. 고향은 그리움이라고. 그리움이 사람의 고향이라고. 사람들은 모두 그리움 한 자락씩을 품고 산다. 〈집으로〉는 저마다 그리움을 찾아가고 싶은 우리의 마음속 깊은 곳을 건드리고 있다.

2002/04

# 고맙다!
# 생로병사여

어느 날 창가에서 머리를 빗고 있는데 왼쪽 속눈썹 한가운데서 반짝 빛나는 것이 있었다. 무엇이 묻었나 비벼 보았으나 그대로였다. 하얀 속눈썹 한 올이었다. '이제 속눈썹 너마저도' 하며 낄낄거렸다. 이걸 당장, 하면서 뽑으려다가 멈추었다. 하나둘 나오는 속눈썹을 뽑기 시작하면 속눈썹이 하나도 없는 괴물이 될 거 아닌가. 그래도 대머리보다는 백발이 낫지 하는 심정으로 아껴두기로 했다. 만물이 소생하고 신록이 싱그러운 이 봄에 음…… 나는 속눈썹이 희어지는 시절을 맞는구나 싶으니까 좀 서늘해졌다.

며칠 전에는 텔레비전 연속극 〈굳세어라 금순아〉에서 비슷한 장면을 보았다. 김자옥이 실직한 남편 박인환의 발을 씻어주고 있었다. 변기에 걸터앉은 박인환이 생전 처음 당하는 아내의 황공한 대접에 어쩔 줄 몰라 하는데, 대야에 물을 받아 정성스레 남편의 발을 씻던 김자옥이 갑자기 "어쩌면 발도 늙냐, 신경질 나" 하면서 발을 탁 놓아버리고 얼굴을 돌렸다. 그 눈에 눈물이 그렁거리는 것처럼 보였다. 늙는 것이 어찌 발뿐이겠는가. 속눈썹이라고 비껴갈 것인가.

생로병사는 어떤 생명체도 피해갈 수 없다. 생명 속에 죽음이 예비돼 있기 때문이다. 죽음이 잉태돼 있는 것이 생명이다. 죽지 않으려면 태어나지 않는 수밖에 없다. 그러나 어느 누구도 태어나고 싶어서 태어나는 것은 아니다. 석가모니는 왕궁을 떠날 때 생로병사의 문제를 해결하지 않는 한 다시 돌아오지 않으리라 했다. 보리수 밑에서 해탈을 하고 생로병사의 고통을 벗었지만, 그 역시 여든 살이 넘어 병들어 죽었으니 생로병사의 전 과정을 고스란히 치른 셈이다.

세상에는 사고로, 불치병으로 갑자기 죽는 생명들도 많다. 거기에 비하면 예순 언저리를 지나 평균수명에 이르기까지 싫어 싫어, 하면서 늙어가고 아파하면서 병과 친구가 되고, 그러다 섭섭지 않은 나이에 생로병사의 과정을 다 거치고 죽는 것은 그것만으로도 한 인간으로서 복된 삶이라 할 수 있다. 우리가 생로병사를 받아들이는 것은 그것이 고통스럽지 않아서가 아니라, 실제로 우리 몸이 노화하는 것을 매일매일 느끼며 살며 육체의 한계를 절감하기 때문일 것이다.

그런데 머리도 세지 않고 발도 늙지 않고 내장도 갈아 끼울 수 있고 난치병도 정복되고 얼굴에 주름도 없어지고, 그리고 신체 전체를 복제해 보관해두었다가 병이 들면 정비소에 보내 수리해서 다시 쓰고, 그것도 안 되면 냉동했다가 소생 부활시킬 수 있다면…….

줄기세포, 인간복제, 난치병 치료, 생명공학의 메카에 대한 기대로 대한민국이 온통 들떠 있다. 황우석 열풍 때문이다. 과학은 물질의 영역이다. 정신의 영역이 아니다. 유사 이래 인류가 발견하고 규명해낸 모든 과학적 성과물이 집적돼 의학의 발전은 생명복제, 나아가 인간복제 수준까지 왔다. 그러나 정신의 영역이나 가치의 영역에 관한 한 인류는 수천 년 전 인간의 수준보다 나아진 것이 없다. 과학이 인간을 변화 · 변종 · 개조 · 복제하는 데 이르면 이것은 과학만의 영역이 될 수 없다. 정치 · 경제 · 사회적 문제이며 인간과 생명에 대한 정의를 다시 내려야 하는 일이다. 과학 자체에는 윤리나 도덕, 철학이 끼어들 여지가 없다. 그러나 과학자에겐 그것이 필요하다. 위대한 과학자는 위대한 철학자이기도 해야 한다고 생각한다. 나는 과학자인 황 교수가 과학 아닌 쪽의 개입을 절실히 요구해야 한다고 생각한다. 그리고 스스로 끊임없이 철학적 · 윤리적 · 도덕적 문제에 천착하고 괴로워하기를 바란다.

과학은 역사적으로 항상 힘과 권력과 돈에 복속돼왔다. 에이즈 치료약이 개발됐지만 아프리카인들이 값싸게 이용할 수 없어서 해마다 수백만 명씩 쓰러져간다. 제약 회사들이 위약(僞藥)을 만들 권리조차 주지 않기 때문이다. 병든 육체는, 불치의 병은 본인과 가족에게는 크나큰 불행이다. 그러나 병든 정신에 건강한 육체, 불멸의 육체는 인류에게 재앙이다. 박정희가 김재규의 총에 맞았지만 병원에 가서 줄기세포로 생명을 되찾는 것을 상상해보자. 저출산과 노령화로 노인 인구가 메인 스트림이 되는 21세기 중반 이후 백오십 살 노인들이 눈도 갈아 끼우고 간도 갈아 끼우고 돈도 움켜쥐고, 새로운 생명은 탄생하지 않고 최초의 아무개와 제2의 아무개가 오로지 장수에만 인생의 모든 것을 걸고 눈을 번득이는 광경이야말로 내가 생각하는 지옥도다. 세계에 네 개 있다는 냉동인간 회사에 월트 디즈니를 비롯해 천여 구의 인간이 냉동 보존돼 있다고 한다. 2045년에 소생될 전망이었으나 생명공학과 나노공학의 진전 덕에 20년이 앞당겨지리라는 예측도 나오고 있다.

인간에게 죽지 말고 불멸하라는 것은 저주다. 시몬 드 보부아르의 소설 『모든 인간은 죽는다』엔 죽지 않는 인간이 나온다. 그의 소원은 죽는 것이다. 그러나 항상 젊은 얼굴로 다시 살아나는 그 불멸은, 그에게 내려진 신의 저주다. 모든 인간은 최초의 인간이 가졌던 의문, 왜 태어나서 왜 죽어야 하는지에 대한 의문을 그대로 가진 채 어제도 오늘도 내일도 태어난다. 인간이 존귀하고 생명이 존중돼야 하는 것은 모두에게 단 한 번의 생이고 각자가 유일무이한 단 하나의 존재이기 때문이다. 누구나 똑같은 무게로 생과 맞서야 한다. 거기에서 도덕도 가치관도 철학도 생겨났다. 일회적이 아니라 영원히 계속되고 수십 년 뒤에 부활 소생할 수 있다면 인류의 역사는 새로이 씌어져야 한다. 동서고금의 모든 현자와 철학자와 문학적 성과물은 삶과 죽음의 문제에서 비롯됐다. 여기까지다, 내가 아는 것은.

나의 상상력이나 내가 받은 교육, 내가 상상할 수 있는 가치관은 바로 여기까지다. 단 한 번의 선물인 생을 기쁘게 누리고 가는 것. 두 번째 김선주, 세 번째 김선주는 노 땡큐다. 고맙다, 생로병사여.

2005/06

# 자존심을 잃지 않는 노년

몇 해 전 개봉되었던 〈드라이빙 미스 데이지〉는 실제 나이 여든이 넘은 주인공 역의 제시카 탠디가 아카데미 여우주연상을 타 화제가 되었던 영화다. 경제력도 대단하고 자신만만한 노인으로 혼자서 생활을 꾸려가던 미스 데이지는, 어느 날 자신이 일상의 일을 시간대별로 잘 처리하지 못할 뿐만 아니라 사소한 일도 기억이 잘 나지 않아 깜박깜박한다는 것을 깨닫는다. 그는 상황을 받아들이고, 모든 것을 정리해서 스스로 요양시설로 들어가 생명이 다하는 날을 기다린다.

영화의 마지막은 곱게 빗어 뒤로 가지런히 넘겼던 은빛 머리칼이 사방으로 헝클어져 내리고, 꿰뚫을 것처럼 날카롭던 시선은 초점을 잃고 멍해진 미스 데이지를, 운전사로서 친구로서 평생 애정을 간직했던 흑인 하인이 면회 와서 눈물을 머금고 바라보는 장면이다. 생로병사의 피할 수 없는 운명 앞에선 명료했던 지성이나 고결한 인격도 아무런 힘을 발휘하지 못하고 허물어지고 마는 처참한 현실을 인정할 수밖에 없는 이 장면을 보면서 이것이 우리 모두의 미래의 자화상이라는 생각에 가슴을 쳤다.

10월 1일은 유엔이 정한 세계 노인의 날이다. 해마다 이때쯤이면 '노인 문제가 심각하다, 노인 복지 정책을 세워야 한다'고 하지만 적극적으로 노인 정책을 수립하고 사회의 기본 틀을 고령화 사회에 맞게 짜는 일은 못하고 있다. 평균수명이 늘어 60, 70세의 노인이 80, 90세의 노인을 부양하는 일도 흔하고, 집집마다 노인 문제가 가족 간의 불화를 빚는 요인이 되지만 효사상이나 경로사상에 짓눌려 드러내놓고 문제를 해결하려는 마음을 내지 못하고 있는 것이 현실이다.

문제는 노인을 누가, 어떻게 부양하느냐에 있으며, 그것은 개별 가정에서 노인을 모시거나 돌보는 일이 쉽지 않다는 데 근본 원인이 있다. 특히 치매라도 걸린 노인이 있는 가정은 그 자체로 집안이 몹시 어지러울 수밖에 없다. 누군가가 하루 종일 지켜서 노인을 돌보는 희생이 있어야 가능한 일을 현재는 주로 며느리라는 여성에게 맡기고 있다. 지금의 50대가 70대가 되는 시점에는 인구의 13.5퍼센트가 65세 이상인 고령 사회가 된다. 25세까지의 인구를 뺀 나머지 50퍼센트가 25세 미만의 자식들과 65세 이상의 노인을 부양하는 책임을 떠맡아야 한다. 노인 문제가 가족 문제가 아니고 사회적 문제로 대두하는 것은 고령 사회가 곧 닥칠 것이기 때문이다.

최근 수원에 프랑스말로 황금 인생이라는 뜻의 실버타운이 문을 열었다. 이름 그대로 55세 이상의 젊은 노인을 대상으로 하고 있으며, 2억 원의 보증금을 내고 다달이 유지비와 식비 백만 원가량을 내면 골프장이나 수영장까지 이용할 수 있는, 그야말로 황금 여생을 보낼 수 있는 곳이다. 4억 원 정도의 돈이 있으면 인생의 3분의 1을 아무 일도 하지 않고 '무위도식'으로 즐기면서 지낼 수 있다. 최근 부쩍 늘고 있는 실버타운은 모두 상업적인 목적에서 구매력 있는 노인을 대상으로 삼고 있다. 그러나 하루 24시간

돌볼 사람이 필요한 진짜 늙고 병든 사람이 갈 수 있는 진정한 의미의 실버타운이나 의료 시설은 어디에도 세워지지 않고 있다.

노년을 눈앞에 둔 지금의 50대는 전쟁 중의 혼란기에 어린 시절을 보내고 서구식 교육을 받았다. 1960년대와 70년대의 산업 시대를 겪은, 이 사회를 만든 자립적 세대다. 그들은 노년도 그렇게 자립적으로 보내기를 원한다. 이러한 노인 예비군들은 가족이나 이웃 또는 사회에 짐이 되지 않게 인간적 품위를 잃지 않고 노년을 보내고 싶어 한다. 따라서 보호 대상으로서의 노인 정책과 병행해서, 나이는 먹었으되 마음 같아서는 어떤 일도 할 수 있는 보통의 노인들, 약간의 저축도 있고 큰 병은 없으나 가족에게 짐이 되고 벌어놓은 돈을 까먹기만 하는 소비적 삶을 살고 싶지 않은 노인들의 자립을 도와주는 정책이 세워져야 한다.

자식을 하나나 둘 낳는 시대에 양쪽 부모가 자녀에게 기대어 산다는 것은 외딸 외아들에겐 '잔인한' 일일 수 있다. 부부끼리, 혹은 마음에 맞는 노인끼리나 형제자매끼리 세대를 구성해서 함께 노년을 보내는 것이 시설에 들어가 수용되는 것보다 낫다고 생각하는 노인들을 위해 주택, 의료, 문화, 연금, 세제상의 혜택을 주고 그들을 노동 인력으로 활용하는 방안을 강구해야 할 것이다.

병이 들어 거동이 불가능해지면 자기 발로 마지막 가는 길을 찾아 〈드라이빙 미스 데이지〉의 주인공처럼 최후를 맞고 싶은 노인들이 많아질 시대가 올 것이기 때문이다.

1995/10

# 화양연화

맞다. 호텔이란 잠도 자고 러브도 하고 회의도 하고 쉬기도 하는 곳이지
러브하는 곳, 자는 곳, 부부가 가는 곳, 연인이 가는 곳,
관광객이 가는 곳이 달라야 할 이유가 없는 것이다.

# 우드스톡은 꿈이었던가

10년 만의 미국 여행길이었다. 우리 부부를 위해 후배인 김미경과 그의 남편 마종일이 특별한 프로그램을 마련했다. 우드스톡으로의 초대였다. 1960년대에 대학을 다닌 사람들에게 우드스톡은 단순한 지명이나 장소일 수 없다. 우드스톡은 신화이고 전설이고 마음에 간직한 사랑이기 때문이다.

1960년대는 참으로 특별한 시대였다. 반전운동·학생운동·흑인민권운동·여성운동·소비자운동과 환경운동까지 온갖 종류의 인권운동이 세계를 휩쓸었고, 그것은 그대로 60년대의 사조가 되었다. 미국과 유럽은 물론 아시아, 아프리카까지도 이러한 거대한 인권운동의 흐름을 거스를 수 없었던, 세계가 하나의 물결로 출렁거리던 시대였다. 그 시대정신의 총체적 발현이자 클라이맥스라 할 수 있었던 거대한 해프닝이 바로 우드스톡 록 페스티벌이었다.

우드스톡은 1969년 8월 15일부터 나흘 동안 연인원 2백만 명이 참가한 해방구였으며, 사랑과 평화를 국시로 내건 공화국이었다. 반전운동의

기수였던 조앤 바에즈를 비롯해 전설적인 기타리스트 지미 헨드릭스와 재니스 조플린, 산타나, 조 쿠커 등 록의 신화인 아티스트들이 줄줄이 모여들었다. 이들은 베트남전에서 미국이 저지르는 만행을 노골적으로 저주했고, 노래로 연주로 폭발적으로 분노를 터뜨렸다. 베트남전에 반대하는 세계의 젊은이들은 열광했다. 미국 정부는 이 페스티벌에 신경을 곤두세우고 만약의 불상사에 대비했다. 그러나 소나기가 쏟아 붓는 진흙탕 속, 물자 부족과 악천후 속에서도 사랑과 평화를 내건 젊은이들의 페스티벌답게 한 건의 폭력 사건도 일어나지 않았다.

뉴욕에서 북쪽으로 1시간 반 동안 자동차로 달리는 우드스톡 가는 길은 단풍이 만발했다. 그러나 모퉁이의 식당이나 가게에 심심치 않게 내걸린 미국 국기들을 보며 섬뜩한 긴장감이 느껴졌다. 세계가 하나라는 기치 아래 평화와 자유를 노래했던 우드스톡에서 너무나 멀리 와 있는 미국의 현주소, 국기 게양으로 상징되는 애국주의의 거친 표현을 느낄 수 있었기 때문이다.

설레는 마음으로 들어선 우드스톡엔 아무것도 없었다. 눈부시게 아름다운 날씨 속의 우드스톡은 초라하고 쓸쓸했다. 그곳엔 젊은이들이 없었다. 늙은 히피들이 마당 앞에 내놓고 파는 조악하기 이를 데 없는 기념품과, 가족 나들이객이 전부였다. 추레하기 그지없는 늙은 히피들이 몇 가지의 타악기를 놓고 길모퉁이에서 연주하고 있는 모습이 이곳이 우드스톡이었다는 것을 회상할 수 있는 유일한 모습이었다.

손바닥만 한 종이 상자에 평화기금으로 쓰일 돈을 모금한다는 팻말이 붙어 있었다. 아무도 거기에 주목하는 사람은 없었다. 동양에서 온 늙은 여자 히피인 내가 그것을 눈여겨본 유일한 관광객이었을 것이다.

그들은 모두 어디로 갔을까. 한목소리로 평화와 자유를 노래했던 2백만 명은 모두 지금 어디에서 무엇이 되어 어떻게 살고 있는가.

미국은 안전했다. 특히 뉴욕은 안전했다. 이라크에서 베트남전보다 더 명분 없는 전쟁을 벌이고 있지만 반전이나 평화를 외치는 움직임은 없었다. 미국에 우드스톡은 존재하지 않았다. 뉴욕은 경찰이 지배하는 도시였다. 시도 때도 없이 경찰차가 요란한 사이렌을 울리며 거리를 질주해도 아무런 불평이 없었다. 지금 뉴욕은 9·11 테러 이후 사상 최대의 관광객이 몰려들고 있다고 한다. 여행객에게 상대적으로 안전한 도시가 되었기 때문이다. 뉴욕의 지하철도 보스턴의 지하철도 안전했다. 미국이 국내에서 벌이는 테러와의 전쟁 때문에 상대적으로 관광객들은 안심하고 여행할 수 있다니 웃어야 할지 울어야 할지 모르겠다. 미국이란 대륙만 안전하다면, 미국민만 안전하다면 세계 어느 구석에서 어떤 살육 행위가 벌어져도 그것은 아무런 이슈가 되지 못하는 세상임을 미국에 와서 더욱 절실하게 느낄 수 있었다.

우드스톡은 꿈이었던가. 과연 그런 일이 있었던 것이 사실일까. 세계의 젊은이들이 하나의 가치로 세계를 변화시키고 세상을 좀더 나은 곳으로 만들려 한 우드스톡이 실재하기나 했던 것인가.

과거로의 여행은 잔인하고 씁쓸하다. 옛사랑은 찾으려 해서도 안 되고 만나서도 안 된다는 말이 맞긴 맞다. 그러나 어찌할 것인가. 나는 '우드스톡이여 다시 한 번!'이라고 조그맣게 작별 인사를 하고 있었다.

2005/11/10

# 아바나를 떠나며

"쿠바는 한 번 중독되면 헤어나지 못하는 독이다." 화가 사석원은 쿠바 여행을 끝내고 돌아와 여행기의 서문에 이렇게 썼다. "쿠바에서 음악은 흐르는 강물 같았고, 그렇게 강물이 흐르는 것처럼 영화를 만들고 싶었다"고 한 것은 빔 벤더스 감독이다. 그렇게 해서 〈부에나 비스타 소셜 클럽〉이라는 영화가 만들어졌다.

아바나를 떠나는 날, 바다가 바라보이는 노천카페에 앉아 쿠바 맥주 부카네로(엄청 맛있다)를 마시며 나는 벌써 언제 이 나라에 다시 올까 궁리하고 있었다. 그렇게 쿠바는 온몸으로 황홀하게 퍼지는 독과 같았고 음악은 강물처럼, 아니 피가 되어 온몸을 구석구석 돌았다. 기온은 섭씨 24도, 바닷바람은 머리 위로 쏟아지는 햇볕을 부드럽게 흔들었고, 벼룩시장이 열린 광장에는 집집마다 들고 나온 고서들이 발 디딜 틈 없이 쏟아져 나온 관광객들을 불러 세웠다. 세르반테스도 〈라이프〉 잡지도 마르케스도 네루다도 있었다.

미국의 시사주간지 〈타임〉은 쿠바혁명 직후인 1960년에 이런 기사를 썼다.

……피델 카스트로는 쿠바의 얼굴이자 목소리이며 정신이다. 라울은 혁명을 위해 뽑은 단검이다. 게바라는 두뇌에 해당한다. 그는 이 세 명 가운데 가장 매혹적이고 가장 위험한 인물이다. 그는 많은 여성들이 넋을 잃고 바라보는 달콤하면서도 우수에 젖은 미소를 지니고 있다…….

1960년대에 대학을 다니며 게바라에 심취했던 친구들과 40년을 벼르고 별러서 감행한 쿠바 여행에서 우수에 젖은 게바라를 곳곳에서 만날 수 있었다. 재정의 60퍼센트를 관광산업에 의존하고 있는 쿠바에서 최고의 관광 상품은 게바라였다. 게바라는 젊어서 죽어 신화가 되었고, 피델은 늙고 병들었고, 라울은 몇 달 전 형한테서 정권을 물려받았다.

미국의 코앞에서 50년에 걸친 경제봉쇄와 언론과 자본의 무차별 공세를 이겨내고 국가의 생존과 자존심을 지키기 위해서는 카리스마를 갖춘 카스트로가 꼭 필요했을 것이라고 나는 믿는다. 혁명 직후 쿠바 국민 모두를 무지와 질병에서 해방시키겠다는 그의 다짐은 성공했다. 문맹률을 0으로 만들었고, 영아사망률은 미국보다 낮추었고, 평균수명은 78세나 되었다. 그러나 쿠바 국민들은 더는 허리띠를 졸라매는 것에 만족할 수 없다고 공공연히 말했고, 카스트로에 대한 절대적인 애정을 보이면서도 카스트로가 절반의 성공을 했을 뿐이며 이제 라울이 나머지를 채워주는 정책을 펼 것이라고 아주 낙관적인 견해를 밝힌다. 쿠바는 그들의 가난을, 그들의 아름다운 자연과 음악처럼 숨김없이 보여주고 있었다.

아바나 공항에 도착했을 때 줄지어 늘어선 관광버스들은 모두가 중국제였다. 전국시대 이래 중국의 대외정책인 '원교근공(遠交近攻)'을 떠올리지 않을 수 없었다. 티베트 국민의 독립 요구 시위를 무력으로 진압하면서 먼 나라 쿠바에는 공을 들이는 중국, 쿠바를 옥죄며 친미 정권 수립 계획을 노골적으로 세우고 있는 미국, 거대한 나라 옆에 붙어 있는 한반도와 쿠바는 비슷한 운명이라는 생각이 쿠바 여행 내내 머리를 떠나지 않았다.

쿠바에 가려면 스무 시간 이상을 비행해야 하고 비행기를 두 번은 갈아타야 한다. 해마다 한국 관광객이 2천 명 이상 이곳을 다녀간다. 코트라(KOTRA) 아바나 사무소도 문을 열었다. 거리에선 한국산 차를 심심치 않게 볼 수 있었고, 호텔 냉장고엔 대우 상표가 붙어 있다. 한국인이라면 무조건 엄지손가락을 내밀며 호의를 보이는 쿠바는 거리상으로는 멀지만 더는 우리에게 먼 곳이 아니었다. 가난하지만 상상 이상으로 자유롭고 행복하고 아름다운 나라였다. 쿠바는 정말 황홀한 독이었다.

2008/05

# 고양이야,
# 여기 생선이

최진실 씨 자살의 주원인이 우울증으로 알려지면서 주변 여성들이 너도나도 우울증을 호소한다. 정신과 의사들이 나열하는 우울증 증상을 들어보니 바로 자기 이야기라는 것이다. 우울증보다, 울다가 웃다가 하는 조울증이 더욱 위험하다니까 그것이 바로 자신의 증세와 비슷하다고 한다. 정도 차이는 있지만 우리는 모두 조금씩 우울하다. 우울증 치료제인 프○○은 세계적으로 의사들이 가장 많이 처방하는 약이다.

우울증은 마음에 걸리는 감기 몸살이다. 대부분의 감기 몸살은 일주일쯤 앓고 나면 거뜬해진다. 우울증도 대부분 일주일을 넘기지 않는다. 그러나 감기 몸살이 이 주일 이상 계속되고 한 달 두 달 가면 합병증이 생기는 것처럼 우울증도 이 주일 넘게 지속되면 병이 된다. 적절한 치료를 하거나 자신이 처한 상황이 바뀌지 않으면 그것은 죽음에 이르는 깊은 병이 된다. 특히 우리나라엔 중년 여성의 우울증으로 인한 자살이 많은 것으로 알려졌다.

지금 정치권과 몇몇 언론이 최진실 씨의 자살 원인을 인터넷의 악성 댓글로 몰아가는 것은 정치적인 이유라고밖에 할 수 없다. 심신이 건강한 상태라면 악성 댓글 때문에 자살을 생각하지 않는다. 충동적으로 자살을 감행하지 않는다. 댓글보다 더 뻔뻔하고 무책임한 발언을 하는 정치인들과, 아니면 말고 식의 사실 왜곡 기사들을 쓰는 언론이 인터넷에 족쇄를 채우겠다는 것은 자신들만이 언로와 여론을 독점하는 면허를 갖겠다고 말하는 것과 다름없다.

최진실 씨가 가장 하기 좋아하고 듣기 좋아했던 말이 '아이 러브 유'였다고 한다. 가슴이 아프다. 남편과 이혼하고 줄곧 우울증에 시달려왔다니 오래된 우울증이다. 아무개 사단이라고 할 정도로 여자 친구들이 많았지만, 그들과 매일 '아이 러브 유'라는 말을 주고받았겠지만 그것으로는 충족되지 않았을 것이다. 사랑으로 인해 받은 상처와 그 후유증은 사랑으로 치유하는 수밖에 없다. 그에게 새로운 사랑이 찾아왔다면, 그가 남자로부터 사랑받았다면 우울도 날려버리고 자살도 하지 않았을 것을 생각하면 안타깝다.

지금이 조선 시대도 아닌데 홀로 된 여성 연예인들이 스캔들 하나 없이 사는 것을 미담처럼 소개하는 것을 보면 슬프다. 얼굴이 잘 알려져 있어서 스스로도 감옥에 갇혀 사는 사람들에게 사회적으로 공식적인 감옥을 만들어주는 것과 같다. 짝을 구하는 것은 살아 있다는 증거다. 사랑은 처녀 총각만 하는 것은 아니다. 이혼녀든 과부든 홀아비든 육체적 · 정신적 갈망이 있고, 그것은 짝을 찾아 사랑을 해야 해소된다. 우리 사회가 혼자 사는 여성들, 특히 이름과 얼굴이 잘 알려진 연예인들의 사랑과 연애에 좀더 관대할 필요가 있다.

지금도 사랑 때문에 상처받고 우울하게 지내고 있을 많은 여성들을 위해 우울증을 단번에 날려버릴 유쾌 상쾌 통쾌한 이야기 하나를 소개한다.

첫 결혼에 실패하고 아이를 키우며 먹고살기 위해 이리저리 뛰면서 심한 우울증을 겪은 친구가 있었다. 그가 남자에게 구애한 이야기는 참 화끈하다. 일 때문에 어떤 남자와 두 번째 만남에서 술을 마셨는데, 술자리가 파하고 그 남자에게 많이 끌렸던 이 아이 엄마는 한밤에 방금 헤어진 남자에게 문자를 날린다. '고양이야…… 여기 생선 있다…… 담 넘어와라.' 이 문자를 받은 남자는 새벽녘에 여자에게 도착했고, 결과는 해피엔딩이었다. 해피엔딩이 아니면 또 어떻겠는가. 우울증으로 밤마다 술을 마시며 사경을 헤매는 것보다 낫다. 그래도 알 만한 사람은 아는 꽤 유명한 여성인데도 남의 시선이나 소문을 무릅쓰고 자신의 인격과 인생을 걸고 용기를 내는 것, 그리고 살아내는 것이 삶에 대한 정직한 태도라고 나는 믿는다. 모두들 우울증을 가볍게 여기지 말고 그것에서 벗어날 방도를 나름대로 찾길 바란다.

2008/10

# 몸매 만들기에 맞선 누드

중학교 미술 교사 김인규 씨 부부의 벌거벗은 사진이 그의 홈페이지에 실려 경찰이 긴급체포한 다음 날 이메일을 받았다. 가끔 글을 주고받던 교사의 편지였다.

……누드 사진으로 곤욕을 치르고 있는 교사의 부인은 제가 존경하는 친구입니다. 남편은 수줍고 말이 적은 남자입니다. 김인규 선생님이 결혼 전 친구를 천사로 그린 그림을 본 적이 있고, 인사동 전시회에서 학부형으로부터 받은 구두 티켓으로 작품을 만들어놓은 것과 거기에 쓴 글을 읽고 참 맑은 사람이구나 하는 생각을 했던 기억이 납니다. 부인은 해직교사로 병든 시어머니를 봉양했고 지금은 시아버지를 모시고 세 아이를 키우고 어린이집을 운영하고 있습니다. 저는 그 부부의 사진을 보면서 왠지 모를 슬픔을 느꼈습니다. 그들의 삶의 역정을 알기 때문일까요? 그 사진을 보고 음란함을 느낄 사람이 있을까요? 아이들에게 알몸=음란이라는 생각을 주입시키는 것이 옳은 일일까요.

인터넷에 들어가 문제의 사진을 보았다. 벗고 찍었다는 것만 빼고는 증명사진처럼 딱딱한 표정이어서 삭막했다. 네티즌들이 그 사진으로 인해 성적 수치심을 느꼈다는 것을 믿을 수 없다. 음란하지 않은 누드에 음란하게 반응하는 사회라고 생각됐다. 몸매 다듬기와 다이어트가 신흥종교처럼 번져나가고 있는 세상에서 아이 셋을 키우며 네 번째 아이를 임신하고 집안일과 직업으로 고단한 삶을 사느라 몸매 만들기라는 이 시대의 종교 활동을 해본 적이 없어 보이는 아내의 몸, 스승의 날 선물을 받고 자책하고 교사 생활과 예술가로서의 삶을 양립시키며 고통스럽게 살고 있는 정신의 흔적이 남편의 몸과 홈페이지에 들어 있었다. 정지용의 〈향수〉에 나오는 사시사철 맨발인 예쁠 것도 없고 그저 그런 아내의 모습 그대로였다.

칸의 해변에서 여자들이 웃통을 벗고 일광욕을 하는 모습을 보며 자랑할 만하게 아름답지도 않은 몸매를 활짝 드러내놓는 것을 신기하게 여겼던 적이 있다. 우리나라의 해변에는 모델처럼 쭉 빠진 여자들만 비키니를 입고 보통의 아주머니들은 어떻게 하면 몸을 드러내지 않을까 꽁꽁 싸매고 있다. '한 몸매' 하지 않는 몸을 드러내는 것은 마치 죄악이라도 되는 것처럼 우리 몸을 왜곡하고 학대하게 만드는 사회 전체의 풍조에서 우리 모두는 자유롭지 못하다.

현대 미술이란 무엇인가. 그것은 시대정신의 표현이며, 시대의 징후를 민감하게 포착하여 일상에 충격을 주고 사람들로 하여금 자신과 사회를 성찰할 기회를 주는 것이다. 모나리자의 얼굴에 수염을 그려넣거나 미국 국기, 마릴린 먼로, 변기가 그대로 전시회에 등장하고 그런 작품들이 세계 유수의 미술관에 소장되어 있다. 백남준은 30년 전에 첼리스트의 우아한 드레스를 벗겨 내리며 그 등짝에서 첼로를 켰다. 제1회 광주 비엔날레 대상 작품은 쿠바 난민 작가의 조각배였다. 촌로들까지도 그 작품 주위를 빙빙 돌며 '이것이 무엇을 의미하는고'라는 표정들을 지었다. 거기에서 무엇을 볼 것인가는 전적으로 관객과 사회의 몫인 것이다.

김인규 씨는 부부의 몸을 세상에 드러냄으로써 이 시대에 맞서고 있는 것으로 보였다. 나는 그것을 몸매 만들기에 대한 통쾌하고도 통렬한 문제 제기라고 보았다. 먹을 것이 부족한 사회라면 풍만한 몸이 인기가 있었을 것이다. 그러나 지금은 풍요의 시대, 뚱뚱함은 실패와 좌절, 가난의 상징이고 멋진 몸은 성공과 부를 상징한다.

학창 시절에 특별한 선생을 갖는다는 것은 축복이다. 학생들에게는 일단은 충격적이지만 우리의 정신은 충격을 통해서 고양되고 세계는 확장되는 것이다. 교사 부부의 벌거벗은 사진이 학생들에게 나쁜 영향을 주었으리라고는 절대로 생각하지 않는다. 벌써 학생들은 이 사건과 그 사진을 통해 많은 것을 생각하게 되었을 것이고 그만큼 성장했으리라 본다. 아마도 그들은 사람의 벌거벗은 몸에 대해 음란한 생각만을 하는 어른들로 자라지는 않을 것이다.

2001/06

# 이혼보다는 실험 동거가

라디오 음악 프로에서 이상은이 초대 손님인 여성 출연자와 나누는 대화를 듣다가 기겁을 했다. 미녀가 어쩌고 저쩌고 하던 중에 꽃미남 이야기가 나오더니 여성 출연자 왈 "내가 가장 좋아하는 남자는 금성무다, 내 방에는 금성무 사진이 걸려 있다, 그런데 코에서 코피가 한 줄기 주르륵 흐르는 그 사진을 볼 때마다 너무 좋은 나머지 그 코피를 빨아먹고 싶다는 생각까지 한다"는 것이었다. 웃음이 터져나왔지만 검열에 익숙한 세대인 나의 잣대로는 선을 넘은 것이 아닌가 싶었고, 순간 이 일로 진행자인 이상은이 방송에서 잘리면 어쩌나 걱정스러워졌다. 그러나 이상은은 "웬 엽기?" 하고 낄낄 웃고 여성 출연자는 한발 더 나아가 자신은 그렇게 예쁘고 멋있는 남자를 한 사람이 독차지하는 것은 옳지 않다고 본다, 여러 사람이 사용해야 한다, 라며 히히 웃고 이상은이 동조하고……, 뭐 이런 식으로 방송이 진행됐다.

꽤 앞서가는 감각을 갖고 있다고 자부하며 살았던 나로서도 요즘 젊은 세대들에 대해선 솔직히 졌다고 말할 도리밖에 없어졌다. 감을 전혀 따라잡지 못하고 있기 때문이다. 10년 전에도 그랬다. 후배 여기자의 연애하는 모습을 흐뭇하게 바라보던 나는, 젊은 시절 순결 이데올로기에 사로잡혀 꽤 괜찮은 남자들을 여럿 떠나보냈던 기억이 떠올라 "마음 가는 데 몸도 따라가야 하느니라" 하며 내 딴엔 획기적인 충고를 했더니, 후배가 꼭 증조할머니 보듯 바라보며 "선배 염려 마세요, 그렇게 하고 있으니까" 해서 머리가 띵했다.

내 20대의 막바지는 30센티미터 대자로 무릎 위 몇 센티미터인지 여자들 치마 길이를 재고 기준에 안 맞으면 백주에 건널목 한가운데 세워놓고 벌을 주던 박정희 정권의 유신 시절이었다. 한번은 명동에 나갔다가 여자 친구 네 명이 객기와 오기, 모험심과 실험정신이 발동하여 일제히 담배를 피워 물고 복잡한 길거리를 일렬횡대로 행진하듯 걸어갔다. 한 10미터쯤 걸어갔을까, 시민정신이 투철한 누군가가 신고했던지 경찰관이 쫓아와 파출소로 몰고 갔다. 구경꾼들은 뒤를 따르고.

파출소 동지인 내 친구들은 요즘 혼기가 늦어지는 자녀들 때문에 노심초사하고 있다. 그러면서도 자녀들의 결혼에 깊이 간여해야 할지 발을 빼야 할지 갈피를 못 잡고 있다.

"어느 집은 자식이 둘인데 이혼이 벌써 세 번이래"라든가 "아이 낳으라"고 했더니 "어머니가 키워줄 거죠" 해서 "아니 나 믿고 아이 낳지 말라"고 말했다가 자식과 의가 상했다는 하소연 등이 요즘 부모 세대들의 중요한 화제다. 이혼율의 상승과 거기에 따른 후유증을 같이 겪어야 하는 부모세대들은 그들대로 자구책을 마련하고 있고 인생 말년에 이혼한 자녀의 아이들을 맡아 키워야 하는 불상사가 생길 것을 가장 두려워하고 있는 셈이다. 이렇게 이혼이 흔한 세상인데 무조건 결혼을 재촉할 것이 아니라 좋은 사람과 동거를 해보고 평생 살 마음이 생긴 다음에야 결혼하라고 종용하는 것이 합리적이지 않을까, 라는 조심스런 결론을 내렸다. 젊은 시절, 서구에선 그렇게 한다는 말을 들으면 걔네들은 정조관념도 없어, 라고밖에 생각하지 못했던 세대들이 이혼이라는 불상사와 아이까지 맡아 키워야 하는 눈앞에 닥칠지도 모르는 불행을 막기 위해 코페르니쿠스적 발상의 전환을 하기에 이른 것이다.

문득 한 친구가 "실은 우리 아이들이 실험 동거 비슷한 짓들을 하느라 혼기가 늦는 것은 아닐까"라는 의문을 제기했다. 갑자기 우리는 입을 다물었다. 그날 우리 모두 근심 한 보따리씩을 새로이 떠안고 복잡한 심정으로 헤어졌다.

지금은 사라진 명동 한일관 옆 파출소에 우리가 잡혀 있던 시간은 10분이 채 안 된다. 사과 받아내고 거수경례까지 받고 보무당당하게 파출소 밖으로 나왔다. 담배를 끄지 않은 채 소파에 버티고 앉아서 잡아온 근거를 대라고 대차게 들이대자, 이 미친 것들 뒤에 뭔가 큰 백이 있으리라 지레 짐작했던 모양이다. 파출소 문 앞에 몰려든 구경꾼들이 좌우로 갈라지며 길을 터주었다.

2003/01

# 죽어도 좋다는데

쉰이 넘으면 '늙은잇과'에 속한다는 것을 알게 된 것은 쉰이 막 넘었을 때였다. 잘 아는 30대 여성 작가의 연애소설을 재미있게 읽었는데, 그 작가가 문예잡지의 지상 좌담회에서 자신의 작품이 50대가 넘은 노인들한테서 공감을 얻는 것을 보고 놀랐다며 '50대가 넘은 노인'을 여러 번 강조했기 때문이다. 아뿔싸! 쉰이 넘어서 연애소설에 감동을 하면 주책으로 보일 수도 있겠구나 싶었다. 그 뒤 그와 만나면 어쩐지 불편했던 것은 '네가 나를 노인 취급했지'라는 섭섭함이 남았던 까닭인 것 같다. 나이는 상대적인 것이겠지만 50대의 처지에서는 적어도 일흔은 넘어야 노인 취급을 하게 된다.

영화 〈죽어도 좋아〉는 70대 노부부가 실제로 출연한 영화로, 노인들의 사랑과 생활을 가감 없이 그린 다큐멘터리성 극영화다. 이 영화가 영화등급위원회에서 격렬한 토론 끝에 '제한상영가'로 판정을 받았다. 7분 동안 묘사된 노인들의 섹스 장면이 노골적이어서 극장에서 상영할 수 없다는 것이다. 제한 상영이란 제한 상영관이 따로 없는 현실에서는 상영 불가 판정을 뜻한다. 전주영화제 출품작으로 칸 영화제에 초청받을 정도로 작품성을 인정받은 이 영화는 방송사 피디 출신의 박진표 감독이 만들었다. 영화를 미리 보았던 영화계와 영화 담당 기자들은 이구동성으로 이 영화의 상영 불가 판정에 반발하고 있다. 허문영 〈씨네21〉 편집장은 〈죽어도 좋아〉가 포르노적인 표현에도 불구하고 포르노와는 가장 멀리 떨어진 영화라며 올해 한국 영화 가운데 〈집으로〉와 함께 가장 덜 자극적인 영화라고 평했다. 박찬욱 감독은 귀여운 로맨틱 코미디라고 했다. 그는 이 영화를 보다가 미친 듯이 아내를 불러 같이 보았으며, 처음에는 데굴데굴 구르며 웃다가 마지막에는 아내와 부둥켜안고 통곡을 했다고 한다.

전주영화제에서 공개되었을 때 젊은 영화 기자들이 이 영화를 보고 충격을 받았던 것 같다. 노인들의 재발견이라고 입을 모았다. 삭막하고 건조한 존재였던, 그래서 노인들의 성생활이라 해봤자 서로 돌아앉아 등이나 긁어주는 정도로 알았는데, 그들의 성생활이 의외로 자신들과 다름없다는 데 처음에는 놀라고, 나중에는 처절할 정도로 슬펐다는 것이다.

우리 사회는 급격히 고령화 사회로 접어들고 있다. 머지않아 65세 이상의 인구가 전체 인구의 20퍼센트가 된다. 이런 시점에 노인 문제와 그들의 삶과 사랑에 초점을 맞춘 영화가 나와 많은 사람들의 관심을 끄는 것은 자연스러운 일이다. 나이의 적고 많음에 관계없이 그들도 언젠가는 그 대열에 끼게 될 운명을 갖고 있기 때문이다.

늙음은 그 자체가 소외고 장애다. 그들에겐 성의 구별이 없다. 그냥 노인이다. 특히 우리 사회는 노인들을 받들고 대접해야 할 대상으로 취급할 뿐 그들에게도 사랑과 질투와 갈등이 있다는 것을 이해하려 하지 않는다. 한 실버타운에서 70대의 연인 관계였던 한 쌍을 부부 입주자들이 풍기

문란이라고 욕하며 쫓아냈다는 보도는 우리 사회에서 노인을 보는 인식의 한 단면을 드러낸다. 정신분석학적으로 따지면 성은 모든 호기심의 원동력이며 성에 대한 호기심이야말로 모든 지적 행위의 근원이다. 노인들이 성에 대한 호기심이 없으리라고 짐짓 모른 체하는 것은 죽은 사람 취급하는 것이나 다름없다.

18세 이상이면 당당하게 주민등록번호를 밝히고 세계 각국의 온갖 자극적인 포르노를 접할 수 있는 세상이다. 〈죽어도 좋아〉가 젊은이들이 부둥켜안고 통곡을 할 수 있는 영화라면, 그리고 세상의 노인을 다시 한 번 생각하고 자신들의 생을 깊이 성찰해볼 수 있는 영화라면 '18세 이상가' 등급은 무방할 것이다. 재심의가 22일까지 열린다고 하니 기대해본다. 〈죽어도 좋아〉의 영어 제목은 'Too Young To Die'다. 나는 늙지 않았는데 세상이 나를 늙었다 하네, 라는 한탄은 모든 노인들의 속마음일 것이다. 육체와 정신이 아직 소진하지 않았는데 누가 죽기에 알맞은 나이를 규정할 수 있겠는가.

2002/08

# 이주일 씨, 이젠
# 우리를 울리는군요

서산대사 쓰셨다는 회심곡에, 인간칠십 고래희라 팔십을 산다해도 잠든날과 병든날과 걱정근심 다제하면 단사십도 못사나니, 수백년전 이야기지 평균수명 팔십시절 육십환갑 겨우넘겨 우리곁을 떠났으니 애통하고 절통하오. 당신영전 문전성시 고관대작 부럽겠소. 생긴대로 웃겨주고 못생겨서 즐거웠고 그런대로 골골팔십 코미디언 잘할거지 누가당신 청천벽력 폐암걸려 금연운동 엄숙하게 앞장서라 하던가요.

코미디언 사십년간 말도많고 탈도많고 보답없이 지났지만 폐암선고 받고나서 금연운동 나섰다가 나라에서 국민훈장 모란장을 수여받고, 팔자없는 국회의원 사년하고 코미디수업 잘받았다 일갈하듯 벌떡일어나 웃기지말라 하는것이 당신답지 않았겠소. 금연운동 백번해도 당신본령 코미디언 어느누가 모르겠소.

팔십년도 나타나서 한순간에 사람마음 사로잡고, 유랑극단 무명세월 이십여년 닦은무공 뭉게뭉게 풀어놓아, 울다웃다 서민들과 희로애락 같이

하다 이리총총 가고보니 당신진가 새롭구려. 이리화재 하춘화를 업고나와 의리있는 사나이라 평했거늘 그게아냐 하춘화가 있어야지 사회자를 오래하지 했다는말, 그말속에 그가난과 그설움을 아는사람 모두아오.

한창시절 연날리기 중계방송 이년저년 했다하여 방송정지 웬말이요. 세상만사 저질인데 저질시비 웬일인가 당신인들 할말없어 입다물고 있었겠소. 된장간장 김장김치 오는사람 가는사람 있는대로 퍼서주고 없는사람 상가가서, 많은부조 몰래몰래 쥐어주던 당신큰손 아는사람 모두아오.

휠체어에 몸을싣고 단군이래 최대경사 축구4강 응원할때 누가당신 이리빨리 갈줄 알았을꼬. 만고영웅 진시황도 글잘하던 이태백도 천하명장 초패왕도 약잘쓰던 편작이도 할수없이 죽었는데 코미디언 이주일도 별수없이 가는구려. 일생일사 한번죽음 그뉘라서 면하겠소.

잘가시오 어서가오. 수지큐든 오리궁둥이든 잰발길로 어서가오. 회심곡에 세상사람 웃긴공덕 큰상주는 대목없어도 당신공덕 틀림없이 특별상을 받을거요. 금쪽같고 은쪽같은 가슴속에 꼭꼭묻은 당신아들 칠대독자 어여어여 만나시오.

2002/08

# 러브호텔을 첫 경험하다

내가 좋아하는 남편 선배 부부가 있다. 이들은 항상 새로운 것을 받아들일 준비가 되어 있는 사람들이다. 보통의 사람들은 몸 따로 마음 따로라 마음은 그득해도 몸이 잘 따라주지 않는데 이들은 '그거 좋은 거야, 해봐야지, 그거 새로 나온 거야, 써봐야지, 그거 새로 나온 영화야, 봐야지' 하며 당장 움직인다. 그래서 이 부부와의 만남에서 나는 항상 신선한 경험을 한다. 이번 여름도 그랬다.

여름휴가를 생각지도 못하다가 이들의 초대로 1박 2일의 짧은 여행을 갔다. 하루 종일 땡볕에서 걷고 느지막하게 저녁도 먹고 술도 먹은 뒤였다. 당연히 그 근처의 호텔이나 콘도에 예약이 되어 있는 줄 알았더니 허걱, 러브호텔에서 잔다는 거였다. 러브호텔이라니…… 거참, 뭐랄까 싱숭생숭해지고 야릇하게 흥분되고 뭔가 불순한 것 같고, 예순 살 전후의 중늙은이 네 명이 러브호텔에 들어간다니 해괴망측하기 짝이 없다는 기분이 들면서도 은근히 호기심도 발동했다.

태연하게 그거 좋지, 어디 좋은 데 있느냐, 아니 어디 섹시한 데 아느냐고 물었더니, 정해놓은 곳은 없고 이제부터 러브호텔이 수십 개 몰려 있는 지역으로 이동해 러브호텔 아이쇼핑을 하고 난 뒤 한 곳을 정해 들어간다는 거였다. 선택의 기준은 새로 지은 곳 우선에 초고속 인터넷망이 방마다 깔려 있어서 인터넷을 할 수 있어야 한다는 것이었다.

듣던 대로 러브호텔은 뒤쪽으로 차고가 나 있어 길가에서 볼 수 없도록 가려져 있었다. 러브호텔이라는 선입견 때문에 우리도 은근히 불륜의 냄새 같은 것을 피워볼까 싶었지만 의외로 아이들을 동반한 30대 부부가 심상하게 들어가는 모습도 눈에 띄었다. 대여섯 군데를 들락날락하며 선을 보다가 한 곳에 묵기로 결정했다. 딱 하나 남은 특실은 6만 원, 준특실은 4만 5천 원이었다. 특실을 선배 부부에게 상납하고 우리는 준특실에 들었다.

선배는 지방 대학의 교수인데 수업이 있는 요일엔 학교 근처의 러브호텔에서 묵는다고 했다. 콘도나 호텔에 비해 비용은 저렴하고 시설은 그만이라는 것이다. 그는 노트북만 달랑 들고 가서 랜 선만 꽂으면 수업 준비 인터넷으로 하지, 방에 냉온수 음용 시설이 있고, 컵라면 먹을 수 있지, 커다란 텔레비전 있지, 채널 부지기수지, 음악 들을 수 있지, 목욕 시설 호텔보다 좋지, 방 넓지, 시설 대비 가격이 어떤 서비스 시설보다 좋다는 러브호텔 찬양자였다.

어느 날은 자신이 단골로 가는 러브호텔에 들어가 수업 준비를 하려고 컴퓨터를 켰더니 방금 자신의 제자가 묵었다 갔는지 자신의 과제물이 그대로 떠 있더라는 이야기도 했다. 평생 러브호텔 비스무레한 곳에도 가보지 못하고 죽을 줄 알았는데 결과는 대만족이었다. 보통의 관광지에 있는 호텔 같으면 적어도 10만 원 이상은 지불해야 할 만한 숙소였다. 러브호텔에 대한 고정관념은 깨졌다. 앞으로 친구들과도 여행을 하면 러브호텔에 묵는 것이 여러모로 경제적이겠다는 생각을 했다.

맞다. 호텔이란 잠도 자고 러브도 하고 회의도 하고 쉬기도 하는 곳이지 러브하는 곳, 자는 곳, 부부가 가는 곳, 연인이 가는 곳, 관광객이 가는 곳이 달라야 할 이유가 없는 것이다.

신문사에 있을 때 일산인가에서 럭셔리한 러브호텔이 들어오는 것을 막는다고 학부모들이 관계 요로에 청원서를 내고 거세게 시위하던 무렵, 이메일을 받은 적이 있다. 요지는 이 세상에는 학부모의 입장만 있냐는 것이었다. "그러면 부부가 아닌 성인의 싱글 남녀는 어디 가서 자야 하나요, 일반적인 호텔은 너무 비싸고 여관은 너무 후지고, 차가 있어야 교외의 한적한 곳으로 나갈 수 있는데 사랑도 돈 있는 사람만 하는 건가요, 값 싸고 시설 좋고 가기 쉬운 곳이 직장이나 집 근처에 있어야 하는 것 아닌가요, 남녀가 사랑을 나누는 공간을 매춘 현장처럼 불쾌하게 취급하는 것은 정당한가요, 사랑이란 부부의 침실에서만 이루어져야 하는 건가요"라는 내용이었다. 그러면서 〈한겨레〉 같은 곳에서 그런 문제 제기를 해주어야 하는데도 러브호텔을 혐오 시설 쪽으로 몰아간다며 불만을 토로했다. 그것도 일리는 있는 말이거니 했지만 완전히 발상의 전환을 하기 어려웠고, 아 참, 세상 따라잡기 힘들구나, 하는 생각만 했던 기억이 났다.

이렇게 싼값을 받고도 호텔이 유지된다면 그럼 다른 호텔들은 너무 비싼 것 아닌가, 라고 했더니 선배는 호텔은 하루에 한 팀만 받을 수 있지만 러브호텔은 하루에 여러 팀을 투숙시킬 수 있으니까 수지가 맞는 것이라고 했다. 참으로 러브의 수요는 많기도 하구나 고개를 끄덕거렸다.

선배 부부와 아침을 먹는데 선배의 부인이 말했다. "요즘 젊은 애들은 참 좋겠지요? 연인들이 이용할 깨끗한 시설이 이렇게 도처에 널려 있으니까요. 우리 젊은 시절에는 연인끼리 갈 곳도 없어서 주로 음침한 여관, 지저분한 시설에서 첫 경험을 하는 경우가 많았잖아요. 물론 결혼식 올리고 신혼여행을 가서 생전 처음 럭셔리한 호텔에서 첫 경험을 하는 경우도 많았지만. 여관에서 나올 때 범죄를 저지르는 것 같은 더러운 기분이 들었던 것은 아마도 시설 때문이었을 거예요. 요즘 젊은이들은 호텔에 가서 사랑도 하고 영화도 보고 숙제도 하고 게임도 하고 목욕도 할 수 있으니 얼마나 좋아요."

부창부수랄까 그 부인도 신선했다. 아마도 딸 둘을 키우는 어머니로서 딸들에게 언젠가 일어날 일이 음침하지 않고 깨끗한 환경에서 이루어지길 바라는 염려와 배려도 배어 있는 것 같았다. 나는 선배 부부의 이런 발상에 맞장구를 치면서 기분이 저절로 밝아졌다. 내 아들들에게도 이러저러한 시설이 있으니 그걸 이용하라고 일러주고 싶은 기분마저 들었다. 그들은 이미 익숙하게 그런 시설을 이용하고 있는지도 모르지만 말이다.

러브호텔에 가봤다고 동네방네 자랑했더니 "그럼 러브호텔에 생전 처음 가봤단 말이에요, 선배는 그렇다 치고 선배 남편도 처음 가봤답니까?" 하며 의심의 눈초리를 보내는 후배도 있었다. "거기 어디니, 어떻게 가는 거니?" 하면서 가는 길을 꼬치꼬치 캐물으며 노골적으로 흥미를 보이는 친구도 있었다. "전국 방방곡곡에 널린 것이 러브호텔이란다, 아무 곳에나 가서 새로 생긴 곳에 묵으면 된단다" 했더니 열심히 받아 적었다.

선배 부부와는 가을에 한 번 더 여행을 가기로 했다. 어떤 새로운 레퍼토리가 기다리고 있을지 기대된다.

2005/09

# 나를 키운 8할은 사람

자라면서 이모가 내 엄마였으면 얼마나 좋을까 생각한 적이 많다. 이모처럼 살겠다고 다짐하면서도 이모의 위태위태하고 아슬아슬한 삶이 두렵기도 했다. 결국 어머니의 삶에 내 뿌리를 내리고 살면서도 이모의 삶을 목을 길게 빼고 동경하며 산 것이 내 자화상이다. 내 이모를 사랑했듯이 나는 한결같이 로맨티스트들을 사랑했다. 그래서 내 주변에는 로맨티스트들이 들끓는다. 사람들에게 로맨티스트로 비쳤다는 것은 나에겐 이루지 못한 꿈을 이룬 것처럼 달콤한 일이다. 다음 생에선 진정한 로맨티스트로 살아야겠다.

# 그만하면 대한민국 평균 수준

어떤 시인은 자신을 키운 것은 8할이 바람이었다고 했다. 나를 키운 것은 그러나, 사람들이었다. 살아오면서 만난 사람들, 나를 스쳐간 모든 사람들은 살아 있는 교과서였다. 그들이 살고 있는 모습을 통해서 나는 인생을 알고 배웠다. 닮고 싶고 그렇게 살 수만 있다면 싶었던 사람이든 절대로 저렇게 살아서는 안 되겠다며 반면교사로 삼았던 사람이든 모두가 내 인생의 스승들이었다. 그 가운데서도 벼락같이 나를 꼼짝 못하게 사로잡았던 사람이 있다. 그의 한마디는 내 인생의 지침과 기준이 되었다. 내 젊은 날 직장 동료였던 신홍범 씨다.

당시 월급이 6천 원인가였다. 그나마 매달 두 번에 나눠서 주었다. 지금은 언론사가 고액 임금을 받는 직장이지만 당시는 쥐꼬리만 한 수준으로 가정 가진 사람들이 어떻게 생계를 유지하는지 불가사의하게 여겨지던 시절이었다. 촌지가 주 수입원이라는 것은 뒤늦게 알았다. 어떤 부서는 촌지로 룸살롱을 제집 드나들듯하는가 하면 어떤 부서의 기자는 야근 뒤에도 걸어서 퇴근했다. 야근하고 집에 갔다 오면 왕복 차비가 드니까 차라리 그냥 회사 한구석에서 잠을 청하는 기자들도 있었다.

어느 날 신홍범 씨가 자신은 하루에 2백 원씩 용돈을 들고 나온다고 했다. 나는 어리둥절했다. 월급으로는 나 혼자 용돈 쓰기도 빠듯해 아침마다 어머니에게 손을 내밀던 처지라 "신홍범 씨, 이백 원 갖고 어떻게 살아요?"라고 정색을 하고 물었다. 그랬더니 신홍범 씨가 "김선주 씨, 몰라서 그러는가 본데 하루 이백 원이면 대한민국 평균 수준으로는 많은 편이에요"라고 대답했다. 나를 세상모르는 천둥벌거숭이라고 비난하려는 뜻은 아니라는 듯 덧니가 드러나게 환하게 웃으며 이 말을 하던 신홍범 씨의 얼굴을 지금도 생생히 기억한다. 아 그렇구나, 어떤 사람은 삶의 기준을 대한민국의 평균 수준으로 놓고 보는구나, 그런 방법도 있구나, 그렇게 사는 사람도 있구나. 그것은 내가 처음 듣는 이야기였고 부모에게서도 학교에서도 배운 바 없는 것이었다. 그 순간 나는 벼락을 맞았다. 벼락 맞고 사람이 천재가 되거나 이상하게 변했다는 이야기가 남의 이야기가 아니었다. 나는 그 순간 변했다. 그전까지의 인생과는 다른, 전혀 다른 눈으로 사람과 사물을 보게 된 것이다.

그날 이후 나는 내 삶이 대한민국 평균 수준이면 만족해야 한다는 강박으로 살았다. 공부를 많이 했다고 많은 월급을 받아야 하는 것이 아니고, 지식이 돈으로 환산되어서는 안 되고 출세를 하는 것이 많은 수입을 보장하는 것이어서는 안 된다는 것을 가슴 깊이 받아들였다. 돈이 목적이라면 장사를 해야지 지식인이, 대학교수가, 정치인이, 언론인이, 공무원이, 그러니까 공적인 기관이나 공공의 이익을 위해 존재하는 직업에 종사하는 사람이 대한민국 평균 수준 이상의 것을 사회에 요구할 권리가 없다는 신념을 갖게 된 것이다.

기자 생활을 하면서 어떤 사물이나 사건을 볼 때 대한민국 평균 수준의 사람들은 어떻게 느낄까 라는 입장에서 보려고 노력했다. 그리고 이른바 가방끈 긴 집단에서 가방끈 짧은 직종의 소득이 자신들보다 많은 것을 불평할 때마다 "그게 소원이면, 그게 그렇게 억울하면, 당신들 자녀는 그런 직업에 종사하도록 시켜라" 하고 자신 있게 말할 수 있었다. 위험하고 남들이 하기 싫어하는 직종에 종사하는 사람들이 높은 보수를 받는 것은 당연하다.

그러나 이런 나의 사고방식을 아이들에게까지 적용한 것은 두고두고 켕기는 일이었다. 이로 인해 내 아이들이 깊은 상처를 받았다는 것을 알았기 때문이다. 아이들에게 과외공부를 시키지 않은 것은 물론 교복 이외의 것을 바라는 아이들의 요구는 항상 잘라 먹었다. "너희들 대한민국 수준으로 얼마나 잘 먹고 잘사는 건지 알기나 하냐"를 누누이 강조했다. 아마도 대한민국의 학부모가 자식들 교육에 쏟는 열정과 비교하면 나는 밑바닥 수준의 어머니였을 것이다. 아이들이 한참 뒤에야 자신들은 유명 상표 붙은 운동화를 신고 싶었지만 한 번도 요구할 수 없었으며, 용돈도 무슨 통계를 인용해서 꼭 대한민국 평균 수준으로 주는 것에 대해 한 번도 불평할 수 없었다는 이야기를 했다.

그래도 나는 지금 자위하고 산다. 그래 너희가 명문 대학을 다니지 못했지만 나쁜 짓 안 하고 누구랑 싸운 적도 없고 말썽 피워 학교에 불려간 적도 없으니까 그만하면 대한민국 평균 수준의 자녀들보다는 나은 것이고 그것으로 족하지 않나 생각한다. 텔레비전에 청소년들이 나와서 공부 열심히 해 부모에게 효도하고, 출세해서 돈 많이 벌어 부모님 호강시켜주겠다는 말을 거침없이 하는 것을 들으면 어쩐지 나는 대한민국 아이들 모두에게 부모들을 대신해서 부끄럽다고 사과하고 싶은 심정이 된다.

신홍범 씨는 그 뒤에 〈한겨레〉 창간에 참여했다. 논설위원을 했고 지금은 두레출판사를 운영하며 좋은 책들을 많이 내고 있다. 그는 아마도 35년 전 그가 한 말 때문에 내가 세상을 보는 눈이 변했다는 것을 전혀 눈치채지 못하고 있을 것이며, 그 말을 한 것도 기억에 없을 것이다. 이렇게 인생의 어느 길목에서 만난 누군가의 삶에 대한 태도가 내게 깊은 영향을 주어 나를 키워주고 나를 형성해주었다. 책을 통해서가 아닌, 우리 시대를 나와 함께 살아가는 주변 사람들에 의해 나는 오늘도 배우고 있고 아직도 크고 있다.

2006/03

# 캐딜락을 타고 떠난 사람

한 사람이 세상을 떴다. 나와 동시대를 살았다. 그를 보내는 행사가 2월 마지막 날 서울대병원 앞 공원에서 열렸다. 그가 몸을 누인 목관은 장례식이 시작되기 전 식장을 빙 돌아 캐딜락에 운구되었다. (주)새서울 캐딜락이라는 광고가 씌어진 서울 40 바 10** 길고 새카만 외제차에 실려 벽제 화장장에 가서 그는 육신을 털어버린다. 유언대로 태어나 자란 충남 보령군 대천읍 대천리 387 관촌마을 땅에 뿌려진다.

그 사람, 소설가 이문구. 향년 62세.

농사꾼, 사법대서사, 배 주인이자 남로당 보령총책이었던 아버지는 6·25 발발과 함께 예비검속되었다가 며칠 뒤 후퇴하던 읍면의 치안기관에 의해 처형된다. 둘째 형은 육사 2기로 들어갔지만 위장병을 얻어 자퇴해 돌아와 집안일 거들다가 다른 사람들과 한 오랏줄에 엮인 채 아버지와 운명을 같이했다. 셋째 형은 부친과의 연루혐의로 초겨울 밤 가마니에 담겨져 대천해수욕장에서 바닷물에 산 채로 수장되니 그때 나이 열여덟. 큰형은 일제 시대 징집되어 도일한 뒤 실종됐다. 양반 가문임을 평생의 자랑으로 삼은 한산 이씨 조부는 집안이 풍비박산하자 난리 속에서 엄동설한에 운명하니 나이 아흔, 천수를 누렸으나 호상일 수 없었다. 당시 이문구 나이 열 살. 3대에 걸친 네 사람의 목숨을 한 해 동안에 잃은 어머니는 1956년 나이 쉰에 사망한다.

1978년에 그는 이렇게 가족사를 기록했다. 뒤늦게 넷째 아들로 태어났다가 순식간에 장남이자 유일한 손이 되어버린 이문구가 어린 마음에 맨 먼저 다짐한 것이 나만은 절대로 형무소나 유치장 출입을 하지 말아야겠다는 것이었다. 오래 살아야겠다는 것이었다. 그것이 죽은 혈육들을 위로할 수 있는 유일한 임무라고 믿었다. 그가 평생 꺼린 일은 자기 이론을 내세워 남과 토론하는 것. "나는 무슨 일에나 중립이기를 희망한다. 과연 언제까지 이렇게 살 수 있을 것인가. 원컨대 이 삶이 무의미하지 않기를……."

봄은 어디선가 준비되고 있겠지만 2월 말의 날씨는 밑에서부터 찬기가 올라왔다. 갓 취임한 이창동 문화관광부 장관이 자신의 문단 데뷔에 손을 잡아준 것이 이문구였다고 제일 먼저 짧게 조사를 했다. 이호철 선생은 작가회의, 문협, 펜클럽 등 등 돌리고 살았던 문인들이 한자리에 모여 문인장을 치른 것에 감동하여 우리 모두 한 이름으로 뭉치자고, 그것이 이문구가 평생 원한 바라 했다. 펜클럽의 신세훈은 고인이 문학상도 문학비도 세우지 말라고 유언했다지만 그럴 수는 없다고, 유골이라도 수습하자고 목청을 높였다. 말석에 어정거리던 내 곁의 한창훈과 유용주, 그의 유해를 운구했고 유골을 부여안고 관촌까지 갈 그들은 어림없는 말씀, 고인의 뜻이 무엇인지 고인의 생이 어떠했는지 모르냐며 작은 목소리로 일축했다.

길게 이어지는 조사를 듣는 것도, 국화꽃 한 송이 한껏 웃는 영정 앞에 놓는 것도 부질없다 싶어 장례식장을 떠났다. 그의 유해가 실린 캐딜락을 슬그머니 쓰다듬고 길을 건너 구멍가게에서 소주 한 병을 샀다. 마개를 따서 한 모금을 깊게 들이켰다. 이문구 선생 잘 가시오. 당신 생전에 한 번도 차 한잔, 술 한잔 같이 옳게 못하고 이렇게 소주 한잔으로 당신을 보냅니다.

이문구 씨를 알게 된 것은 20대 초반. 나는 문학 담당 기자였고 그는 갈 데 없는 촌놈 문인이었을 시절이었다. 나는 그에게 평생 큰 빚을 졌다. 다른 빚은 내 가슴속에 묻고 평생 곱씹을 터이지만 그 짐승 같은 시절에 외가나 친가에 한 명도 목숨 잃은 사람 없는 내가 세상에 대해, 사람에 대해 이러쿵저러쿵 들까분 것이 동시대를 산 사람으로서 너무 부끄러워 나는 그 앞에 옳게 나서지 못했다.

당신 가는 길에 전 대통령, 새 대동령의 화환이 무슨 소용이며 캐딜락이 웬 말이오. 개갈 안 난다는 당신 말이 생각납니다. 어차피 관촌에 간들 옹점이 대복이랑 놀던 그 땅 그 모습은 아니겠지요.

그를 보내는 날 해거름에 곁에 앉은 젊은 동료를 끌어내 소주 한잔 진하게 마시며, '너희가 이문구를 아느냐' 일갈하고 돌아와 이 글을 쓴다. 몇 년 전 〈조선일보〉가 제정한 동인문학상을 이문구가 받자 아무것도 모르는 젊은 것들이 이문구를 씹었을 때, 이놈들아, 너희들이 이문구를 아느냐고 소리쳤듯이.

2003/03

# 리영희 선생과 오빠부대

장마가 잠깐 개었던 토요일 오후 리영희 선생님 부부와 함께 예술의전당에서 김성녀의 〈벽 속의 요정〉 마지막 공연을 보았다. 일행은 선생님의 오빠부대를 자칭하는 여자들 몇몇이었다. 선생님의 오빠부대 중 한 사람이 〈벽 속의 요정〉을 본 뒤 이 연극을 꼭 선생님께 보여드려야겠다고 해서 사발통문을 돌려 자리가 마련되었다.

선생님은 옆에 '존경하는' 아내 윤영자 여사를 모시고 산본에서부터 손수 운전을 하여 나오셨다. '존경하는'은 선생님의 표현이다. 지난해 대담 형식의 자서전 『대화』가 나왔을 때 선생님은 책머리에 이렇게 썼다.

> 긴 세월에 걸친 문필가로서의 나의 인생의 마지막 저술이 될 이 자서전을, 결혼 이후 50년 동안 자신을 희생하며 오로지 사랑하는 자식들과 못난 남편을 위해서 온갖 어려움을 힘겹게 극복하고 굳건한 의지로 헤쳐온 존경하는 아내 윤영자에게 바친다.

남편을, 아내를 사랑한다는 말은 하기 쉽지만 존경한다는 말은 좀체 하기 어렵다. 젊은 사람이 이런 단어를 썼다면 사람들은 닭살이 돋는다고 했을 것이다. 그러나 결혼생활 50년을 지낸 한 시대 최고의 지식인이 아내에게 존경한다는 헌사를 바친 것은 그것 자체로 머리가 숙연해지는 느낌이었다. 존경이라는 말 속에 들어 있는 결혼생활 50년의 역사와 함축된 의미를 헤아려볼 수 있기 때문이다.

오빠 부대가 만들어진 것도 『대화』 때문이었다. 이틀에 걸쳐 책을 정독하고 나니 한 시대를 지식인으로서 직업인으로서 철저하게 살아온 선생님이 새삼 경탄스러워졌다. 직장생활을 마감한 직후에 읽었기 때문인지 같은 직업인으로서 얼마나 게으르고 철저하지 못했던가에 대한 부끄러움과 회한으로 온몸이 오그라드는 느낌이었다. 후배들 몇몇에게 책을 권했더니 책을 읽은 후배들도 꼭 같은 감동을 받고 선생님과 대화 시간을 갖기를 바랐다.

임진강에 황복이 돌아오던 계절에 우리는 선생님을 강화로 초대했다. 존경하는 선생님이 존경하는 윤영자 여사도 당연히 함께였다. 이러저러한 모임을 가질 테니 반드시 책을 읽고 오라고 했더니 열댓 명이 모였다. 일행 중에 언론인도 의사도 변호사도 작가도 영화배우도 있었다. 연령도 직업도 가지가지였지만 전부 여자들이었다.

그날 선생님은 책에 대한 이야기뿐 아니라 인생 전반에 관한 이야기와 결혼생활을 하면서 아내에게 미안했던 일, 못할 짓을 겪게 한 미안함 같은 것을 솔직히 털어놓으셨다. 여성 문제나 호주제에 대해서도 여자들보다 앞선 진취적인 발언과 신념을 이야기하셨다. 진실을 추구하고 세상의 진보를 믿는 지식인이라면 선생님처럼 남녀 문제에 관해서도 예외를 두지 않는다는 것을 확인할 수 있었다. 그래서 그날 참석한 여자들은 모두 선생님의 오빠부대가 되었다.

연극을 보고 나오신 선생님은 총평을 하셨다. 연극의 마지막에 30년 동안 벽 속에 갇혀서 산 아버지가 돌아가시는 장면이 있다. 기독교 신자인 어머니가 목사를 불러서 아버지에게 하나님을 받아들이라고 재촉한다. 목사가 "형제님, 하나님을 받아들이세요. 하나님을 믿으시죠"라고 채근했지만 아버지는 "나는 인간의 사랑을 믿습니다. 그뿐입니다. 인간의 사랑에 하나님의 사랑이 나타나는 겁니다" 하고는 끝내 묵묵부답이었다. 아버지는 미소 지으며 "나는 하나님한테 용서를 구하지 않아. 사람들…… 당신한테 용서를 구할 뿐이지" 하며 아내에게 "용서해줘"라고 말하고 죽는다.

선생님은 이 부분이 연극이 하고 싶은 말이고 이 말을 하기 위해 이 작품이 씌어졌다고 하셨다. 우리는 박수로 선생님의 총평에 동의했다.

자리를 예술의전당 숲 속의 벤치로 옮겼다. 장마가 갠 여름날 저녁 아직 해가 떨어지기 직전의 숲은 싱그러웠다. 헤어지기 아쉬워서 우리는 둘러앉아 학예회처럼 하나둘씩 노래를 불렀다. 마지막에 선생님은 윤영자 여사와 함께 〈사랑의 미로〉를 불렀다. 한두 번 해본 솜씨가 아니었다. 서로 얼굴을 바라보며 2절까지 노래를 부르는 동안 나는 1년 전 강화에서 있었던 모임을 기억해냈다.

그날 우리는 선생님께 아내인 윤영자 여사의 발을 마사지해드리라고 했다. 거절하실 줄 알았지만 선생님은 기꺼이 하셨다. 윤영자 여사의 발을 지그시 진지하게 바라보다가 얼굴을 들어 말씀하셨다. "난 결혼생활 오십년 동안 이 사람 발을 이렇게 자세히 본 것이 생전 처음이야"라고. 새로운 발견, 새로운 경험인 발 마사지는 한 시간쯤 계속되었다.

한 시대의 핍박받았던 지식인이고 가정보다는 직업이, 개인보다는 사회가 중요했던 남자의 옆에서 50년을 살아낸 윤영자 여사에게 물었다. "젊은 시절에 비해 선생님이 가정적이 되셨으니까 이제 섭섭하고 힘들었던 것 다 회복되셨죠?" 했더니 손가락을 내밀고 "조금"이라며 웃으셨다.

얼마 전 김창숙 선생을 기리는 심산상을 수상하신 자리에서 선생님은 이런 말씀을 하셨다. "내 책에 쓴 것은 내가 만들어낸 것도 아니고 모두 사실에 근거한 것이다. 내 책에 쓴 내용이 상식이 되어 아무도 내 책을 안 사 보는 세상이 좋은 세상이 되는 것이다."

병을 이겨내고 손수 차를 운전하실 정도가 된 한 시대의 거인이 결혼 50년 만에 아내와 함께 서로 새로운 발견을 하고 심취하게 된 모습을 보면서, 우리는 각자 울컥해지는 마음을 간직한 채 헤어졌다.

2006/08

# 이규태 선배와 낙지볶음

지난 2월 말에 작고한 이규태 선생은 젊은 시절 내 직장 동료이자 선배였다. 그는 내가 입사했을 때 처음으로 나를 '김선주'라고 이름 석 자를 함께 불러준 유일한 선배였다. 당시는 결혼 안 한 여자는 무조건 '미스'였다. 선배는 물론 동료들도 나를 '미스 김'이라고 불렀다. 내가 인상을 쓰면서 "왜요, 미스터 김" 해도 그 의미가 무엇인지조차 몰라 어리둥절해하던 것이 대부분의 남자들이었다.

이규태 선배는 무교동 낙지골목에 자주 나를 데리고 갔다. 후배들을 여럿 몰고 가서 낙지 한 접시를 시키고는 종업원에게 국물 모자라다고 국물 더 달라 해서 국물에 낙지 몇 점이 묻어오면 그것으로 버티고 여러 차례 국물을 청해 낙지 한 접시로 몇 시간을 버티는 방법도 전수해주었다. "나는 죽으면 낙지 귀신들에게 쫓길 거야. 낙지를 너무 먹었거든" 하며 히죽이 웃기도 했다.

유신이 선포되고 거수기 국회의원이었던 유정회 소속의 의원 하나가 유신의 정당성을 주장한 글이 어느 날 〈조선일보〉에 실렸다. 그 글이 실린 경위를 따져 묻는 것으로 〈조선일보〉의 자유언론실천운동이 시작되었다. 1972년이었을 것이다. 앞장선 것은 언젠가 칼럼에서 말한 신홍범 씨였다. 그 무렵 나는 신홍범 씨한테 워낙 뿅 가 있는 상태였기 때문에 신홍범 씨가 하는 일이면 무조건 지지였다. 사안이 워낙 기가 막히고 국장과 부장이라는 선배들의 태도가 비겁해서 편집국 기자 전원이 이 운동에 동참했다. 당시 부장들은 우왕좌왕하며 젊은 기자들을 맨투맨으로 격파시킨다며 한 명씩 따로 불러 회유와 설득을 자의 반 타의 반으로 하였다. 이규태 선배는 몇 번인가 나를 은밀하게 불렀다. "이봐 김선주, 그만 설쳐. 역사를 보라구. 암흑시대가 이백 년도 넘게 계속되기도 했어. 그냥 조용히 살라구. 설치지 말라구……."

그가 나를 회유하거나 설득하기 위해 한 말이 아님을 나는 그때도 알았다. 진정으로 나를 걱정하는 마음뿐이었다는 것을. 그러나 나는 매번 빈정대고 발끈했다. "아니 그럼 나는 태어나서 죽을 때까지 암흑시대에 살아야 한단 말이에요? 나는 그렇게 못해요. 못 참아요. 지금 시대에 어떻게 암흑시대가 이백 년이나 계속된단 말이에요. 일제 시대도 오래갈 것 같았지만 삼십육 년으로 끝났잖아요. 이광수도 최남선도 일제 시대가 영원히 계속될 것이라고 믿고 친일을 했지만 결국 암흑시대는 끝났잖아요. 이 선배는 평생을 암흑시대다 하고 나 죽었다 하고 살 건가요?"

그리고 30년이 지났다. 편집국 기자 전원이 동참한 운동이었지만 서른 몇 명만 회사에서 쫓겨났고 이규태 선생과는 가는 길이 달라진 채로 다시는 만나지 못했다. 시대는 많이 변했다. 나는 그를 꼭 한 번쯤 만나서 "지금이 암흑시대인가요, 암흑시대가 아직도 계속되고 있는 건가요?" 묻고 싶었다. 좋아하는 낙지볶음을 사드리고 싶었다. 내 젊음도 지나갔고 그냥 사는 이야기를 하면서 뭔가를 위로해주고 싶다는 기분이 들었다. 아마도 내가 그렇게 잘난 척하며 따졌을 때 그가 보인 쓸쓸했던 혹은 풀 죽었던 표정이 두고두고 내 마음의 빚으로 남았기 때문이리라.

〈한겨레21〉에 '이규태의 지하실에 들어가다'라는 기사가 실렸다. 이규태 선생의 사후에 그의 서재를 방문한 기사였다. 그의 아들은 아버지에 대해 이렇게 말했다고 한다. "둘째 큰아버지가 6·25 당시 좌익의 고위 간부였다가 월북을 했는데 가족과 친척이 연좌제 때문에 고생을 많이 했답니다. 당신도 돌아가실 뻔한 위기를 넘겼고 조카들이 취직할 때는 그 문제 때문에 보증을 서야 했지요. 내가 대학 다닐 때 데모를 하는 것은 좋은데 연좌제로 불이익을 받을 수 있다는 것을 기억하라 하셨지요."

자라 보고 놀란 가슴 솥뚜껑 보고 놀란다던가. 좌익 간부의 형을 두었던 사람은 아들이 데모를 해도 연좌제로 가족이 두고두고 불이익을 받을 수 있다고 생각하게 되는 것인가. 이규태 선생이 얼마나 모진 세월을 지냈는지를 짐작할 수 있다. 나에게 "이봐 김선주, 역사를 보라구. 암흑시대가 이백 년 넘게 계속된 적도 있었다구" 말할 때 그의 머릿속에는 연좌제가 스쳤을 것이다. 어디 이규태 선생뿐이었겠는가. 물론 그런 낙인을 딛고 일어나서, 또 그런 누명과 오해를 대대로 받으면서도 당당하게 살아가는 사람들이 없는 것은 아니다. 그러나 대부분의 대한민국 사람들에게 그것은 지뢰밭이고 복병이다. 끔찍한 세월이었다. 우리 사회의 소시민적 보수층들은 가족 가운데 누군가 좌익이었다는 것 때문에 상처를 받았거나 간접 경험을 통해 절대로 영원히 결코 좌파라는 말, 빨갛다는 말 근처에는 얼씬도 안 하는 것이 거의 체질화돼 있다.

나는 암흑시대는 이제 지나갔다 하고 살고 있다. 그러나 한명숙 총리 지명자에게도 그의 전력을 들먹이며 사상 논쟁을 벌이려 하고 무슨 사건만 생기면 아직도 빨갱이 운운하고 사돈의 팔촌의 전력까지 들먹이는 것은 여전하다. 학자의 의제 설정을 문제 삼아 강정구 교수를 그가 몸담고 있는 대학이 쫓아냈다. 사상과 관련한 집단적인 광기와 경기다. 나처럼 실실 사는 사람에겐 암흑시대가 아니지만, 더 정직하고 더 날카롭고 더 분명하게 살려는 사람들에겐 우리 사회가 아직 암흑시대일 수도 있다는 것에 생각이 미치면 부끄러워진다.

글로 먹고사는 사람에게 평생 글쓸 공간이 있다는 것을 행운이라고 생각하고 산 이규태 선생, 왜 연좌제, 좌익 이런 문제에 대해, 그 끔찍한 시절에 관한 이야기를 정면으로 쓸 수 없었는지…… 당신쯤 된다면 그래도 될 텐데……, 살아 계셔 만났다면 나는 또 30년 전처럼 속사포같이 쏘아붙였을 것이다.

이규태 선생 돌아가셨다는 소식 듣고 문상도 못 갔다. 살아생전에 꼭 만나 낙지볶음 사드리고 싶었는데 내가 먼저 연락을 드리지도 못한 사이에 가셨다. 속 좁은 내가 사람 노릇 또 못하는구나 싶다.

2006/04

# 60에 데뷔해서 85에 전성기를

어떤 사람의 인생이 훔치고 싶을 정도로 부럽다면……. 그런 친구가 있다. 극작가이고 연출가인 김청조다.

20대의 우리들은 주로 청진동에서 찌그러진 주전자에 든 막걸리를 마시며 예술과 사회와 우리의 미래에 대해 떠들어댔다. 열정적이었던 김청조의 옆에는 언제나 조용한 양문길 씨가 있었다. 둘은 이미 부부였고 대학 시절에 신춘문예니 하는 곳에 화려하게 데뷔를 한 작가들이었다. 나는 신출내기 문학 담당 기자였다. 가난했던 우리는 청진동에서 가구점을 하고 있던 친구 부부네 가게에 죽치고 앉았다가 누군가 돈이 있으면 술집으로 향하곤 했다. 그러나 생계를 위해 가구점을 차렸던 그 부부가 장사가 안 돼 이민을 가고 나자 우리의 아지트도 없어졌다. 각기 아이들을 낳고 생업에, 먹고사는 일에 허우적거리며 흩어졌다.

사람이 누군가를 알게 된다는 것은 정신 속에 그 사람이 지문으로 남게 된다는 것을 의미한다. 아무런 지문도 남기지 못하고 간 사람이 있는가 하면 우연히 길거리에서 본 어떤 중년의 피곤한 얼굴이 두고두고 마음에 남아 있기도 하다. 단 한 번 만났을 뿐 다시는 만날 일이 없는 사람인데도 정신의 어느 갈피엔가 간직되어 있다가 문득문득 나의 삶에 어떤 중대한 발언을 하고 있다는 느낌이 강하게 들기도 한다.

김청조도 나한테 그런 사람이다. 청조가 왜 소설을 안 쓰지, 왜 희곡을 안 쓰지, 아이들은 어떻게 컸는지 가끔 생각하면서 세월은 흘러갔다. 텔레비전 문학관에서 그가 극본을 쓴 작품이 좋은 평가를 받은 것을 보았고, 최승희를 드라마화한 것을 열심히 보기도 했다. 열심히 먹고사는구나 싶었다. 남편 양문길 씨는 작품 활동은 접었는지 출판사에 다닌다는 소식을 들었다.

10여 년 전쯤 김청조와 양문길 선생이 직장으로 찾아왔다. 아, 청조도 나를 기억하고 있구나 싶었다. 청조는 열정적으로 작품 계획을 토로했다. 열아홉에 영화감독이 되어 서른 살까지 여섯 편의 영화를 남기고 간 김유영의 일생을 쓰고 싶다고 했다. 그의 옆에서 양 선생은 여전히 조용히 앉아 있었다. 아들과 연극을 한다고 했다. 나중에 알고 보니 아들과 연극을 하면서 아파트를 날리고 양평의 골짜기로 들어가 있던 시절이었다.

그동안 양 선생은 세상을 뜨고 아들 양정웅은 극단 '여행자' 대표로 국내는 물론 세계 연극계에서 주목받는 연출가가 되어 있었다. 아들의 작품을 엄마가 연출하거나 배우로 출연하기도 하고 엄마의 작품을 아들이 연출하고 배우도 하고 있었다.

며칠 전 아주 더운 날 우리는 대학로에서 만났다. 역사도 오래된 학림다방에서. 몇 십 년의 세월을 건너뛰었다. 이야기는 끝이 없었다. 점심시간이 지나가고 있었다. 배가 고팠다. 점심을 먹으러 나섰다. 청조가 그랬다. 어디 가서 술 한잔 할까. 우리는 저녁이 이슥하도록 술을 마셨다. 20대 때의 우리의 모습과 같았다. 내가 그런 것이 아니고 청조가 그랬다.

30대에 그는 지옥 같은 세월을 보냈다고 한다. "그래, 그건 나도 마찬가지야, 여자들이 결혼하고 아이 낳고 또 가족이란 구조 속에서 이리저리 치이다 보면 그건 지옥이지, 나는 다시 직장이란 장으로 튀어나왔는데, 너는 어떻게 지옥의 세월을 보냈니?" 물었다.

"아직도 안 늦었다, 안 늦었다 하며, 살았지. 뒤라스는 오십대에 『히로시마 내 사랑』을 썼고 예순다섯에 『연인』을 썼거든. 그리고 새롭게 연애를 시작한 것이 여든 살이었어. 그런데 귄터 그라스가 『양철북』으로 세계적인 작가가 되었을 때 어떤 외국 신문의 평을 보니까 '투 영'이라고 썼더라구. 그게 기억나더라니까. 아마 우리 나이로 마흔이었을 거야. 그래 마흔은 무얼 하기엔 너무 젊어, 아니 너무 어려, 이렇게 되뇌었지. 육십에 데뷔한들 늦는 것은 아니야. 그래서 인생의 목표를 이렇게 정했단다. 육십에 데뷔해서 여든다섯에 전성기를 누리겠다고……."

그런데 거짓말처럼 그는 60세에 데뷔를 했다. 지난해 천상병 시인의 일생을 그린 〈소풍〉이란 작품을 쓰고 아들이 연출을 했다. 그리고 그 작품이 극본상을 탄 것이다. 화려한 데뷔다. 자신의 작품이 각광까지 받고 보니 여든다섯에 전성기를 누리겠다는 계획이 너무 빨리 이루어지는 것이 아닌가 두려워지기까지 했다고 웃는다. 그는 상금을 받았고 그걸 털어 촬영기자재를 샀다. 독립영화협의회에서 그는 촬영을 배웠다. 영상을 알아야 할 것 같아서. 젊은 사람들도 힘들다는 과정을 소화했다.

"써야 할 게 너무 많아. 1930년대의 이야기들을." 그는 열정적으로 말했다. "왜 『고요한 돈 강』이나 『닥터 지바고』 같은 작품을 우리는 갖지 못하는 거지? 당시의 우리 선조들은 정말 정열적으로 살았어. 예순 살에 독립운동에 투신해 연해주로 떠났던 친척 할아버지의 전설 같은 이야기를 쓰고 싶어. 내 마음속에 간직한 이야기지. 그걸 쓸 거야. 『토지』도 안 읽고 『장길산』도 안 읽었어. 영향 받을까봐. 김유영도 써야지. 그런데 그의 작품이 스틸 몇 점만 남아 있고 어디에서도 찾을 수 없는 거야. 그래서 고민이야."

"그런데 너는 무얼 먹고 사니?" 물었다. "음…… 양 선생 연금이 삼십 몇만 원 나오고 독일에서 비교문학을 공부하는 딸이 아르바이트하며 가끔 용돈도 보내주고…… 음, 사위는 독일인 요리사거든…… 아주 괜찮은 친구야. 그리고 아들이 요새 좀 잘 나가잖니…… 용돈 줘. 아들이 잔소리 심해. 하루에 여덟 시간은 일을 하라고 하거든……."

그는 거나하게 취한 채로 좀 늦었다며 독립영화 하는 젊은 친구들과 시나리오 읽는 모임으로 총총히 사라졌다.

2006/09

# 자장면과 삼판주

아름다운 글 한 편을 읽었다. 건축가 김원 선생이 돌아가신 대학 시절의 은사를 그리워하며 쓴 글이다. 그 교수는 정년퇴직하고 집에서 책 읽는 것으로 소일하셨다고 한다. 건축과 교수라면 은퇴하여 당연히 서울시나 건설부의 자문위원, 전문위원, 심의위원이라는 자리에 앉아 대형 건설 프로젝트의 수주에 직간접적으로 막강한 영향을 끼치는 것이 보통인데 일절 그런 자리를 마다한 분이라고 한다. "은퇴는 은퇴여야지……" 하셨다는 것이다. 〈자장면과 삼판주〉라는 글의 일부를 옮겨본다.

……아마 꽤 심심하셨을 것이다. 그래선지 가끔 나에게 전화를 거셔서 "김 군, 나 점심 좀 사주려나. 자장면도 좋고……" 하셨다. 나는 이분이 '짜장면'이라 하지 않고 '자장면'이라고 천천히 발음하시는 게 듣기 좋았다. 내가 차로 모시러 가겠다고 하면 "아니야, 내가 나가서 버스를 타면 되네" 하셨다. '뻐스'를 '버스'로 하시는 것도 듣기 좋았다. 어느 핸가 정초에 세배

를 드리려고 가뵙겠다고 전화를 드렸더니 무척 좋아하시면서 집을 알겠느냐 얼마나 걸리느냐 물으셨다. 그날은 폭설이 내려서 그 집까지 가는 데 애를 먹었다. 골목길에 들어서니 교수님이 부인과 함께 우산을 쓰고 대문 밖에 나와 기다리고 있었다. 집에 들어가니 썰렁했고 난방도 시원치 않았다. 음식 준비나 누가 다녀간 흔적도 없었다. 그날 밤 교수님은 내가 사간 샴페인을 다 잡수시고 기분이 좋아서 "여보, 김군이 가져온 삼판주가 아주 좋구먼" 하셨다. 샴페인을 '삼판주'라고 하는 것이 아주 듣기 좋았다. 몇 년 뒤에 교수님은 조용히 돌아가셨고 장례식도 조촐하게 치러졌다…….

누구나 어렸을 때 꿈을 꾼다. 나는 숲 속에 작은 집을 짓고 살고 싶었다. 서울 한복판에 살고 있던 탓에 아버지 쪽으론 강원도에서, 어머니 쪽으론 북에서 무조건 밀고 쳐들어온 친척들 때문에 마당에 군용텐트까지 쳐놓고 북적거렸다. 돈 달라고 하면 일단 자동적으로 "없다"라고 하셨던 어머니는 쌀이 떨어졌다고 하면서도 무슨 요술을 부렸는지 집에 온 숱한 친척들 밥을 지어 먹였다. 외롭고, 쓸쓸히, 고상하게, 살아보자는 것이 내 꿈이었다.

그 꿈은 부잣집 맏며느리로 바뀌었다. 부잣집이라면 친정어머니처럼 쌀 사랴 연탄 사랴 허둥대고, 평생 내복을 기워 입고 살지 않을 수 있을 것 같았고, 딸들이 목욕탕 가게 돈 달라고 할 때마다 "너희들이 기생이냐 목욕을 자주 하게" 야단치지는 않을 것 같아서였다. 〈현대문학〉에 연재되던 『토지』를 읽고 이 결심은 굳어졌다. 여자로서 가장 파워 있는 것은 맏며느리 같았다. 『토지』의 윤씨 부인이 곳간 열쇠를 거머쥐고 친척과 주변 사람들을 두루 살피며 서릿발 같은 권위를 갖는 모습이 바로 내가 할 일이다 싶었다. 동학군 장수와의 사이에 불륜의 아들을 두었다는 것도 아슬아슬하게 매력적이었다.

대학을 나와 직장을 갖고 결혼을 하고 아이를 낳고 먹고사는 일을 걱정하며 세상풍파를 겪는 동안 이러한 꿈은 까맣게 잊었다. 철없는 시절의 부질없었던 꿈 대신에 어떤 노년을 맞을까가 숙제가 된 나이가 되고 말았다. 늙을수록 노욕이 심해진다는데 재수 없으면 백 살까지도 산다는 그 긴 노년에 어떻게 내 안의 노욕을 다스리며 살 것인가라는 문제가 코앞에 닥친 것이다. 〈자장면과 삼판주〉를 읽고 이거다 싶었다.

은퇴하여 책과 영화로 소일하다가 그도 심심하면 〈씨네21〉에 전화를 걸어 "허문영 편집장, 혜리 기자, 소희 기자, 나 점심이나 사주려나. 자장면도 좋고" 이렇게 이야기하면 되지 않을까. 혹시라도 연초에 폭설을 뚫고 삼판주라도 사들고 물어물어 집을 찾아올 후배가 한두 명은 있지 않을까. 그래도 쌀과 밀가루와 멸치, 김치, 된장 몇 가지의 푸성귀만 있으면 요술처럼 잔칫상도 차려내던 친정어머니의 솜씨는 물려받았으니 따뜻한 밥상 정도는 차려낼 수 있을 터이다.

청빈이 무능의 소치가 아니고, 검박한 삶이 누추하지 않은 그런 삶은 우리 시대엔 불가능한 것일까. 그런 꿈을 꾸는 것 자체가 또 다른 허영이고 부질없는 짓일까. 젊은 날의 꿈은 이루지 못했으니 노년의 꿈이라도 이루고 싶다. 후배들, 자장면과 삼판주 부탁해요.

2003/03

# 다시
# 그 노래를 부르며

"두어 달 전에 학교에서 이십일 세기 변혁을 주제로 특강을 해달라고 하더라고. 강의가 끝나고 곁에 있던 교수가 총장님이 차 한잔 마시자고 한다는 거야. 예전 같으면 앉았던 총장도 도망갈 판인데……. 총장실에 들어갔더니 총장은 없더라고. 부총장이란 젊은 친구가 일어서더니 죄송하다며 '총장님이 급한 일로 나가셔서 제가 이걸 드립니다' 하고 누런 종이를 들고 뭐라 뭐라 읽더라고. 교수 임명장이라는 거야. 서운하더라고. 나하고 의논도 없이 어찌 이랬냐 했더니 '선생님과 의논했다가 안 받아들이시면 여러 가지로 골치 아프니 특강 초청해놓고 이렇게 준비했습니다. 죄송합니다' 하는 거야."

이것이 초등학교 중퇴 학벌의 백기완 선생이 한양대 겸임교수가 된 사연이다. 평생 처음 갖게 된 합법적인 지위라는 말씀에 "그럼 평생 처음 월급을 받으시겠네요?" 하니, "아니야, 잘 몰라. 물어보지 않았어" 하신다.

요즘은 민중이라는 말이 사라지고 그 자리에 시민이 들어섰다. 그러나 나는 민중이라는 말을 좋아한다. 그 뜨끈하고 울컥거리는 감동과 때로는 성난 파도와 같이 휩쓸려가는 거대한 힘, 그리고 그 거대함 속에 개인이나 개인의 이익은 슬그머니 뒤로 물러나는 그 익명성의 낱말을…….

1987년 6·29 선언이 있고서, 나는 오, 이럴 수가, 이렇게 좋을 수가, 이런 날이 오다니, 마음을 잡지 못하고 들떠 있었다. 그해 겨울 두 김씨와 또 다른 김씨와 노태우 씨 모두 대통령 후보로 나선 뒤, 마음이 허전하고 지리멸렬한 가운데 충동적으로 서울 대학로의 민중후보 백기완 유세장에 갔다. 빼곡히 나무 위까지 올라선 수십만의 젊은이들 틈에서 "가자 백기완과 함께 민중의 시대로"를 외쳤을 때의 감동과, 민중이라는 말이 뜨겁게 달구어내던 열기를 잊지 못한다. 그리고 결단에 찬 긴장감으로 장중하게 울려퍼지던 노래도.

"사랑도 명예도 이름도 남김없이 한평생 나가자던 뜨거운 맹세…… 앞서서 나가니 산자여 따르라……."

지난 주말 옛 경희궁터에서 백기완 선생이 낸 잡지 〈노나메기〉 창간 기념 축하마당이 열렸다. '노나메기'란 말은 '너도 일하고 나도 일하고 너도 배불리 먹고 나도 배불리 먹되 단 올바른 방법으로'라는 정신이 들어 있는 우리말이라고 한다. 한승헌 변호사, 고은 선생, 리영희 선생이 굳건히 자리해 축하말을 했고, 오세철, 박호성, 강내희, 손호철 교수 등과 최열, 임헌영 씨 등의 얼굴도 보였다. 아직도 불굴의 의지로 민주, 민중, 민족을, 미국 금융제국주의의 흉계를 경계하는 백기완 선생의 일갈이 있었지만, 5월의 토요일 오후, 분위기는 한가로웠고 절박한 긴장감도 없었다. 그리고 사람들은 모두 일어나 그 노래를 불렀다. 흘러간 유행가처럼 처지는 노래에 힘을 주기 위해 1987년 겨울 언 땅과 언 하늘을 녹일 듯 뜨거웠던 열기를 기억하며 주먹에 불끈 힘을 넣어 오른손을 높이 치켜들었다. 그리고 생각했다.

우리가 지금 여기 올바른 자리에 서 있는 것인가. 이 사회가 그때 기대했던 그러한 세상인가. 잘사는 사람은 더 잘살게 되고 없는 사람은 더 힘들어진 세상, 아무도 반성하지 않고 아무도 잘못한 사람이 없는 세상, 어떤 과거도 청산되지 않았고 어떤 사람도 청산되지 않은 세상, 사랑도 명예도 이름도 남기지 않고 한평생 나가자던 맹세는 어디 갔지. 대학로의 수십만 인파는 지금 어디서 무얼 하지. 정치권에 수혈되었다는 새 피 386세대, 벤처에서 뜬다는 386세대, 그때 대학로에 있었을 그들은 그때 그 맹세를 기억이나 하고 있을까. 먼저 죽은 이한열, 박종철 그리고 전태일까지 숱한 젊은 친구들은 뒤에 남은 산 자들이 따를 줄 알고 있을 텐데. 앞서서 나가겠다던 약속은 지금 지켜지고 있는 거야? 그때 그 참담했던 선거 결과가 사람들 마음속에 불을 지펴 창간된, 내가 몸담고 있는 〈한겨레〉는 그때의 그 열정과 갈망을 제대로 이어가고 있는 거야? 그리고 여기에 몸담고 있는 너는. 5월에 다시 그 노래를 부르며 누군들 고개를 들 수 있을까.

2000/05

# 신학상 선생을 아십니까

"사람은 그들의 부모보다 그들의 시대를 닮는다." 최근 출판된 신학상 선생의 책 『사명당의 생애와 사상』의 첫 구절이다. 공무원들의 세금 도둑질과, 20대 젊은이들의 선혈 낭자한 표적 살인, 30대의 무차별 부녀자 연쇄살해 등의 사건을 놓고 범인들의 인간성과 성장 배경에 대한 온갖 분석의 말들이 요란하다. 그런 중에 친지가 보내준 책에서 이 구절을 읽었다.

사람이 중병을 앓고 있으면 입술이 부르트거나 까맣게 타고 피부가 곪아 터지는 등 흉한 몰골이 된다. 그 모습을 통해 신체 깊은 곳의 병을 짐작할 수 있다. 최근의 흉포한 범죄들은 이 시대와 이 사회가 깊은 중병에 걸려 있음을 경고하기 위한 시대의 징후로 읽어야 할 것이다. 따라서 부스럼만 다스려서는 안 되고 병을 근본적으로 치료해야 한다. 이들 범죄자의 좌절된 욕구와 빗나간 성정이 동시대를 사는 우리들 모두의 모습과 닮아 있기 때문이다.

전화번호를 수소문해 신 선생께 "그 말을 어디에서 인용했습니까?"

하고 여쭈었더니 "그것은 제 말입니다. 역사적으로 보아서도 그렇고 개인적인 경험에 의해서도 사람은 시대를 닮게 되어 있습니다"라고 카랑카랑한 음성으로 단호하게 말씀해주셨다.

신학상 선생은 올해 여든일곱이시다. 내년에 미수를 맞는다. 둘째 아드님이 『감옥으로부터의 사색』으로 잘 알려진 성공회대학 신영복 교수이다. 신 교수가 감옥에 있을 때 "나는 벽에 기대어 앉을 때마다 결코 벽에 기대어 앉으신 적이 없는 아버님을 생각한다"고 했던 바로 그분이고, 숱한 편지의 첫 구절마다 "아버님의 하서와 보내주신 책 잘 받았습니다"고 했던 바로 그 아버지다.

신학상 선생은 밀양 출신으로 사범학교를 나와 초중고교 교장으로 30년을 봉직했다. 교육감 시절에는 고향의 향토문화를 정리한 책과 한국말 발음사전을 낸 학자다. 나이 육십에 아들이 이른바 '통혁당 사건'으로 투옥된다. 아버지는 아들이 무기징역살이를 시작하자 누가 뭐란 것도 아닌데 근무하던 국사편찬위원회에서 나온다. 그 뒤 20년 20일, 가석방으로 20대의 아들이 마흔일곱이 되어 밝은 세상으로 나오기까지 옥바라지를 자상하게 하는 한편, 저술에 몰두한다. 그렇게 해서 나온 것이 『사명당실기』와 『김종직의 도학사상』이다. 이번에, 절판된 『사명당실기』를 보충하고 새롭게 다듬어 『사명당의 생애와 사상』을 내놓게 된 것이다.

사명당의 고향과 이웃한 마을에서 태어난 그는 어려서부터 사명당의 유적과 그의 전설적인 무용담을 듣고 자랐다. 그러나 임진왜란 때의 사명당의 활약이 과장되고 지나치게 와전된 나머지 그를 도술 중심의 초인간적 가공 존재로 만든 것을 보게 되었다. 이후 역사 속의 인물, 인간으로서의 그의 진정한 모습을 복원하리라는 것이 그의 평생의 숙제가 되었다.

자료를 모으기 시작한 것이 50년, 집필에 20년을 보낸 것이다. 감옥의 아들은 이 책에 대해 "옛것을 온(溫)하고 다시 새 것을 더한 아버님의 문체", "주관적 견해가 억제되고 사료 중심의 객관적 시각"이라고 썼다. 때로는 감옥의 아들로부터 역사 연구에는 사회경제적 분석이 필요하다는 조언과 함께 참고도서를 추천받기도 한다.

『김종직의 도학사상』은 조선 왕조 유학 계열의 사림들이 절대적인 가치로 삼았던 '명분'과 '절조', '의리'의 도학사상을 오늘에 새롭게 조명하고자 하는 뜻에서 집필했다. 김굉필-조광조로 이어지는 개혁, 진보의 후학들을 길러낸 김종직을 조명함으로써 오늘의 민족사적 과제와 접목시켜 보려는 그의 역사인식에서다.

> 무슨 짓을 하든 잘만 살면 된다는 생각, 수단과 방법이야 어떻든 결과가 모든 것을 합리화한다는 생각, 그리고 무엇보다도 기존의 것, 집권자의 것은 정당하다는 소위 쿠데타 사상이 사회풍조로 굳어진 것은 그 근원을 거슬러 올라가면 수양대군의 왕위 찬탈로 인해 형성된 소위 세조대의 훈구공신에서부터 비롯된 것이다. 쿠데타에 참여해 죄 없는 사람을 죽인 자들이 봉작을 받고, 자자손손이 부귀영화를 누리고, 그들에 의해 곡필된 '정사'로 인해 역사의 교훈이 권선징악 대신 권악징선으로 뒤바뀌었으니 사회풍조 또한 이에 다르지 않다.

5백 년 전의 역사를 오늘 이 시점에서 살려내야만 했던 신학상 선생의 혜안과 역사의식을 엿볼 수 있는 구절이다.

아들은 감옥에서 아버지가 보내준 돋보기의 안경알을 닦고 또 닦았다. 자식으로부터 "절제된 감정으로 면회 때의 그 짧은 접견 시간마저 얼마큼씩 남겨 흡사 넉넉한 한 폭 산수화의 분위기"라는 묘사를 듣는 이가 신학상 선생이시다. 감옥으로 들여보낸 수천 권의 책으로 아들은 아버지와 교감했다.

아버지 속을 많이 썩여 굳이 모시고 산다는 신영복 교수는 요즘 아버지께서 책을 끝내고 기력을 놓아 건강이 많이 쇠하셨다고 했다. 지식인으로서 가혹한 일제 시대를 힘겹게 넘기고, 아들을 20년 동안 감옥에 보내놓은 세월을, 사명당과 김종직을 오늘에 살려놓는 일에 바친 신학상 선생의 '명분', '의리', '절조'를 진한 감동으로 바라볼 수밖에 없는 오늘이다.

1994/09

# 사람 모양 그대로 죽기

알 만한 사람이 세상을 떠났다는 소식을 들으면 유언이 무엇이었을까, 무슨 말을 남겼을까, 마지막 모습은 어땠을까 궁금하다. 백남준 선생은 내 젊은 시절 우상 중의 한 분이시다. 보도에 따르면 부인은 백 선생이 영원히 살 것이라고 믿었기에 유언장을 따로 준비하지 않았다고 말한 것으로 전해졌다. 말 그대로 당신이 스스로 영원히 살 것이라고 했을 것 같지는 않다. 아마도 예술가로서의 영원성, 언젠가 병석을 털고 일어나 뭔가 더 재미있고 흥미로운 일을 하려는 창작 의욕이 영원했다는 말로 나는 해석하고 싶다.

사람으로 태어나 사람답게 살다가 사람의 한계를 드러내고, 그러면서도 사람으로서의 자존을 잃지 않고 죽는 모습은 내가 가장 좋아하는 죽음의 모습이다.

요산 김정한 선생님은 일제 시대에 붓을 꺾었던, 이 땅에서 진정으로 선생님으로 불릴 만한 몇 안 되는 분 중 한 분이시다. 대학 동창인 은숙이는 그분의 막내딸인데, 아버지의 마지막 가시던 모습을 회고하며 울다가 웃다가 했다. 평생 아버지를 존경했지만 죽음에 임하시는 태도는 진짜 현자 같았다고 전해주었다.

당시 부산에 큰 성당이 세워졌고 첫 민선시장이 등장했는데, 부산의 첫 사회장을 김정한 선생님으로 정하고 자신이 그 모든 행사를 주관하려 벼르고 있었다. 신축한 성당은 성당대로 첫 영결식을 김정한 선생님으로 모시기로 했다. 서울의 문단 등에서도 이 존경스러운 문인을 떠나보낼 만반의 준비를 하고 있었는데, 선생님이 좀체 돌아가시지 않고 병석에서 고통스런 몇 년을 보내셨다. 이 모든 것을 잘 알고 있는 선생님은 고통스런 하루하루를 보내시며 이렇게 죽기가 어려운데 너희는 앞으로 어떻게 죽을 거냐고 자식들을 측은한 눈빛으로 돌아보셨다 한다. 전국에 흩어져 사는 8남매가 아버지가 위독하시다 하면 병실로 모여들고, 다시 '아 이번에도 아니구나' 하고 헤쳐모이기를 여러 번 했다고 한다. 어느 날도 이렇게 병실로 모여들어 오랜만에 만난 형제자매들은 병상의 아버님 문안보다는 "야, 오랜만이다", "너, 신수 좋아졌다", "누구 대학 입시는 어떻게 되었느냐"고 안부를 물으며 왁자지껄 떠들고 있는데, 자는 듯 누워 계시던 아버님이 갑자기 입에 손을 대고 "쉿!" 하였다는 것이다. 깜짝 놀라서 무슨 일인가 했더니 "지금이 어떤 자리인데 너희가 이렇게 떠드느냐" 하시며 혀를 쯧쯧 차시고 우선 아버지부터 돌아보는 것이 옳다고 가르치셨다는 것이다. 당시 대추차가 막 개발되기 시작했을 무렵인데, 어떻게 아셨는지 선생님은 "대추차가 그렇게 좋다는데, 맛 좀 보자" 하시며 대추차를 한 잔 청해 마시고 돌아가셨다고 한다. 나는 그 사람다움이 마음에 와 닿는다.

스님의 죽음 가운데는 일화들이 많은데 내가 가장 좋아하는 것은 숭산 스님의 마지막이다. 하버드 대학 출신의 현각 스님 때문에 더욱 유명해진 숭산 스님을 볼 때마다 저 동그스름하게 귀여운 노인이 무슨 카리스마로 서양의 젊은이들을 끌어들였나 항상 궁금했다. 그런데 돌아가실 때 마지막 말씀이 "나 누울란다"였다는 말을 듣고, 바로 이거구나 싶었다. 원래 고승들은 '나 오늘 갈란다' 식으로 자신이 떠나는 일시를 예언하기도 하고, 앉아서 열반하는 것을 도가 많이 통한 스님으로 간주하는 경향이 있다. 그래서 아파서 정신이 없는 스님을 쿠션과 베개로 괴어놓고 앉아 계시게 만든다는 이야기를 들은 바 있다. 그런가 하면 몇 날 몇 시, 라고 돌아가실 날을 말씀했는데도 안 돌아가시면 시간 맞춰 돌아가시게 함으로써 고승의 반열에 확실하게 앉도록 한다는 무서운 이야기를 들은 적도 있다. 아픈 사람이 앉아 있기가 얼마나 힘든지는 아파본 사람은 알 것이다. 그런데 솔직하게 "나 누울란다" 하셨다니 이 얼마나 고승다운 태도인가. 아니 사람다운 태도인가.

얼마 전에 한 할머니가 돌아가시고 나서 염하는 분들이 눈물을 흘렸다는 말을 들었다. 가족도 없이 떠나시는 분이 유언장을 남겼는데 아무도 돌보아주지 않는 자신의 몸뚱이를 마지막에 염해줄 사람들을 위해 특별히 돈을 남겼다는 것이다. 염 생활 수십 년에 처음 있는 일이라며 눈물로 정성을 다해 뒷수습을 했다고 한다.

마지막 가는 길에 자신이 사람으로 살았던 모양 그대로, 사람다운 한계를 드러내면서도 사람에 대해 배려하고 떠나는 것이 진정으로 사람의 위대함이 아닐까 생각해본다.

2006/02

# 언니의 유언장

참으로 청명한 날, 언니가 세상을 떴다. 동료들과 점심을 먹으려고 음식점에 들어가 막 앉았는데 핸드폰이 울렸다. 조카의 목소리였다. "……이모 ……갔어. 조금 전에……."

오랜 병에 효자 없다고 하는데 언니의 곁에는 망나니 자식 하나 없었다. 결혼을 한 적도 임신을 한 적도 없는 언니를 자매들은 박물관에 보관해야 할 '처녀'라고 놀렸다. 언니가 쉰세 살에 미국에서 어머니에게 보낸 편지는 우리 모두를 울렸다.

……어머니, 어머니의 소망을 이제는 거두십시오. 생전처음 산부인과에 갔습니다. 얼마 전부터 오락가락하던 생리가 드디어 멎었다고 합니다. 늘그막에 아무라도 만나서 자식 낳고 살기를 기대하셨지만 이제 틀렸습니다. 그만 노심초사하시고 어머니의 건강만을 염려하십시오…….

언니의 사망 소식을 듣고 제일 먼저 생각난 것이 그 편지였다. 눈물이 쏟아졌다. 집안일로 잠깐 귀국했던 언니는 배가 아프다고 하여 병원에 갔다. 대장암이었다. 수술 여섯 시간 만에 나온 의사는 온몸에 암이 퍼졌다고 했다. 자궁과 대장의 암 조직은 수술로 제거했지만 간 쪽에 퍼진 암은 말기여서 손을 댈 수가 없었다고 했다. 언니는 주치의를 만나 자신의 병에 대해 자세히 물었다. 의사는 항암 치료를 권했다. 비위가 약한 언니는 한 번의 항암 치료를 하고 그만두었다. 항암 치료를 하면 6개월, 안 하면 3개월 산다는데 그런 고통 속에서 생을 마감하고 싶지 않다고 했다.

가족이 없다는 것, 혼자 산다는 것의 어려움. 각기 남편과 자식과 직업이 있는 형제들은 모두 '시간이 원수인 사람들'이었다. 그런 가운데서도 내 바로 위의 언니가 아픈 언니를 도맡아 지극히 간호했고 극진한 보살핌 덕에 건강이 많이 좋아져 생활의 근거가 있는 미국으로 떠났다. 마지막에는 귀국하여 진통제에 의지해 버티다가 3년을 살고 언니는 떠났다.

언니는 두 장의 유언장을 남겼다. 첫째 유언장에서 마지막 순간이 되면 형제자매, 조카들이 모두 손을 잡아주고 기도하는 가운데 보내달라고 당부했다. 시신은 곧바로 화장을 할 것이며 화장장에는 젊은 조카들만 가달라고 했다. 부모의 죽음과 달리 형제의 죽음과 시신 처리 과정이 자매들에게 충격을 줄 것을 염려했던 것 같다. 화장한 재는 아버지의 무덤이 있는 곳에 뿌려달라고 했다. 그리고 그날 저녁에는 병간호하느라 고생했던 친척 친지들이 정장을 하고 최고급 식당에서 아주 호사스럽게 와인을 곁들인 식사를 해달라고 씌어 있었다. 두 번째 유언장은 재산 문제에 관한 것이었다. 연금과 보험이 미국에 어떻게 보관되어 있는데 모든 재산은 자신을 마지막까지 돌보아준 신혼의 조카와 조카며느리에게 준다고 써놓았다.

우리는 그렇게 했다. 조카들이 다투어 언니의 관을 들려 했고, 마지막까지 돌보아주었던 조카가 큰조카는 아니지만 권리를 주장하고 나서서 유골 상자를 들고 앞장을 섰다. 아버지 무덤가에 아직 따뜻한 유골을 뿌리고 남은 재는 조카들이 조금씩 나누어 예쁜 항아리에 담아 지금도 조카들의 책장 한가운데에 있다. 모든 일을  끝낸 뒤, 언니가 별도로 마련해둔 돈으로 우리는 저녁식사를 했다. 언니와 관련된 각자의 추억을 눈물과 웃음을 섞어가며 이야기했고 슬픈 가운데서도 그것은 의미 있는 시간이었다.

그러나 이것은 겉모습일 뿐이다. 남들은 발병과 투병, 죽음과 장례식에 이르기까지 3년을 언니가 인간으로서의 자존심을 잃지 않은 채 보낼 수 있었던 것은 형제자매들과 조카들의 지극한 보살핌 때문이었다고 칭송했지만, 실은 그렇지 않았다. 힘든 순간과 서로 못 견딜 순간, 가슴속에 앙금이 남은 그러한 순간들이 많았던 것이 사실이다. 처음에는 6개월이라는 세월이 너무 끔찍하여 서로 살얼음 밟듯 조심하면서 언니를 애지중지했다. 언니가 계속 잘 버텨내자 우리들은 각자 갈등했다. 결코 희망이 없는 생인데 언제까지 계속될 것인가, 이렇게 길게 투병이 계속된다면 누가 언니를 맡아서 돌보아야 할 것인가에 대한 두려움도 있었다. 환자 특유의 민감함과 어찌 보면 이기적인 태도에 짜증이 난 적도 많았다. 모두 입 밖에 내어 말한 적은 없었지만 언니의 죽음을 기다리고 있는 것이 아닌가 싶어 화들짝 놀라던 순간들이 우리 모두에게 있었던 것을 부인할 수 없었다.

유품을 정리하다가 일기장과 병상 기록을 발견했다. 약은 무엇을 어느 정도 먹었으며, 고통은 어떤 방식으로 찾아왔는지, 어떻게 무섭게 온몸을 쥐어짜고 비틀다가 어떻게 스러져 갔는지, 어떤 음식을 먹었더니 어떤 증세를 보였는지도 상세히 기록했다. 사람에 대한 기록은 남은 형제들에게 깊은 고통을 주었다. 아주 민감하게 섭섭한 마음을 표시했고 우리가 아무렇지도 않게 내뱉은 말들이 언니에게 깊은 상처를 준 기록들도 있었다. 하나님 왜 나를 데려가지 않습니까, 라는 단말마적인 울부짖음도 있었지만, 구석구석에는 삶에의 강력한 의지와 기적을 바라는 구절들이 있었다.

청명한 날, 언니는 떠났다. 기도원에 간 지 일주일 되는 날이었다. 도움 주는 이와 함께 기도를 한 뒤 밖에 산책을 나간 언니는 벤치에 앉았다가 숨을 거두었다. 혼자였다. 언니가 마지막 본 것은 무엇일까. 잠깐 잠깐 정신을 잃은 적이 있었으니까 그냥 가물거리는 정신으로 간 것인가. 아니면 하나님과 만나서 하나님의 손에 이끌려 간 것일까.

언니가 간 지 6개월이 지났다. 언니는 우리의 생에서 사라졌다. 문득 문득 언니 생각을 하지만 우리는 모두 언니가 세상에 살았던 적이 없었던 것처럼 언니의 일은 입에 잘 올리지 않는다. 삶과 죽음이 떼어놓는 사람 사이의 거리가 이다지도 먼 것인가. 언니가 그렇게 쓸쓸하게 세상을 떴는데, 형제들에 대한 섭섭함을 한 번도 토로해보지 못하고 세상을 떴는데, 그리고 이제 우리들은 그런 언니의 마음을 뒤늦게 알게 되었는데, 우리는 어떻게 그런 일이 없었던 것처럼 잊고 살 수 있다는 말인가. 세상은 산 사람의 것이라지만, 죽은 사람은 자연스레 잊히는 거라지만, 언니에게 미안한 이 마음은 비수가 되어 죽는 날까지 마음속 깊은 곳에 자리 잡고 있을 것 같다.

2002/03

# 아버지와 용돈,
# 그리고 재떨이

매사에 시큰둥해서 길게 말을 하는 법이 없는 둘째가 평소와 달리 제 아버지에게 길게 불평을 토로한 적이 있다. 이런저런 이야기 끝에 "스무 살이 넘도록 아빠가 한 번이라도 저한테 용돈 줘본 적 있어요?"라고 정색을 했다. 당황한 남편은 "야, 용돈은 엄마가 주는데 내가 왜 주냐. 아빠는 월급을 몽땅 엄마에게 주는데 나한테 무슨 돈이 있겠냐"라며 우물쭈물 더듬더듬 어쩔 줄을 몰라 했다. 옆에 앉아 있던 큰놈이 '뭐, 아빠가 그런 사람인 줄 몰랐냐' 는 표정으로 씁쓸한 웃음을 짓고 있었다.

당황스럽긴 나도 마찬가지였다. 세상에, 내 남편이 엄마한텐 비밀이다 하면서 나 몰래 아이들 주머니에 돈을 찔러줘본 적이 없는 아버지였다니……. 그렇다면 아이들은 항상 내가 정해놓고 주는, 그들이 보기에 인색했을 용돈 이외에는 한 푼도 가질 수 없었던가 하는 생각에 아이들이 불쌍하고 안쓰러워졌다. 그런 이야기를 지금껏 참고 있었다면 부모에게 품고 있을 또 다른 원망이나 불평은 얼마나 많을까 싶어졌다. 사람이 밥만 먹고

사나. 때론 간식도 먹고 아이스크림도 먹고, 몰래몰래 금지된 짓, 금지된 물건을 사기 위해 돈이 필요한 것 아닌가, 속으로 계속 구시렁거렸다.

그날 이후 남편이 나 몰래 아이들에게 1년에 한두 번이라도 돈을 준 적이 있는지는 모르겠다. 남편도 아들도 말을 안 하니까. 당시 남편의 표정으로 미뤄볼 때 자신이 아버지 노릇을 잘못하고 있었던 것이 아닌가 하는 반성의 기미가 역력했기 때문에, 나는 남편이 지금은 아들들에게 나 모르게 돈을 주기도 할 것이라고 믿고 있다.

나도 용돈과 관련해서 아픈 기억이 있다. 친정아버지가 돌아가시고 얼마 안 되었을 때 어떤 거리를 지나가는데 손위언니가 바로 저기가 아버지 회사였다고 했다. 그러면서 아버지가 회사로 찾아가면 용돈을 잘 주셨다며 눈시울을 적셨다. 머리가 띵해졌다. 나는 아버지 회사가 어디 있는지도 모르고 한 번도 아버지로부터 용돈을 받은 기억이 없었기 때문이다. 큰언니는 맏이어서 기대도 컸고 부모가 힘이 있을 시절에 사춘기를 보냈으므로 여러모로 엄청난 특혜를 본 것은 우리 모두 알고 있는 사실이었다. 몸이 약한 둘째언니는 어쩔 수 없는 배려를 부모에게서 받았다.

그러나 손위언니는 왜 특혜를 받았지? 왜 아버지는 언니에게만 용돈을 몰래 주었지? 왜, 왜, 왜, 하는 동안 수십 년도 지난 그 불평등한 취급이 억울해서 그야말로 몸이 부들부들 떨렸다. 언니는 계속 추억을 더듬었다. 아버지에게 전화로 용돈을 부탁하고 회사로 찾아가면 한 번도 맨 돈을 주는 법 없이 봉투에 자신의 이름을 써서 주셨다고 의기양양하게 말했다. 자신이 아버지로부터 사랑을 더 많이 받은 딸이라는 것을 노골적으로 내비쳤다.

같은 대학을 다니며 같은 용돈을 탔는데도 언니는 옷을 잘 사 입어서 그게 어디서 난 돈인지 항상 불가사의했는데, 수십 년이 지나 비로소 그것이 아버지가 준 용돈이었다는 것을 알게 되고선 참으로 야속하고 억울했다. 나는 그렇게 사랑받을 만한 딸이 아니었나,라는 생각에 쉰 살이 넘은 여자가 질투로 몸이 떨릴 지경이었다. 부끄럽지만, 정말 그랬다. 자라는 동안 크게 아픈 적도 없고, 공부는 엉터리로 했지만 입시에서 실패한 적도 없고 별로 부모 속을 썩이지 않고 자랐다고 자부하는 나인데, 아버지는 왜 나를 언니보다 덜 사랑했을까. 아버지 1주기 때 나는 아버지 무덤가에 가서 왜 아버지는 나에겐 용돈을 안 주고 언니만 주었냐고 속으로 물었다. 어느 정도 시간이 지난 뒤 그 이야기를 어머니에게 했더니, 어머니는 우는 아이 젖 주는 법이라면서 "네 언니는 항상 무언가를 사고 싶어 했고, 너는 특별히 돈을 요구하지 않았기 때문"이라고 하셨다. 그러나 아버지가 너를 얼마나 신뢰하고 사랑했는지 기억해보라면서 "자식마다 비밀이 있으면 그것을 지켜주고 각자의 요구에 따라 사랑하셨다"고 했다.

20대 때 신문기자를 한답시고 술 마시고 늦게 귀가했다가 아침이면 정신없이 출근하던 시절, 밤에 들어오면 나의 방은 항상 말끔히 치워져 있었다. 널려 있던 책은 책꽂이에, 레코드판은 나란히 제자리에, 마구 벗어놓은 옷들은 옷장에 가지런히 걸려 있었다. 재떨이는 깨끗이 비워져 물로 씻겨 있었다. 나는 그것이 어머니가 한 일로만 알고 있었다. 내가 담배를 피우는 것을 어머니는 알고 있었지만 아버지는 모르시리라 생각했는데, 어느 날 내 방을 치워놓은 사람이 아버지라고 어머니가 말씀하셨다. 아버지는 매일 내가 출근하고 나면 내 방에 들어와 문을 활짝 열어 환기를 하고 재떨이를 물에 씻으시면서 어머니에게 "우리 막내딸이 남자로 치면 한량 중의 한량이다"라며 웃으셨다고 한다. 그러나 아버지는 한 번도 나에게 방청소를 해준다는 내색을 하지 않으셨다.

그래, 언니는 아버지에게 용돈을 두둑하게 받았을지 몰라도 재떨이까지 치워주는 그런 사랑은 못 받았지 싶으니까 비로소 마음에 응어리졌던 것이 풀렸다. 아버지는 내 방 청소를 해주시고 어머니는 매일 아침 아무런 잔소리도 없이 밥상에 술국을 내놓으셨다. 그 추억을, 나는 가끔 꺼내보면 마음이 따뜻해진다. 그들이 나의 비행을 잘 알면서도 모른 체하면서 보여줬던 절대적인 신뢰 같은 것을 나는 죽었다 깨어도 내 자식들에게 주지 못한다. 일일이 잔소리를 하고 싶어서다. 다만 내 아들 방에서 다른 것은 치워주지 않아도 재떨이를 비워주고 창문을 열어 환기하는 것만은 절대로 잔소리하지 않고 해준다. 평생 담배도 술도 안 하신 양반이 막내딸이 담배를 피우고 술을 마시는 것을 모른 체하시며 조용히 우렁각시처럼 방을 치워주시던 심정을 생각하면서.

누구도 부모를 선택해서 태어날 수 없다. 어떤 부모도 자식을 선택해서 낳을 수는 없다. 부모 노릇 면허증을 받고 부모가 되는 사람도 없다. 아이들이 나를 어떤 부모로 추억할까 생각하면 자신이 없다. 부모도 자식에게 말 못할 사연이 있는 것처럼, 자식도 부모에게 말 못할 사연이 있다는 것을 인정하기가 어렵다. 나를 포함하여 요즘의 부모들은 자녀의 일거수일투족을 세세히 관찰하고 일일이 간섭하며 자식의 인생에 너무 깊게 개입하려는 것이 아닌가 싶다. 넓게 울타리가 돼주고 믿어주면 자식도 거기에 부응한다는 사실을 내 경험을 통해 잘 알면서도 말이다.

2005/07

# 엄마와 이모 사이에서

어떤 점잖은 자리에서 나로선 지극히 평범한 발언을 했는데 참석자 가운데 한 사람이 "소문대로 로맨티스트군요" 했다.

로맨티스트 하면 나는 우선 로맨스가 떠오른다. 또 진취적이고 모험심이 많고 눈앞의 현실보다는 저 먼 곳의 꿈을 중요하게 생각하는 모습이 그려진다. 나는 평생 호기심은 왕성했으나 곁눈질에 머물렀고, 모험에 목말랐으나 길을 잃는 것을 두려워했고, 진취적인 포즈를 취했으나 한 걸음도 앞으로 나간 적이 없다. 로맨스를 열렬히 좋아하지만 로맨스와는 거리가 멀게 살았다. 서울에서 태어나 서울 밖을 떠나 산 적도 없고, 친정집에서 남편과 살 집으로 옮겨와 내내 같은 이불에서 같은 천장을 바라보며 산다. 가끔 보는 거울 속의 내 얼굴보다는 마주 보는 남편 얼굴이 더 익숙한 그런 재미없는 사람이다. 언론인 이외의 직업은 이번 생에선 오래전에 포기했다.

그런데 왜 사람들에게 내가 로맨티스트로 비쳤을까. 실제의 내 삶과 사람들이 보는 나는 왜 이렇게 180도 다른 것인가. 결국 말과 행동이 일치되지 않는 삶을 살았다는 증거가 아닌가. 나는 어쩌면 말과 행동이 다른 이중인격자일지도 모른다. 그것은 아마도 내가 어머니와 이모의 삶 사이에서 갈팡질팡하며 살았기 때문일 것이다.

내 어머니와 이모는 둘 다 신여성이다. 그러나 두 자매는 전혀 다른 인생을 살았다. 어머니는 찢어진 내복을 입고 살았고 식구 수대로 옷을 만드느라 쉼 없이 재봉틀질을 했다. 뜨개바늘이 손에서 떠난 날이 없었다. 몸뻬바지를 입고, 김장을 수백 포기씩 했고, 한겨울엔 돼지피를 사다가 순대를 만들었고, 동지팥죽을 솥으로 쑤었다. 집 안에는 엄마 쪽 친척, 아버지 쪽 친척이 늘 한두 명 같이 살았다. 방이 모자라 마당에 텐트를 친 적도 있다. 없는 살림에 대가족을 먹이고 입히느라 집 안은 어수선했다. 밥상은 전쟁터였다. 딸들에게 입만 열면 일부종사, 그러니까 여자는 어떤 일이 있어도 한 남자와 귀밑머리 파뿌리가 되도록 살아야 한다는 것을 귀에 못이 박이도록 주입시켰다. 실질적인 것 이외의 사치는 한 치도 용납을 안 했다. 서울로 유학와 공부를 하고, 한때 모차르트를 좋아했고, 영화 〈부활〉을 보고, 방학 때 고향에 돌아가 외할아버지를 졸라서 집에 해먹을 매달아 그곳에 누워 책을 읽었다는 이야기를 믿을 수 없는, 낭만과는 거리가 먼 삶이었다.

이모는 소설가였다. 생활이 어려워 잡지사 기자도 했고, 다방을 한 적도 있다. 어머니는 화장을 할 때 립스틱을 손에 조금 묻혀서 눈에 안 띄게 입술에 살짝 발라줄 뿐이었다. 이모는 새빨간 립스틱을 통째로 입에 대고 입술선을 따라 정성을 들여 오른쪽에서 왼쪽으로, 다시 가운데로, 위 아래로 짙게 발랐다. 나는 이모가 화장하는 모습을 넋 놓고 바라보곤 했다. 이모가 딸깍 핸드백을 열고 담뱃갑을 꺼내면 나는 얼른 성냥과 재떨이를 바쳤다. 내가 담배를 일찍 배우고 여자가 담배 피우는 데 거부감이 없었던 것은 지적이고 아름다운 작가인 내 이모가 담배를 피우던 매력적인 모습 때문이었을 것이다. 이모는 회색이나 남색 등 짙은 색의 남자 양복 천으로 한복을 예쁘게 만들어 입었다. 당시 여자들의 한복은 유행에 따라 유똥(실크 소재)에서 벨벳, 나일론으로 변했지만 이모의 독특한 한복 차림은 커리어 우먼의 징표처럼 느껴졌다.

이모는 두 번의 결혼을 했다. 첫 남편은 다른 사람의 여자와 함께 북으로 갔다. 이모와 올망졸망한 아이들은 버려졌다. 이모의 두 번째 남편은 같은 소설가였다. 그는 자신의 아이들 넷을 떠나 이모와 결혼해 남의 자식 넷을 거두었다. 참 어렵게 살았다. 이모네 집은 오막살이를 면했을 뿐이지만 오붓해 보였고 한마디로 로맨틱했다. 항상 고즈넉했다. 이모는 예쁘게 화장하고 따뜻한 백열등 전구 밑에서 남편과 겸상을 해서 밥을 먹었다. 아이들은 다른 방에서 조용히 따로 밥을 먹었다. 뭔가 은근하고 아름다운 분위기가 이모네 집에는 있었다.

엄마는 일부종사를 하고 아버지 곁에 나란히 묻혔다. 이모는 딸을 따라 미국에 가서 노인 아파트에서 혼자 살다 공동묘지에 묻혔다. 먹고사는 일에 급급해 보였던 어머니는 한평생 자신의 손으로 돈을 벌어본 적은 없다. 아버지의 그늘에서 살았다. 이모는 자신의 손으로 밥을 벌어먹고 살았다. 인생이 늘 곤두박질쳤지만 다시 일어서곤 했다. 모험과 도전을 서슴지 않았다. 새로운 일을 시도할 때마다 전 인생을 걸고 승부했다. 그러면서도 웃음과 립스틱을 잊지 않았다. 온 식구가 밥을 굶은 날 밤에도 조그만 등을 켜놓고 조용히 글을 쓰던 이모의 삶을 어찌 사랑하지 않을 수 있을까.

자라면서 이모가 내 엄마였으면 얼마나 좋을까 생각한 적이 많다. 이모처럼 살겠다고 다짐하면서도 이모의 위태위태하고 아슬아슬한 삶이 두렵기도 했다. 결국 어머니의 삶에 내 뿌리를 내리고 살면서도 이모의 삶을 목을 길게 빼고 동경하며 산 것이 내 자화상이다. 내 이모를 사랑했듯이 나는 한결같이 로맨티스트들을 사랑했다. 그래서 내 주변에는 로맨티스트들이 들끓는다. 사람들에게 로맨티스트로 비쳤다는 것은 나에겐 이루지 못한 꿈을 이룬 것처럼 달콤한 일이다. 다음 생에선 진정한 로맨티스트로 살아야겠다.

2006/04

# 후기

민망함과 부끄러움을 무릅쓰고 책을 낸다.

책을 안 내겠다고 공언해왔다. 기자는 기사로 말한다는 평소의 소신 때문이기도 하지만 한 번 신문과 잡지에 실렸던 글들을 모아서 책을 내는 것은 같은 물건을 두 번 파는 파렴치한 일이라고, 흘러간 유행가를 다시 트는 거라고 여겼기 때문이다.

그 동안에 쓴 글을 읽으면서 괴로웠다. 이 글들은 모두 내 인생의 기록이자 내가 살아온 시대의 기록이고 증언이다. 과거의 추억, 그 시대 상황, 그때의 사람들을 다시 돌아보는 과거로의 여행은 그 세월을 다시 한 번 살아내는 것처럼 고통스러웠다. 아프고 쓰셨다.

글을 쓰면서 지켜온 원칙이 있다. 나의 일상에서, 내가 보고 느끼고 경험한 일이 아니면, 그것이 우리 모두의 삶을 억압하는 문제와 맞닿아 있지 않으면, 쓰지 않는다는 것이다. 그래서 모든 글은 일상에서 출발하지만 사회 · 정치 · 경제구조, 혹은 인류 보편의, 우리 시대의 전반적인 문제와 연결되었다. 글을 쓰면서 항상 괴로웠다. 이 글이 진실과 정의로움에 부합한 것인가, 이 시대를 사는 사람으로서 역사에 올바로 동참하려는 태도를 견지하고 있는가, 회피하거나 비겁하게 외면한 점은 없는가, 세월이 지나서도 후회하지 않을 것인가를 매번 곱씹었다. 법정에서 반대신문을 하듯 스스로에게 다짐과 질문을 되풀이했다. 가벼운 이야기든, 무거운 이야기든 한 번도 쉽게 씌어진 글은 없었다. 나의 일상은 뒤죽박죽이고 부끄러운 일, 후회되는 일투성이였다. 그러나 글만은 두고두고 부끄럽지 않은, 그런 언론인이 되고 싶어서였다.

책을 내게 되었다니까 작은아들이 말했다. "대중성이 있는 글도 아닌데……, 안 낸다더니 왜 뒤늦게 책을 내지요……? 내 이야기 들어간 것 모두 빼주세요." 다른 가족들도 덩달아 "나도! 나도!" 한다. 일상적인 것이 우리 모두의 것이다, 개인적인 것이 우주적인 것이다,라는 생각 때문에 가족이나 친지들, 주변에 있는 인물들이 글에 거론된 적이 많았다. 여러모로 불편했을 텐데 이제 제대로 불편해질 것을 헤아려보면 모두에게 미안한 마음이다.

나의 글을 빠짐없이 찬찬히 읽고 출판을 독려한 조선희, 마지막에 포기하고 주저앉은 나를 향해 책을 안 내는 것도 일종의 사치라며 몰아붙였던 김미경, 지금 뭐 하시는 겁니까,라고 질책한 이명수 씨, 그리고 오랫동안 나를 설득하고 글을 취사선택해서 성실한 뒷갈무리를 해준 박상준 씨가 없었다면 이 책은 결코 세상에 나오지 않았을 것이다.

평생 한 번도 확고해본 적이 없었다. 신념도 없었다. 지금도 매일 매

순간 흔들리고 자신이 없다. 어떻게 사는 것이 진정으로 잘 사는 것인지 매번 두려웠다. 죽을 때까지 이런 갈등은 끝나지 않을 것 같다. 다만 사람으로 태어나 최소한 사람으로서의 예의, 안 되면 염치만은 차리자, 라는 생각으로 살고 글을 썼던 것은 40년 전이나 지금이나 변함없다.

아직도 이렇게 흔들리는 사람의 글을 사랑해주었던 독자들과 긴 언론인생활 동안 격려와 질책, 그리고 취재에 도움을 주었던 많은 사람들에게 빚을 갚는 기분으로, 한 권씩 나누어 주고 싶은 마음으로 엮어낸 책이다. 쑥스럽지만 신문 독자 아닌 새로운 독자를 만나게 될 것을 생각하면 설레기도 한다.

'비겁하게 살지언정 쪽팔리게는 살지 말자'를 일생의 좌우명으로 삼았는데 이제 쪽까지 팔리게 되었다. 살아가면서 무엇이든 단언하거나 단정할 일은 아닌 듯…… 다시 부끄럽다.

2010년 6월 10일

김선주

이별에도 예의가 필요하다



**초판 1쇄 발행** 2010년 6월 15일
**초판 11쇄 발행** 2017년 2월 23일

**지은이** 김선주
**펴낸이** 이기섭
**편집인** 김수영
**기획편집** 김준섭
**마케팅** 조재성 정윤성 한성진 정영은 박신영
**경영지원** 김미란 장혜정

**펴낸곳** 한겨레출판(주) www.hanibook.co.kr
**등록** 2006년 1월 4일 제313-2006-00003호
**주소** 서울시 마포구 효창목길 6, (공덕동) 한겨레신문사 4층
**전화** 02-6383-1602~3
**팩스** 02-6383-1610
**대표메일** munhak@hanibook.co.kr

ISBN 978-89-8431-399-6 03810

• 값은 뒤표지에 있습니다.
• 파본은 구입하신 서점에서 바꾸어 드립니다.